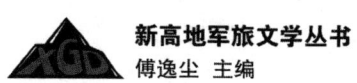

新高地军旅文学丛书
傅逸尘 主编

老鹰之歌

张庆国 著

南方出版传媒 花城出版社
中国·广州

图书在版编目（CIP）数据

老鹰之歌 / 张庆国著. -- 广州：花城出版社，
2021.7
（新高地军旅文学丛书 / 傅逸尘主编）
ISBN 978-7-5360-9312-6

Ⅰ. ①老… Ⅱ. ①张… Ⅲ. ①长篇小说－中国－当代
Ⅳ. ①I247.5

中国版本图书馆CIP数据核字(2021)第018201号

出 版 人：肖延兵
丛书主编：傅逸尘　程士庆
责任编辑：欧阳蘅　蔡　安
技术编辑：薛伟民　凌春梅
封面设计：李晓玉

书　　名	老鹰之歌 LAOYING ZHI GE
出版发行	花城出版社 （广州市环市东路水荫路11号）
经　　销	全国新华书店
印　　刷	佛山市浩文彩色印刷有限公司 （广东省佛山市南海区狮山科技工业园A区）
开　　本	787毫米×1092毫米　16开
印　　张	17.5　1插页
字　　数	280,000字
版　　次	2021年7月第1版　2021年7月第1次印刷
定　　价	49.80元

如发现印装质量问题，请直接与印刷厂联系调换。
购书热线：020-37604658　37602954
花城出版社网站：http://www.fcph.com.cn

"历史化"大叙事背影里的"个人化"想象

——《新高地军旅文学丛书》总序

傅逸尘 程士庆

一

因为战争本身的极端性与复杂性，以及对政治集团、民族国家甚至人类的生存发展走向起决定性影响，军事题材一直为文学叙事所青睐并不让人惊讶。但在世界文学的谱系里，军事题材始终是一个充满矛盾与魅惑的存在。战争本身可以说是冲突爆发的极端形式，敌对双方的立场与利益几乎无法调合，其目的往往也指向明确；但文学所关注的，或者说要表现的却是极其复杂丰富的存在与形态，它往往超越了战争本身二元对立的政治性诉求，在更为幽微的人性与哲学的向度上进行深入独特的探索与剖析。也因此，军事题材文学经典连绵不绝，既为不同时代的读者所钟爱，亦成为文学史不可或缺的重要一域。

中华人民共和国成立后70余年的当代文学史中，军旅文学始终是一个巨大的存在，在不同的社会历史阶段，或不同的文学思潮中从未缺席，甚至可以说一直引领时代精神之先与文学思潮之头，亦不为过。从长篇小说的角度论，中国当代军旅文学有两个比较重要的时期，共同建构起当代长篇小说重镇之形象。第一个重要时期便是20世纪五六十年代的革命历史小说，即"红色经典"中的军事题材作品。这些小说大都以抗日战争和解放战争为背景，以中国共产党领导下的革命武装为主体，书写的是艰苦卓绝、可歌可泣的战斗历程与流血牺牲的英雄人物，直接回应了新中国成立的合法性历史诉求，成为20世纪五六十年代的"主旋律"。

然而近年来,学术界尤其是文学史家的质疑和批判之声也不绝于耳,"英雄主义模式的限制,使这类创作只是在数量与篇幅上得以增长,却没有造成艺术上多样化的局面"(陈思和语)。在我看来,"红色经典"中的"红色"并非当下学界对其诟病的根本症结,更重要的问题在于"十七年"的军旅长篇小说始终笼罩着一层深重的"现代性焦虑",围绕着组织一个现代民族国家的政治诉求而展开的集体想象与国家认同,导致其"非文学"的因素过多:缺乏活跃的感官世界("身体"的缺席和情爱叙事的稀薄),缺乏超越性的精神维度(二元对立的思维方式及日常道德宣教),缺乏丰满立体的人物形象(概念化、脸谱化的人物塑造方式),缺乏日常生活经验(极端化的生存状态简化了生命的内在矛盾)等。因此,"红色经典"的一枝独秀在创造了一个繁荣神话的同时,也暗伏了随后的文学危机(尤其是近年来,在高校教师主导编写的多种当代文学史中,"红色经典"中的军事题材作品乃至于整个中国当代军旅文学的作家作品都被删除殆尽)。

第二个重要时期开启自20世纪九十年代,"新历史主义"思潮影响下的"新历史小说"。"新历史小说"颠覆并解构了"红色经典"所描写的正统的、单向度的革命历史以及二元对立的意识形态立场,对战争情境中人性的复杂性与历史的偶然性等因素进行了探索性的开掘,为以往单向度的革命历史增添了某种暧昧与不无吊诡的意味——已经"历史化"了的革命历史遭遇了来自文学的重构或曰重新阐释。随着商品经济大潮席卷中国社会,世俗化、娱乐化成为文化主流,失去了政治的"荫蔽",军旅文学不但逐渐退出了主流意识形态话语体系的核心,在文学领域也一再被边缘化。"农家军歌"无疑是1990年代军旅文学的亮点,也可以说是"新写实小说"的军营别调,长期以来被宏大叙事所遮蔽的个体军人的现实生活与命运遭际开始被作家冷静客观地揭开。

进入21世纪,军旅文学没能沿着上述两个时期所建构的"文学传统"继续前行,而是堕入了世俗化与后现代主义混搭的,甚至是无厘头的欲望化叙事的泥淖。首先是"红色经典"在影视剧改编与重拍中"梅开二度",随后而起的是抗战题材长篇小说热与抗战"神剧"热,这种热潮进而逐渐走向了迎合民族主义情绪与娱乐化消费心理的反智主义的极端。这些作品往往置常识于不顾,将英雄传奇妖魔化、反智化、戏谑化，严重损害和扭曲了革命历史小说的叙事本质与政治合法性诉求。消费时代的来临和大众文化的崛起，早已从根本上改变了当下文学的言说机制，自然也包括军旅文学创作。事实上，军旅影视剧的热播并不能表明军旅文学，尤其是军旅长篇小说的真正繁荣。21世纪的第二个十年，"新生代"军旅作家群开始整体崛起，以其独特的审美体验与视角，观照当代军人的生存境遇与情感状态，为和平时期的军旅文学写作开拓了新的空间与向度。然而遗憾的是，这批以中短篇小说出道且成绩优异的70后作家，在长篇小说领域还缺乏重量级、有代表性的力作，其社会影响力与前述两个时期的作品尚无法比肩。

在这样的历史坐标系和文学史背景下，军旅文学新的表现方式与叙事空间在哪里？这是一个极其迫切且无法回避的问题，也困扰着许多作家和批评家。花城出版社敏锐地发现了这一现象，并试图改变这一态势，以期重建中国当代军旅文学尤其是长篇小说的文学观念、叙事向度、话语方式以及美学风格。事实上，早在2006年，花城出版社就曾策划推出过"木棉红"长篇小说丛书，囊括了原广州军区十二位专业作家的十二部军旅长篇小说。当年的这套丛书，或以军营生活为中心，再现历史事件，记录时代风云，展示军人的精神世界；或以乡村都市为主题，描摹世道人情，绘写人生百态，凸显对民间的冷暖关怀，显示出一个创作集体自觉的使命感和审美追求，在军内外产生了广泛影响。十五个年头倏忽而逝，现如今，曾经的部队专业文艺创作室已不复存在，军旅专业作家群体也已经风吹云散。改革强军的进程中，军旅文学正在经历低潮和阵痛，期待着换羽重生，重整旗鼓。在这样的情势和背景下，花城出版社又一次站了出来，以一种老牌文艺出版社所特有的使命感和敏感性，策划推出"新高地"军旅文学丛书，试图以此为中国当代军旅文学赋能，进而掀起一轮以长篇文体为标识的文学潮动。花城出版社这一雄心勃勃的想法得到了军队和地方诸多作家的积极响应，并在各自的新作中进行了独特的探索与尝试。"新高地"这个丛书名，寄寓了编者和作者之于新时代军旅文学的新观念与新方法，希冀着新时代军旅文学创作能坚守住这块承载着光荣传统的重要阵地，进而呈现一片新的文学风景，攀上新的文学高度。

二

检视当下的军旅长篇小说创作，无论从数量还是质量上看，战争历史题材仍然占据主流。对此，一个通行的说法是这与长篇小说的文体特征有关，对生活的认知与经验的积累往往会导致创作的相对滞后。从小说叙述的角度论，包括正在发生的现实也已经成为历史，长篇小说从本质上讲就是历史叙事。在这样的逻辑前提下，当下的军旅长篇小说叙述或言说的就是历史本身，作家首先面对的是要对"历史化"进行一番祛魅。因为"历史化"是意识形态窄化的结果，换言之，是秉持某一意识形态立场与观念对历史认知进行的理性建构。也即，历史是由这一观念认知主体所描述和建构出来的，它并不与本真的历史存在严格对应，这其间存在着诸多断裂与缝隙。这些断裂与缝隙恰恰为那些试图探寻历史本相的严肃作家们提供了打捞历史丰富存在、发挥"个人化"想象的叙事空间。

历史当然不限于遗迹与文献的自然状态，很大程度上依赖言说或话语的操纵者，它是现实的折射，即克罗齐所谓"一切历史都是当代史"。福柯的"知识考古学"理论就不相信存在一个外在于历史的客观标准。福柯认为，历史的言说或话语是"权力"运作的结果。由于标准的不同，价值判断常常会变成立场与信仰的选择。批评家陈晓明认为，中国现代以来的文学获得了"历史化"的强大逻辑，革命历史叙事则是这样的历史化的最高体制。问题是，时间往往会消解"历史化"的意识形态，当意识形态的政治空间被打开时，历史便以我们不曾见过的姿态或面貌重新显现在人们的面前。所以，杰姆逊也试图用从第三世界理论去解释中国现代文学的"民族寓言"，个人的力比多终究被"民族寓言"所压抑，而政治显然是这种文学中最活跃的、起决定性的因素。回过头再来看"红色经典"中的军事题材长篇小说，由于作家大都是所叙战争的亲历者，尤其是他们此前都不是专业作家，因而作品所反映的历史还是真实可信的。然而，小说叙事和人物塑造的单向度，以及缺乏对战争复杂存在的形而上哲学思辨等问题，无疑影响了作品的文学性价值，这一点在与世界战争文学名著的比较中是显而易见的。

历史叙事当属宏大叙事，尤其是当代中国革命历史叙事，有如一股巨大的洪流，裹挟着那些最为原初和本真的涓涓细水与沙粒，一路高歌而去。最终留下的是冷硬骨感的巨石，而那些富于生命温度和生活情态的细水与沙粒，则早已消弭无迹。从文学的角度论，宏大叙事当然是历史叙事的主体或主流，主导着社会思想和时代精神，并产生过许多经典的史诗性巨著，如《战争与和平》《静静的顿河》《生存与命运》等等。不过，当我们仔细阅读这些名著的时候会发现，它们之所以成为经典，恰恰在于作品没有忽略那些普通人的个体生命存在，在于以细节的形式保留了大量战争中的日常生活经验，这使得宏阔诡谲的历史叙事有了可触摸、可感知的血肉。而"红色经典"中的军事题材长篇小说，何以至今仍为广大读者所青睐，也是因为作品中大量真实的生活细节。这些细节是历史的源头，丰富而真实；是积土与跬步，后来的高山与千里都来源于它们。也就是说，那些细水与沙粒可能更接近历史本相，或者说就是历史不可或缺的一部分。

中国革命历史尚未成为巨大的洪流时，或者已经成为巨大的洪流时，人的复杂性与历史的偶然性在革命历史的整体中都应该是巨大的存在，构成了革命历史的最初底色，也在某种程度上影响着革命历史的进程与走向。鉴于宏大叙事的某种缺失，"个人化"叙事，或叙事中的"个人化"想象，就尤其需要强调，不是反拨，而是丰富与拓展当下军旅长篇小说的叙事空间。这种"个人化"想象，不同于1990年代的"私人化"叙事，强调的是以往英雄与传奇话语的背面，即更多地还原和展现"历史化"大叙事阴影下个体生命的生活与命运。

历史强调的是结果，即便有过程，也是概括性的。小说正相反，它要弥补的恰恰是历史所遗漏，或遮蔽的那些更为鲜活的细节。他们往往是被革命历史大潮裹挟着，或者随波逐流，或者搏击潮头，是多面的人生与故事。他们依照自身的逻辑在"革命"中翻滚，历史的不确定性，以及个体命运遭际的偶然性，构成了"革命历史"讲述中的"革命英雄传奇"的阴影部分，有如一枚硬币的背面。如果我们认可"所有的文学都是作家的自叙传"这句名言的话，那么"个人化"叙事，或叙事中的"个人化"想象，在小说的历史叙事中就具有无可争议的逻辑合法性。

历史与文学在中国文化传统中是截然不同的两个领域，有时甚至是对立的。历史是真实的存在，而文学则是虚构的文本。也因此，历史学家对作家写作的所谓历史小说常常是不屑的，他们诟病作家的时候也是义正而辞严，似一种居高临下的审问与批判。后结构主义历史学家海登·怀特认为：历史事件虽然真实存在，不过它属于过去，对我们来说无法亲历，因此它只能以"经过语言凝聚、置换、象征以及与文本生成有关的两度修改的历史描述"的面目出现。同样的历史事件，通过不同的情节编排，完全可能具有截然不同甚至相反的意义。虽然标榜"客观真实"的历史话语渴望与"科学"联姻，一再拒绝承认它和文学间的亲缘关系，然而在进行叙述建构时，它采用的却是以"虚构"为特征的文学创作中随处可见的"悲剧""喜剧""浪漫""讽刺"这类情节类型；在进行历史解释时，它使用的却是传统诗歌常见的"隐喻""换喻""提喻""反讽"这类语言表述模式。在海登·怀特的分析下，历史话语的文学性昭然若揭，历史和文学之间的界墙轰然倒塌。

鲁迅说《史记》是"史家之绝唱，无韵之离骚"，而且像《左传》等诸多历史著作中都有大量精彩的文学描写，有的干脆就是小说的虚构笔法。从这个角度论，当年关于余秋雨历史文化散文中小说化叙事过多的批评，似乎也陷入了历史与文学、真实与虚构的对立或暧昧之中了。就文学的本质而言，把真实作为标准，或将真实作为"现实主义"的同义词，显然是虚伪的，批评家没完没了地讨论、争辩作品的"真实性"或许也是虚妄的。进言之，当真实成为小说存在的前提的时候，文学性的意义就是无皮之毛了。

三

站在当今时代的立场，重建虚构叙事与战争历史的关系既是重要的，也是艰难的。事实上，对历史叙事真实性的强调已经在相当大的程度上转化为小说这一虚构文体中的纪实色彩，并在历史叙事中带动了跨文体写作时尚或风潮的兴起。毋庸置疑，在虚构叙事中增强纪实性的确是还原历史真实的一种简单直接且有力有效的手段。在这里，真实感与文学性似乎已成为某种难以超越的悖论。

由此想到了《保卫延安》和《红日》，这两部小说都选取了解放战争时期的著名战役，事件的真实性自不必说，其中的主要人物也都是真实的，但它们都没有受史实的束缚。作家充分发挥了小说的虚构性本质，展开文学性想象，既成功地还原了那两场著名战役，还塑造出诸多令人印象深刻的历史与文学人物形象。还有姚雪垠的历史巨著《李自成》，那不是在读历史，而纯粹是在看小说。人物形象与心理、细节、环境等文学性元素充盈在小说的所有空间，历史的进展似乎不再重要，重要的是人物的成长、命运的跌宕以至于生命的毁灭。不是说姚雪垠不重视史料，恰恰相反，姚雪垠在明史及清史史料的搜集与研究上是下了大气力的，为了增强写作时对环境描写的真实感，他甚至亲自考察了李自成率起义军与明、清官军征战的主要战场。但作者以"深入历史与跳出历史"的原则，成功地刻画了李自成、崇祯皇帝等一系列人物形象，使小说的文学性远远高于历史真实本身。而莫言的《红高粱家族》与"新历史主义"也不是一回事，多少受了点"寻根文学"的影响恐怕是事实。那是关于高密东北乡的一段尘封的历史记忆，莫言以其非凡的文学胆识与艺术想象力将其再现了出来。文学与艺术的本质就是虚构，真实并不是判断其水平高下的唯一标准，文学毕竟不可与历史划等号。真实性是某种前提，是基础，但绝非文学进行历史叙事的全部。不要说《史记》，连《二十四史》在多大程度上记录或曰复现了历史的真相都颇值得怀疑，何况一部以虚构为文体特性的长篇小说？也就是说，小说家首先应当沉入历史现场，最终又必须以文学性和想象力超越历史语法的束缚。在复现与超越这二重叙事伦理中间，文学的超越当然是小说家不须犹疑的唯一选择，亦是衡量战争历史叙事的终极标准。

从这个意义上，展开对新时代军旅长篇小说的某种瞻望与想象，或许包含如下关键词：现代性伦理、人生体验、独一无二的表现方法、一个不寻常的事情正在发生的幻觉、特别的尖锐性或目的论。理解这些关键词并不难，难的是创作主体对散落在"历史化"阴影中的历史碎片进行充分发掘、有效提炼与整体概括；难的是超越线性的历史观，让不同政治阵营中的人物在战争的极端情境和冲突中经受肉体、生活方式、价值判断、思想精神的互见与试炼；难的是创作主体基于现代性的写作伦理传递对历史更加全面的理解和更为深切的体认，进而表呈出新的文学趣味和气象；难的是在虚构叙事与现实真实的混沌关联中，用更加深刻、精准且有力的形而上思考建构起有意味的文学经验，最终以文学的方式超越历史的偏见和局限。

战争历史从来不是泾渭分明、光滑如镜，实则是乱世求生、紊乱繁复的欲望之海。我们往往习惯于关注奔流到海的大河，而选择性地忽视了如毛细血管般从各个来路汇入大河的支流，人心和人性永远是看似平静的水面之下那汹涌起伏的暗流。一个复杂、立体且有深度的人物形象，既可能是力抗历史洪流的自由灵魂，是觉醒的自由人，不断追寻未知的未来，也可能是命运之神所掌控的玩偶。作家们要想象和探寻的正是这种极具魅惑感的可能性。在这种探寻之下，历史本身的"实感"或许不再是叙事的重点，意识形态的藩篱也是需要突破和重新审视的对象。以"现代性"的、个人化的立场重新反思、阐释和建构错综复杂的历史，历史的可能性和人的存在感都将得到极大的释放。

将个人经验、日常生活与大的时代变局交织缠绕在一起，使读者感到历史既是经由人对外在世界变化的自发反应而展开的，又是在一连串重大、公开的事件中呈现出来的。如此，历史将不再被局限于彼时彼地的特定时空，而成为一种可以被当下通约和共享的情境，承载着作家对战争、对历史、对人的省察与思辨。军旅长篇小说对战争历史的虚构将不再单纯强调"逼真"的幻觉和认知的功能，而人的命运和生命存在的诸种可能性会越发受到正视和尊重，进而生成另一重历史的意义。于是乎，军旅长篇小说便不再是单向度的叙事，"个人"将被从历史中拯救、解放出来，重构与"民族国家"的关联也便成为可能。

"'现代性'不是一个肯定的概念，但也不是一个否定的概念，它是一个反思的概念。"（李杨语）事实上，对于军旅文学而言，无论是大历史还是个人化，终究可以归结为精神的胜利；而政治的、阶级的、党派的差别和裂隙终将被灵魂、信仰、理想、情感的意义消融、弥合、超越，完成"现代性"意义上的对战争历史的反思与重构，进而达至英雄叙事的存在与理想之境。

2021年5月

老鹰起飞
　终将坠落
　　黑夜之光
　　　洞穿我心

目录

黄卷　翅膀 001

黑卷　尾巴 111

红卷　眼睛 209

黄卷　翅膀

1

公路挂在天上，一侧靠山，一侧临渊，塌方随时发生。司机不清楚危险在哪里，小心翼翼，听天由命。路边轰隆塌落，卡车就从山崖滚下，变成老鹰飞走，在空中张开告别的翅膀。峡谷两百米深，云雾滚滚，底部是大河，细若蛛丝，看不见反光，听不见呻吟。

小林驾车翻越东山，就很小心，手握紧，眼瞪直，双脚忙乱，在下面的踏板上快速交换。这条滇缅公路盘旋上下，弯弯拐拐，穿越云南群山，横跨澜沧江和怒江，是世界奇迹。沿路的村民伐木炸石，砍树劈岩，手刨人背马驮，用不到一年时间，在高山的原始森林中，挖出一条从昆明直通境外缅甸，跟国际援助相连的长途汽车路。小林和他的车队，就在这条山路上来回奔跑。

地上危险，天上更凶，有日本飞机追击。这是最早的云南现代公路，也是最原始的高山公路，是最重要的抗日计划，也是最疯狂的战争想象。出生入死，司机受尽折磨。

山太高坡太大，汽车发动机猛吼，烧得滚烫，轮子却不动，爬不上坡。只好踩紧刹车，叫车上的助手下来，用铁棍在路边撬一个石头，抵住车轮，等车子的发动机冷却，再重新发动，继续朝坡上爬。

陡急的拐弯处，司机也要下车，在弯道上垫木板，慢慢行驶。前轮小心碾压路边刚垫上的板子，后轮跟着谨慎通过，稍不留神，就会车轮悬空塌落，翻车坠入山谷，变成空中绝望的老鹰。

司机们都在运货的卡车上带了一堆厚木板，也带了些空汽油桶，前方出现公路塌方豁口，就垫上木板驶过去。下暴雨山洪倾泻，公路出现大面积塌方，司机就冒雨下车，把空汽油桶从车上滚下，装满土石，填砌路基。一个汽油桶不够，填第二个，或第三个。一个司机干不了，等下一辆车，几个司机一起出力。最大的公路塌方豁口，填了20个汽油桶。

有个司机单独驾车，落在车队之后，车子驶到山腰公路的塌方处，碾到路边匆忙垫好的汽油桶，突然轮下松动，车身倾斜。他毫不犹豫地开门跳车，纵身抱住路边的树。卡车轰隆消失，从眼前飞走，滚下山谷，他抱在树上幸免于难。但不是所有跳车的司机都能像他一样捡回性命，好几个司机跳车后摔昏，滚落江中淹死，也有人被翻倒的卡车轧死，还有司机坐在驾驶室，被暴雨中倒下的路边古树砸死。

有个司机在雨过天晴的烂泥中翻车，被车子压住，动弹不得。路上无人，只能等死。半夜暴雨突降，山洪一泻而下，冲走了地上的泥浆，他摸索着发现大腿被车厢的一根铁钉刺穿，钉在地上，用力挣脱铁钉爬出，才拖着伤腿逃走。

有个司机驾车翻山，头顶的日本飞机追来，投下炸弹，车没炸烂，人也没炸死，可是腿炸断了。他把驾驶室里的铁锤绑在断腿上，用锤把踩踏板，继续开车，挣扎着下山求救。

如果三五辆车或十几辆车结队出发，出事就可以互救。可小林爱冒险，经常自己一辆车行驶在山路上，他喜欢单独开车，不喜欢凑热闹。

逃脱路途的危险，驾车驶进东山，他另有害怕，想赶紧冲出山中的铁丝窝。

他不想遇到那个鬼。

但总是会遇到。

他的车在坑坑洼洼的滇缅公路上奔跑六百公里，路过铁丝窝山坳，黑夜的翅膀收紧，漆黑一团，车灯像两条发抖的双臂，战战兢兢地朝前摸索。很快那个女鬼就在车灯中出现。一团人形幻影,紧贴山壁爬动。小林看得很清楚。她穿了女学生的蓝罩衫,黑裙子,剪短发,失血的脸呆板麻木,眼珠枯黄,反射出两朵小小的火苗。

这一带被日本飞机炸死的冤鬼太多,有过路的士兵、赶马人、村民,也有从缅甸返回的卡车司机。小林在马来西亚槟城长大,从小求神敬鬼,相当迷信,认为铁丝窝就是有鬼。

风大路窄坡陡,峡谷上方的夜空里,月亮瘦骨伶仃,星星悲伤沉默,风把夜空中最后的微光一扫而空。小林握紧方向盘,低头再看,车窗前方的鬼影已渗入峭壁,无迹可寻了。

如果白天遇见这个姑娘,他会下车,辨清是人是鬼,黑夜中他不敢那样做,只能赶紧驾车驶过。黑夜是白天的影子,三个月来,小林驾驶的卡车驶进铁丝窝山谷,日光就飞逝,黑夜马上降临,鬼就随风飘出,这让他丧气。

他试过很多方式,在山下的运输队停车场留宿,拖延时间,天亮再出发上山。无论怎么算计,总有一只黑手把时间拖住,把他的车轮拖住。总有一条鞭子猛抽黑夜的屁股,暮色尚未消失,黑夜就连滚带爬跌落,追赶在车后。他的卡车进入铁丝窝,黑夜就轰然而至。

很奇怪,非常诡异。小林驾驶卡车驶进铁丝窝这段山路,肯定天黑,永远是黑夜,密不透风的黑夜,有鬼出没的黑夜。除了车灯颤栗的光亮,黑夜把整片山谷大口吞下,让他呼吸困难,头晕眼花。

漫长的滇缅公路上,铁丝窝是中途的一个点,位于龙山的半山腰。下山后,驶出一段幽闭峡谷,绕过苍山,小林的卡车就进入名声远扬的下关镇。

2

小林是马来西亚华侨,十四岁进梁叔叔的汽修厂做学徒。在马来西亚槟城的华人汽车帮中,小林年纪最小,最兴奋,爱打架。他不怕死,不怕棍棒刀枪,换成别人,像小林这般玩命,二十岁做成帮派老大也有可能,可小林不想做老大,只喜欢冲锋陷阵,享受打打杀杀的感觉,看到别人抱头逃跑和跪地告饶,他就笑得满地打滚。

来到中国云南，驾车上千公里，去缅甸拉军事物资，他很兴奋。这个二十一岁的青年，对死亡早有准备。在马来西亚，海洋季风催促每个人迅速成长，小林这个岁数的男人早就结婚，养老婆孩子了。他也认为自己不算小，但战争突如其来，世界大变，历史被撕碎，人生乱套。他不能娶妻生子了，要考虑怎么去死，男人就应该战死，报名回中国，打日本，死在抗战的荒山野岭。

小林来到昆明，是一个复杂故事，后面再追述。

只说他乘坐远洋邮轮，辗转来到中国云南省的昆明，参加了抗战运输队驾驶培训班，毕业的第二天，就正式上路，驾车翻越云南的连绵群山了。整个中国都乱，到处是眼泪流干的难民，遥远的昆明城里，却洒下1939年冬天的平静阳光。这座城市万里无云，在没有空袭警报的日子里，天空蓝得空洞，危险深藏不露，目标丧失，让人捡到零碎的微笑。

小林的运输队弟兄，都是会聚新加坡，再同船归国的青年华侨。都说会开车，其实好些人不会开，只是头脑发热，满腔激情，报名回国抗日。小林陪着不会开车的华侨弟兄，集中睡在昆明小西门城外的运输队驾驶学校里，每天上操，排队和跑步，学开车和修车。两个月的培训仓促结束，他们每人一辆卡车，孤立无助地上路，翻越高耸的群山，盘旋在挂在天上的公路，像老鹰飞在天空，前往一千公里外的缅甸拉货，为中国运送抗战物资。

3

1939年，中国的身体呼吸困难，手脚被砍伤，脖子被掐紧，只能依靠云南滇缅公路这根神经，传递最后的思想和勇气。北方沦陷，首都南京落入敌手，政府一撤再撤，从南京迁往武汉，武汉迁往重庆。呜咽悲鸣的诗歌字词破碎，飘荡在狼烟滚滚的空中。

北方宽阔的平原上，奔跑着日本军车，火车呜咽，日夜运送表情呆板的日本士兵。东部和东南沿海，铁路、公路、港口均被日本军队封锁和占领。只有崇山峻岭中的云南，被世界最高的山脉严密保护，网开一面。群山中的滇缅公路，保证了中国之口的急促呼吸。这条路被切断，中国就麻痹，陷入瘫痪，接近死亡。

滇缅公路把上千公里的苍茫群山缝合，这根敏感而粗壮的神经，全长一千二百公里，连通了中国、缅甸和印度，运来抗战的枪炮弹药和汽油。运输军用物资的车辆，全部是美国卡车，道奇、雪佛兰、捷姆西等牌子，也有烧木炭的百氏牌卡车，每辆车载货三吨到五吨。

卡车从昆明出发，奔跑九百公里，驶到云南西部中缅边境的畹町镇，进入缅甸，再跑三百公里，到达缅甸的腊戍，全程结束。在腊戍装货，返程回昆明。全程途经散落于群山之间的无数小镇，诸如，云南畹町、龙陵、保山、盐田坝、旧寨、瓦窑、永平、下关、楚雄等；翻越无数空寂的山峰，穿过怒江、澜沧江，九死一生。

顺利的话，从缅甸载货归来，日夜兼程赶往昆明，要7到10天。但意外随时发生，日本飞机从越南起飞，穿过万米高的云层，直奔云南西部山区，每天轰炸滇缅公路10余次。卡车司机们听到空中的声响，看到头顶飞过黑影，就赶紧停车。

几天前，小林驾驶福特卡车上山，像一只老鹰，在峭壁上哀鸣，龇牙咧嘴，喷吐热气，缓缓朝坡上拱。车轮在悬崖处打滑和下移，车轮下的沙土向后射出，山壁摇摇欲坠，车子无法前进。危险的巨兽大步走近，一屁股坐到车头上，震得整个车身轰然下陷。

右侧是幽暗绝壁，左侧是呼啸的深谷。狭窄的天空里，日本飞机突然出现，五只真正的老鹰张开翅膀，滑翔盘旋，杀气腾腾。忽然，老鹰散开，迅速下降，直插公路，小林赶紧刹车。

飞机机身上的太阳旗，一粒红点，像充血的眼睛，一晃而逝，划过弯曲狭窄的天空，轰鸣撼着山谷里的森林，小鸟乱飞，被疾风吹落。

飞机忽然屙出黑色的屎，山谷里响起爆炸声，大树翻倒，岩石崩塌，老鹰、斑鸠、绿豆雀、八哥和乌鸦，冲出爆炸的黑烟，整齐地射向天空。

两辆卡车被炸翻，司机被烧死。

小林侥幸没死。

还有危险。

半路遇上暴雨，山摇地动，落石翻滚，泥浆滔滔泻下，小林只能停车，在驾驶室里坐等。山洪把汽车卷走，埋葬在江底，也就认命。沿途的深山老林里，野兽出没，毒蚊袭人。风雨中路烂泥泞，坑洼不平，货车满载军用物资，东摇西晃，半路抛锚，无可奈何，只能等过路司机来到，相互帮助，把求救信送往几十公里外的修车站。修车站师傅几天才能赶到，他一直停车在山上等，饿几天是常事，生病发热，只能忍耐，求老天保佑，不要把自己的命收走。

躲开车毁人亡的危险，驶进休息的城镇，还有麻烦。夜晚睡觉，司机把汽车停在露天，军用物资被盗，要被问罪。睡在驾驶室里，可能被土匪枪杀。住进小客栈也会出事，客栈里有妓院和烟馆，人员混杂，杀人夺命的事，时有发生。

还会遇见鬼。

小林在下关镇的小客栈里，听说了龙山铁丝窝山谷的女鬼传闻。

他很好奇，这个传说中的女鬼，他不怕，很想见识。

好像真遇见了，又好像很假，只是幻觉。

4

下关镇上的女人，不是幻觉，是真实的等待。

美国卡车马达轰响，从山上冲下，车后追赶的滚滚尘灰，像一千头奔跑的黄牛。卡车蹦跳摇摆，轰隆隆砸进云南大理的下关镇，在小旅馆门前停下，旅馆门前空寂无人，没有好奇的眼睛。云南西部著名的交通要道，南来北往，财源滚滚，客栈老板对过往卡车见惯不惊。

下关镇上，有三个女人等着小林的到来。

想到她们，小林心花怒放。

苍山起伏环绕，围住一大片沟河和田野，阳光懒洋洋散开。下关镇上的小旅馆，都有大户人家的感觉，石砌门柱整齐粗壮，门头拱顶的石雕花饰，远看像鸟，近看似蝶。石脚坚定有力，墙面粉刷得雪白，明白亮堂。深厚门洞里的敦实木门涂了褐色土漆，推门入院，嘎吱震动，吐出沉重的呼吸。

几百年中，下关镇上商队往来，马帮络绎穿行，运来茶叶、盐巴、药材和兽皮。镇上富人增多，美女成群。男人外出经商，女人在家开旅馆，迎来送往。

旅馆雪白的墙面，反射着慵懒温暖的阳光，翻山越岭的卡车兴冲冲赶来，司机都是华侨，出身马来西亚、新加坡和泰国，他们是福建、广东和海南岛人的后裔，相貌特殊，脑门突起，厚嘴唇，皮肤被马来半岛的海边阳光晒成咖啡色。

运送抗战物资的卡车驶进下关镇，路程过半，险途渐少，敌机绝迹。司机大汗淋漓，灰头土脸，从高高的驾驶室里跳下，大声叫喊，庆幸捡得性命。赶紧钻进小旅馆，漱口洗脸，头发左右分开，梳得光滑，哼着东南亚民歌，有的哼英国歌，叼着烟出来，找小旅馆的老板娘说笑。

酒足饭饱，出门散步，田野里晚风轻摇，暮色被一丝一丝抽走。乌鸦归巢，喜鹊不言，狗夹着尾巴归家。月亮理直气壮地升起，照亮下关镇疲惫的夜晚，司机丢掉烟头，打着哈欠进屋，沉沉入梦。

小林踩下油门，冲进下关镇，心急火燎，热情万丈。铁丝窝的女鬼，变成记忆里的水迹，渐渐散尽，不见踪影。眼前浮现三个女人，一个是母亲，两个是女儿。母亲坐在床上，俯身注视他。两个女儿在院子里奔跑，辫子甩来甩去，衣摆飘摇，小小的乳房隔着衣服晃动。她们不停地转圈子，尖声呼唤小林的名字。

小林在下关镇留宿的旅馆，就由这个母亲带着两个女儿共同经营。

5

美国卡车驶下龙山，整个下关镇都会震动，地下升起嗡嗡摇晃之声，杨家客栈后院的茶花树上，褐色瓦雀闻之骚乱，响亮鸣叫。鸟在卡车的轰鸣中飞起，蹿到旅馆二楼的房顶上张望。

阮秀贞无动于衷。

她蹲在后院的水池边洗菜，院墙摇晃，石板地面微微震动，轰隆隆的卡车声由远而近，她不慌不忙地洗菜。菜洗净，装进竹篓，竹篓抬起，搂稳了朝前走。水从竹篓缝隙往下流，淋湿了她的裤子，大半截裤管贴在腿上。她搂着竹篓回厨房，提刀切菜，砧板剁得咚咚响，信心十足，盖住了院门外的汽车马达声。

忽然她停住手上的动作，偏过头来，目光投向厨房门外的小院，手在潮湿的围腰上抹几把，慢慢走出厨房，支楞起耳朵，倾听门外的汽车声。再抬起头，看着房顶飞起飞落的瓦雀。她朝房顶挥手，瓦雀飞走，汽车驶近。

熟悉的声音从院墙外传来。

她微微一笑，低头返回厨房。

很快，她的两个女儿从小屋里冲出，奔向院门，叫喊小林的名字。

阮秀贞的祖籍在越南。

十多年前，中国商人杨贵祥去越南做生意，把她带回大理下关镇成亲。她生下两个女儿后，不幸降临，丈夫外出经商，再没有返回。现在大女儿十五岁，小女儿十三岁，丈夫还是杳无音信，想必已客死异乡。

阮秀贞无力改变中国丈夫失踪的现实，也不会把他忘记。她留在中国下关镇，就是为了永远记住中国丈夫，开这家旅馆用的也是夫姓，叫杨家客栈。

小林驾车到下关，只住杨家客栈。

杨家客栈是三房一照壁的四合院，院内两层楼，上下各8间房。大院后面另有一个小院，小院里有一株茶花和一个石砌的小水池，水池旁边是厨房，厨房旁边，是阮秀贞和两个女儿的卧室。

阮秀贞的女儿一个叫桃花，一个叫梨花。小林每次驾车来到下关镇，在杨家客栈门前的菜地边停车，拖着沉重的双腿，跨进客栈院子，桃花和梨花都会闻声跑出。两姐妹满脸通红，无比兴奋，一前一后忙乱。给小林端茶水，递给他烤面饼。看着他喝水，催他吃完红糖馅的面饼，然后，桃花提水给他洗脸，梨花催促他把脏衣服换下。

小林掏出英国糖，一人一把，塞给桃花和梨花。

两个姑娘捧着小林的水果糖，衣裙翻飞地跑开，去厨房找母亲。她们很孝顺，小林的英国糖，一定让母亲先吃。

两个姑娘都漂亮，桃花年长，身子浑圆，更成熟，顾盼生姿，满含深情。梨花直率，快言快语，举止青涩，含苞未放。小林住杨家客栈，就因为喜欢桃花和梨花。

小林离开马来西亚时二十一岁，早就谈过恋爱，勾引姑娘有经验。他知道杨家客栈的两个姑娘对自己情有独钟，为此得意。想到下关镇上有两个美丽姑娘，正坐在芬芳的茶花树下，屏声息气，倾听隆隆而至的车轮响动，等待着自己出现，他就深感欣慰。滇缅公路上孤独而漫长的生死奔忙，也就无所谓了。

可是，他不敢轻举妄动。

6

小林负罪在先，背叛了马来西亚的未婚妻，不敢在外找姑娘了。

在马来西亚，小林瞒着家人，报名参加回国抗日的司机预备队，乘远洋邮轮去新加坡，从那里再乘法国的"达尔文号"邮轮，到达缅甸仰光，然后换乘汽车，来到云南昆明。马来西亚的父母已经在为他准备婚礼，他要跟梁叔叔的女儿结婚了，准备做父亲了，要去继承梁家的汽车修理厂家业。

可是，他逃跑了。

不是逃婚，是退出了人世的希望。

朋友死了，他活着也没有意思。

父母和梁叔叔一家欢天喜地筹备婚事，他临阵脱逃，辗转来到中国，投身抗日，踏上了死亡之路。

他认为投身战争，活下来的机会很少，可以死得轻松。

在昆明受训出车，踏上滇缅公路，他才知道尽管驾车出行危险，司机却不是士兵，公路也不在前线。卡车长途跋涉，驶往中缅边境，生死相伴。但云南没有被日军占领，司机出行未必会死，这使他减轻愧疚，对梁叔叔和他的女儿恢复了思念。

这不是他拒绝阮秀贞两个女儿的理由。

他对桃花和梨花两个姑娘送上的爱情视而不见，原因是不能保证自己可以活到明天，不能保证自己不会翻车死亡并抛尸荒野，更不能保证自己能成功躲过日本飞机的炸弹。战争结束前，他认为自己没有资格找姑娘。

他来中国，是因为失去了好友，见识了痛彻骨髓的死亡。那天，在马来西亚槟城，他去酒吧会见好友，日本间谍混进来，藏下炸弹，酒吧爆炸了。正在看英国人拍的中日战争电影的几十个人，死了大半，其中有他最好的三个朋友。大火烧光了半条街，烧干几百人的眼泪。

日本间谍制造的爆炸让他深受打击，巨大的轰响在他的脑袋里半月不散，半个月来他无法入眠，夜晚睡在床上，浑身冒汗，手脚发抖，体会到什么叫作空虚和绝望。他想哭没有泪，想喊叫发不出声，想杀人却不敢，要强烈忍住。可他快要忍不住，快要提刀出门，去杀自己的师傅，日本人松田了。

他的师傅，日本人松田，是梁叔叔厂里的高级技工。松田永远一副笑脸，小眼睛弯弯的，见人就鞠躬点头，脸上的皱纹里堆满了友善和谦卑。他会是日本间谍吗？有可能。可他教会了小林修汽车，教给了小林吃饭的手艺，现在，他也可能是杀死小林好友的凶手。就算他没杀，就算那颗炸弹不是他放的，他以后也可能再杀别人，他的床下也可能藏有炸弹。小林忍无可忍，想杀这个松田师傅了。可松田真的是间谍吗？他满脸的笑容真是假的？

小林慌乱害怕，他躲开梁叔叔，从马来西亚逃走，一个重要的原因，是为了躲开日本师傅松田。

现在，他远在中国云南的深山，不再敢接受别人的爱，他是来赴死的，是来为朋友报仇的。他只能用水果糖和巧克力，回报桃花和梨花的爱情。

而且，另有一座更大的山，横在他和桃花梨花两个少女之间。

那是她们的母亲阮秀贞。

小林躺在杨家客栈的客房睡觉，总能感觉到老板娘阮秀贞的脚步从窗外移过，总能看见阮秀贞的目光在窗纸上停留，总能听到她的呼吸在月光下缓缓上升，萦绕不散。铁丝窝的女鬼传闻，是阮秀贞上个月告诉小林的。

7

小林驾车上路两个月，结识了阮秀贞。

两个月出生入死，在险象环生的滇缅公路上成功往返，很幸运。那天下午，小林和他的朋友结伴，五辆卡车驶进下关镇。落日在晚风中高声叹息，恋恋不舍地下沉，金黄色的余照升上苍山之巅，卡车碾压着暮气笼罩的土路，驶向路边的段氏马店大门。

段氏马店是下关镇最出名的旅馆，三个大院子相连，客房很多，还有储货的仓库和足够关一百匹马的大马厩。院内有人租房开烟馆，烟馆养着三个妓女，一个四十岁的半老女人，两个十六岁的姑娘。三个妓女不够用，他们会想办法，烟馆的一个瘸腿少年，在生意好时跑遍全镇，请人用马车送来女人。

小林的司机朋友吴六一，一路辛苦，在下关镇停车，心急火燎地进旅馆洗脸，匆忙换上干净衣服，拉着小林出门找女人。

段氏马店烟馆的妓女少，去晚了找不到女人。吴六一比小林大五岁，也是马来西亚人，最胆小，最害羞。从前司机弟兄约他找女人，总被他拒绝，完事回来，还被他唠唠叨叨教训。那天他变得急躁了，这个有些女人气的忸怩男人，变成一只关得太久的公猪，憋得满脸通红，哼哼叽叽。

吴六一说，赶紧找个女人吧，就算下趟死了，也值得。我要死在女人的床上，不想死在山上啊！

小林说，哈哈，翻车把你吓醒了？

吴六一说，你年纪小，但比我敢玩。

小林说，反正活不了多久，该玩要玩。

这趟从缅甸回来，吴六一半路几乎吓死。他的车在山上抛锚，小林和三个司机陪他，困了三天。如果不是遇上两个外出捕猎的山村少年，他们可能饿死。那两个山村少年把肩上的麂子放下来，送给他们烤了吃，他们才活着等到了修车师傅赶来。

可是，走进段氏马店的烟馆，他们来晚了，三个妓女已经有主。烟馆的曹老板，弯刀脸，翻鼻孔，门牙硕大，眼珠子白多黑少，长得太像坏人。他拱手道歉，对小林和吴六一说，二位先生抽口烟，曹某马上给你们找女人，放心！镇上来了好几个姑娘，都是十几岁的丫头，漂亮死了，嫩得很，我马上把她们找来，二位放心好了！

吴六一说，大烟么抽了干什么？我不会抽，不会抽的啊！

曹老板说，抽两口很舒服的，你们路上辛苦，该养养神啦！

小林说，找姑娘就是养神。

曹老板笑着说，是啦，是啦，胯里的小雀雀，叽叽喳喳叫啦！

吴六一脸红了。

曹老板用力弯下腰，鞠两个躬，脑袋抬起，一双鼓胀眼睛瞪得快要掉出来，朝他们送上巴结的笑容。

小林说，算了，我们走。

曹老板急忙拦住说，小兄弟不要走，看你们很讲究，头发油光水滑，是有钱人。睡在烟床上喝茶好了，抽饱了烟，姑娘就送来，愿意的话你们可以带走，回房间玩个痛快。

吴六一赶紧说，我们回房间等，你把姑娘送来如何？

曹老板搂住小林说，小兄弟先抽几口烟，来抽吧，还有空着的烟床，等下来人就没烟床了。

小林冒火了，一把掐住曹老板的脖子，把他摁到墙上说，什么小兄弟？老子不抽烟你不让我走是不是？我杀过人，你晓得吗？

曹老板被掐得两脚猛蹬，双手乱摇。

吴六一急忙拖着小林退走。

他们返回旅馆房间，吃过饭，躺在床上睡觉。黑夜压下来，院子里挂出三盏马灯，窗外模糊的光亮，照见屋檐下一拐一拐走来的烟馆瘸腿少年。他低着头，瘦小的身子一摇一晃，急急忙忙赶路，身后跟着两个女人。女人慢吞吞，走得不慌不忙，拉开了好几步距离。

瘸腿少年站住，恶狠狠地回头说，赶快！磨洋工还想挣钱？

女人鄙视地站住，咕咕咕笑。

瘸腿少年冲过去，猛地一掌，想把一个傻笑的女人推倒，没想到反被这个女人捉住手，用力一扯拖翻了。

两个女人尖笑着闪开，从瘸腿少年身边跑过。瘸腿少年爬起来，一摇一晃地追，撅着屁股，跑到两个女人前面，抢先敲开房门。

小林看到瘸腿少年带来三十几岁的女人，哈哈大笑。

还说是小姑娘呢，小林笑得趴下身子，用力擂几下床说，这叫小姑娘吗？可以做我妈了。

瘸腿少年走近，伸出一只手说，拿钱来。

拿个屁的钱！老子不要，小林说。

拿钱来！瘸腿少年斩钉截铁地说。

小林冷笑，没有人唬过他，他不吃软，更不怕硬。面前这个瘸腿少年，看上去不怕死。这个人目光迟钝，面无表情，固执而愚蠢，脸上坑坑洼洼，像山路，每个小坑注满悲伤。看上去像死过一万次，刚从阎王殿爬出来，身上嗖嗖冒冷气，伸出的手布满伤疤。

小林抬起头，看一眼瘸腿少年身边的女人，这个女人很漂亮，头发整齐盘起，窄小的蓝布褂子把胸部裹得很紧，饱满鼓胀，下身的黑色长裤轻柔修长。她咧嘴一笑，朝小林猛眨几下眼睛。

小林的身子被点燃，热烘烘烧起来。他掏几张钱丢到地上，坐在床边嘿嘿怪笑。瘸腿少年趴下去，残疾左腿痛苦地蜷曲着，身子艰难地压低，像一只伸长脖子找食的狗，一手撑地，另一只手迅速捡起钱，抬头送给小林一个感激的笑容。

瘸腿少年退出房间，随手关上房门。

站在小林面前的这个女人，就是阮秀贞。

8

瘸腿少年忽轻忽重的脚步声从门外远去，小林呵呵冷笑，拍拍身边的床，对阮秀贞说，来吧，上床，我出过钱了，你老得像我妈，也只能要了。

马来西亚男人对女人的年龄并不计较，尤其对出钱购买的女人。小林刚才很生气，是因为烟馆的曹老板说过，保证送来十几岁的姑娘。可这个阮秀贞，眼角已经有皱纹，她的年纪让小林感到好笑。

这个女人有些面熟。

我好像见过你，小林说，上床来讲话吧。

阮秀贞笑了笑，朝小林再挤几下眼睛，她没朝前走，反而退后几步，靠到门边的板壁上，静静地看着小林。

过来，小林说。

阮秀贞朝地上吐了一泡口水说，呸！

小林吃一惊。

你浑蛋！阮秀贞轻声说。

小林更惊奇。

你欺负烟馆的小跛脚，要不得！阮秀贞说。

小林眼前浮现瘸腿少年挣扎着弓身捡钱的可怜相，脸有些发烧，嘴却很硬。

他说，我已经可怜他了，不然才不想要你，如果我不要你，你挣不到钱，他也挣不到钱，回去他还要被曹老板收拾。

阮秀贞咕咕一笑，慢慢走过来，伸手摸小林的脸，猛地揪住他的头发，把他的脸揪得后仰。小林疼得龇开嘴，想抽阮秀贞一巴掌。可阮秀贞面露凶光，毫不畏惧，让他迷惑不解。

阮秀贞把小林拖下床，摔到地上。小林唉哟叫一声，膝盖摔疼了。阮秀贞接着把小林推倒，骑到他背上，猛抽他几个耳光，又把手伸到身后，在小林的屁股上狠掐了几把。

小林疼得嗷嗷叫，打个滚把阮秀贞掀翻，扑上去想揍她，却看到阮秀贞坐在地上微笑，不慌不忙，把紧身褂子脱下，扔到小林脸上了。

小林火气顿消，哈哈大笑，把阮秀贞摁倒。阮秀贞是老手，躺在地上扭几下屁股，就让小林失控，一泄而空，无奈地趴着喘气。

阮秀贞把小林推开，走到床边躺下说，来吧，睡在床上说话。

小林睡到床上，听阮秀贞慢吞吞解释，才知道她也是旅馆老板。

原来这样啊！小林恍然大悟地说，你开旅馆，我在路上肯定见过，难怪觉得面熟啊！

到了下关，你应该住我家，阮秀贞说。

你开旅馆，还要做这种事？小林奇怪地问。

阮秀贞说，我不想做，是来叫你去住我的旅馆，下关镇不只段氏马店，还有我的杨家客栈。段氏马店这边开烟馆，脏得很，我那边很干净，要女人我也可以帮你找。

小林说，要你就够了。

阮秀贞在小林脸上掐一把，咕咕捂着嘴笑。

相识阮秀贞后，小林丢魂失魄，再到下关镇，别的司机去住段氏马店，小林换旅馆，跨进阮秀贞的杨家客栈。

小林第一次走进杨家客栈宽大幽静的院子，看到阮秀贞的大女儿桃花。

她穿红裙子白裤子，提一把铜茶壶，从走廊里过来，迟疑地站住，眼睛慢慢睁大，露出久别重逢的惊喜。

小林朝她笑了笑。

她慢慢走过来，在距离小林两步远的地方停住问，你认识我吗？

小林摇摇头。

要住店？她说。

小林说，那个阮什么在吗？

她说，是我妈。

傍晚，桃花端着饭菜，送进小林的房间，又问，我长得跟我妈像吗？

小林说，不像。

你今天怎么那样看我？

哈哈，小林说，我认识你妈。

对话混乱，牛头不对马嘴，桃花听不懂，气得一跺脚，转身出门。

小林狼吞虎咽地吃完饭，阮秀贞来敲门了。他从门后闪出，一把抱住她。阮秀贞不慌不忙地推开他说，我不是来找你干这个，你年纪小，太小了，做我的姑爷还差不多。

小林说，好啊，你女儿很漂亮，我喜欢。

阮秀贞坐到床上，瞪一眼骂道，你当真？动了我的桃花和梨花，要你狗命的。

小林嘿嘿地笑。

上次跟阮秀贞在段氏马店相识，小林对她的直率印象难忘，一夜太短，次日匆匆分手，重逢时已隔半月。小林不怕女人，更不怕上过床的女人，对阮秀贞充满好奇和渴望。他称赞桃花，只是一个玩笑。阮秀贞的女儿他不认识，没有兴趣，再说，勾引少女桃花，会徒增痛苦。生死年代，找阮秀贞最好，你卖我买，现场交易，了无牵挂。

小林赶紧赔笑脸，表示歉意。这个女人善解风情，让小林想起马来西亚的海边姑娘。

你休息一下好了，阮秀贞从床上滑下说，我是来看你，那边还有事。今天住进一个当兵的，有些麻烦，我要去照应，晚了再来陪你。你先睡，路上开车很累的。

阮秀贞在小林脸上吻一下，小林愣住，身子忽地发热。她咕咕笑着，后退一步，再退，用屁股顶开房门，退了出去。

阮秀贞说得对，小林翻山越岭，累得只剩半条命。阮秀贞走后，他疲惫地躺下去，很快睡熟。半夜，小林惊醒，懵懂坐起，身边冷清空洞，他在床上摸索，寻找阮秀贞的身子。

几声吼叫在窗外的黑夜里翻滚，好像风中落下干燥的石块，小林听到女人的哭声，想起阮秀贞，猛地从床上跳下，拉开房门。冷风扑进来，他打个寒战，跨出房门。

苍白的月光落下，照见院里的一男一女，女人跪在地上，捂着脸哭泣，男人端一支枪，冲女人狂骂。

小林走出门去，那男人转过头，用枪指着他说，不要出来捣乱！

那女人止住哭泣，抬起头，朝小林投来迟疑的目光。

正是阮秀贞。

9

站在院里的男人是个当兵的，月光在他的枪管上仓皇跳跃。这个人像棍子一样高瘦，手中的枪指向小林。小林很兴奋，好像被女人挑逗，咧嘴笑起来。

他笑着走过去。

阮秀贞慌忙跳起，惊叫着跑来，想把小林拦住，端枪的士兵跨前几步，追上来把阮秀贞踢翻。

小林大怒，飞身一步，扑上去扭住了枪管。他如此玩命，让端枪的士兵不知所措，稍一迟疑，小林已猛地一抽，夺枪在手。他毫不犹豫地举起枪托砸下，士兵赶紧躲闪，被枪托砸到肩膀，晃两下跌倒在地了。小林跨上前，把枪口抵在了倒地士兵的脑袋上。

小林吼道，滚出去！

阮秀贞坐在地上，看得目瞪口呆。

起来！小林再次发出命令。

躺在地上的士兵赶紧坐起来。

小林猛踢一脚，踢得士兵仰面跌倒，他在地上打个滚，顺势爬起来，站着发呆。看到小林的枪口指着自己，士兵后退一步，高高地举手投降。小林用枪押着发蒙的士兵，朝院门口走去。忽然，咔嗒拉一把枪栓，要射击。他会玩枪让阮秀贞意外，敢开枪杀人，更让阮秀贞惊愕。这个士兵吓得跪下，阮秀贞手脚并用，爬过去抱住小林的腿说，不要开枪，不能开枪啊，小林，算了，让他回来睡觉，他够辛苦的。

士兵跪在地上哆嗦，磕头告饶。

惹了当兵的很要命，缴人家的枪更要掉脑袋的。下关镇常年驻扎军队，当兵的都是抗日英雄，把这个当兵的放走，他带人来，血洗阮秀贞的杨家客栈，算一次正当的军事行动。

庆幸的是，这人是过路的逃兵，胆小愚笨，他被小林解除武装，以为遇上追逃兵的便衣，赶紧哆嗦告饶。

兄弟饶命，哦，长官饶命，我逃走是不得已，家有老母，不回去不行啊！

瘦高个子逃兵涕泪俱下。

小林哈哈大笑，他跑滇缅公路几趟，听说过逃兵的事，这人如此解释，让他大概听出了端倪，于是说，枪我留下了，你要命就赶紧走，小心我改变主意。

当兵的再次磕头道谢，站起来试着朝门外走，出门后拔腿就跑，像被踢了屁股的狗，一溜烟消失在夜色中。

阮秀贞的女儿桃花，站在院子墙角边的黑暗中拍手。

阮秀贞说，怎么办？他再来闹事，我对付不了。

小林说，枪留给你，这个杂种再来，开枪打死。

阮秀贞摇头说，不可能的，我怎么能开枪杀人。

10

　　笨拙的逃兵半夜殴打阮秀贞，不是为色，是劫财。他带枪从军营逃走，没钱走不了远路，无法回家。来到下关镇，住进杨家客栈，打起了阮秀贞的主意，想抢她的钱。可是遇上阮秀贞，就很麻烦。这个女人最不服气被劫财，哪怕送出自己的身子，也不能丢失钱财。她哄这个当兵的上床，是为了保住钱。没跟他要钱算好了，还要我的钱？哪有这种事？可当兵的在床上占了她的便宜，还坚持打劫，要她给钱，阮秀贞大怒，在床上跟他打了起来。两人从屋里打到院中，把小林吵醒了。

　　幸好有小林，他是个野种，胆子最大。

　　小林缴了逃兵的枪，把人赶走，天亮后驾车离开。阮秀贞留着一支枪，提心吊胆半个月，不见逃兵来，松了一口气。

　　这天傍晚，小林从缅甸驾车回来了。

　　阮秀贞看到他，满脸笑容地说，死小林，怕你出事呢。

　　小林说，我也怕你出事，那个杂种没来吧？

　　阮秀贞说，他不敢来啦，那个逃兵，我是怕你遇上女鬼，龙山的铁丝窝，听说有一个女鬼啊！

　　小林说，怕女鬼勾引我吗？

　　阮秀贞说，怕女鬼要你的命啊！掏了你的心吃掉。

　　她怕小林死掉，变成鬼，就对龙山女鬼的传说特别敏感。还怕那个被缴枪的逃兵回来，杀人放火，自己和女儿也变成鬼。小林活着，自己就有依靠，这个司机是好人，不能出事。

　　更重要的是，传说中的女鬼先前她见过，是流浪在下关镇上的一个大学生，流浪的女大学生死了变成鬼，让她心痛，更害怕。

　　阮秀贞说的女鬼，原来在昆明读西南联大，是来自湖南的女孩。湖南姑娘的男友辍学参军，不知去向，她就独自举着破败的爱情旗帜，从昆明一路寻来，在下关镇上住了两个月。

　　在那个姑娘变成女鬼传说之前，她每天站在下关镇的路口，拍打过往军车的驾驶室车门,向所有士兵打听,把男友的姓名向过路士兵重复数百遍。天黑之后,她才消失在夜色中,没有人知道她去了哪里。两个月后的一天,她像黄昏中的最后一丝余光,逐渐缩小,变成一个黑点,在山梁上消失。

不久,有人发现她变成了铁丝窝的一个女鬼。

女大学生的绝望,跟阮秀贞的痛苦很近似,她的丈夫不知所终已经十年。

小林说,日本飞机丢下的炮弹太多,女鬼可能炸飞啦。

阮秀贞说,你半路遇见她,就把她带走吧,用车子送她回家。

小林说,我不可能送她回湖南。

阮秀贞说,你把她送来下关好了,我收留她。

小林说,你是一个好人。

阮秀贞说,可能她真的死了。

这天,小林坐在旅馆后院的茶花树下,阮秀贞蹲在水池边洗菜,一边洗一边叹气,告诉小林女大学生的传闻。小林喝着碗里的茶水,目光在阮秀贞凹陷的后背和凌乱的头发上爬动。

这个下关镇开旅馆的女人,原先把小林当客人。自从小林勇猛制服捣乱的逃兵,阮秀贞就对他另眼相待,情不自禁,把残留在苍山月夜深处的真情,倾注到了马来西亚青年司机小林的身上,把小林当作一个男人了。

可他太年轻。

她跟小林上床不要钱,让小林激动,也让他羞愧。

阮秀贞三十多岁,头发漆黑浓密,在脑后盘成一个饱满的发髻。她整天带着女儿忙碌,天黑后,上床陪小林睡觉。她进屋不着急搂抱,站在床边,抬手理一下头发,把衣服抹平,慢慢脱去裤子,光腿上床,坐在枕头边发呆,俯看躺在床上的小林,好像在欣赏床单上的一幅图案。这个上床要抹英国香水的青年司机,做丈夫太小,做儿子稍大,只能做朋友,一个过路的男人。

她轻轻地叹息。

月光在窗外的白墙上摇晃,无声无息,透过格子窗的棉纸,反射进客房,弥漫在木床四周。阮秀贞微笑着解开衣扣,露出摇颤的双乳,举臂拔出发钗,一团黑发泻下,疾风拂过小林的脸,吹灭了墙上的马灯。

阮秀贞送给小林的是爱情吗？他无法回答。

也许，她送给小林的，是对男人的思念。

阮秀贞把对男人的思念赠送给小林，无所顾忌地向他展示女人的渴望，不只是因为小林勇敢，还因为小林单纯，很诚实，对她万分珍惜。小林不像阮秀贞见过的住店男人，那些人粗暴恶臭，口水流满床单，天亮后拍屁股走人，毫无牵挂。

11

小林驾车出行，在下关镇的杨家客栈留宿，兴奋之余，又有慌张和空虚。小林和阮秀贞都心照不宣，知道他们的关系不牢靠。阮秀贞见到小林很高兴，半夜溜进房间，抱着他亲吻抚摸，嘀嘀咕咕说话。次日天色将明，阮秀贞一骨碌坐起，穿衣下床，头也不回地开门闪出。那一刻，睡在床上的小林，目送阮秀贞开门逃离，顿觉背上飕飕吹来凉风。

阮秀贞很老练，年长小林十多岁，交往次数多了，感情上出入自如，在旅馆里忙忙乱乱，迎来送往，对小林的到来满无所谓。相比之下，小林对阮秀贞更依赖，也更迷恋，每次离开，都难分难舍，不知所措。

他驾车来到杨家客栈，住下就不出门，整天陪在阮秀贞身边，看她做事，听她说话。又一天上午，小林坐在后院的茶花树下喝茶，阮秀贞蹲在水池边洗菜，两人东一句西一句地聊天。阮秀贞的女儿梨花忽然赶来，从门框边探进半个身子，两手慌张挥动，大声求助。

阮秀贞显然受到惊吓，从水池边猛地站起。大概起得太快，脑袋发虚，身子晃两下，眼看要摔倒。小林跳起来扶她，她丢下手里的菜，慌乱地扒开小林的手，急忙离开后院，跟着女儿出去了。

小林追出去，看到前院的墙边，两个刚住店的男人，正哈哈大笑，一左一右，拦住阮秀贞的大女儿桃花，把她逼到走廊的板壁上。一个男人抓起桃花的手，轻轻抚摸；一个伸手捻她的头发，两人都厚颜无耻，兴致勃勃。阮秀贞做客栈老板，出租房间，偶尔也出租身体。但两个女儿桃花和梨花，她看管得紧，不准男人靠近一步。

阮秀贞踏着院心的石板跑过去，跨进走廊，把两个男人扒开，推一把女儿桃花，骂道，洗菜去，赶紧，不要偷懒！

桃花逃走，跑过小林身边时，吐舌头微微一笑。

小林站在院中，提了一根粗大的柴棍在手，已经做好打架的准备。在马来西亚槟城华侨帮派的火并中，小林冲锋在前，打架最狂热。他的玩命已让阮秀贞见识过，有他在场，阮秀贞底气很足。

刚才闹事的两个男人，是一对赶马的兄弟。他们赶着30多匹马送货，翻山越岭，前往云南西北部海拔最高的遥远藏区，每隔半年会在下关镇出现。他们常年出入的地区人烟稀少，民风剽悍，打打杀杀是家常便饭，马帮两兄弟也就磨炼得粗俗狂妄。

他们从未住过阮秀贞的客栈，多半投宿段氏马店。这两兄弟爱抽大烟，段氏马店能让他们过足烟瘾，马店后院的大马厩和存放货物的大仓库，也够他们使用。但是，昨晚旅客多，段氏马店住满，两兄弟把马送进段家大马厩，货物存放在段家仓库，人住进了阮秀贞的杨家客栈。

两兄弟一个叫赵大，一个叫赵二。他们站在杨家客栈的院子里，看着桃花跑远，一时发蒙。赵二摸一把脸上横七竖八的粗硬短髭，无奈苦笑。赵大不服气，朝赵二嚷道，老子不住这个烂旅馆了，还住段氏马店，赵二，我们出去看看。

赵大骂骂咧咧，跨出院门。赵二跟在后面，也出了门。

阮秀贞朝他们的后背吐了一泡口水。

12

小林把手里的柴棍放在墙角，跟着赶马的两兄弟出门。他没把赵家兄弟放在眼里，小林连持枪的逃兵也不怕，更不怕赶马人。何况杨家客栈还藏了一支枪，有了枪，土匪打劫也可以对付。

他只想出去走走。

院子的树上，两只喜鹊飞来，大声叫唤。粗涩响亮的鸟鸣越过房顶，飞向远处，牵引着小林朝远处走。他走出院门，跟着赶马的两兄弟，拐弯沿一条土路，朝下关镇的街上走去了。

阮秀贞说有女鬼，小林好奇，想见鬼，又害怕。开车路过龙山的铁丝窝，都想赶在天黑前。可事情蹊跷，越怕，车子越开不快，路过铁丝窝山洼，总是天黑。

后来他真的遇见了女鬼，一个弓身而去的背影，在山路上出现。那天，小林拼命摁喇叭，鬼置之不理，挡住车道，走在山路中间。待小林驾车慢慢驶近，鬼影立即像灰尘散尽。

车子驶过，小林从车窗里探头，向后张望，看见一个人形的灰白影子，从路边的山壁上渗出，像一片水迹，缓缓洇开变大。小林诧异地踩刹车停住，打开驾驶室的门，站在踏板上，拉紧车门朝后细看。漆黑的公路上转过来一张白脸，长发在夜风中拂动，小林清楚地看到女鬼整理头发，目光亲切，嘴巴微张，欲呼唤小林过来。

小林吓得腿软，从车门边摔到路上。

风猛吹，山路漆黑，小林跳起来，爬进驾驶室，关上车门，发动汽车。一脚油门踩下去，空挡。马达撕心裂肺，震得夜色发颤，他趴在方向盘上想吐。这个不怕刀枪的男人，被女鬼吓晕，发动汽车后，踩着油门就逃。

后来，小林再驶过铁丝窝，山路上空空荡荡，夜风疾吹，空气里飘飞着女鬼的脸。

那天亲眼看见的是人是鬼？他无法辨别。

小林一边走，一边回忆铁丝窝的经历，走进了下关镇的街上。女鬼传闻在脑袋里打转，像一片水中的枯叶。他忽然有异样的感觉，认为传说中的女大学生没有死，活着走出了龙山铁丝窝，来到下关镇的街上了。

他心头一紧，目光落到街边一个姑娘身上。

这姑娘坐在街边，衣衫褴褛，脸却洗得白，戴一副眼镜。她两手抱膝，目不转睛，盯住来往车辆。小林从她身边走过，心中咯噔一沉。他在驾车送运货物的路上，从来没有见过戴眼镜的流浪女孩，好奇地站住，多看了这个姑娘几眼。

一条人马拥挤的下关镇街子走尽，返回时，小林发现街边的姑娘不见了。

他的心被黑暗中伸出的手抓紧,身子收缩,腿发软。刚才坐在街边的戴眼镜女孩,像记忆中的鬼影。疑问飞出,像一群张开翅膀的鸟,拍打他的脑袋,呀呀聒噪。她真是鬼?跑来找我?

他在街子慢慢走。

街两边是卖货的小摊,刚到达的马帮络绎穿行,铃声和蹄声响成一片,挎着短刀和弓弩和马锅头满脸漆黑,头发蓬乱,脸上堆满长途跋涉的疲惫。留宿下关镇的司机和士兵三五成群,在小摊前流连,讨价还价。小林的目光穿过人群,又看见那个姑娘了。她缩着脖子,背微弓,两手把褴褛的衣服拢住,像一只脱毛的鸟。

她来到一个卖烤饼的小摊前,抓起一个饼,夺路就逃。卖烤饼的女人早有警惕,大骂一声,跃过去把她踢倒。

她趴在地上挣扎,哇哇大叫。

小林跑过去,把中年女人拉起来。

我出钱,小林说,你放了她。

姑娘在路边站着,大口吃完烤饼,跟着小林来到了阮秀贞的杨家客栈。

13

那是一个决定性时刻,无可言说的神秘瞬间,两条生命线索相交,不期而遇。六十年过去之后,八十余岁的老人小林,身体里只剩最后一口气,头发稀少,牙齿掉光,躺在医院的病房里,身边围绕着他跟马来西亚老婆生下的儿孙。他目光凝固,坚硬而纤细,像两根生锈的铁丝,在空气中轻轻划动,扒拉下窗户上的积尘,模糊看见记忆的老鹰猛扇翅膀,挣扎着飞回中国云南遥远的下关镇。

那天下午,他救了那个姑娘,并没有跟她说话,没有问她的来历,也没有问她是否愿意去阮秀贞的杨家客栈,只朝前指了指,姑娘就默不出声地跟着,穿过弥漫着灰土味和嘈杂市声的下关镇街子,沿着被一览无余的阳光照耀的土路,走进了阮秀贞的客栈院子。

这个姑娘太脏,把她带进旅馆,让人不解。小林没有在前院停留,有些难为情地把她直接带进后院。阮秀贞刚洗好菜，从水池边站起来，看到小林带来一个脏得发霉的姑娘，大吃一惊。

阮秀贞问，哪里的人？

小林说，让她洗洗澡，看脏成这样。

姑娘抬起头，怯怯地看着阮秀贞，她脸上的眼镜让阮秀贞一愣，阮秀贞皱了皱眉说，奇怪了，跑来个什么人？好吧，跟我来。

阮秀贞把菜篓交给小林，朝后院的墙角指了指，让臭烘烘的姑娘朝前去。后院墙角处有一个小屋，小屋只有木门，没有窗户，屋里摆了一个大木盆和两个小凳，专供住店客人洗澡。厨房里烧了两锅热水，提进去倒进木盆，可以洗尽途中的惊吓和疲惫。

洗澡是杨家客栈的一大特点，下关镇上的旅馆中，段氏马店也有洗澡房，其他旅馆均无法洗澡，住店的客人只能端水回房间里擦洗，很不方便。

后院厨房的大锅里，正巧烧好一锅开水，阮秀贞提两桶滚烫的水进小屋，倒进木盆，关紧门退出来，在屋檐下的小凳上坐下，对小林说，你从哪里捡来的脏姑娘？

小林张口结舌，有些蒙，无法解释，不知道自己为何把一个乞丐领进阮秀贞的杨家客栈。

我可怜她，小林说，洗干净，给她吃点饭，再让她走。

阮秀贞说，你想洗干净带走做媳妇吧？她年纪跟你很般配，不像我，可以做你的妈。

阮秀贞的话酸溜溜，她对一个脏姑娘吃醋很可笑，但话说到了要害，小林脸红了，张口结舌。他对阮秀贞很依赖，却是火暴脾气，被阮秀贞尖酸调侃，不知如何应对，立即发火，跳起来骂道，放你妈的狗屁！

阮秀贞大笑，身子后仰，嘴巴张得老大，一边笑一边说，哈哈，捡一个媳妇回来！还让我去把人家洗干净，哈哈！

小林气得眼冒金星，垂头丧气地走出后院，回自己房间去了。

阮秀贞敲门喊小林吃饭时，天已黑尽，他在床上睡着，晚饭忘了吃。事实上不是忘记吃，是阮秀贞没有把晚饭送给他吃，很奇怪。他住在阮秀贞的杨家客栈里，在房间里睡熟，阮秀贞都会端饭菜进来，陪他吃。可是，那天晚上，阮秀贞没有送饭来，天黑了，阮秀贞才来敲房门。

小林开门，阮秀贞在门外喊，大事啊小林，赶紧出来。

小林睁开眼，慌乱地跳下了床。

阮秀贞再敲门喊，小林赶紧！出来看！

阮秀贞的喊叫像拳头一样砸到小林头上，小林把门打开，看到门外阮秀贞身边站了一个陌生姑娘，这个姑娘满身散发出小林熟悉的新鲜香皂气味，披着湿漉漉的头发，戴了一副眼镜。

他问，出了什么事？

阮秀贞说，看我带什么人来啦？

什么人？

戴眼镜的姑娘嘿嘿地笑。

阮秀贞说，我带来了一个鬼。

戴眼镜的姑娘抬手在空中抓几下，张牙舞爪，模仿吊死鬼，长长地伸出舌头，她的活泼可爱让小林迷惑。

14

小林从缅甸买来几箱英国香皂，送给了阮秀贞，香皂的味道相当好，清幽淡雅，让人有浮在空中的感觉。当时，中国人很少用肥皂，何谈香皂？小林送给阮秀贞几箱英国香皂，算一份厚礼。阮秀贞非常兴奋和感激，每次小林来，阮秀贞都用英国香皂洗澡，小林闻到阮秀贞身上的香皂味，立马欲火中烧。

现在，这个陌生姑娘身上散发出的英国香皂气味，让小林不知所措，他傻笑几声，站着不动，阮秀贞伸出手，把小林拖出了房间。

阮秀贞一手拉着小林，一手牵着戴眼镜的姑娘，领着他们朝后院的厨房走去。小林的步子拖拖拉拉，刚才睡得沉，现在出门，还脑袋迷糊。阮秀贞身边这个戴眼镜的姑娘，他已经看清，这个人他不认识，很好奇。她是谁？为什么朝我比画吊死鬼的样子？他拖后一步，偷看姑娘的背影。她穿了阮秀贞的外衣和裤子，衣服显得宽大，空空地晃荡。

突然，小林的脑袋里电光一闪，姑娘的眼镜和穿在身上的阮秀贞衣服，让他恢复了睡觉前的记忆，想起从下关镇街上捡来的脏姑娘。

是她？

走进后院，厨房门口摆好了小桌子，桌上有几只碗，碗里装着肉菜。煮腊肉、炒豆腐、煎辣椒、一碗咸菜和一盆煮青菜。肉菜香气滚滚而来，小林感到饿，肚子咕咕叫。

他赶紧坐到桌子旁。

他看着肥腊肉，伸手想抓，忽然停住手，偏头看坐在身边的姑娘，姑娘扶了一下鼻梁上的眼镜，微微一笑。

小林觉得奇怪，他从来没有在后院跟阮秀贞这样吃饭。从前，他都是在房间里跟阮秀贞一起吃饭，两人关起门，亲密地吃，像一对小夫妻，也像融洽的母子。现在，阮秀贞把他拖进后院，摆出小饭桌，让他不解。

阮秀贞从厨房里出来，又端来一只菜碗。

小林问，怎么不把饭菜送到房间去吃？

阮秀贞说，哈哈，来了客人呢，还不庆祝一下？

戴眼镜的姑娘说，谢谢你帮助我。

小林这才惊醒，睡意全消。

哈哈！阮秀贞说，洗干净认不出来啦？

戴眼镜的姑娘害羞地说，我太脏了，真脏，洗了澡好舒服，还换上阮姐的衣服，真是感谢啊！

小林认出这个姑娘，还是吃惊，长长地叹了一口气。

戴眼镜的姑娘笑着问，你为什么叹气？讨厌我吗？

小林摇头说，我不敢相信。

姑娘说，来吧，吃吃我做的菜。

小林说，我觉得你像刚才我找来的那个，可还是不敢认啊！

戴眼镜的姑娘给小林夹了几片肥腊肉。

阮秀贞说，像小两口呢。

你姓什么？小林问。

我姓陈，她赶紧放下筷，恭敬地回答。

小林再问，你就是人家说的那个大学生吗？

姑娘点点头说，我是从大学跑出来的。

阮秀贞说，原来就是陈小姐啊。

15

陈小姐正是那个举着爱情破旗翻山越岭的女鬼，失踪的女大学生。

小林问，跑这么远，太危险。

姑娘点头，开口叙说身世。

小林说，我在山上遇见的鬼，是不是你呢？

姑娘说，我可不是鬼，我是活着的人呢。

阮秀贞笑着说，哎呀，鬼跟我们一起吃饭啦。

陈小姐说，我是活人不是鬼呀，男朋友没找到，我是不能死的呀。

小林说，这条路上死的人太多了，你不要再跑，也不要在下关这个地方待了，我送你回昆明，明天走。

陈小姐说，人没找到，我就不回去，昆明是我的伤心之地。

阮秀贞说，你这个可怜样，爹妈要急死的啊！

陈小姐说，我死了他们才高兴呢。

阮秀贞说，回不回昆明再说，你要是看得上，就留在这里，帮我做事，吃住不要钱的，你想住多久就住多久好了。

陈小姐嘴巴张开，眼睛瞪大，急忙放下碗筷站起来，给阮秀贞深深鞠一个躬，坐下后呜呜哭了起来。

小林不知所措地站起来，在桌边转了几圈。

阮秀贞说，小林，你把我的头转晕了。

小林说，阮姐是大好人。

陈小姐哭着用力点头。

阮秀贞说，看你像讨媳妇一样激动。

哈哈！小林被逗乐了。

阮秀贞的女儿桃花和梨花，端着碗坐在厨房门边，好奇地看着这个新来的姑娘。阮秀贞忽然不说话，盯住了小林。

陈小姐身上的英国香皂气息，挑起了阮秀贞的心事。这个女人在越南读过书，识些字，算不上有文化。她头脑简单，性格直，不会有陈小姐多愁善感的空想，更不会冒死寻找消失的爱情。丈夫杳无消息，她就自己撑起家顶着干，过路男人的非分之想她不害怕，也不拒绝，付钱就行，遇到了单纯强悍的青年司机小林，才恢复了女人的缠绵多情。

小林对陈小姐说，我开车从昆明跑缅甸，每个月要路过下关两趟，一来一回，陈小姐要回昆明，随时跟我走就是了。

阮秀贞丢下筷子骂道，烦不烦啊？还说这个事。

陈小姐吃惊地抬起头。

小林也愣住。

阮秀贞站起来欲走，小林一把抓住她问，我说错什么话？

阮秀贞坐下说，好啦，接着吃饭。

陈小姐说，阮姐，我在这里会给你添麻烦。

阮秀贞说，你看不上这里，我也没办法，要走就走，我不会强留你的。

陈小姐又呜呜哭起来。

阮秀贞丢下碗筷，骂一声烦死人了，气呼呼地走开。

16

饭桌边空了，挂在屋檐柱子上的马灯幽幽发亮。头顶的夜空里，游来纤细的一道月牙，仿佛黑夜里张开了讥笑的嘴巴。陈小姐在厨房里叮叮当当洗刷，小林坐在马灯照耀的昏黄院子里，不断朝厨房张望，心神不定。

他没想到，捡来的这个姑娘，洗澡并换上干净衣服，如此清秀文雅。这个女大学生是他不熟悉的一种姑娘，她的哭哭啼啼，她的客气和卑怯，透出了强大的吸引力，相比陈小姐的文雅与伤感，阮秀贞真是一个粗人。

但小林听出了阮秀贞的警告，他懂女人，察觉出阮秀贞吃醋了，担心他带着陈小姐跑掉，再不回来。这让他愧疚，也让他觉得好笑。他不会背叛阮秀贞，给阮秀贞带来了慌张，他很难过。

阮秀贞早就去了前院，小林猛然清醒，意识到陈小姐独自在厨房里洗碗，急忙离开，进前院找阮秀贞去了。

赶马的赵家两兄弟刚巧回来。

两人进院子，大声喊饿，阮秀贞泡了茶送去，返回后院，正巧与小林相遇。她不理小林，进厨房指挥陈小姐热饭菜。陈小姐听说有客人，赶紧动手，热了饭菜端出去，送给赶马的两兄弟。

夜深了，纤细弯月不见，院子里漆黑，树上的风声沙沙叙说着心事。小林早就躺下，心乱如麻。久不见阮秀贞来，有些着急了。门嘎吱响，阮秀贞伸进一个头，她洗了澡，走进小林的房间，摸到床边。小林心口狂跳，闭上眼装睡。阮秀贞正欲脱衣，小林一跃而起，把她抱住。

阮秀贞大叫，哎呀，怎么啦？要吃人是不是？

小林把阮秀贞摁倒。

阮秀贞咕咕笑着，在床上打滚。

你把我当陈小姐是不是？阮秀贞问。

小林生气了，骂道，放狗屁！

院子里传来赶马两兄弟的喊声，他们喝醉，嚷叫着要阮秀贞去陪。阮秀贞推开小林坐了起来，小林也跟着翻身起床。

小林说，我去收拾这两个杂种！

阮秀贞不理他，在头发上抓两把，拢上衣服扣严，开门出去。她看到赵大像一只狗熊，黑乎乎地站在院子里，东摇西晃，仰头嚷叫。看到阮秀贞，赵大哈哈大笑，酒气冲天，走过来抓住阮秀贞，朝自己的房间猛拖。

阮秀贞说，放开我，大哥，你手太重了。

睡在后院小房间里的桃花和梨花闻声开门，悄悄摸出来，靠着前院走廊的板壁偷看。

陈小姐听到吵闹，也开门张望。她开门弄出的响声，把站在院里的赵二惊动了，赵二循着石板地上反射的月光，看到了站在走廊上的陈小姐，只见她身材娇小，表情神秘。

赵二说，哎呀，好姑娘！

阮秀贞以为赵二说自己的女儿，急忙回头，看到赵二朝陈小姐走去，阮秀贞推开赵大说，赵二你回来，陈小姐刚来的，有病没养好身子。

赵二朝陈小姐大步跑去了。

陈小姐吓得退回屋，用力关上门。

赵二酒醉笨拙，来不及站住，脑袋撞到了门上。躲在远处的桃花和梨花被逗乐，大笑几声。赵二反身追向阮秀贞的两个女儿，两个姑娘见惯了，胆子大，不怕喝醉的赵二。她们绕着院子墙脚跑，吱吱咕咕地笑，赵二摔一跤，爬起来追得气喘吁吁。

赵大打个嗝，吐出浓重酒气，拖住阮秀贞说，走吧，睡觉。

阮秀贞一掌把喝醉的赵大推倒。

小林早开门出来，站在院子里看得火冒三丈。赵二狂追桃花和梨花两个女孩时，小林大怒，紧跑几步赶过去，揪住赵二的衣领，猛抽几个耳光，拖着往回走，桃花和梨花拍手叫好。

小林把醉成一摊烂泥的赵二拖到客房门口，阮秀贞跑过来，打开了房门，小林把赵二推进房间，又把躺在地上的赵大拖回来，踢进客房。

陈小姐屋里点起了蜡烛，隔着窗格的棉纸，黄色的微光压得很低，轻轻跳跃。

阮秀贞把两个女儿赶回屋。

次日天蒙蒙亮，杨家客栈院里的茶花树上响起零碎鸟鸣，小林告别阮秀贞，在轻盈游荡的晨雾中，驾车离开下关镇，踏上了返回昆明的茫茫前程。

17

一走两个月，小林把陈小姐忘了。

这两个月小林去过贵阳，见识了太多事，心情沉重，脑袋混乱。上次从缅甸载货回国，离开下关镇，翻越群山回到昆明，运输队派他送一批弹药去贵阳，滇黔公路的沿途所见触目惊心，比陈小姐更可怜的姑娘太多。

北方战乱，成千上万的难民逃往遥远的云贵高原。云南只有一条原始破烂的狭窄公路与贵州相连，这条公路像瘦弱的蛇，吃力地盘旋在群山之间，运货的卡车经常翻倒，坠入深谷。

中国内地的外省人进入云南，最方便的路线是出海，经上海坐船去香港，从香港再乘船，到越南的海防港，再从海防港乘坐滇越铁路火车，穿越云南南部亚热带河谷，进入昆明。

可是，这条出海绕行，辗转进入云南的逃亡路线，有钱人才能选择。而且，越南被日军占领后，这条逃亡云南的安全路线，也被战争切断，滇越铁路停运了。进入云南，只能走唯一的滇黔公路。路上没有载人客车，只能步行，有钱人搭乘卡车，或者骑马，经常被盗匪打劫，举家死于非命。山路上颠簸而去的卡车，全部运送战争物资，出征的士兵也只能步行。小林驾车去贵阳，沿途看到死尸和病人遍地，呻吟和哭喊比贵州山区的水雾更浓，把苍茫的山谷层层笼罩。

小林没想到会与陈小姐再次相遇。

他连陈小姐的奇异经历都已忘记了。

他绝没有想到，两个月后再次驾车来到下关镇，走进阮秀贞的杨家客栈，会见到精神抖擞的陈小姐。她养好了身子，黑亮的头发梳得整齐，脸上红光四射，正在院子里忙碌，理直气壮地迎来送往，像半个主人。

住进客栈的司机太多，陈小姐没有马上认出一脸灰土的小林。阮秀贞的两个女儿认出他，欢天喜地扑来。陈小姐发愣，恍然大悟后，高兴地拍拍手，跑来把小林拖进客房。

小林认出了容光焕发的陈小姐，激动得发晕，陈小姐更晕，她的手在发抖。小林再次出现，牵出了她的痛彻思念与温暖回忆。两个月前，小林把她领进阮秀贞的客栈，次日一去不返，长达两个月杳无消息。阮秀贞以为他遇难，躲在屋里绝望哭泣。陈小姐也很伤心，有空就跑去客栈外面的路口张望，不见小林的卡车出现，就回来偷偷抹眼泪，认为再见不到小林。

现在，小林回来了，幸福的热流涌上全身，想起两个月前被小林搭救，陈小姐鼻子发酸，抱歉地送上笑容说，真是你呀！你姓那个什么？

姓林，小林说。

哎呀哎呀，林哥，忘了，对不起，忘了你的名字了，陈小姐连声道歉。

小林说，我能做你的哥吗？你比我小？

陈小姐呵呵笑着，来不及解释，把小林推到床上坐着休息，就出门去忙碌了。

那天，下关镇驶入十多辆军车，来了三支马队，住店客人多，各家旅馆人声嘈杂，南腔北调。杨家客栈住满，没有床位，陈小姐是把小林带进自己的屋里。

小林看着陈小姐跑出房间，一时无话。他无法把这个精神抖擞的姑娘，跟两个月前的卑微女孩相提并论，恍惚间，陈小姐又返了回来。

好了好了，她说，安顿了两个客人，今天真是太忙了。

小林呆呆地看着她。

陈小姐看他不说话，害羞地避开了目光，两人都有些狼狈。

陈小姐说，客房没有了，这间房是我的，你睡这里。

小林说，不行，不能住在你这里。

陈小姐说，我去住桃花和梨花的房间。

小林说，我去别家旅馆住。

陈小姐说，别家旅馆满了，今天镇上的客人太多，我们的杨家客栈从早忙到现在，都在接等客人，你不住，我的房子也要让出来给别的客人住。

不行，小林固执地说。

陈小姐不理他，匆匆走开，又去招呼其他客人了。

小林从门里伸出头，目送陈小姐走远，慢慢退进屋，关上房门，疲惫地坐到床边。陈小姐穿下关镇女人的红白两色布褂，打扮得跟桃花和梨花一样，如果不是戴了新奇的眼镜，小林难以认出她。

小林贴近门缝，看外面的院子，看不到陈小姐，就后退倒在了床上。

一路驾车，死里逃生，进旅馆放松，通常能马上睡着，这天也是，刚才陈小姐解释几句，说这是她的住房，小林想离开，却走不了，就懒得再想，躺在散发着陈小姐身体气息的床上，马上睡着了。

住店的客人很多，院子里有人吵闹，睡一阵醒来，小林摸了摸床褥和被子，心有所动，想起陈小姐。这间客房并无异样，也是院子楼下的一间客房，房间窄小，放一张床，靠墙有两把椅子，还有一个小木凳。床褥很薄，墙上挂着的一件姑娘的花布外衣，软软地垂着，楚楚可怜，让小林想起两个月前瘦骨伶仃的陈小姐，当时她像一把干草，很容易被风吹散。

她非普通女孩，跟阮秀贞的女儿桃花梨花，以及下关镇的姑娘完全不同。她是戴眼镜的大学生，聪明有文化。那个年代，读大学的姑娘非常稀奇。

想到自己救了一个大学生姑娘，小林觉得不可思议，很骄傲，为陈小姐高兴。陈小姐迅速恢复正常，能说会道，热情活泼，让他吃惊。小林猜不出陈小姐在杨家客栈的两个月里，有什么新的经历。

从前，小林一路颠簸辛苦，来到下关镇的杨家客栈，对阮秀贞充满期待，阮秀贞细心照顾，送上风情，路上的惊恐和疲惫就烟消云散。此时，他对陈小姐有了想象，心乱如麻。

小林想起了陈小姐的惊悚传闻，从死讯中走出的女学生，瘦弱的流浪女孩在下关镇重获新生，容光焕发，让他深感惊异。

有人轻轻叩门，是桃花。

小林下床开门。

桃花说，林哥来洗澡，水烧好了。

18

小林每次来杨家客栈住，桃花就赶紧烧水，让他洗澡解乏。今天客人多，小林睡觉醒来，桃花才兑好大桶里的热水，跑来喊他。

小林跨出房间，桃花让到一边，轻轻推他的背，催他赶紧走。

赶紧啦，桃花说，等下被别人占了洗澡房。

小林牵挂着桃花的母亲阮秀贞，心里憋得慌，边走边问桃花，你妈怎么不见？

桃花说，在厨房忙呢，吃饭的人太多。

小林洗了澡，回房间换衣服，抹点英国香水，香喷喷地出来，赶去后院的厨房。阮秀贞在忙碌，做饭做菜，小林朝阮秀贞打招呼，没有引来想象中的热情，阮秀贞提起锅铲挥一下，继续低头炒菜。

陈小姐进厨房，冲小林一笑，走向灶台边端菜，小林赶紧帮忙，端了一碗豆腐和一碗青菜，跟着陈小姐出来，送给住店的客人。

陈小姐头发梳得整齐，戴着眼镜，快乐地笑着，眼角的短浅皱纹中，隐约透出苍凉。

小林说，你原来长这个样子！

陈小姐偏头问，什么样子？

很漂亮！小林说。

原来不漂亮吗？

原来脏得很啊，看不出来。

陈小姐哈哈大笑。

他们渐渐熟悉起来。

小林跟陈小姐重逢后的这些最初交谈，并没有透露出他们之间将会展开复杂关系。他只对陈小姐好奇，这个大方聪明的姑娘，竟是自己从街上捡来？真奇妙。他这样想着，跟着陈小姐走来走去，给几个房间的客人送饭菜，忙一阵他就丢开陈小姐，跑去找阮秀贞，站在灶台边看她炒菜。

傍晚，阮秀贞一如既往，端着饭菜，来房间陪小林吃饭了，小林悬起的心才落下。

抱歉了，她抹一把额头的汗说，忙不赢跟你说话了，今天来住的人太多也太杂。

匆匆吃过饭，阮秀贞送碗出去，好半天不回来。

日光退缩，天色转黑，小林听到院子里有人说话，凑到门缝处，看到一个戴圆顶小帽的中年男人站在院子里，正跟阮秀贞说话，手里拿着似银圆的东西。月光中，那小圆片的东西在他手里转两下，反射出一闪而灭的白光。

两人背对着他，说话声听不明白，看得出来在讨价还价。阮秀贞不设烟馆，店里没有烟床，客栈开得干净。可是，只租房和提供饭菜酒食，拢不住客人，无法跟镇上的小旅馆竞争。小林知道阮秀贞赚客人的房费和饭钱，也出卖自己孤单的身子，他就是这样跟阮秀贞相识的。

但小林来到下关镇，住进杨家客栈，阮秀贞就会拒绝出卖。住店旅客要女人，她去镇上找。她忙完一天的事，洗了澡，带着好闻的英国香皂气息，就来小林的房间，跟他同床共枕。

小林躲在房间里，惊异地扒着门缝，看院子里的阮秀贞跟男人嘀咕，心里有些别扭。

小林想，她先对付客人，洗了澡才来见我？

或者她在拒绝？

小林希望阮秀贞拒绝。他愿意付钱，也付过阮秀贞钱。最初阮秀贞陪他睡，早晨起床，小林递上两个银圆，她把钱丢在地上，猛抽小林一巴掌。

小林扒在门缝，看见阮秀贞推开这个男人的手，嘻嘻笑几声，回头朝小林的房间投来目光，惊得小林急忙缩回脑袋。

小林以为阮秀贞在寻找他的眼睛，慌张又好奇，再凑近门缝看，恍然明白她在跟陈小姐打招呼，因为小林听到陈小姐应答的声音了。那声音很近，贴着木门滑来，让小林想起天花板跑过的老鼠，不同的是，老鼠蹿过，小小的足音就消失在黑暗角落，陈小姐的声音却越来越大，她很快在走道里出现，从小林房门缝隙的暗淡光线中一晃而过。

她朝院心赶去，走到阮秀贞身边。小林看见阮秀贞拉住陈小姐，把她推向戴圆顶小帽的男人。那男人说几句话，陈小姐咕叽笑得弯下腰，直起身来后，她一手搭住那个男人的肩，一手理着头发，跟着那男人走开了。

她毫不忸怩，有些轻车熟路的意思了。

小林很震惊，陈小姐学会这种事？她怎么能做这种事？一个大学生啊，跟着阮秀贞学坏了？

阮秀贞是坏女人吗？

小林找不到答案。

陈小姐和戴圆帽的男人走远，阮秀贞转身，走向小林的房间，小林赶紧后退，躺到床上。

阮秀贞敲门进来了。

小林说，这么辛苦啊，现在才回来？

阮秀贞把门关好，摁住腰说，今天累惨了，做五回饭也不够客人吃，还去镇上买了两回酒。

小林把阮秀贞扶到床边，轻轻摁她的腰说，客人多就好，可以赚钱。

阮秀贞说，我累得没空闲跟你说话，你好久不来下关，我以为出事了。

小林说，我翻车或被炸死，就见不到你了。

阮秀贞骂道，不准说倒霉话！

小林心很乱，眼前反复出现陈小姐。戴圆顶小帽的男人让他恶心，为了掩盖慌乱，他凑过嘴，在阮秀贞脸上吻一下。

　　阮秀贞少女般扭头，躲着笑，她确实累坏了，慢慢躺下，看着天花板，微微喘气。以前她让小林躺好，自己盘腿坐在床上，俯看躺在身边的年轻小伙子，满脸欣喜，再轻解罗衫。

　　今天，小林坐在床边，她已经累得躺倒，连说话的力气也没有。

19

　　那注定是一个复杂的夜晚。

　　小林牵挂着陈小姐，充满疑惑。她竟然卖身，让小林震惊，不敢相信自己的眼睛。但阮秀贞躺在床上，小林马上就兴奋了，把陈小姐忘记。

　　那天晚上，小林和阮秀贞相拥而卧，一番忙乱后，小林睡着，疲惫的阮秀贞也满意睡去。忽然，不安在小林的身体里苏醒，他警觉地睁开了眼睛，目光从阮秀贞脸上移开，投向房门，挤出门缝，滑到月色轻摇的院子里。

　　小林耳朵竖直，搜索着屋外客房的响动。那响动烟气般游走，杂有风声、木板轻微的炸裂、客人的咳嗽和梦呓。小林吃力地听着，又渐渐睡着。待响亮的吵闹从漆黑的院里传来，他再次惊醒。此时已是凌晨，小林听到陈小姐在院子里尖叫，另有男人的叱骂。那尖叫像一把刀，刺进小林的心口。

　　他推开阮秀贞，翻身下床。

　　阮秀贞懒懒地说，不管她，不要去看。

　　小林下床摸索，一边跳着脚穿衣服，一边说，你家的事我能不管？

　　他穿好衣服，开门冲出去。

　　院子石板地面反射的月光，照亮走廊里的两个人，小林认出其中一个是陈小姐，她正在嚷叫，拖住面前那个男人的臂。这个男人骂几声，把陈小姐踢开。陈小姐跳起来，举起什么东西砸中他的头，这个男人哎哟一声蹲下去。

　　小林跑过去，这个男人刚好站起来，朝陈小姐再踢一脚。

　　小林把陈小姐拖到身后，朝打人的男人吼道，大半夜打什么架？

　　陈小姐从小林的身后挤出脑袋骂道，钱不给就想跑？找死啊你！

这个男人大声回骂，你才找死！

这个人就是戴圆顶小帽的男人，他买了陈小姐一夜的身子，凌晨摸黑起床，准备上路，说好的钱却只付一半。陈小姐不干，在床上扯住他不让走，两人就从屋里打到屋外。

小林说，赖女人的账你算什么东西？

你是谁？这个人盯住小林问。

他是生意人，跟人合伙，买了一辆卡车，跑昆明到缅甸一线，把云南的土特产卖到外国，再把英国的纱线和日用品运到昆明。这种私人买汽车贩货的生意，当时已够大胆，能赚很多钱。整个昆明城的私人汽车也就十来辆，这个人算见过世面了，并不怕小林。

小林说，我是土匪。

他站直身子，扶正头上的圆顶小帽，冷笑一声说，她是你的土匪婆娘啊？你管什么闲事？先把婆娘的大胯管好再说。

小林一拳砸去，这人脑袋后仰，啊的一声翻倒。

屋里的阮秀贞早就下床，穿戴整齐，追着小林出来。她看到小林把人打翻，吓慌了神，跑过来把被打翻的人扶起，对小林说，你这个死鬼啊，打伤了吴老板咋整？

小林说，我是土匪，专门打人和抢人的。

阮秀贞狠狠地瞪他一眼。

吴老板被小林一拳打得不轻，但没有受太大的伤。他咽不下这口气，推开阮秀贞，躺在地上耍赖。阮秀贞蹲下去道歉，陈小姐也赶紧扶吴老板，跟阮秀贞一起出力，把吴老板搀进屋里躺下。

吴老板睡在床上，大声呻吟。

这个人确实不好惹，他走东闯西，跟镇上几家有势力的商人多有交往，在下关镇上有很多朋友。吴老板在杨家客栈吃了亏，挨小林一记重拳，在客房的床上躺了半天，中午起床，出门请来镇上的朋友。阮秀贞赶紧道歉，退他房费，再加倍赔他吃药疗伤的钱，事情才抹平。

阮秀贞开客栈，每天跟各种人打交道，不是第一次遇到麻烦，事情过去就算了，想也不会去想。但这次不同，以前出了麻烦，无非赔钱，现在，小林帮她打人，能把坏人镇住，又太莽撞，若赔钱不行，阮秀贞就无法收场了。

但事情并没有闹大，这个吴老板不算真正的无赖，只是爱占小便宜，他没把挨打的事往心里去，收下阮秀贞赔的银圆，哼哼哈哈打两声招呼，拔腿就走，忙着赶路赚钱去了。

小林没把吴老板放心里，但陈小姐卖身，他记得牢，想起来很别扭。

他原计划第二天清晨离开，打人闯祸，第二天走不了，第三天上午，挨打的吴老板离开，小林却不想走，回房间睡觉了。

阮秀贞在后院厨房忙一阵，奇怪地跑来敲门，朝小林的房间伸进头来问，你不走啦？还睡？

小林看见阮秀贞，急忙说，我有话想问你。

阮秀贞在床边坐下，伸手摸小林的脑门。

小林说，陈小姐做那个事吗？她是大学生啊！

阮秀贞说，我也做那种事，怎么啦？

小林没想到阮秀贞如此回答，一时语塞。

阮秀贞说，姑娘不做那种事，怎么挣钱回家？

小林说，我送她回家，不要车钱。

阮秀贞说，人家不想跟你走，想在这里讨生活。

小林说，我才不信。

20

阮秀贞的话给了小林当头一棒，他几乎被打晕，回不过神来。他二十岁出头，性格直爽，不拐弯抹角，见识过女人的身体，却无法理解女人心里的沧桑。阮秀贞丢下那句令他心痛的话走了。小林下床，摸出门来，站在院子里发呆，有些气呼呼地不知找谁发火。他整天在等机会，想找陈小姐说话。但住店的人太多，杨家客栈满员了，陈小姐小跑着打转，不断向来人表示道歉，忙累了，干脆提一个小凳，坐在院门口，来了客人，立即站起来迎接和解释。

看得出来，杨家客栈有了陈小姐做帮手，阮秀贞轻松多了。可住店客人多，麻烦也多，有人要茶水，有人要喝酒，有人带了女人吵架，乌烟瘴气。陈小姐在门口接待，阮秀贞指挥两个女儿，给各个房间端茶送水。

中饭后，进店住宿的人少了，陈小姐坐在院门口，孤零零地发呆，小林逮住说话的机会，赶紧走过去。哪知还没有走近陈小姐，客房里就有人大吵大闹，陈小姐跳起来，急忙赶去处理。

吵闹是因为桃花送去的茶水太烫，壶里晃出水，烫伤了客人的脚。那个人揪着桃花抽两巴掌，阮秀贞跑去道歉，客人还不罢休。

陈小姐赶来，把阮秀贞和桃花推出房间，拦住客人说好话。

阮秀贞牵着桃花离开，出门后抽了桃花一巴掌。

小林循声而去，跨进客人的房间，看到陈小姐的面前，站着一个毛发乱飞长了络腮胡的肥胖客人，这个人两臂高举，怒气冲冲嚷叫，他的模样很像三国故事里的张飞。愤怒的张飞抓起桌上的铁茶壶，想砸陈小姐，陈小姐眼疾手快，在他肚子上捅一下，趁他弯腰，抢过茶壶，低头再赔不是。

小林看客人如此嚣张无礼，火冒三丈，张口骂一句，握起拳头逼近。陈小姐哇哇惊叫，扭过身子，用屁股把小林挡住，再把他用力推出了房门。

小林把陈小姐手里的铁茶壶抢走，提着壶站在门外。他看到阮秀贞把桃花牵到前院西面的花台边，弯腰给女儿抹眼泪。

小林提着茶壶走过去。

桃花看到他，破涕为笑。

小林说，我想揍那个胖子呢。

阮秀贞一把拉住他说，行行好吧，大兄弟，可不要给我惹事了，你真是一个土匪啊！

小林呵呵笑了。

客房里安静下来，不知胖客人火气消了多少，陈小姐走出客房，拎起地上的小凳，坐到了院门口。小林走过去，站到她的身边。

陈小姐笑着说，你瞪得我好害怕，好像要打人。

小林说，是想打你。

陈小姐愕然。

小林唠唠叨叨地开始说话，一吐为快。他质问陈小姐为什么卖身。他问得粗暴无礼，突如其来。令小林惊讶的是，陈小姐哼一声，扭过头，并不生气,更不回答。她似乎听懂了,可眉毛也没有跳一下,神色平静。卖身这件事,陈小姐很从容,比阮秀贞镇定。她微微噘起嘴,像一个乖巧女孩,无辜地看着小林。

好半天,她才懒洋洋地问一句,那又怎么啦?

小林愤怒地骂,不要脸!

她埋头咕咕地笑

你是骗子,小林说,不是大学生。

陈小姐笑着说,我已经不是大学生了,就是一个鬼,死了又活过来。

小林说,你明天跟我回昆明,不要在这里干了。

陈小姐眼神暗淡,目光滑开,脸上又恢复满无所谓的表情。小林骂难听话,没有招来她的回击,胆子更大,骂得更理直气壮,毫不留情。陈小姐似听非听,不断朝院门外看,小林的话像沙子,吐出口就被风吹散。

小林气得跺一下脚。

陈小姐压低声音说,我喜欢这里,还喜欢阮姐,我要帮阮姐的忙,你不是也喜欢阮姐?你们的事她告诉我了。

小林气愤地走开。

陈小姐在他的身后嘿嘿地笑。

晚饭时,小林提前跑去,在后院摆出小桌子,把饭菜端上桌,叫来陈小姐和阮秀贞,约她们在后院吃,阮秀贞忙得头晕,没注意小林的反常,指挥桃花和梨花给客人送饭,回来坐在后院的桌子边。

小林说,今晚一起吃饭,谈些事情。

阮秀贞累得有些急促地微微喘气,她把贴到额头的一绺湿发抹开,奇怪地看着小林。桃花和梨花凑过来,抢着坐到小林身边。阮秀贞觉察出异常,抬手把女儿赶走。陈小姐明白小林想说什么,并不着急,端起碗吃饭,大声喊饿。

阮秀贞是急性子,等两个月才见到小林,心中欢喜。可整天忙碌,没时间跟小林说话,现在有了歇息之机,看小林着急,以为他有怨气。

她挑逗小林说,小林,你不说一声谢谢?我做饭很辛苦的。

陈小姐冲小林一笑说,阮姐很想你哦。

小林脸红了。

陈小姐说，小林师傅你开车危险，阮姐很害怕，为你担心呢。

小林说，你做的事也让人害怕。

阮秀贞问，害怕什么？陈小姐的事你不用管。

陈小姐慌忙低下头。

陈小姐最熟悉的朋友不是小林，是阮秀贞。小林救过她，一面之缘后，就匆匆分开。阮秀贞收留陈小姐两个月，她们相处最久，最熟悉，也感情最深。她得到阮秀贞最大的帮助，由衷感激，就有了永远留在下关镇的念头。

小林认为陈小姐是自己的朋友，应该继续挽救她。

你这条命不能烂掉，不能干那种事，小林恶狠狠地挑明了话说。

话说得难听，陈小姐顿时满脸涨红。

小林把她刺醒了。

陈小姐对阮秀贞充满感激，想永远留在下关镇的杨家客栈，但是，她也有些害怕，心里矛盾重重。夜深人静之际，想到自己将变成一团下关镇的土疙瘩，被来往的客人欺负，被时间碾压成尘灰，她时常感到空虚。

她在下关镇的杨家客栈两个月，是为了继续等待和寻找失踪的男友。她把住店客人问遍，也问过军车上的士兵，仍然没有男友的消息。某日，一个过路的军人告诉她，她的男友可能出境去缅甸打日本，死在外国了。她当场大哭，哭歇了回客栈的房间，昏昏睡去，次日清晨醒来，吓坏了阮秀贞。几天后，有住店的男人纠缠，她半推半就，睡到人家的床上，学会了用身子换钱。

现在，小林建议她离开下关镇，她仓皇发蒙，闷头扒碗里的饭。

阮秀贞说，小林，我家也有三条命，你就不会为我们着急吗？

小林不接阮秀贞的话，瞪着陈小姐继续说，求你了，跟我去昆明！

陈小姐说，等我想想。

阮秀贞大怒，骂道，滚吧，你们两个！

小林朝阮秀贞抱歉地笑了笑。

小林为陈小姐担心，并不表示要背叛阮秀贞。送陈小姐回昆明，让她像一条鱼游进河里，他继续驾车在滇缅公路上亡命奔跑，回下关镇杨家客栈见阮姐。他不会丢下阮秀贞，阮秀贞是他的妈、他的姐，他在云南深山的亲人，见不到阮秀贞他会死的。

阮秀贞丢下饭碗，气呼呼地走开。

小林猛然清醒，急得滚出了眼泪。

21

陈小姐吓坏了，跳起来，追着阮秀贞跑出了后院。

小林说话无遮挡，让两个女人乱套。

小林气呼呼地坐在后院的饭桌边，看着桌上的残汤剩菜，不知所措。

阮秀贞的女儿桃花和梨花从厨房里出来，怔怔地看着小林。

梨花说，我妈发脾气你不要理，她过后就忘了。

小林心不在焉地挤出笑容，阮秀贞发怒，他觉得委屈，他并不知阮秀贞是在吃醋，以为他爱上了陈小姐。可阮秀贞和陈小姐都跑开，让他不安。小林无心跟桃花和梨花两姐妹啰唆，也走出了后院。

他不认为自己错，陈小姐该走，留下去绝不会有好下场。一个大学生姑娘，卖身不像话，让小林难过。他后悔不该把陈小姐带进杨家客栈，可当时不救她，说不定陈小姐早就饿死，被山上的豹子或乌鸦吃掉了。

小林喜欢阮秀贞，也理解和尊敬她，他知道陈小姐在杨家客栈陪男人睡觉，不是阮秀贞的错，看到陈小姐高高兴兴，他就知道阮秀贞待陈小姐很好。单身姑娘在下关镇的客栈讨生活有危险，换到别家旅馆，挨骂被打少不了，麻烦更大也更多。住店男人发疯，杀人也有可能，但现在陈小姐养好了身子，应该离开了，这里不是她的久留之地。

可是陈小姐不走，真愚蠢。

可怕的是，阮秀贞竟然为小林劝陈小姐离开的事生气。

这更愚蠢。

小林失望到了伤心。

22

小林从后院出来，站在前院的天井里张望，不见陈小姐，也不见阮秀贞。住店客人多，人出人进，声音嘈杂。忽然小林听到陈小姐在楼上说话，抬头看到她领着客人站在楼上走廊里。心中暗喜，急忙沿楼梯追去。陈小姐把客人送进房间，从走廊上过来，正好与小林相遇。小林张了张嘴，未开口，就被陈小姐推开了。

小林追上去。

你不要管我！陈小姐瞪他一眼嚷道，我不走。

走廊很窄，小林拉住陈小姐，跨到前面拦住她。她再次推开小林，跑向楼梯口，咚咚下楼。小林狼狈地站在二楼走廊上，心里生出被嗤笑的愤怒。他气得急了，会出手打人，揍陈小姐个鼻青脸肿。在马来西亚，他就生气打过女生，在昆明城潘家湾的汽车队里受训，几句话不合，小林也跟三个人打架。

握起了拳头，但小林打不出去。

他为陈小姐着急，却没有到揍她的地步，也没有权力揍陈小姐，他只是觉得，无论如何，陈小姐都必须离开下关镇。

他站在二楼朝院子里看，看到阮秀贞从院门外进来，走进了院心，跟一个出门的客人打招呼。下楼的陈小姐看见阮秀贞，急忙跑过去。阮秀贞不理，扭头走开，陈小姐紧紧追赶，一副巴结讨好的样子。

阮秀贞生气了，陈小姐害怕。

小林从楼上下来，阮秀贞和陈小姐已走进后院，他迟疑了，站住不动。再去找陈小姐，会惹得阮秀贞更加发火。现在，阮秀贞的发怒，让小林心疼和手足无措，可陈小姐的处境和态度，更让他着急。

他像面对一只滚进火中的土豆，伸手拿不出，眼看土豆要烧煳，着急慌乱，却无可奈何，于是跺一下脚，气呼呼地回到自己的客房。

光线被黑夜吞咽，小林在床上睡着。恍惚中听到阮秀贞说话，猛地坐起，拉开门，看到阮秀贞和陈小姐走在门外。陈小姐提一把茶壶，要给客人送水，阮秀贞正低声说话。

小林追上她们。

　　陈小姐生气地朝他吼道，烦死人了，你！

　　小林说，我找阮姐。

　　阮秀贞转过身子，掐一把他的脸。

　　小林被陈小姐吼得发蒙，再看到阮秀贞露出笑容，忽然无话，不知道要做什么，傻傻地笑了笑，转身返回房间。

　　大半夜过去，睡在床上的小林，被凉冰的东西挠醒，睁眼看到阮秀贞坐在身边，正俯身盯住他，呼出轻微的热气。她伸出一根手指，在他的脸上一下一下地划。小林很紧张，感觉出不来气。

　　阮秀贞露齿一笑，伸出两只手，摁住了他的肩，拢紧的衣服散开，露出微微晃荡的乳房。

　　阮秀贞说，看你像个娃娃，一副憨相。

　　小林呜呜哭起来。

　　这是无耻的哭，还是开心的呜咽？他不知道。

　　阮秀贞躺下，侧身看着他笑，把他往怀里拖，抬腿搭过来，勾住他的身子。小林还在哭，一边哭一边用力，趴到她的身上。

　　次日清晨，阮秀贞起床忙碌。小林在床上赖一阵，穿衣出门，吃点东西，匆匆离开。

　　天色将明未明，微风挟带凉气，轻轻抽打小林的身子，浓重扬尘般的滚滚白雾，在田头和路边飘游。留宿下关镇的司机，都把汽车停在路边的空坝里，小林朝前走，忽然放慢脚步，支棱起耳朵，搜寻身后的声音。

　　他隐约感觉有人跟踪，回头看，只见一片白雾翻腾，并无人影。

　　继续走，小林又感觉异样，眼角余光捕捉到闪过的黑影，身后的人继续紧跟不放，让他的心高高悬起。滇缅公路上，小林和他的同伴运送军事物资，经常遇到日本特务。那些日本特务打扮成中国人，混进云南，在滇缅公路上作案，破坏汽车和杀死司机。小林和他的同伴途中休息，曾在半夜抓到一个欲炸卡车的日本特务，他们用铁棍打断了日本特务的腿，在他身上绑了缴来的炸弹，把人丢到悬崖下炸死了。

　　会不会是特务？

小林站住，闪进路边一户人家的门洞里。躲了好一阵，不见路上有人影出现，他正要从门洞里跨出，一个人从路上的晨雾中钻出来，小林想躲闪，已经来不及，后退中脚底一阵乱响。

这个人闻声扭过头来，正好与小林四目相对。

小林很吃惊。

这个人是陈小姐。

你躲在这里干吗？她并不害怕，偏头看着小林问。

小林反问，你才怪得很，大清早跟着我干什么？

陈小姐大大方方地说，我要跟你走。回昆明去。

23

陈小姐什么也没带，甩着两只手，穿一套衣服，就这样逃出杨家客栈，坐上小林的卡车，跟着他踏上了返回昆明的漫长旅程。

她告诉小林，在杨家客栈里挣到的钱，都留在客房里给阮秀贞了，身上一张票子也没有，一个银圆也没带。这个解释的用意，小林听懂了，她一半感谢阮秀贞，一半感谢下关镇，留下挣来的钱，这段日子的记忆，就能渐渐抹去。

这当然是危险的，可能引起阮秀贞更大的愤怒，让阮秀贞觉得陈小姐小看了她，或者小林跟陈小姐有什么合谋，要跟她永远告别。但小林想不了那么多，反而认为陈小姐做得对，给阮秀贞一家留下些钱，对她们有帮助，小林认为很好。

不过，小林认为，陈小姐至少应该收拾几件自己的衣服带走。

他说，路上走好几天呢，你没衣服换咋办？

陈小姐哈哈一笑说，我以前脏的时候，几个月也没衣服换呢。哈！

小林说，有时候路上塌方，要等一个月才回得昆明。

陈小姐嘻嘻笑着，盯住他看一阵说，你这个男人心很细，没看出来啊。你不懂，收拾东西，会引起阮姐猜疑，这次不跟你走，过一段也要走，她阻挡不了我。可我害怕被阮姐骂，也害怕阮姐不骂，空手走最方便了，不用躲藏，也不消解释，就像走出来玩，玩到卡车上，坐着就走，再也回不去了。

小林说，以后你怎么办？

我不知道，路上跟着你，不会饿死就行了，陈小姐说。

滇缅公路缠绕盘旋于永无尽头的群山，山路松软，弯道极多，亿万年沉睡的群山被割开，抽搐不断，塌方频发，危险自不待言。以前，小林独自驾车或跟同伴出行，浑身紧张，咬紧牙齿，绷紧双腿，瞪圆眼睛。夜晚休息，大难不死，才松一口气。这天，卡车盘旋颠簸，晃晃荡荡地行驶，陈小姐在驾驶室座位上摇晃着身子，东一句西一句地说话，小林忘记危险，不知不觉地驶过两座山。

天色将黑，小林顺利下山，停在镇南县城外的一家小旅馆门口。

你下车，小林说。

你呢，你不下车？陈小姐不解地问。

小林说，你先下，我停了车回来。

陈小姐说，何必呢？我跟你停车，然后一起回来。

小林说，你下车，先去这家旅店看看，我停好车就过来。

陈小姐将信将疑，开门下车，站在路边，看着小林的车轰隆隆朝前开，拐弯不见。

她转身走进路边小旅馆的门洞。

门洞里有一个低矮幽暗的短促走道，一方灰雾般的光线从走道前方投来，走进去看到一个方方的小院子，并不见人。陈小姐正在疑惑，一个满脸皱纹的瘦小女人出现，她像一团轻飘飘的灰尘，从旅馆小院的屋檐下无声无息游来，把陈小姐吓一跳。

女人拦住陈小姐问，住店？

她的声音比灰尘更轻。

陈小姐没听懂。

她个子比陈小姐矮，抬头说话，脸费力朝上举，皱纹深处的小眼睛眨两下，薄得像干草的嘴唇咧开，送给陈小姐吃力的微笑。

陈小姐笑了笑。

你哪里人？住店？她再问。

陈小姐听清了，急忙点头。

今天不住人。

陈小姐觉得奇怪，绕开她，朝院子的客房走去。瘦女人身手敏捷，闪身追来，把陈小姐拦住，速度快得让陈小姐惊奇。

陈小姐说，好厉害啊，你，看不出来。

你不会是来找老五的吧？瘦女人问。

什么老五？

他走了，早就不住在这里。

我要住店，林师傅他去停车了。我们有两个人住。

瘦女人冷笑，一抬手，屋里懒洋洋地出来三个男人，一个年纪稍大，两个是年轻小伙子。

滚出去，瘦女人嗓子沙哑，低声发出命令。

陈小姐急得想哭，小林为什么不来？怎么把我一个人丢在黑店？他真要住这个黑店？他在这条路上跑来跑去不知道有黑店？他是不是把我甩了？他生气不要我了是不是？

陈小姐后退两步，哇地哭起来。

丢出去！瘦女人挥一下手。

三个男人慢吞吞地走到陈小姐身边，两个人把陈小姐提起来，一个人摁住她的头，把她拽到门外，推倒在地。

这时，一个少年朝旅馆跑来，边跑边惊叫，打起来了，几个司机打架！

24

小林因为打架，回来迟了。

镇南县距离省城昆明三百公里，是扼守滇西交通的要地，这里驻了军队，来往汽车很多，有些士兵喝酒闹事，经常打架。那天，小林让陈小姐先下车，并非要自己跑开，是他很少在镇南县留宿，想让陈小姐先去开房间，了解情况。可他驾车前行，把车停在旅馆前面的空地里，刚下车，就被三个喝醉的士兵拦住，他们嚷叫着，要小林把车上的军事物资拿下来，分给他们几件。

小林当然不给，军事物资丢失，他要倒霉，就算不倒霉，也不能把车上的货物送人。当兵的被他拒绝，挥拳打人。小林就来气了，他不怕打架，一抵三，左冲右突，跳来蹦去，打得不分胜负。接着两辆卡车驶来，也在空地停下，司机是小林的西南运输队同伴，他们下车相助，提着铁棍赶来，把三个没带枪的士兵打跑了。

小林带着两个弟兄回来时，陈小姐已被小旅馆的人丢出来，坐在路边的一块石头上抹眼泪。

小林赶紧道歉。陈小姐赌气不理他，扭两下身子走开。

他们相伴上路，出门已经一整天了。陈小姐从下关镇上的杨家客栈不辞而别，搭乘小林的车，结伴同行，对他们两个人来说，这段经历非常独特。一男一女，无依无靠，会心有所动，小林也确实心有所动。但他挂念退到云雾深处的下关镇阮秀贞，把勾引陈小姐的念头压了下去。为表明自己的清白，半路上他几次解释，告诉陈小姐自己不是喜欢她，是想帮助她。她愿意接受这个帮助，就跟自己走，不愿意就下车，自己想办法上昆明。

陈小姐哈哈大笑。

后来小林再解释，她生气了，愤怒地大声对小林说，我也不喜欢你，请你放心！

陈小姐流浪半年，胆大包天，脏得像野狗。但她毕竟不是野狗，是西南联大的学生。她家非大富大贵，日子也过得去。父亲是湖南一家商铺的米贩子，母亲操持家务。

陈小姐说，我不会赖上你的，我的男友是诗人，非常有才华，诗人你知道吗？

小林无法回答，他不懂诗人是什么人。

陈小姐嘿嘿地笑，再不理他。

现在，他们来到了镇南县，这里阴暗诡异，民风怪诞，陈小姐竟然被旅馆的人丢了出来，令人不解。

小林说，我没惹你，怎么要生气？

陈小姐说，这家旅馆不住人，把我丢出来啦！

小林甚为惊奇，伸出一只手，欲牵陈小姐进去看。

不要碰我，陈小姐嚷道。

可他们欺负你，我得进去看看，评个理啊！

你自己去，陈小姐说。

小林说，你要跟着进去，告诉我谁欺负了你。

陈小姐说，就是不去，我害怕。

小林大笑，他在镇南县留过宿，但从未住过这家旅馆，没想到他们竟然会驱逐客人。小林钻进旅馆的门洞，几分钟后哈哈笑着出来，告诉陈小姐，旅馆的主人刚死了老母亲，已经歇业几天。但镇南县旅馆少，小林是运送抗日物资的司机，人家愿意帮助，同意他们住了。

小林和两个司机朋友一起，带着陈小姐走进了旅馆院子。

奇瘦的老板娘轻飘飘游来，身上散发出冷气，陈小姐吓得靠近小林，抱紧了他的臂。但她没向陈小姐流露恶意，反而卑微地弓腰点头。

他们被安排在楼上住。

陈小姐看到楼上房间阴沉，坚持要住楼下。

小林说，楼下光线不好，楼上亮些。

他们上楼。

陈小姐进房间，孤零零地四处看，还是害怕，跑出自己房间对小林说，我去你们司机的房间睡觉。

小林说，哈哈！还不乱了套？

陈小姐说，那么你过来跟我睡。

小林笑着说，更乱啦，你不喜欢我，我也不会喜欢跟你睡的。

陈小姐说，我害怕这个地方，他们说的那个老五，是一个死人吗？

是大烟鬼，小林说，刚才我问过了，老五住在这里，婆娘经常来找，他的婆娘长得跟你有些像。

陈小姐说，像个屁啊，说得人家更害怕！你还是来我房间睡好了。

小林无奈，跟着进了陈小姐的房间，她的房间是个小阁楼，有一张窄床和两把木椅。天色暗下来，楼下院中的光线缓缓渗进天井地面的石板之下，二楼陈小姐房间的窗外，一缕残留的夕照从对面房顶的瓦片上滑落，贴着窗户挤进来，在陈小姐房间的墙上疲惫地燃烧。

小林进了陈小姐的房间，心有些乱，坐在椅子上，一只手举在空中，划动空气中的那缕金黄色阳光，五指张开摇动，朝陈小姐笑。

陈小姐说，你坐椅子上睡，我睡床上。

忽然有人敲门。

旅馆的瘦女人站在门外，冷冰冰地说，行行好，今天你们不能做那种事。

小林急忙解释，指着陈小姐说，我是她弟弟，她是姐姐，我们是一家人。

你还是要出来，她吐出一口冷气，坚定地说，现在就赶紧出来，今天男女不准住一间房子。

小林苦笑，站起来，走出陈小姐的房间。瘦女人在门口监视，目送小林走远，转身下楼。晚风渐渐平息，空气凝固，寒意滚出，旅馆小院的天色由黄而灰而紫，最后黑定，猛地收缩，凝固成天井地面冰冷的灰暗石板。

小林从自己的房间探出了身子，悄悄摸出门来，弓着腰走动，轻手轻脚地走向陈小姐的房间。他轻轻推门，门就滑开，进房间后，他看到陈小姐坐在床边捂着嘴咕咕笑，就回身把房门关上，走到陈小姐身边说，院子的楼下，有个房间里摆着棺材，半夜了一个死人。陈小姐哇地惊叫，扑到小林身上，抱住他直打哆嗦。小林伸手捂住陈小姐的嘴，防止她喊叫。

小林赶紧上床。

一夜如水流走，风起鸟鸣，窗户渐亮。

陈小姐醒来，发现小林睡在身边，两条臂把自己搂在了怀中。细看小林，发现他光着粗壮的大腿，闭着眼，理直气壮地平静呼吸。再看自己，竟然脱得精光，身上的衣裤不知去向。

她推开小林，坐起来在床上擂几拳。

小林疑惑地睁开了眼。

陈小姐捂住他的嘴，指了指门外，示意他赶快逃，免得被旅馆的女人发现。

小林滚下床，套上衣裤，慌忙开门溜走了。

25

陈小姐懵懂躺下,竟然又睡着了。

窗外的鸟在房顶瓦片上鸣叫,鸟声啄着陈小姐的脑门,她依然沉醉不醒。那些鸟很愤怒,蹿进敞开的窗户,用翅膀把陈小姐抬起,架着飞走。鸟们飞过镇南县的天空,地面出现一条河,那些鸟被河水锋利的反光惊扰,抛下陈小姐逃走,她从高空坠落河中,迅速沉底。

有人敲门,陈小姐猛然坐起,光脚跳下床。

门外站着那个瘦女人。

瘦女人畏缩地说,林师傅叫你走呢。

那个凶神恶煞的女人,怎么变得畏缩胆怯了?陈小姐很迷糊。

她走出房间,从二楼往下看,小林坐在院心的竹椅上,朝她招手。一个男人从门外走进来,背着一只竹篓,正是这个人,昨天把陈小姐拽走,丢到院门外,他也抬头,仰着满脸皱纹的乌黑的脸,朝陈小姐送上卑怯的笑容。

小旅馆的宁静温馨让陈小姐不解,莫非昨天的遭遇是一番幻觉?

她赶紧下楼,跟着小林出门,爬进卡车驾驶室,继续踏上回昆明的旅程。

车子轰隆隆驶离镇南县,菜地和稻田在车窗两边展开,风声浩荡,小林心情大好,吹起了口哨。陈小姐瞪他一眼说,不要高兴得太早,我会收拾你的,我收拾不了,也有别人收拾你。小林不理她,专心在坑坑洼洼的土路上开车。陈小姐接着问,昨晚你怎么跑来我床上睡了?她问这话有两层目的:一是恢复清醒,证实昨夜跟小林同床的经历不假;二是警告他不要胡思乱想,睡了觉并不等于自己会爱上他。

小林专心开车,不想回答她的问题。

陈小姐说,不是我情愿的,是你乘人之危。

小林生气了,一脚踩下刹车说,还不情愿?你下床拖我,我是来救你命的,救你还不敢出声,偷偷摸摸像个贼。

陈小姐说,你就是一个贼。

小林说，我这个贼也是你教出来的。

陈小姐说，放屁！你跑来床上欺负我。

小林大笑。

他们停车说话时，前面的两辆卡车驶远。陈小姐唠叨，不是在说笑话，她确实有几分生气，继续嚷叫。车子摇摇晃晃，驶出镇南县的田间土路，眼看要拐进前面大路的岔口。小林低叫一声不好，扶住方向盘，伸长脖子，朝驾驶室的前挡玻璃看，陈小姐也住口朝前看。他们吃惊地发现前面的两辆卡车停在路口，车头处有一群黑压压的士兵。

想起昨晚跟当兵的打架，小林心头一凉，急忙刹车停下。

路很窄，无法掉头逃跑，后退也不可能。他看到前面路口几个当兵的高举起枪，一溜地朝自己跑来，边跑边哇啦哇啦叫。

你下车，小林对陈小姐说，你下车赶紧跑，要死就死我一个。

陈小姐坐着不动。

小林推陈小姐一把说，赶紧开门下车，慢了就逃不走了。

陈小姐说，我不可能丢下你。

五个身穿军服全副武装的士兵跑来，围住小林的卡车。两个端枪拦在车头，一个堵在车尾，另外两个跳上驾驶室，打开车门，把小林和陈小姐拖下车。小林认出其中两个人的相貌，他们正是昨天跟自己打架的士兵。

闹这么大啊？来抓人啊？小林说，要枪毙我是不是？有本事打日本去。

一个士兵举起枪托，砸小林的头，小林蹲下躲开，风声呼的一下从耳边刮过。

老子现在就毙了你！这个人骂道。

小林伸长了脖子回骂道，来毙啊！我刚从缅甸回来，缅甸知道吧？前线，抗日前线。我也是抗日英雄，你有本事来枪毙我！来吧！你躲在这里吃闲饭，还敢说什么枪毙我的话？

陈小姐急忙把小林拖开。

我车上是军用物资，小林从陈小姐的身后挤出脑袋，指着一个士兵警告说，东西丢了要你的命。

一个当兵的冲上去，猛踢小林屁股一脚，把他踢得跌倒。小林大骂着跳起来，要扑上去拼命，陈小姐用尽全力，一掌把小林推倒，扑上去抱着小林大哭。

当兵的围着小林和陈小姐，不敢开枪，刚才拿枪托砸小林脑袋的人，挨了另一个人的骂，不敢再下狠手，退向一边吼叫，用枪指着小林和陈小姐，命令他们从地上爬起来。

26

三辆卡车被当兵的扣押，司机连同搭车的陈小姐，四个人被押去镇南县城外的军队驻地指挥部。这是个安静的小四合院：木门结实，瓦檐清秀干净，不长一根杂草，院墙雪白，给人孤高沉默的感觉。

院子的主人在镇南县名气很大，有钱有势，外出教书多年，退休回故乡继承家产，心满意足，写诗绘画，很少出门。这小院是他画画读书的清静地方，从不接待外人，屋里陈设简单，家具的材料和制作却很讲究。抗日军队驻守镇南县，他破了闭门不出的孤傲，率先支持，把心爱的小院让给指挥部，自己搬回简陋的老宅去住。几个中国军官，包括美国军事顾问，在清寂空疏、书香气十足的小院里工作和休息，十分惬意。

小林他们被士兵押着，走进安静的小院，顿时感受到扑面而来的谦和友善，松了一口气，悬起的心放下了。押送的士兵端着枪比画，把他们赶到院子照壁的白墙边，一排地站好。他们满无所谓，好奇地东张西望。

院子正屋里没有人，两侧厢房也关着门，楼上没有声音，陈小姐四处张望，嘀嘀咕咕，略感不解。门外传来人声，小林扭头盯住院门，只见几个人一拥而进，都是军人打扮，中间两个年纪稍长，身子有些发福，围在他们身边的年轻军人，一个个都很精瘦。

中年军人中，一个是韩团长，此人头顶略秃，脸庞宽，眉毛粗，神色严峻。他停住脚步，看了看押在院墙边的几个人，若有所思地问，就是他们？日本特务？

是，看押的士兵说。

小林顿时冒火，愤怒地大叫说，说什么鬼话？我怎么成日本特务了？我们抓过日本特务呢，你反过来陷害我们，自己才是日本特务！

老实点哦，韩团长嘻嘻笑着说，再叫拉出去枪毙啦。

小林说，死我倒是不怕，要枪毙就快点，我是抗日英雄，只怕你们帮日本特务的忙，到时候收不了场的。

韩团长气得脸红，大声怒骂，老子就在这里枪毙你信不信？

韩团长欲拔枪。

他身边一个瘦长脸的中年军官赶紧伸出手，摁住了韩团长的枪套。

你们怎么啦？到底是什么人呢？这个军官摸了摸唇上的短须，上前一步，站在小林面前问。

这是赵师长。

小林不理他。

赵师长把目光投向陈小姐，微笑着说，这位小姐是干什么的人呢？司机运货还在车里带着个女人，路上真会享福啊！

陈小姐说，不是车里带着个女人，是我要搭他们的车回昆明，他们是抗日青年，南洋回来的爱国华侨，西南运输队的司机，从缅甸运抗日物资回来。你们的枪啊炮啊，都是他们运来的呢。

赵师长说，日本特务也说他是抗日司机，我相信谁呢？

陈小姐说，他们车上有文件的，你们可以查。

说话间，院门外又走进两个穿军装的人，一个是握着烟斗的美国人，一个是年轻的中国人。美国人是军事顾问豪斯，中国人是他的翻译。豪斯对押在院墙边的中国人不感兴趣，走进正屋坐下，端起桌上的茶，猛喝几口。

中国翻译紧跟着豪斯，脑袋朝前伸出，努力凑近豪斯的耳朵，一直在不停地小声说话。他是个神经质的唠叨男人，豪斯进屋后坐下喝茶，他挤过去，语速很快地嘀咕。忽然，他住口不言，抬起头，好奇地看着院墙边围成一圈的士兵，接着跨出屋，慢慢走近院墙边，伸头朝人圈里看。

陈小姐立即注意到他，目光从赵师长脸上移开，疑惑地投向这个年轻军人。四目相对后，天地轰响，日月坠落，江河呜咽。她惊愕地瞪大眼睛，面色唰地苍白，额头冒汗，嘴唇发抖。中国军人翻译也吃惊地张开了嘴，全身冻住，脑袋发蒙，怔怔地看着面前的陈小姐。

陈小姐哭了，眼泪从脸上无声滚落，破堤小河般，哗哗汹涌而下。

她浑身战栗，哭泣着慢慢蹲下去，抱紧发冷的身子，从骨缝深处嗷嗷嗷地挤出几声尖锐的喊叫，倒地昏过去了。

27

院子里立即陷入混乱，美国军事顾问豪斯的中国翻译胡笛，竟然是陈小姐舍命寻找半年的诗人，是她失踪的男友，那个弃笔从军的西南联大学生。

谁也没想到，财主家读书绘画的清静小四合院里，竟然会演出此番爱情绝唱，让一对生死考验的昆明西南联大恋人意外相逢。

最振奋的人是豪斯，他扔掉烟斗，从屋里冲出来大声叫好。

如此浪漫的遭遇，太符合美国顾问豪斯对中国战场的想象，他朝思暮想的动人一幕，就是在中国见到自己的法国女友，吻她一下，拥有一个永恒的时刻，战死也就值得了。他的法国女友也确实来到了狼烟四起的中国，可那个更加浪漫的女人永远行踪不定，她像一只美丽的鸽子，拍打着娇嫩的翅膀，冒险穿越中国大地的硝烟，住进了中国陕北的延安窑洞，正日夜不停地赶写采访中共英雄的长篇文稿。豪斯见不到她，无可奈何。过几天，他就要飞往印度，他在中国的生活不会再有爱情奇遇了，这让他失望，更让他伤心。

可是，这个夜晚，他的面前，却有活生生的浪漫爱情传奇上演，他的激动和震颤，绝不比陈小姐和她的男友弱。他大为振奋地知道，有一件无比重要的事可以做了，那就是要大张旗鼓地庆贺一对中国小恋人在战场上的重逢。

放人，他大声说，赶紧放人，我要请他们喝酒。

小林他们获救了，马上被释放。

当天晚上，财主家的小院里，举行了盛大宴席。指挥部的厨师杀鸡买肉，豪斯贡献出一瓶龙舌兰酒，赵师长、韩团长、豪斯、副官、参谋和机要室的三个女兵，十几个男女军人，陪着小林和另外两位司机，共同见证了翻译胡笛和陈小姐传奇的生死恋。

豪斯的一瓶龙舌兰酒不够喝，厨师去村里又买来两罐酒。现场男女几乎都喝醉，豪斯打开手摇唱机，英国汽灯照亮的院子里，响起了摇晃迷醉的酒吧歌曲。三个放声尖笑的女兵，轮番在满嘴酒气的男人怀里跳舞，陈小姐也喝醉，闭着眼，紧紧依偎在胡笛的胸口，似睡非睡地移动脚步。

小林坐在西厢房门口的土墙边，远远地看着院子里搂抱在一起的晃动人影，心里五味杂陈，乱作一团。他不爱陈小姐，也不敢爱。这个陈小姐是大学生，她的男友是诗人。诗人是什么人小林不清楚，只知道比自己高级，高得像海边粗壮高大的椰子树。椰子树即使被风吹弯了，人站在树下，也够不到树顶，自己也就永远不可能攀上陈小姐这棵美丽椰子树的树梢，摘不到树上的爱情果实。只有死亡降临，大树被风吹断或连根拔起，自己才能可怜巴巴地捡到点爱情碎片。

也就是说，只有趁乱把这个名叫胡笛的人杀死，或者等一颗炮弹飞来，把胡笛炸死，自己才能从孤苦伶仃的陈小姐那里获得爱情。

小林被自己的邪恶念头吓一跳。

他也喝多了，身子里呼呼旋转着热风，脑袋沉重，眼睛发花。

他爱的是阮秀贞。

有阮秀贞就够了，何必难过？小林抬起头，看着小院上方狭窄的夜空，追寻夜空里的星星。他盯住两颗最明亮的星星，把它想象成阮秀贞的眼睛，星星忽明忽暗地眨动。她在看着我吗？想着我吗？陈小姐跑掉了，她会认为是我拐跑的吗？我没有拐跑陈小姐，是她自己跑掉的，她跑掉跟我无关，阮秀贞，你可要原谅我，我下一趟车就要来看你的。

小林两手抱拳，朝小院上方的夜空作揖致歉，摇晃几下，口里念念有词，忽然，嘀咕声脱口而出地变大了，他伸长脖子大喊一声说，阮姐，你要原谅我啊！我在想着你的啊！

喊叫一出口，就把他吓得酒醒，赶紧捂住嘴巴。

院子里的音乐声和男女笑声，掩盖了小林的嚷叫，没有人注意到他。

忽然，豪斯放开怀里的女兵，走过去关了唱机。

歌声戛然掐断，跳舞的男女停住脚步，吃惊地看着豪斯从唱机边走回来。他返回人群边站住，兴致勃勃地高声说，多么美好的夜晚，多么伟大的爱情！让我们为胡先生和陈小姐祝福！今天晚上，请他们就在这里结婚吧，我是证婚人。他们在这里结婚，战死也幸福啊！胡笛过来，胡笛哪儿去了？陈小姐呢？都过来，我要为你们举行婚礼。

胡笛早退出人群，默默站在了院墙边，听到豪斯呼喊，急忙摆手。

陈小姐挽着他的臂，躲在光线照不到的暗处，咕咕笑个不停。

豪斯说的酒话，没有人响应，他吼叫几声，无力地坐到了地上。有人跑过去，重新打开唱机，接着跳舞。胡笛没说要结婚，是豪斯自作主张嚷叫。

胡笛早就躲开了，陈小姐靠在他身边，也离豪斯很远。突然相遇的幸福像一块石头，砸到他们的脸上，让他们慌乱，茫然无措。所以胡笛就趁大家玩得高兴，躲到了光线照不到的东厢房屋檐下。

有一个迹象在黑夜的掩盖下悄悄显现，那就是胡笛的冷静与克制。陈小姐激动得发晕，跳舞的时候身子一直在发抖，无法抑制。胡笛对与陈小姐意外重逢表现出震惊，却喜悦不形于色，把略显苍白的脸藏到了阴影中。面对豪斯排山倒海的热情和步步紧逼的关怀，胡笛选择逃离，牵着陈小姐的手，退到东厢房门口的黑暗中，任趴在胸口的陈小姐低声嘀咕。豪斯挣扎着站起来，再次大声呼喊胡笛，要送他婚礼的祝福。胡笛赶紧推开陈小姐，独自摇着手后退，似乎要退到院门外，逃往黑夜的村路。

算啦，赵师长说，人家小两口躲着说话呢，他们要着急进洞房了。

豪斯摊开手，遗憾地耸耸肩。

几个人嘻嘻哈哈地上前，拖住胡笛与陈小姐，把他们送进了楼上的寝室。

众人散场，小林和另外两个司机一起，摸着星光迷离的夜路，跟当兵的去军营睡觉了。

次日清晨，小林起床出门。他万万没有想到，自己会如此完美地提前完成任务，把陈小姐亲手交给了她失踪已久的男友，这让他如释重负，也让他深感失落，心中空洞。驾车离开下关镇才两百公里远啊，就发生了如此不可思议的重大事件。陈小姐从西南联大辍学，流浪几百公里，九死一生地寻找男友，是为了爱情吗？当然是，可是我的心情谁在意呢？

早晨从军营走出来，踏在清凉潮湿的雾气中时，小林的胸中像塞进了一只小狗，左冲右突，嗷嗷怪叫。他嘀嘀咕咕地自言自语，仰起头大叫两声，吓跑了树上的几只鸟。他想，陈小姐的这个男友，跟我一样跑来抗日，离开了自己的女友，我们都背叛了爱情吗？这个男友真的爱陈小姐吗？我真的爱梁叔叔的女儿吗？爱得要死为什么还要逃走？为什么让人家姑娘痛苦？爱是痛苦还是欢乐？是厮守在一起还是长久思念？这些思考对小林来说很困难，他从来不思考，只会行动。打架，或者喝酒；拥抱亲嘴，或者逃跑；开车或者不开；战死或者捡到一条命。可是，在这个不可思议的云南镇南县的神奇早晨，他的脑袋拼命转动，胸中感慨万端，想找出什么道理，却累得头疼，更加迷茫。

他的思绪像一只挣扎的鸟，凌空飞起，用力拍打翅膀，穿云破雾地返回了故乡马来西亚，他看到了海边疾风中大群裙子翻飞的姑娘。心想，这个胡笛翻译为什么让陈小姐跑几百公里寻找和流浪吃苦，差点变成了鬼？我让梁叔叔的女儿变成鬼了吗？梁叔叔一家还好吗？想到马来西亚的家人，小林倒抽一口冷气。站在乡村的土路上，四处张望，仿佛路边的树林后会突然走出梁叔叔一家人。他漂洋过海地来到了昆明，驾车跑滇缅公路，就跟马来西亚的亲人全部断了联系，不再敢打听那边的任何消息，只怕引出大麻烦。

他又想起阮秀贞，立即轻松起来。现在，他把陈小姐戏剧性地交还给她的失踪男友，阮秀贞可以放心了，他没有骗人，也没有欺负人，更没有把陈小姐拐走。有惊无险，对得起陈小姐，也对得起阮秀贞，他不再感到内疚。发生了很多事，相爱的胡笛和陈小姐却神奇地重逢了，他也将回到阮秀贞身边。

生活原样复归。

那是爱情吗？阮秀贞跟小林。

小林不知道，但他需要女人。

现在，他将驾车出发，再次开始孤独的旅程。

大团灰白的雾气贴着泥土滚动，飘摇而来，把小林湿漉漉地笼罩其中。他穿过晨雾，走向停在一片空地里的卡车，拉开车门，钻进驾驶室。

驾驶室里坐了一个人，小林很惊讶。

他仔细辨认，看出是陈小姐。

怎么啦？小林问。

走吧，陈小姐挥挥手，我们走，上昆明。

胡军官呢？你的那个男朋友？

陈小姐不回答。

小林闭上眼，扶住方向盘，凝神想了几分钟，也理不出头绪，就不再问，发动了汽车。

28

昆明城的纷乱繁杂超出任何人的想象，这座云贵高原群山中的元朝古城，宁静祥和，街道狭窄，没有野心，与世无争，很少与外界联系。城中河流纵横，闪闪发亮的河面，映照出河边浣洗居民自得其乐的表情。突然之间，昆明城急剧膨胀，投来整个中国的目光，大量逃避战争的外省人翻山越岭拥入，昆明城的人口陡涨七八倍，房价打着滚上升，街道拥挤不堪。

城中住房欠缺，郊外乡村拥入了大量外省人，这些人口音杂乱，闹出不少笑话。连通城内外的盘龙江、宝象河和大观河等几条弯曲河道上，往来的小木船一片繁忙，船上高高堆满运送进城的蔬菜、稻米和鸡鸭鱼肉。也有外地富人乘船下乡，寻找避难之所。男人戴礼帽着长衫，神色凄然；女人旗袍裹身，花花绿绿，小心守护着船头大大小小的皮箱。

为防范从东南亚迂回包抄的日本军队，云南增加了边境驻军，军队的最高指挥部设在昆明城郊。匆忙建成的巫家坝飞机场，是昆明城郊最大的军事设施，美国人援助的航空志愿队在巫家坝机场服务。机场上停满飞机，机身上画了露出利齿的夸张鲨鱼大嘴和长翅膀的猛虎，显示出年轻美国空军飞行员旺盛的荷尔蒙活力，飞机轰然起降的巨大噪声，猛烈摇撼着昆明城郊外空旷无边的蓝色天空。

陈小姐的男友胡笛，离校后的最初三个月里，就在巫家坝机场工作。

这个西南联大小有名气的校园诗人，给陈小姐留下一封信，突然消失。

胡笛在留给陈小姐的信中说，自己要辍学参军，远走敌我对峙的滇西边境，上前线为国家战死。他的信让陈小姐边读边哭，伤心欲绝，对孤独的大学生活彻底失去兴趣。也让他的几个诗友感慨万端，流泪写信，接连举办了几次"送别诗魂"的小型朗诵会。他们坚信胡笛已出境到缅甸或印度，跟战友一起高声呐喊，揣着诗笺冲锋陷阵。其实他没有离开昆明，他是大学的英语系学生，报名参军后，被分配到美国人身边，做了昆明城郊巫家坝机场的英语翻译。

可他严守秘密,未透露半点风声。

那天上午,陈小姐独自溜出用作临时军事指挥部的镇南县财主家小院二楼卧室,伤心告别刚刚发生的神奇爱情重逢事件,在大雾中坐进小林的卡车驾驶室,一路颠簸地逃走。在卡车晃荡不停的行驶途中,她向小林断断续续地哭诉,告诉他胡笛把自己抛弃的实情,一边哭诉,一边在驾驶室里哭喊着说,这个大骗子!他骗我,他不要我了才跑去参军,根本就不是为了抗日!

小林身子发热,脸发烧,立即想起自己抛弃梁叔叔女儿的经历。他不敢看陈小姐,握紧了方向盘,看着车头前方,心想梁叔叔会不会也这样看我呢?他的女儿会不会这样对父亲哭诉呢?

他看一眼满脸泪水的陈小姐问,你们吵架啦?

陈小姐骂道,大骗子啊!这个大骗子!

小林试探着说,不能这样说人家吧,参军,怎么分配由不得他。你看我开车,也是半个军人,人家要我跑缅甸,又要我跑贵州或长沙,只能听指挥。

你是你,陈小姐说,他跟你不同,他比不上你一根小指头。我现在才知道,他是借故跑掉的啊,他跑掉,是为了甩掉我啊,他另有所爱,相中一个银行老板的女儿啦。

山路颠簸,绵延不尽。在前往昆明的漫长旅途中,陈小姐坐在卡车上,一把鼻涕一把泪,愤怒控诉负心人胡笛。她是一个疯狂的姑娘,为了找回失踪的爱情,毅然只身上路,流浪千里,变成乞丐,卖身为妓,死过若干次。奇迹般地捡回爱情,在绝望中巧遇朝思暮想的恋人,才知道自己舍身守护的爱情真理,其实是一个笑话。

这是镇南县之夜向她透露的人生解释,这个解释使她彻底绝望。

可是,昨夜她也享受到了巨大的幸福。

意外重逢让她迷醉,神魂颠倒。胡笛的可疑表现她完全没有觉察,也就对他的退却和冷静毫无防范。她抱着胡笛的身子,就像抱着整个世界,闻着他身上的汗味,就像闻着最浓烈的花香。胡笛是一个比女人更唠叨的男人,神经质、琐碎、紧张,可昨晚他始终沉默不语,像财主家小院的土墙。陈小姐在小四合院楼上的房间中跟胡笛一夜亲热,将近天亮,听到胡笛嘟哝着低声说话,才大梦惊醒，身子渐渐冷却。

我不配，胡笛把搂住陈小姐的臂慢慢抽回，目光移开，抱歉地说，我配不上你，你比我高尚得多。

陈小姐嬉笑着说，你说的什么呀？

胡笛无力地把她推开，坐起来，低垂下沉重的脑袋。

怎么啦，你？她追问。

我另外有未婚妻了。

胡笛嗫嚅着说出了原因。

她被当头一棒打晕，气得从床上滚下，屁股跌到地板上，咚地砸出响亮的声音，然后她迅速光着身子爬起来，抓过椅子上的衣服穿好，咬牙切齿地扑到床上，摁住胡笛，一连串抽了他十几个耳光，直抽得手掌发麻和红肿。

你看我的手，乘车回昆明的途中，她把还有些肿胀的手掌伸给小林看。

那你咋办？小林问，不要他啦？

是他不要我啦！陈小姐尖叫。

就这样便宜了他？要不要我帮忙，揍他一顿？

你揍他？他是个军官，会把你枪毙的！

陈小姐接着告诉小林，天亮前她跟胡笛吵架，抽了他十几个耳光，哭着跑下楼，出了院子。胡笛追出来，她躲进村子一个臭烘烘的猪圈，从粗大的门缝里，看见他四处张望，从村路上跑远，又趴着猪圈门伤心恸哭。看见胡笛返回，她赶紧住口，不再出声。

我从猪圈出来，就找你的车，把脚上的猪屎带进车里啦，陈小姐破涕为笑。

小林用力吸口气，果然闻到驾驶室里的猪屎臭。

可是，你想想，他从院子里跑出来找不到我，转身就回去啦，他能那样回去吗？能那样不管我吗？我要是跳河自杀了，他怎么办？他一定会很高兴。你说他咯不要脸？这么小一个村子，我能跑到哪里去？难道他会找不到我吗？陈小姐愤愤不平地说。

小林说，是的，他应该把你找回去。

是个屁！陈小姐骂道，这个杂种啊，他不得好死！他明天跟着美国人坐飞机去印度,飞机会掉下来让他摔死!

美国人不能死的啦,那个美国人不错,他对你很好的,小林提醒她。

陈小姐说,我才不管,他们一起死,我才高兴!

29

从昆明通往缅甸的滇缅公路,是一条长长的纤弱细线,这条线缠绕于荒无人烟的苍茫群山,为了给面对危险的辛苦司机尽量提供帮助,公路沿线设了51个司机接待站。这些接待站都位于荒凉的山坳,前不巴村,后不挨店。在司机叫苦连天的绝望时刻,接待站恍惚的灯火,是受困司机最大的希望。

小林驾车离开镇南县的军营,带着陈小姐奔波一整天,傍晚天色渐黑,小林和两个司机朋友的卡车,来到离昆明三十公里的空山寺接待站。这是滇缅公路上的最后一个司机接待站了。它的东面有一片山坡,坡上长满杂树乱草;西面陡然立起高高的一面峭壁,公路从峭壁下穿过,驶进山坳空地的一条小河边,拐个急弯,就可看见司机接待站的草房顶了。

接待站有人做饭,配了修车的师傅,还有供司机住宿的房间。宿舍是盖在山坳空地里的两排房子,里面各有一溜靠墙的大通铺,床铺上挂了很多蚊帐,堆着整齐的新棉被和泰国买来的英国毛毯。司机吃饱上床,钻进蚊帐,盖上暖和的棉被和毛毯,立即被融化,倒头睡着。

司机的车上会有女人,有的是半路搭车的女客,也有途中结识的相好。在接待站留宿,如果空床很多,搭车女人就单独分开,去另一间宿舍睡觉;所有房间都睡满了人,女人就没有挑选,也跟男人同屋。她们紧靠着自己的司机,小心谨慎地睡在另一个蚊帐里。如果搭车女人是司机的相好,就很方便,她们钻进司机的蚊帐,趴在司机怀里蒙头大睡,不管那么多。

那天晚上,在空山寺接待站留宿的司机不多,宿舍前的空地里停了六辆卡车。一个中年汽车修理工从宿舍里走出来,渐渐下沉的暮气把他涂抹得面目不清。小林踩刹车减速,喊了一声牛鼻子,他就招招手,咧嘴傻笑。

名叫牛鼻子的汽车修理工五十岁了,来自新加坡,他高鼻梁,大鼻孔,每天晚上都会喝醉。牛鼻子的修车技术非常好,坎坷不平的滇缅公路上,载重卡车沿路猛烈摇晃，最容易损坏。修车是麻烦事，技工严重缺乏，更缺乏懂汽车构造的工程师。在汽车生活刚刚降临欧美国家的时代，亚洲人对汽车相当陌生，中国对此更少有所知。

整座昆明城里，最近五年内，一共出现了六辆汽车，它们的神秘和稀奇，一度引起全城极大的轰动，昆明报界为此自豪，大发感慨，认为昆明这座藏于深山的偏僻城市，也赶上了象征未来世界最先进生活的汽车时代。可赞美之声未落，麻烦就出现了，汽车坏了无人修理，需要等法国工程师带着技工漂洋过海赶来，才能让这辆先进机器重新转动轮子，再次载着他的主人出门，迎接车窗外排山倒海的羡慕目光。

现在，云南修通了连接境外的滇缅公路，昆明一夜间出现了三千辆卡车，私人汽车也增加一倍，有了十几辆，修理技工和工程师之紧缺，可想而知。所以，中国政府请求华侨领袖出马，再从东南南亚一带，紧急招募大批汽车修理工。

牛鼻子就是招募来的杰出汽车修理大师。

他能把所有美国卡车修好，在没有图纸和汽车构造说明书的恶劣条件下，他敢把车子全部拆散，再重新成功组装。还能用接待站里的两台旧机床，神奇地仿制出汽车配件，年轻司机都叫他牛鼻子老爸，以表达无比的崇敬和感激。

宿舍旁边的矮屋里，走出一个皮肤黝黑的年轻女人，这是雇来做饭的村民阿吉妹，阿吉妹看着小林的车子摇晃着驶近，捋一把头发，面无表情地站在那发呆。

小林和陈小姐都饿了，下车后狂奔而来，冲进接待站的厨房。

时间很晚，接待站西边的峭壁挡住了光线，天地下沉，厨房里点起了马灯。先来的司机刚吃完，剩饭还是热的，米饭和酸笋煮豆很好吃，腌萝卜条也好吃，桌上还有腊肉。小林格外激动，夹很多腊肉给陈小姐，她饿坏了，沿路骂胡笛也骂累了，口干舌燥，精疲力竭，同样吃得高兴。

牛鼻子老爸走进厨房，倒一碗酒坐下来，兴致勃勃地看着陈小姐。

阿吉妹送来饭菜，站在一旁看着他们吃。

牛鼻子老爸喝一口酒，对小林说，找了个漂亮的婆娘？

小林笑而不答。

陈小姐对牛鼻子老爸的这句话并不在意，送给牛鼻子老爸一个笑容，不慌不忙地说，我搭车上昆明，林师傅人很好呢。

小林说，陈小姐是我的老朋友了。

陈小姐说，是的。

听陈小姐的口气，她已经恢复了好心情，小林同样心情很好，他对空山寺的这个夜晚忽然充满期待。

小林的脑袋又艰难地转动起来。为陈小姐的身世暗自感慨。这个陈小姐经历非凡，她那个变成灰尘并消失在空气里的男友胡笛，竟然被锥心泣血的思念捏成一个泥团，再捏成一个真正的鬼，从镇南县的地下塞窣爬出，与她相逢。这是完全不可能发生的事，这只能是一个谣言。可是，这件比传闻更假的事，却非常真实，并让小林亲眼见证。陈小姐与胡笛的生死恋情，堪称云南抗战故事中最奇异的神话。糟糕的是，胡笛确实是一个鬼，一个背负爱情神话的鬼，有罪在身，无情无义，于是他与陈小姐的故事一夜间破碎，灰飞烟灭了。

想到这里，小林唏嘘摇头。

他为之气愤，也为之高兴。

陈小姐奇怪地问，林师傅，你咕噜噜说什么鬼话？还摇头？

小林傻笑，目不转睛地呆看着陈小姐。此刻，在这个空山寺的疲惫黑夜里，小林无可抗拒地爱上了陈小姐。他深知自己不配做她的男友，可他不想放过这个美好的夜晚，不想放过她。他认为今晚是一个好日子，最有希望的开头，老天爷会给自己奖赏，一定会再有机会。空山寺将给他留下永远难忘的幸福记忆。在这里，在空山寺的司机接待站，他要理直气壮地霸占陈小姐，跟她上床。

想到这里，小林哑然失笑，他跟陈小姐上过一次床了，早上过了，那时，胡笛这个杂种，还在地下呢，是一包灰呢。

陈小姐再问，你为什么傻笑？

小林只会傻笑，说不出话。

是的，这次上床，跟镇南县小旅馆那次不同。那次是陈小姐勾引他，她怕旅馆里的死人，求小林跟自己睡觉，为了驱鬼。这次，是小林自己需要陈小姐，迫切需要，如饥似渴。陈小姐被爱情的真相深深伤害，痛苦而绝望，生活再无盼头，她再没有可以依靠的男人了，只有一个小林。那就好，很好，她只有我了。今天晚上很好，黑夜空旷深沉，气温低，风很急，陈小姐孤单无助，很好。吃饱喝足，带她回接待站的司机宿舍，钻进蚊帐，完成好事。

小林运气不错，那天晚上在接待站留宿的司机很少，连小林在内，一共七个司机，另外六个司机住前排那间够二十五人睡觉的宿舍，就行了。小林带陈小姐住另一个大房子，不会让司机弟兄来找麻烦，不会被他们干扰。他把陈小姐带进后排的宽大宿舍，关严了门，两个人占尽整个房间二十米长的大通铺，从床头滚到床尾，够一夜尽兴了。

幸福的想象深深刺激了小林，让他迫不及待。

看着牛鼻子老爸喝酒，小林说，给我倒一碗，给陈小姐也倒一碗。

陈小姐咕咕笑着急忙说，不喝酒，谢谢啦，我不会喝。

阿吉妹提着酒罐和两只碗过来，小林看着阿吉妹把碗放到桌上，抱过酒罐，倒满了两碗酒。

他端起酒碗对牛鼻子老爸说，老天做证啊，一趟路平安跑完了，我们喝一口，喝了大家高兴。

陈小姐看着他笑，没有端起酒碗。

小林喝一口酒说，你喝呀！

陈小姐摇摇头。

牛鼻子老爸说，喝吧，喝一点高兴，等下好睡觉。

陈小姐端起碗，稍稍抿一下碗边。

小林说，不行，要喝一口，我喝一口，你也要喝。

小林说完，咕噜喝下一口酒，陈小姐无奈，也喝了一口。

小林跟牛鼻子老爸不断碰酒碗，不知不觉喝了几碗酒，陈小姐似有警惕，不敢再喝，碗里的酒并没有减少。

小林生气地问，你怎么不喝？不高兴吗？

陈小姐说，我累了，想去睡觉。

小林说，好啊，我也想睡觉了，走吧，跟我去。

他丢下碗筷站起来，拖着陈小姐的手朝宿舍走去，陈小姐笑着拨开他的手，慢吞吞拖在后面。几个司机坐在宿舍门口抽烟，烟火在黑暗中闪亮，像讥诮的眼睛。看到小林和陈小姐一前一后地过来，年轻的司机们齐声起哄，黑夜掩盖了陈小姐满脸的羞涩，同时掩盖了小林脸上的焦急和幸福，两人绕过门口坐着几个司机的前排宿舍，走向后排另一幢黑灯瞎火的房子。

酒精点燃了小林的身子，他浑身发热，骨头呼呼地叫。陈小姐慢慢走来，犹豫不决，小林站在两幢宿舍之间的空地，等陈小姐走近，拖着她的手走向宿舍门边，伸手把房门推开。房间里黑漆漆的，一阵冷风撞到脸上，有什么小东西随风从房间里飞出，好像是蝙蝠，小林哈哈大笑，陈小姐惊得后退。

小林说，点起马灯，这就是我们的新房了。

陈小姐嬉笑着说，是你的新房，不是我的。

小林冷不防抱起陈小姐，冲进宿舍，用脚踢上了门。

陈小姐尖叫，用力推他，挣扎着扳开他的手，转身逃走。她的反应令小林大失所望，他愤怒地追上去，抱着陈小姐，夹紧了她的腰，反身倒拖着走。陈小姐气坏了，低头朝他的手腕咬了一口，疼得他急忙松手。

可是陈小姐没有跑，她站定了瞪住小林，在黑暗中大声质问，你要干什么？你以为我是一只猪吗？

小林身子燥热，眼睛鼓胀，不知如何回答。

你才是猪，陈小姐愤怒地骂道，你是一只恶心的公猪！

陈小姐骂完，气呼呼地走开。宿舍里没有灯，陈小姐走得快，一头撞到了墙上，咚地摔倒。小林赶紧跑过去，伸手扶起陈小姐，却被她抓了一把地上的灰撒到脸上，再一脚踢到了他的屁股。小林大怒，扑上去抓紧陈小姐的臂，用力扭到背上，把她摁倒在地。

陈小姐躺在地上大哭。

有人踢开宿舍的门，走了进来，站在小林身后，拍两下他的背。

小林吃惊地回头。

起来，这个人缓慢而有力地说，听声音，小林知道是牛鼻子老爸。

小林不理，一手摁紧地上的陈小姐，一条腿跨到她的背上。

牛鼻子老爸不慌不忙地说，不要欺负女生，你给我滚起来！

小林吼道，你才滚开！

牛鼻子老爸抓住小林的衣领，把他从地上拎起来，丢到一边。

陈小姐躺在地上，继续号哭。

阿吉妹走进来，扶住陈小姐，把她从地上拉起来，挽着她走出了宿舍。

牛鼻子老爸提着一把斧头，盯紧了坐在地上的小林。

小林酒醒了大半。

30

小林遭遇了可笑的失败，灰心丧气，独自回到空空荡荡的大宿舍，醉醺醺躺在床上，很快睡着。半夜，窗外吹进一股轻弱冷风，像锋利的小刀把他割醒。他睁开眼，翻几个身，床板嘎吱摇动，在膨胀的黑暗中孤零零地回响，仿佛有人躲在房间漆黑的角落里发出讥笑。

小林无精打采地坐起来，脑袋里嗡嗡叫，不知身在何处。他晃几下脑袋，模糊想起了陈小姐。

委屈与愤懑在心中缓缓上升，陈小姐躲到哪里去了？估计是跟着阿吉妹去睡，她为什么拒绝我？为什么跟我打架？为什么浪费了这个美好的夜晚？牛鼻子老爸为什么来管我的闲事？他懂个屁！

小林心头冒火，披衣从床上跃下。

忽然，屋外传来由远而近的奇怪声响，声响接近，小林辨出是地层深处冒出的汽车马达声。震得木门咕咕摇晃，却与他熟悉的卡车声不同。它比卡车声轻弱得多，寂静的黑夜里却显得巨大，突如其来。尤其让小林困惑的是，夜色深沉的半夜，这辆汽车送出的马达声很孤单，来路不明。谁来了？开着什么车？来干什么？小林的脑袋里冒出一连串疑问。

是不是土匪？或者日本特务？

这一带荒山野岭，有打劫的土匪，接待站都配了枪。

日本特务不会公开作案，只会装作过路的中国百姓。有一次，一个日本特务驾着车，装作运输队司机，被抓后，那个死硬的家伙，在接待站的房间里自杀吊死了。

汽车排气管突突突略带爆破音的声响，低沉而有力。根据经验，小林听出来了，屋外驶近的是一辆小车，好像是美国吉普车。

小林仿佛被人泼了一盆冷水，迅速清醒，莫名慌张。他把衣服穿好，悄悄摸到门后，贴紧门缝朝外看。只见两条离地不高的白花花汽车前灯光柱缓缓移动，车灯后方，一辆棱角分明的矮小汽车，小心翼翼地钻出宽大无边的漆黑，驶进了接待站，在厨房门口停下。

两扇前车门打开，小车的左右方各出来一个人影。两人各握一只手电筒，举着电筒光四处照射，最后，电筒光停在空地里的几辆卡车上。两人碰头低语，打着手电筒，慢慢朝卡车走去。

牛鼻子老爸小屋的房门打开，他提着马灯，扛着一支步枪出来。

牛鼻子老爸站在黑夜里大声说，什么人？站住不要走。

他把马灯放到地上，端平了手中的步枪，指着前面握电筒前行的人影。牛鼻子老爸是一个技术专家，枪法极准，他拉了一下枪栓，子弹上膛，危险而清脆的金属声从黑暗中飞起。

两个来人对枪栓声太敏感，大惊站住，转身拔枪，抢先朝天开了一枪。

放下枪！来人散开大叫。一个人用中国话叫，一个人哇啦哇啦用英语喊话，两人各站在一个方向，两把手枪，同时指向牛鼻子老爸。

来人朝天射出的金属子弹快速飞行，洞穿黑夜，清澈的响声在高高的山壁上摩擦，反弹回接待站的空地，萦绕不散。牛鼻子老爸是内行，对方开枪，令他心惊肉跳。想到地上的马灯暴露了自己的位置，他急忙闪开，跃到灯光照不到的黑暗中，迅速卧倒。

枪声把屋里的其他司机惊醒，前排宿舍打开了门，几个受惊动的司机冲出来。站在暗处的来人大声吼叫，再次开枪，把牛鼻子老爸放在地上的马灯打碎，枪法的精准令小林吃惊。

站住不动！开枪的人用英语喊话。

他身旁的中国人大声说，动就打死你！

冲出宿舍的司机赶紧退回，小林也退回房间，走到墙边，试了试宿舍的小窗户，他发现窗户很容易打开，就推窗轻轻跳出，摸索前行。弓腰行走中，他从地上捡起一截粗壮树枝，提起来握在手中，循着来人喊叫的方向悄悄走去。

醉意在枪声中全部惊散，小林完全清醒了，从对方喊叫的声音中，他听出了可怕的真相，对方的那个中国人，好像是陈小姐的男友，那个中国的翻译军官胡笛。小林咬牙切齿地嘀咕道，他找来了，这个杂种，他要把我的姑娘抢走！

小林冷笑，握紧柴棍继续前进。夜色掩盖了他的行踪，他从黑屋里出来，眼睛能适应黑暗，渐渐辨识出来人，看清不远处站着的两个人也弯着腰，各握一把手枪。

小林屏住呼吸，从他们的身后慢慢靠近，像一只黑猫，提起粗大的树枝朝前一跃，用力劈向一个人的脑袋。这个人在小林跃起时听到声响，略微后退，侥幸躲过一劫。小林的树枝没有劈中他的脑袋，劈中了他的肩膀。这个人踉跄两步摔倒，电筒滚落，小林扑上去把他摁住，夺走了他的手枪。

他的同伴闻声扑上来，用枪指着小林，大声用英语喊话。

被小林摁倒的这个人已经缴械，成为俘虏，小林把他拖起来，用手臂勾紧他的脖子，把他挡在自己身前。

放下你的枪，杂种！小林用缴来的手枪，指着面前的这个人，骂道。

被小林捕获的这个俘虏，发现手枪被抢，急忙用英语对面前的美国人说，放下枪，豪斯，好好说，不会有事的。

小林听出来了，被自己用手臂勒住的这个中国人，正是胡笛。

美国人豪斯把手里的枪放到地上，抬起了双手。

你放了我的朋友，豪斯说。

胡笛对小林解释说，自己人，不要误会，我们来找人，没有恶意。

小林把他勒得更紧。

胡笛用力咳嗽，挣扎着说，不骗你，我在找一个姑娘，你看见了吗？

小林说，你是土匪。

刹那间小林萌生杀意，想开枪，把胡笛杀死，他的手指迟疑地搭到了枪机上。

豪斯猛地一扑，把小林摁倒，捡起手枪，顶住了小林的脑袋。

31

　　找到小林,胡笛和豪斯非常高兴。

　　站在远处黑暗中的牛鼻子老爸提着枪走过来,慢吞吞地说,你们认识?没事了?是朋友吗?

　　小林丧气地说,什么认识?我没见过他们。

　　胡笛惊诧地问,你这个,怎么啦?我们是见过的呀,你被抓了,还是我把你们放开的。

　　小林气呼呼地说,我也不了解你,没打过交道,再说抓我是应该的吗?我也抗日,怎么就抓我?

　　胡笛说,好啦好啦,多少我们也算朋友,不打不相识,从现在起,我们是朋友了吧?告诉你一个事,她不见了,你带来的那个姑娘。

　　胡笛说完话,不见回应,扭头看,才发现小林已经站起来,朝阿吉妹住的小屋的方向看去。小林心中焦急,担心屋里的陈小姐闻声出来凑热闹,回头对胡笛说,外面太冷,我们进司机宿舍去躲躲风吧。

　　小林说完话,不容分说地急忙朝前走,把胡笛和美国人豪斯领进了后排空荡荡的宿舍大房间。房间里没有灯,他们摸索着坐到床上,在黑暗中相互打量,忽然沉默下来。

　　牛鼻子老爸跟了来,站在宿舍外面说,我去拿火来,给你们点马灯。

　　小林冲过去说,不用了,不用了,我去拿,你去休息好了。

　　小林把胡笛和豪斯丢在黑漆漆的宿舍里,拖着牛鼻子老爸走开,从厨房里拿来火柴,点燃了墙上的马灯,一片光明从小小的玻璃罩里流出,水一般晃动,在空气中缓缓游走,流过每个人的脸,小林看清了坐在面前的美国人豪斯和胡笛。

　　豪斯也看清小林,很高兴,热情似火地大声夸赞他。胡笛翻译了他的话,接着介绍他和豪斯一路驾车追寻陈小姐的经历。

　　胡笛告诉小林,他的朋友豪斯,知道胡笛把陈小姐气跑,极其愤怒,质问他怎能放走这样的好姑娘?骂他犯罪,会受到上帝的惩罚!胡笛求豪斯帮他，两人就坐上豪斯的吉普车，驶向薄雾弥漫的公路，一路寻找而来。吉普车比卡车快很多，他们沿路寻访了很多村子，最后找到了接近昆明的空山寺司机接待站。

小林心不在焉，不停地晃动脑袋，不想听胡笛唠叨，胡笛说的这个原因他早就知道了。他只怕陈小姐被发现，希望胡笛跟豪斯赶快离开。

小林说，我没见到陈小姐啊，你们赶紧走吧，前面可能会找到，误了时间，就再也见不到了。

牛鼻子老爸又在门口出现，悄悄走了进来。

小林说，牛鼻子老爸，你不回去睡？才半夜，他们马上就走了。

胡笛刚才的讲述，语气急促而慌乱，感情真挚。站在门外的牛鼻子老爸听到，慢慢走进来，坐到床铺上，迟疑的目光从豪斯和胡笛身上划过，最后落到小林身上。牛鼻子老爸是老实人，从不说谎，意志坚定。听胡笛反复提到陈小姐，说话声带哭腔，牛鼻子老爸眼睛有些发红，似有所悟地盯住小林。

豪斯问，你要告诉我们真话，到底见到了陈小姐没有？

胡笛把豪斯的话翻译给小林听。

小林急忙说，没有啊，谁是陈小姐我不认识啊！

哈哈！豪斯笑了起来。

小林被他的笑声惊得心虚，眼前发黑。

不认识？豪斯步步紧逼地问，不可能的呀？她是你带来的，怎么会不认识？恐怕就是你把她带走的。

小林说，我把她交给你们，怎么反倒来找我要人呢？我做错了什么吗？她不是我的朋友，是来搭车的，所以我并不认识她。我天亮就开车走了，你们的事我不懂，也不想懂。

胡笛痛苦地抱住头说，啊呀她可不能出事！

小林说，出事的可能性很大，你们没找到她，我也没见到她，她就有可能遇上了麻烦。你们要有这个准备，赶紧走吧，你们赶紧！万一正好看见坏人抓她，你们赶到，就可以救人了。

豪斯不愧是军人，有敏锐的判断力，他再次大笑说，看你回答得这么肯定，我就知道她藏在这里，我们找对了地方。

小林被豪斯的话猛击，胸口咚地发出巨响。他克制住慌张，慢吞吞地说，藏什么藏？我怎么会藏她？凭什么藏她？她一个大活人藏得了吗？可怜的姑娘呀，她可不要再出事。我要是知道她藏在何处，会带你们去找的，我也不愿她出事。

门外出现杂乱的足音，有人朝宿舍走来。小林紧张地扭头朝门口看。刚才发生在接待站里的危险，不是玩笑，是真枪实弹的对峙。其他司机被豪斯的手枪赶回了房间，不敢出来。现在冲突平息，巨大的寂静转化为黑夜里同样巨大的疑问，几个司机试探着摸出房间，一路大声说话壮胆，朝小林所在的这间宿舍走来了。

有人试着推开门，伸进半个脑袋。

怎么啦？刚才谁开枪呀？没事了吧？这个人说。

牛鼻子老爸说，进来吧，没事。

门外一窝蜂拥进五个司机。

小林怕他们说漏嘴，急忙跳下床，在门口把他们拦住了。

小林说，回去睡觉，没事了，我们在谈任务呢。

门外又走进一个人，是陈小姐。

陈小姐瞪着惊奇的双眼，朝小林笑笑，试探着伸出一只脚，慢慢走进来，小林猛然后退，晃两下跌倒在地。

32

墙上的马灯只能照见屋里一小团光亮，门口灯光照不见的幽暗处走进了陈小姐，胡笛和豪斯并没有看清，不知道令人振奋的一幕已经出现。但陈小姐可以看见坐在马灯微弱光亮中的人，这是小林不想看到的麻烦，也是他害怕的最大灾难。

小林从地上一跃而起，收起脸上的张皇，努力保持镇定，冲上前拦住陈小姐说，赶紧回去，不要进来，不要理他们。

陈小姐问，来了什么人？

小林说，可恶的人，你最讨厌的坏蛋！

陈小姐发蒙地问，什么可恶的人？

小林迟疑了一下，话到嘴边，赶紧改口说，在杨家客栈跟你打架的那个男人记得吗？就是他了。

陈小姐说，让我进去看，在这里我不怕他。

小林用力把陈小姐往门外推。

豪斯走过来，立即认出陈小姐，大喜过望，扒开小林跨上去，拉住了陈小姐。

我是豪斯啊，陈小姐，他高兴地大叫，我知道就是你，你还记得我吗？我是豪斯，我们一起跳舞还记得吗？

陈小姐听不懂英语，却认识豪斯，她啊地尖叫一声，扑到豪斯怀里，呜呜哭了起来。

怎么啦，陈小姐？谁欺负你？豪斯紧紧搂着陈小姐，低头追问。

陈小姐还在哭。

胡笛疑惑地走过来。

小林认命了，默默后退，坐到床边。

说话间，窗外透进光亮，陈小姐止住哭，从豪斯的身上抬起了头。胡笛慢慢走近，陈小姐看到他，愣了一刻，愤怒地骂起来，走开！我不想见你，滚开！你怎么会在这里啊！滚开！

陈小姐一掌推开豪斯，跑出房间，在已经蒙蒙亮的空地上跑出一段路，再次躲进阿吉妹的小屋。

胡笛拔腿欲追，被豪斯拦住，他蹲下去抱头痛哭。

小林看到胡笛被陈小姐严厉拒绝，大喜。

33

陈小姐拒绝与胡笛见面，跑回阿吉妹的小屋里，躲了整整一天不出来。

胡笛像一条被打断脊梁的狗，趴在阿吉妹小屋外的山坡上，守了一天。豪斯陪着胡笛，耐心安慰他，等待陈小姐回心转意。小林驾车送货，不能停留，应该抓紧时间，尽快离开接待站，把物资送去昆明。可是他不甘心拱手献出陈小姐，也就把送货的事摆下来，留在接待站，陪着胡笛和豪斯一起受煎熬。

当天晚上，小林敲开阿吉妹的小屋，进去探望陈小姐。陈小姐骂一声滚，认出小林，又笑着道歉。小林看到陈小姐意志坚定，毫无妥协的表现，高兴地出来，走到坐在屋外黑夜里的胡笛身边，拍拍他的肩，劝他回司机宿舍睡觉。

小林说，你明天回去算了，我带陈小姐回昆明，你们的事以后再说。

胡笛冷笑一声问，你喜欢她是不是？你把我的女朋友带走，自己好下手是不是？

小林说，你要怎么样？要跟我打架吗？要决斗？别看你穿着这身皮，打起架来恐怕不是我的对手。

胡笛说，我要感谢你，你帮助了她。

小林说，少来这一套，你不要她，让她吃那么多苦，现在你怎么有脸来找人家啦？

胡笛说，我错了。

小林说，你没有错，想干什么干什么去，反正你不缺姑娘。

胡笛说，我要回去退婚，跟陈小姐结婚。

小林说，说得好听，天亮又改变主意是吧？

胡笛一把抓住小林的手，哭丧着脸，唠唠叨叨地说，兄弟帮帮忙，帮我劝说陈小姐，请她出来，跟我回去，兄弟，求你了！我做错了事，总该有改过的机会。

小林说，她不喜欢你了，你走开，她会好过些。

坐在胡笛身边的豪斯说，我们跑那么远的路，陈小姐出来见一下面，也是应该的吧？

小林说，你们走吧，反正以后还可以见得到她。

忽然，豪斯眼睛发亮，跳起来说，我有办法，山坡上有很多野花，明天我们采花，放到这里，陈小姐会喜欢的。

小林说，胡笛的事你采什么花啊？

豪斯说，胡先生做了错事，我帮他改正。

给女孩献花，美国男人有足够的经验和耐心。第二天天亮，豪斯带着胡笛满山坡采花，五颜六色采来几大抱漂亮的野花，一捆捆扎好，堆放在阿吉妹小屋的门外，还把一些花从窗户丢进去。两人不停地采花，不停地送花来，直到把门外的空地堆满。

豪斯单腿跪在花堆里，哇啦哇啦说一堆话。

小林大笑说，胡笛老兄的事，你这个美国人单腿跪着求婚干什么啊？

小林的话豪斯听不懂。

胡笛把豪斯单腿跪地说出的话，大声翻译出来，他说，陈小姐啊，请你出来吧，你是美丽的天使，上帝派我来给你献花，你就看一眼这些漂亮的鲜花吧。

奇迹出现，小林看到了绝望的一幕：阿吉妹小屋的门哗啦打开，陈小姐慢慢露出半张脸，再露出整个身子。她无力地靠在门框上，一声惊叫奔过来，扑到了门口的鲜花堆里。

她又蹦又跳。

豪斯高举双臂，仰面朝天，哈哈大笑。

他朝陈小姐走来，张开了结实的臂膀，陈小姐毫不犹豫地扑过去，趴到豪斯怀里。胡笛坐在山坡上，像个委屈的少年，呜呜呜地哭出了声音。

中饭后，陈小姐爬上吉普车，跟着胡笛和豪斯，返回镇南县去了。

小林在早晨的冷风中发动卡车，孤单地驶上回昆明的道路。

34

一个月后，小林再次从缅甸运货回昆明。他去仓库交了货，车子送回潘家湾的运输队修理厂保养，自己回到金碧路的租住小屋里，取了干净的换洗衣服，出门去公共澡堂洗澡。

他在澡堂大池烫乎乎的热水里痛快地泡一阵，躺在池边让师傅擦背，睡在床上修脚，洗得浑身松软，满脸通红地回家，软软地躺在小屋的床上，闭上眼刚想睡觉，有人来敲门了。敲门声很急，又很谨慎，小心翼翼地试探着连敲几下，停住，接着再敲。

小林租住的是金碧路一户旧四合院。这户人家有三兄弟，父母双亡，财产分完，大哥二哥都有职业，收入稳定，生活正常，三弟却游手好闲。他们就把旧院分给四十岁的单身三弟，三弟为自己留了楼下的两间房，其他上下的房间，全部租出去，靠租金过着无所事事的日子。

院子里的租户身份混乱，有一个开小杂货店的玉溪人，姓王，人称老王，每次小林回来，老王都要跑来拜访，找小林要东西。小林驾车跑缅甸，为抗日出力，九死一生回来，老王不慰问，不赞扬，只想占小便宜。小林驾车捎带的外国日用品，玉溪人老王经常要了去，视为宝贝。后来，老王就把小林送的宝贝拿去自己的杂货店卖，很受顾客欢迎，就托小林进货，买些外国货回来倒卖。

那天，小林以为是邻居玉溪人老王敲门，有些生气。上次，玉溪邻居老王没给他支付订货款，他就没帮老王进货。可他不能拒绝为老王开门，小林在外跑车，租的房子需要老王照看，他只好慢吞吞下床，打开了门。

小林吃惊地看到身穿军服的胡笛用力挤进来。

胡笛进屋就嚷叫，哎呀，兄弟，总算找到你了。

小林惊异地问，你怎么来到昆明了？

胡笛说，昆明谁不可以来呢？昆明是你家吗？是你家我也可以来玩啊！告诉你，我们有任务，已经来昆明了，所以就来看看你，看看你不好吗？

小林说，奇怪了，你怎么知道我在这里住呢？你在跟踪我吗？

胡笛说，跟踪什么呀？昆明这么小，有什么不好找的？我去西南运输队几次问问，不就可以找到了？我来找你几趟了啊，隔天来一次。今天我算着时间，认为你应该回来，就赶来啦！找到你太好了，赶紧，我要请你吃饭。

小林问，陈小姐呢？

胡笛说，我就知道你忘不了她，哈哈！她想着你呢，叫我来找你。

小林脸红了，刹那间被身体里涌出的热流抱紧，想到又能见到陈小姐，小林心里充满无法抑制的欢喜。他嘿嘿连笑几声，身不由己地跟着胡笛出门，来到街上。看着街上的行人车马，再看到黄包车上一个穿旗袍的女人紧靠着身边蓄小胡子的西装男人，小林冷静下来，忽然觉得自己可笑，去见心爱的姑娘，却是姑娘的男友领去，很滑稽。

他站住，对胡笛说，我不去了，改天吧，今天刚回来有些累，想好好睡个觉。

胡笛说，已经出门了，又回去？你不是很干脆的人吗？怎么婆婆妈妈的？

小林是打打杀杀的刚烈青年，最恨婆婆妈妈的评价，可胡笛说如此难听的话，他居然认账，嗫嚅地说，我还是回去算了。

胡笛焦急地拉住他。

小林低下头，翻起眼皮，看了胡笛一眼，欲言又止。

胡笛不管那么多，紧拉住小林的臂，继续朝前走。

小林很愿意去见陈小姐，但街上依偎亲热的男女刺激他思考，让他更清醒地意识到胡笛是陈小姐的男友。陈小姐为了胡笛，连死也不怕，他们重逢后尽管有争吵，但现在已经和好，日子恢复正常，也许住在了一起。我算什么？我去见陈小姐干什么？见了面会很难堪。可是，他的心思无法向胡笛诉说，胡笛如此热情，他不好意思拒绝这份盛情。

小林拖拖拉拉走得慢，跟在胡笛身后。走出一段路，看到街边的黄包车，胡笛招招手，两辆车奔驰而来，拉着胡笛和小林，朝前跑去。

黄包车把小林拉到了金碧路的一家教堂门口。

这家教堂建得讲究，石头外墙非常整齐，高高的尖顶上，十字架孤单而坚定地指向邈远的天空，洋味十足，气氛肃穆。小林每次从这家教堂门口走过，都会稍稍停留脚步，朝教堂门里瞥一眼。可他从来没有进去过，只见到很多外国人和一些中国人走进教堂，或者从教堂里出来。

他不知道胡笛带自己来这个教堂干什么。

小林下车后，疑惑地跟着胡笛，走上教堂的台阶，进了教堂。布道厅里坐满了人。很多是外国人，也有一部分中国人。牧师身穿长袍，站在台上讲道。胡笛拖着小林，在后排找了空位，悄悄坐下。

牧师是外国人，高大而肥胖，声音洪亮，他每说出一句话，都在教堂布道厅里激起嗡嗡的回响。

小林觉得无聊。

他低声问胡笛，来这里干什么？

胡笛说，陈小姐在这里工作。

啊？小林抬起头搜寻。

这时，胡笛站起来，朝过道前面走来的一个人用力招手。小林循着他的手势，看到一个身穿黑色长袍，包了白头巾的修女从过道上走来，这个修女走到胡笛身边，胡笛马上高兴地与她说话。

她举起手指压在唇边，示意胡笛安静，胡笛赶紧住口，默默坐下去。

她朝小林笑了笑。

小林从她的眼镜，认出这个全身包裹很严的修女是陈小姐。

35

半个月前，在滇缅公路的汽车运输队接待站里，胡笛和豪斯幸运地找回了陈小姐，他们在空山寺接待站跟小林分手，用吉普车载着陈小姐，返回镇南县的军营。本来豪斯将飞往印度阿萨姆邦，胡笛留在云南镇南县照顾陈小姐，重温爱情旧梦，展开美好生活。可是，设在昆明的国军指挥部传令，把豪斯从镇南县紧急调往昆明巫家坝机场，协助美国航空志愿队工作。计划改变了，原本以为将要结束中国之旅的豪斯，获得了在昆明延续中国生活的梦想，豪斯很高兴，他的翻译胡笛也高兴，几天后，他们带着陈小姐来到了昆明。

东南亚战事紧迫，日军步步逼近，经常派飞机空袭昆明，豪斯和胡笛在昆明的巫家坝机场工作，任务更重，经常飞往缅甸和印度。来到昆明的最初几天，陈小姐住在巫家坝旁边的乡村农户家，后来，豪斯托一位意大利牧师，为陈小姐在昆明金碧路的天主教协会找了一份工作，教堂提供住宿，解决了陈小姐的居住困难，她的漂泊生活就暂时结束。

陈小姐对豪斯很感激。

放假时，胡笛就赶紧进城，去金碧路的教堂见陈小姐。

胡笛对陈小姐的生活现状不满意，深感歉疚。他每天翻报纸，查找租房信息，想在昆明城里租一个合适的房间，跟陈小姐同居，如果陈小姐愿意，他会马上登报结婚。

陈小姐说，我现在是修女了，不能随便跟男人睡觉。

胡笛说，什么修女啊？你只是找到一份工作，并没有受洗。

陈小姐迟疑地说，我并不是你的未婚妻，这问题怎么解决？

胡笛沉默了。

胡笛的未婚妻，是昆明一个银行家的女儿，当年，他就是因为认识了这个姑娘，才离校参军，借机把陈小姐抛弃。现在跟陈小姐旧情复燃，胡笛却并未解除跟银行家女儿的婚约。

走吧，陈小姐说，你回去，我要做祷告了。

好几次，胡笛都这样怏怏地离开教堂。

滇西战事吃紧，胡笛跟银行家女儿的未婚妻，其实两个月没有联系了。

作为诗人的胡笛，最近一段时间，正陷于背叛与忠诚的两重困扰中。他背叛过陈小姐，现在又将背叛未婚妻一家，可这两份背叛，都有忠诚的前提，忠诚是一份承诺，也是一份记忆，背叛是遗忘和抛弃。

他背叛西南联大的同学陈小姐后，两人竟然在军营意外重逢，生死相遇，记忆被点燃，爱情涌现。最初惊讶和振奋，后来难堪，再后来是内疚和激情复现。可他忠实于陈小姐的爱情，就要背叛银行家女儿，那边的爱情将面临破碎。

破碎的事已经发生，现在他的心情改变了，跟陈小姐重逢一个月来，未婚妻已经被胡笛忘记，最早的爱情记忆之鹰，强壮有力，重新飞回，后来出现的小鹰逃走，不知去向了。遗忘发生得如此之快，令胡笛惊讶，一个月中他竟然没有给银行家的女儿写过一封信，这种事从前绝对不可能发生。

写信是他与未婚妻之间最伟大的生活事件，他在前线，每星期都给未婚妻写一封信。没时间邮寄，也没地方邮寄，就写好收进小皮箱，有军车或飞机去昆明，一次性寄出。未婚妻常常一次性收到他寄来的十几封信，获得连续阅读半个月情书的幸福。现在胡笛回到了昆明，所面临的问题不是给未婚妻写信，是应该去她家探访。她家在光华街，昆明最著名的老街之一，可胡笛上昆明半个多月了，竟然没有去过未婚妻家一次。

奇怪的是，未婚妻也没有联系他。

以前，如果收不到胡笛的信，未婚妻会着急地跑去父亲的银行办公室，打电话到胡笛的军营，为此胡笛曾被美国顾问严厉批评，警告他不要泄露军事机密。现在回想，胡笛也觉得不解，一个月中他没有接到过未婚妻的任何电话，十分反常。这让他略感轻松，也惶惑不安。难道陈小姐的事被谁告密，让未婚妻知道了？

那天晚上，离开金碧路教堂，胡笛脚步迟缓，心乱如麻。他爱陈小姐，对于自己曾经的背叛无地自容，深感自责，更被她为爱情做出的巨大牺牲无比痛心和深深震动。但陈小姐的这份爱，对他来说是一个负担，无可承受的巨大压力，是一座大山，压得他透不过气来。

他心里不知不觉地涌出了对未婚妻的思念，并生出了浓重的歉意。

第二天上午，胡笛用机场的电话，打到未婚妻的银行家父亲办公室，电话响了好几声，没有人接，再拨，还是无人接。胡笛感到奇怪，这个银行家的准岳父，工作很忙，电话不断，怎么会这样？

下午，胡笛再打电话，有人接了，但不是未婚妻的父亲，是一个操江浙口音的女人。这个人在电话那边告诉胡笛，他的准岳父已经辞职。

胡笛愕然：怎么回事？他无法理解。

也许，他的准岳父去另外一家银行谋得了新的高就，比如美国的花旗银行。胡笛早就听说，花旗银行驻昆明办事处多次想把准岳父挖过去，也许他辞职去那边任职，发挥的空间更大，挣的钱更多了。晚上，胡笛悄悄约了一个会开车的机场朋友，坐着美国吉普进城，去未婚妻家拜访。

未婚妻家在昆明城里的光华街有一个大院子，朋友驾车把胡笛送到那个宅院门口，胡笛下车后，自己驾车去酒吧玩，两人约好两小时后见面。

看到那两扇熟悉而紧闭着的厚重院门，胡笛有些激动，心中的温情洇开，缓缓流满全身。

他慢慢走上去，抓起院门上的狮子头铜环，用力敲了几下，金属的脆声把黑夜敲醒。

门后的院子里，传来了空旷而遥远的应答声，这声应答粗重沙哑，并不陌生，是男佣赵瞎子的声音。胡笛每次来未婚妻家，都是赵瞎子开门，他是独眼，并不全瞎，在这个家里二十年了，负责所有重活儿，劈柴挑水扛东西以及看守房门。每次胡笛拍门，赵瞎子的回应都很快，声音也很近，感觉他站在门后，时刻等候召唤。这次，他的应答声空空旷旷，仿佛隔了千山万水，是从后院或楼上的某个小房间里传来，胡笛感到奇怪。

胡笛心虚，有不祥之感，在门外焦急地等着，听到脚步声慢慢响到门后，院门哐啷打开，露出了赵瞎子的脸。

胡笛送上笑脸，急忙朝院子里跨，赵瞎子挡住他说，不在了，家里没有人。

没有人？

出国了，都走了，去美国。

胡笛问，家里还有别人吗？

赵瞎子说，没有啦，只留下我看门。

胡笛愣住，推开赵瞎子说，让我进去，你再慢慢说。

院子里空空荡荡，杳无声响。胡笛跟在赵瞎子身后，走过长长的前院小路，进二门，再穿过空无一人的大院天井，来到高大空洞的正堂屋里坐下。

赵瞎子点起马灯，挂到房柱上，马灯灯火昏暗摇晃，照亮了房柱上一小团摇晃不定的光明，堂屋的大片墙壁和地上，仍被巨大的黑影笼罩。赵瞎子口齿不清，东拉西扯地叙说，胡笛耐心倾听，好半天才把事情听懂。未婚妻跟她的父母，还有一个哥一个弟弟，两个月前全家移居美国了。如此重大的事件，他完全不知道，始终被蒙在鼓里。

不用说，在胡笛准备抛弃未婚妻之前，未婚妻一家已先把他抛弃了。

胡笛坐在马灯昏暗的摇晃中冷笑。

赵瞎子烧了开水，给胡笛倒了一杯茶。

胡笛说，谢谢！我要告辞了。

赵瞎子说，这两个大院子，就我一个人住呢，你既然来了，要不也在这里睡？现在天已太晚。

胡笛愤怒地反问，哈！我为什么要在这破地方睡？我是国军的军官，抗日英雄，难道会没有地方睡吗？再说没地方睡我也不会睡这种鬼地方。

赵瞎子说，你以前也是在这里睡呀？

胡笛朝地上连吐两泡口水，再次冷笑，站起来想走，忽然想起没有车送他回巫家坝机场，那个从机场开车送他进城的朋友，还要过两小时才来接他，他现在出门离开，真还没有去处，难道满街瞎转？或者独自回去？没有车怎么回八公里远的郊外巫家坝？于是他坐下来，摸索着找到门边的电灯开关，打开了从堂屋顶上吊下来的电灯。

昆明自清朝末年修通滇越铁路后,为配合车站运行,经法国人请求,中国人融资,建成了中国最早的石龙坝水电站,昆明人也就成了中国用电灯最早的居民之一。可普通人家迷信,害怕用电灯,只有胡笛未婚妻的银行家父亲,有钱还爱赶时髦,最早为家里的每个房间装上了电灯。

电费有些贵,未婚妻家出得起。

可赵瞎子一个人,还是喜欢点马灯。

赵瞎子说,烧那个电油浪费了。

胡笛说,浪费个屁,开,全打开,反正他家有的是钱。

他在楼下天井的各个房间里绕一圈,把电灯全部打开,明晃晃的电灯,照得胡笛心中更加黑暗。

赵瞎子焦急地跟在胡笛的身后跑,把他打开的电灯一一关上。

胡笛懒洋洋地坐下,继续喝茶,跟赵瞎子说胡话。

赵瞎子老实心善,但是口笨,说话颠三倒四,不断重复,令胡笛厌烦。他想起赵瞎子会唱乡村小曲,内容滑稽好玩,就说,你唱几个山歌我听吧,我喜欢呢。

赵瞎子惊喜地问,你喜欢听?

胡笛点头。

他咧嘴一笑,毫不客气,无头无尾,没有任何过渡,仰起老脸,拉长了发皱的脖子,扯开嗓门唱起来:

　　小妹河边洗围腰,
　　十个指头水中漂。
　　水中钻出洗澡哥,
　　一把将妹扯下河。

　　昨夜想妹夜已深,
　　来到妹家蹲墙根。
　　墙根脚底走成路,

窗子脚下蹲成坑。

老远望妹矮垛垛，
两只小奶像秤砣。
小哥有点左脾气，
不得摸奶心不落。

猛然一阵夜风吹来，有力地敲击黑夜的皮鼓，激起冷气飕飕的沉重闷响，胡笛哈哈笑出眼泪，心里酸溜溜。

36

胡笛与陈小姐重逢后，面临的最大人生困难，是怎样把未婚妻忘掉。因为在他无耻地逃跑之后，陈小姐紧随其后，义无反顾地上路，用生命来守护爱情记忆，经历了地狱折磨，毫无悔意。她的非凡经历，让胡笛蒙羞和深深地自责。可他万万没想到，在自己迎接陈小姐并为如何抛弃未婚妻一筹莫展时，人家拍拍屁股走人，早就轻易把他遗忘，消失得无声无息。

这让他感到羞辱和愤怒，也让他在巨大的痛苦中松了一口气。

他可以毫无牵挂地与陈小姐开始爱情生活了。

可事情不像他想的这样简单，爱情之车并不朝胡笛眺望的方向行驶。

那天，胡笛带小林去教堂，布道会结束，又带着小林和陈小姐，一起去金碧路酒吧会见早就约好的美国人豪斯。

去酒吧前，小林在教堂见到陈小姐，非常惊喜。陈小姐再次见到小林，也格外高兴，不停地跟他说话。

但小林很快有所觉察，陈小姐似乎过于客气了，她对自己的到来所表现出来的欢喜，并非想象中那般热烈和自然，她的高兴似乎出于礼貌。这让小林失望。同时，小林还感觉到，胡笛来找自己，似乎不是因为陈小姐邀请，是胡笛自己有事来找。

也许，并非陈小姐想见小林，也非胡笛想见小林，而是胡笛另有所求？

胡笛有什么事,并未说明,让小林纳闷。

小林不喜欢琢磨,高兴就笑,生气就骂人,发怒就打架。眼前的事想不通,就懒得去想,把疑惑丢到一边,老朋友相见,玩得高兴就行。

那天晚上,他们在金碧路一家酒吧玩到半夜,分手时,小林独自坐黄包车走了,豪斯、胡笛和陈小姐怎么回家,去了哪里,小林不知道,也不想知道。他喝多了几口,脑袋发晕,坐上黄包车,头也不回,任车夫拉着跑,在车上一颠一颠地打瞌睡。昏沉中觉得昆明城渐渐缩小和耸立,变成一面陡峭的山崖,自己浑身发痒,长出羽毛,变成一只老鹰,拍击着长长的翅膀,不慌不忙地朝马来西亚的海边飞去。

两天后的一个早晨,小林在床上睡觉,又有人来敲门,他骂一声,说老子还在睡觉,来人就把房门推开,走了进来,又是胡笛。

胡笛说,你没有关好门啊,小心被人杀死在床上。

小林说,我怕什么呀?又没抢人家的老婆。

话刚出口,小林就发现自己失言了,胡笛也听出了他的错误,哈哈大笑说,你就是抢了我的老婆,我就是来杀你的,赶紧下床,不然就毙了你。

小林苦笑。

胡笛坐在床对面的一把椅子上,拘谨地一笑问,前天晚上喝多了,忘了跟你说事,今天你酒还没醒吗?

小林说,怎么可能?你才酒没醒呢,老来找我有什么屁事?

胡笛看着他,受到惊吓似的发呆,不好意思开口说话了。

小林翻过身子,背对着他说,你的话我也不想听,我还要睡觉。

胡笛迟疑地问,真不想听?

小林慢慢转过身来问,什么事要说给我听?

胡笛说,豪斯在勾引陈小姐,把我气死了,你帮帮我。

小林翻过身来,看着胡笛说,哈哈!你活该!

胡笛说,你帮我一把好吗?

小林兴奋地坐起来说,前天晚上你怎么不说?我可以帮你揍那个美国人的。趁他酒醉,揍了把他丢进盘龙江淹死。

胡笛连忙说,可不能这样做,他会开枪打死你。再说他是美国顾问,你打了他，会被抓起来枪毙，现在可是战争时期。

小林说，我不管那么多。不过我早就帮过你了，把陈小姐送还你，还送还你两次，可是你自己太笨，把人放跑了，转送给美国人，我也没有办法。不过你不是另有老婆吗？何必在意陈小姐？

胡笛痛苦地摇摇头说，也没有放跑，陈小姐还是爱我的。

小林坐起来，靠在床头问，我怎么帮你？

胡笛说，我们要经常一起玩玩，冷落这个豪斯，转移陈小姐的注意力。

哈哈！小林大笑说，你不怕我抢走老婆了？

胡笛说，你抢不走，陈小姐不可能爱你，她只爱我。

小林还在笑。

小林听不懂胡笛的这种书生建议，什么叫转移注意力？他觉得好笑。真要帮忙，最有效的做法，就是揍美国人豪斯一顿，让他知道中国人不好欺负。这种事他敢做，豪斯有枪也不怕。在马来西亚，小林揍过荷兰水兵，用铁棍差点把那个人打死。那天晚上在空山寺接待站，小林如果得手，把胡笛和豪斯一起打死，完全有可能。

小林说，你不是写那个什么诗？现在还写吗？我们去找陈小姐，把你的诗念给她听。

胡笛高兴地跳起来，手在空中连挥几下，激动地说，我最近写了好多诗，你这个建议好，今天我们带陈小姐出去，我要向她朗诵爱情诗。

小林不懂诗朗诵，却懂爱情，出去见陈小姐，他很愿意。他从床上滚下，赶紧穿衣，洗漱打扮，头发抹了发油，身上喷了香水，换上干净的衬衣和西装，急不可耐地推着胡笛出门了。

昆明的天气早晚温差大，豪斯前天晚上喝多了酒，回家路上把外衣脱下，吹风着了凉，今天感冒，卧床休息，胡笛趁机跑出来找小林。

陈小姐所在的这家教堂规模小，教友不多，并不是每天做弥撒。他们去到教堂，发现大门紧闭，胡笛上去拍拍门，一个中国老头拉开一条门缝，站在门里问，有什么事？

胡笛说出了陈小姐的名字。

老头不放他们进去，关门消失。很快，陈小姐开门出来了。

小林说，哎呀，你打扮漂亮了，不是那种修女的样子。

陈小姐说，今天不做弥撒，也就不用穿袍子戴头巾了。

他们沿金碧路走，逛了几家商店，胡笛在一家洋货店里给陈小姐买了一条法国裙子，她高兴得一路哈哈地笑，小林暗生闷气，无可奈何。三人逛到金碧路东头，坐进盘龙江边的一家小餐馆，吃完中饭，走到江边的树林里，坐在了地上。

胡笛说，我是诗人，今天要献诗给我心爱的姑娘。

陈小姐啊地叫一声，如梦方醒，瞪大了眼睛，看着胡笛发呆，脸上露出女生的惊讶和娇羞。

胡笛凭着记忆，开始朗诵自己写的诗：

  青天在上
  太阳光芒万丈，
  白山黑水
  记忆中的大麦场
  可是故土沦陷
  泪水烧干
  我是一只老鹰啊
  不死的雄鹰
  飞上喜马拉雅
  向敌人宣战
  我是故国的儿子啊
  走来走去
  流浪在异乡
  太阳啊
  请赐我勇气
  让我战死在沙场

胡笛磕磕巴巴地背完，红着脸连连摇头说，哎呀，记不住了，我本来想背诵情诗的，可是也记不住，怕有错，我的情诗应该比这个好。

陈小姐流下眼泪，用力拍几下掌说，这个已经很好了，跟在学校写的那些诗一样好。

小林听不懂诗，心里嘀咕，这诗里有爱情吗？怎么听不出来？看到胡笛跟陈小姐相互夸奖，他顿觉无趣，站起来慢慢走远。身后的树林里，胡笛和陈小姐把小林忘记了，他们挤在一起，紧紧拥抱，亲起嘴来。小林在江边的德胜桥头招招手，坐上一辆黄包车独自回家了。

37

一星期后，发生了一个重大事变。

那天小林不在昆明，他去缅甸送货了。豪斯开车载着胡笛和陈小姐，去南屏街看电影，回来时，胡笛有事赶回巫家坝机场，豪斯用吉普车送陈小姐回家。所谓陈小姐的家，在金碧路教堂的小阁楼上，只是一间幽暗宿舍。那家天主教堂在昆明开展战时救助活动，雇了些中国工作人员，陈小姐是其一。豪斯单独开车送陈小姐回教堂，兴奋之情无法抑制，车行到半路，豪斯余兴未消，改变主意，建议陈小姐再返回酒吧去玩，陈小姐高兴地接受了邀请。

两人玩得尽兴，喝醉了离开酒吧。夜深人静，昆明街头空不见人，豪斯脚步不稳，无法开车，不能把陈小姐送回教堂。他们相互搀扶着，摇摇晃晃地走向酒吧对面的塘子巷法国旅馆，开房同床共枕。

次日醒来，陈小姐看到自己光着身子，睡在旅馆的床上，十分慌张，再看身边熟睡的男人，竟然是豪斯，大吃一惊。她跳下床，抓起衣服，胡乱往身上穿。她经历过磨难，见过世面了，并非清纯姑娘，从前在下关镇的杨家客栈，她曾陪男人睡觉挣钱。可是时光倒流，生活恢复了正常，她想做规矩害羞的女学生，以此为荣。没想到，这个愿望被豪斯粉碎了，重新缝合的生活被豪斯粗暴地撕破。

慌乱之中，她无法穿上衣服，竟然把胡笛买的法国裙子撕破了。

她扯下床上的被子，裹住身子，坐在地板上哇哇大哭。

同样光着身子的豪斯猛然惊醒，从床上滚下，跪在她面前，连声道歉。

她更加放声大哭。

豪斯有军事任务在身，穿戴整齐，匆匆离开。陈小姐躺在旅馆的床上，继续哭，哭累了起来，拖着沉重的双腿下床，沿金碧路回到教堂，上楼睡了三天，拒绝见人。

三天中，胡笛下班后都赶来探望，他坐在楼下的教堂布道大厅里，凝视着空空的讲坛和挂在墙上的十字架，夜深了才默默离去。第四天，胡笛再去小阁楼上敲门，陈小姐开门了，允许胡笛进屋。

我对不起你，陈小姐红肿着眼睛说。

胡笛上前欲搂住她，她稍稍后退让开，拒绝了。

胡笛坐在地板上说，你的事豪斯告诉我了，他也向我道歉，还请我转告他对你的道歉，他说那天喝醉做了错事。

陈小姐说，母狗不翘尾巴，公狗上不去的，我做了错事，要向你道歉。

胡笛捂住耳朵说，我不要听。

陈小姐说，我就是一只母狗。

胡笛急得想哭，连连摇手说，我永远相信你，不会计较的啊，你不要这样骂自己好不好？

陈小姐说，我不能原谅自己。

胡笛说，我们不要再提这件事好不好？豪斯前天去缅甸了，他说自己也许不再回来。

陈小姐坐在床边默默流泪，抹一把脸上的泪迹说，豪斯我不怪他了，只怪我自己。我要告诉你的是，好日子不会再有了，我不配做你的妻子，更没有资格做一个好母亲了。

胡笛说，求你啦，不要说这些话。

陈小姐说，我跟豪斯做的这件错事，让我想起自己从前犯过的错误。

胡笛说，你有什么错？没有，你没有犯错误，是我错了，从前都是我的错。

她低下头，捂住脸恸哭，泪水从指间涌出。

胡笛慢慢上前，试探着抱她。她没有拒绝，两臂摸索着张开，无力地搂住胡笛的腰，呜呜哭泣，像一页风中的纸，贴在胡笛身上，猛烈颤抖。

哭毕，她把胡笛轻轻推开，坐在床边，幽幽地看着胡笛，把自己在下关镇杨家客栈里的卖身经历，向胡笛和盘托出。

胡笛目瞪口呆，放声号哭。

陈小姐默默抹泪。

哭了近一个小时，胡笛止住声，坐着大声喘气，泪眼模糊地看着陈小姐说，我害了你啊！我背叛你，害得你到处流浪，害你吃了多少苦啊！我罪有应得，不配得到你，但我现在改了，真的爱你啊！请你原谅我。

我是个脏女人，陈小姐慢慢抬起头，把目光移向低垂的天花板，凄凉地说。

胡笛把陈小姐抱紧，被她挣扎着推开。

她跳起来吼道，滚出去！请不要再来找我，我要出家了，我不当修女，要去山上当尼姑，一辈子不见人了。

陈小姐一边骂，一边抓住胡笛，把他朝门外推。胡笛抱紧她，她就挣扎踢咬，胡笛只得松手，退到门外。

她啪地把房门关上。

胡笛坐在门外的地板上没走。

陈小姐嘤嘤哭泣，隔着房门，屋里一直传出孱弱的抽噎声，胡笛坐在门外的走廊地板上，深深地垂着头。时间长了，脑袋麻木，不知不觉打起瞌睡。夜渐渐深了，蚊子嗡嗡地叫，胡笛惊醒，四处张望，挪到漆黑的门边，耳朵贴紧门缝，屏声息气地听陈小姐屋里的动静。

屋里死寂。胡笛害怕了，用力拍门，大声呼喊。

门咕叽滑开，胡笛吓得退后。屋里没有开灯，陈小姐慢慢走出，黑乎乎地站在门边，软绵绵地说，你这个傻瓜啊，坐在门外干什么？

轻微的冷风拂到胡笛脸上，他感觉面前站着一个鬼。

陈小姐说，我饿了。

胡笛认清面前的人就是陈小姐，高兴地抬腕看表说，晚上九点正好，我们去吃广东晚茶，金碧路的冠生园很热闹，现在还可以吃东西。

陈小姐说，改天我们去找小林吧，约他一起玩，我不想见你，也不想见豪斯，但想见小林了。

胡笛委屈地说，我对你这么好，你却要见小林。

陈小姐嘿嘿笑两声，扒着胡笛的肩膀，踮起脚尖，在他的脸上吻一下说，我就是想见小林，他比你们两个坏蛋好多了。

38

胡笛也是湖南人，跟陈小姐算同乡，陈小姐生长在省府长沙，胡笛的老家在离长沙城三百公里的乡下。不管大城市还是农村，湖南的天气都四季分明，热就是热，冷就是冷，态度明确。昆明不一样，这座城市全年春意怡人，却会在一天或几天之中天气大变，气温剧烈下滑，陡然下降十余度，再快速上升，恢复常态。比如六月下一场雨，马上爆冷，半天之中雨停风住，气温又猛然上升，让穿了厚外衣出门的人大汗淋漓。天气之阴晴无常，常常让人措手不及，恰似姑娘的脾气，忽冷忽热，难以捉摸。

陈小姐的脾气，恰似昆明的天气，阴晴转换很快。那天，她的吻像秋天的雷，在胡笛的心里轰响，激起了巨大回声，由阴转晴的天气，给胡笛送来了爱情复归的幸福。

胡笛带着陈小姐走出教堂，拦住街边的一辆人力黄包车，坐上去找小林，可叹的是小林不在家。爱唠叨的玉溪邻居老王站在院子里，告诉胡笛和陈小姐，说小林出车还没有回来，如果有话，可以留下，由他转告。胡笛和陈小姐向他道谢，再乘黄包车，去冠生园吃广东晚茶去了。

陈小姐四天没有好好吃东西，饿惨了，趴在桌边吃个不停，胡笛担心她吃坏肚子，小心地凑近脑袋说，你喜欢吃，明天我还带你来吃。

陈小姐误解了胡笛的意思，急忙直起身，用手帕擦一下嘴说，啊呀，让你见笑了，我不该吃这么多。

胡笛赶紧夹一块蒸排骨，送进自己的嘴里，有滋有味地大嚼着说，吃吃，你多吃点，你看我也在吃，这里的东西真好吃啊。

但陈小姐放下筷子，站起来欲走。

胡笛拉住她的手说，吃啊，坐下来再吃。

陈小姐拨开胡笛的手说，你要把我撑死啊？

那坐着喝点粥？胡笛讨好地说。

不吃了，我像个饿死鬼，被你笑话了，陈小姐说着，朝楼梯口走去了。

胡笛追上去，搂住陈小姐的背，陪她下了楼。刚才，他们坐在冠生园楼上的包房里时，吃得亲热温馨，胡笛不慎说错话，让陈小姐意识到自己吃得太多和太傻，丢下碗筷就走，温柔气氛顿时被毁。胡笛暗自叫苦，庆幸的是，陈小姐气来得快，散得也快，赌气出了餐馆，门口的几辆黄包车围上来，胡笛扶着陈小姐坐上一辆车，车夫在路上脚步轻盈地跑着，陈小姐靠着胡笛的肩，摸了摸鼓胀的肚子，偏过脸，脑袋抵住胡笛的胸口，就傻笑起来了。

小气鬼！陈小姐说，不让我吃够。

胡笛慌乱地说，现在回去，再吃一点？什么好吃的，你想吃我都买。

陈小姐嚷道，你是要把我撑死啊？我撑死你就高兴，少一个麻烦了是不是？

胡笛欲吻她，她扭开头，咕咕又笑。

后来的一周时间里，昆明城风和日丽，胡笛与陈小姐旧梦复苏，亲密来往，享受到了津津有味的爱情幸福。没有豪斯的干扰，小林出车也没回来，胡笛与陈小姐相依为命，尽兴快乐。

但是，他们不能在教堂的小阁楼上亲热，更不能同住，胡笛想在陈小姐的宿舍里过夜，陈小姐不敢收留，马上赶他走。胡笛再次提出租房计划，建议陈小姐搬出教堂，与他同居，他将择日求婚，安排两人的婚礼。

陈小姐同意了，胡笛大受鼓舞。

他从报上找到一条租房信息，把报纸塞给陈小姐，带她去昆明闹市区的同仁街，查看了出租房。两人都喜欢同仁街，这条街有特殊风情，住房都盖成广式骑楼，一楼店铺后缩，店铺前面的人行道被头顶的二楼住房遮挡，避雨遮阳，一片阴凉。街上的住户大多黑瘦矮小，眼窝深，嘴唇厚，满口粤语，精明能干，给人恍然置身海边南国的错觉。

陈小姐尤其喜欢这间出租房的邻居，这邻居不是广东人，是巴基斯坦面包师，此人瘦高，卷发，唇须浓密，皮肤深黑，像一个无声的影子，默默躲在屋里做面包。他的老婆很肥胖，裹着红色的筒裙，每天摇晃着笨重的身子，在店里出出进进地忙碌，跟中国邻居高声说笑，大声招呼满地乱滚的三个儿子，在店铺门口出售面包和一种散发出奇异香气的小饼干。

我要做你们的邻居了,要来租这里的房子住,陈小姐对面包店门口的巴基斯坦胖女人说,以后我每天都要吃你们的面包。

巴基斯坦女人会说中国话,连连点头,伸出大拇指说,好的好的,谢谢!现在就请你尝尝。

她用竹夹子夹起一个面包送给陈小姐,陈小姐接过温热的新鲜面包,对胡笛说,赶紧给人家钱呀。

巴基斯坦女人说,不要钱,送你吃的。

陈小姐把钱从胡笛手里抢过去,塞给肥胖友好的巴基斯坦女人。

面包店里挂了一盏英国汽灯,明亮得刺眼,瘦高个子的巴基斯坦男人扭过头来,露出雪白的牙齿,送给陈小姐一个羞涩的笑容。

陈小姐和胡笛将要租住的房子,在巴基斯坦面包师家隔壁,推开一楼街面面包店旁边的小门,沿狭窄幽暗的楼梯往上走,封闭的楼梯走道里,扑面滚来苦酸腥涩香混淆的复杂气味,有新鲜面包的香甜气、旧木板散发的时间霉味、老人的口痰味、小孩的尿味和女人的香水味。

领他们上楼的房东打开房间说,这里原来住过一个女人,她走后留下了家具,也留下了好闻的香气。

陈小姐说,我不喜欢有别的女人住过。

房东笑着说,男人住过就糟糕了,脏臭得很。

陈小姐吓得伸了一下舌头。

胡笛说,这个房间很好,我喜欢。

屋里有西式的大床、沙发椅和梳妆台,陈小姐很惊喜,进屋推开窗子,伸头看楼下街面走过的矮小人影,少女般咯咯傻笑。

房东是广东人黄叔叔,巴基斯坦面包师一家的房子也是他租给的。黄叔叔住在街对面,是中学校长,文雅客气。胡笛支付了三个月租金,陈小姐收取了房东交给的钥匙,租房大事就办成了。

陈小姐挽着胡笛,扭着腰肢从同仁街的小巷穿出,让胡笛带她找餐馆吃饭。她心情很好,一直在快活地咯咯笑,胡笛却心事重重,他这个被重用的青年军官,收入比同龄年轻人高,但也只租得起这样一个狭窄窝囊的小窝。

他原来要娶的银行家女儿，跟着父母悄悄移居美国了，女孩一家遗弃了他，让他过苦日子，是对他曾经背叛陈小姐的惩罚，他认为自己罪有应得。

他抱歉地对陈小姐说，以后升职涨薪，我会买个大院子，让你过得舒服。

陈小姐笑着说，等你买到院子，我已经当奶奶啦，孙子满地乱爬了。

她的话把胡笛逗笑了，胸中的郁忧一扫而空。

39

陈小姐请了两天假，去同仁街打扫新租的房间，房东黄叔叔帮她雇了个乡下妇女，陈小姐带着那个叫李婶的妇女忙碌两天，把新租的房间打扮得干净清爽，再把金碧路教堂阁楼里的被褥衣服和洗漱用品搬过来。中午，陈小姐下楼买个面包，上楼坐在床上吃，然后脱衣躺倒，在弥漫着面包香甜味的新房间里睡午觉。

这是当街的小楼，房间窗户下面就是街道，窗户新修过，封闭得较严，关上窗户，房间就安静了。但是，小楼的房间与闹市区街道毕竟只隔了两扇窗户，相比教堂密不透风的小阁楼宿舍，睡在同仁街的小楼上，还是能隐约听到些市声吵闹。加之陈小姐心情激动，躺在大床上东看西瞧，就兴奋得没睡着。

她懒洋洋地躺着，不想起床。睡到下午，有人来敲门，陈小姐听出胡笛在门外喊，拖拖拉拉地简单披了件睡袍，就头发蓬乱地下床开门。

门微微拉开，伸进一只手，送来一束鲜花。这是昆明的玫瑰花，颜色紫黑，花朵小而紧，十来朵鲜花一束，像十来个柔软无力的婴孩小拳头。陈小姐很诧异，胡笛会喝咖啡吃面包，但很少给她送花，面前的这只手也非中国人，是外国男人的手。结实粗壮，长满汗毛，握着鲜花的手指勾起来弯两下，很调皮。

她马上想起了豪斯，接着听到闷在狭窄走道里的胡笛的喊声。

陈小姐低头看到自己衣冠不整，惊叫一声，等等，你们等等，一边喊一边用力关上门。她在屋里把衣服换整齐，慌乱梳好头发，重新把房门拉开。果然，高大结实的豪斯走进来，他的身后跟着笑眯眯的胡笛。

豪斯张开双臂，把陈小姐紧紧抱住。

胡笛从后面拥上，搂住了他们两人的肩膀，三人快活地抱在了一起。

美国人豪斯归来，大出胡笛和陈小姐的意外，也出乎豪斯本人的意外。豪斯从昆明飞往缅甸并非自愿，是军事命令。上次豪斯酒后乱性，陈小姐怨他恨他，胡笛为此伤心，豪斯也深感羞愧，无脸见人，只想战死，不敢再回中国。

从前，他从昆明飞缅甸或印度，都有胡笛陪同，他去境外联系中国军事人员，胡笛是贴身翻译。这次胡笛留在昆明，他只身飞走，说明走前的安排很明确，已把他调往缅甸区工作，不会回昆明了。可计划还是发生了改变，他再次返回昆明，与陈小姐和胡笛相逢。

抱怨和争执全部消除，友谊复归，思念重现，惊喜无限。那天豪斯请客，他们聚在金碧路的冠生园粤菜馆，吃得痛快，喝了酒，说了很多话。

豪斯告诉陈小姐，东南亚战局不妙，英国人拖拖拉拉，态度不明朗，缅甸早晚会落入日本人手中。所以中国方面抢先做准备，安排他再回昆明，训练一批情报人员派出去。

训练情报人员？陈小姐很好奇。

豪斯耸耸肩说，对不起，我说错话了。

陈小姐扭过头去，仔细打量着胡笛，嘿嘿笑着问，你也是情报人员吗？

胡笛说，我做翻译工作。

陈小姐说，哈哈，我跟两个间谍大英雄在一起呢。

胡笛急忙说，你小点声，这可是公众场合。

陈小姐伸一下舌头，赶紧把目光移到饭碗上。

豪斯问胡笛，小林回来了吗？跟他谈过吗？

胡笛说，还没谈。

豪斯说，老王的意见如何？

胡笛说，老王认为小林不错。

他们说的老王，就是小林的邻居，这个玉溪人老王其实是国军的间谍，老王的杂货店是一个间谍联络站。

豪斯说的是英语，胡笛没有翻译给陈小姐听，她就听不懂，只是坐着发傻。

三天后，小林驾车回到昆明，胡笛和豪斯去到小林租住的院子，一起围坐在他的房间里玩，他们刚坐下，玉溪人老王走了进来。

小林有些厌烦，不客气地对老王说，等下你再来吧，我有客人。

豪斯笑了笑说，老王也是我的朋友。

胡笛说，我也认识老王。

小林很惊诧，目光在胡笛、豪斯和老王身边扫了一遍，微微张开嘴，干笑几声，说不出话。

老王慢慢走进来，在狭窄的房间里转了转，坐到小林的床边。

胡笛说，简短点吧，我们尽快把事情做完，免得隔墙有耳。

他用英语跟豪斯把话重复了一遍。

豪斯说，好吧，我来讲。

豪斯问小林，想杀人吗？你会杀人吗？

小林愕然。

胡笛说，杀日本人。

小林瞪大眼睛说，为什么跟我说这个事？我们在开车的半路，是杀过几个日本间谍。

接着，豪斯向小林介绍说，现在，日本间谍在云南的活动很厉害，有一个叫山田一夫的日本间谍，是整个云南日本间谍网的头，非常狡猾和凶残，危害极大。我们的飞机从昆明起飞，五分钟后日本人就知道了，从印度和缅甸起飞，同样很快就被日本人掌握动向，他们的飞机追上来，把我们的飞机干掉，损失惨重。

小林说，还炸我们的汽车呢，那些烂日本间谍。

豪斯说，我们派了好多人去搜寻，一直找不到这个山田，所以，小林，我们要吸收你加入，给你派任务，你的身份不变，还是司机，但你这个司机，跟运输队的其他司机不一样了，你的车子可以开得慢些，拉货只是一个掩护，关键是要完成任务，你的一个任务是查清缅甸的日本间谍网情况，另一个任务是，尽快找到山田，把他干掉。

小林兴奋得两眼冒火，高兴地说，啊呀，我就想杀日本间谍，我的朋友在马来西亚就是被日本间谍炸死的，在酒吧里被炸，那个惨啊不得了。

胡笛说，老王是你的领导，你每次回来，不一定见得到我们，但要跟老王汇报工作，一起商量办法。

老王朝小林伸出一只手，小林迟疑地看着他，有些发愣，并没有伸出手。老王他实在太熟悉，还有些讨厌他，没想到这个可怜巴巴的中年男人竟然是国军的间谍，世界怎么这样？无法理解。

老王微笑着问，没想到吧？

豪斯说，老王是非常专业的情报人员，你想不到，说明他做得很成功。

胡笛把豪斯的话翻译给小林听。

小林抱歉地笑了笑，朝老王伸出了手。

两只手紧紧相握。

小林不爱思考，脑袋又快速转动，感情也有些冲动，心中暗暗发出感叹。现在握老王的手，感觉很怪异了。这个云南玉溪人的表情还是那么畏缩，手还是软踏踏的，怎么就变成一个间谍头目了？还管着我？我怎么也变成一个间谍杀手了？战争改变了世界，也改变每个人。战争遮蔽了世界，也遮蔽了每个人。战争使聪明的人变得愚蠢，使简单的人变得聪明，使懦弱的人变得勇猛，使粗鲁的人变得智慧。战争把幸福粉碎，也在漫无边际的黑夜里，点亮无数星星。战争让人痛不欲生，也让人惊喜和振奋。那天晚上，小林睡在床上，看着被窗外余光照得微微发亮的天花板，想到自己的身份变化，咕咕傻笑不停。

40

小林在昆明休息几天，再次驾车，沿滇缅公路前往云南境外的缅甸。从昆明出发之前，玉溪人老王坐在小林的房间里，对他进行专业指导和简单的技术培训，详细介绍了日本间谍头目山田的特征，包括生活习惯、可能拥有的身份和化装打扮后的样子，并给了小林一把手枪、几盒子弹和两把刀。

两把刀一把是锋利的匕首，一把是稍长稍宽的美国军刀。老王还给了小林几套可以改变身份的衣服，两个头套、三个假胡须和一个小型照相机，又在他的车上安装了一台发报机。老王教小林发报教了三天，小林学得很快，马上就可以上手了。老王还教小林如何化装和识破对手，面对面相遇时如何装傻及机智果断地做出决定。他的表现让小林长了见识，明白老王在人前表现出来的唠叨和畏缩，其实是一种化装，假的，是掩护。他很凶狠而冷血，说到杀死山田，眼里短促的光一闪而逝，透露出狼一样的残忍和坚定。

小林仔细听老王授课，认真研究老王交给他的各种器材。三天以来，小林一直处于高度的兴奋与紧张之中，老王的引导、启发和讲授，让小林大开眼界并由衷产生钦佩。此时他才发现，老王非同寻常，确实是一个高手。

第三天，老王的课全部讲完，他恢复小杂货店商贩的表情，朝小林微微鞠个躬，胆怯地笑了笑问，听懂了吗，小林？

小林赶紧点头。

老王再次点头哈腰地鞠躬，一副巴结讨好的可怜相。

老王的高超伪装术和笑里藏刀的阴险，让小林发怵。

小林驾车上路了，车子驶出城后，开始爬山。小林双手握着方向盘，挺起胸，高声唱歌，有些豪气冲天的架势。这次出发，他的感觉完全不同了，他为了打日本来中国，做的工作是为抗战运送物资。但从前他只是一个司机，现在他是一个战士了，还是神秘的间谍，要去搜捕另一个间谍高手，日本人山田一夫。

浑蛋！看你往哪里跑？小林在驾驶室里大喊。

做一个真正的战士，是小林求之不得的事。当时他从马来西亚逃婚，跑到新加坡，坐船回国，参加抗日，就是为了做一名战士，就是为了冲锋陷阵，就是想为死去的中国华侨报仇，想为槟城酒吧的那次惨烈屠杀出尽胸中恶气。

小林脑袋里电光一闪，忽然想到，说不定，那次马来西亚槟城酒吧的爆炸，就是山田一夫干的。玉溪人老王告诉他，山田在东南亚几个国家住过，曾是东南亚间谍站的负责人，制造过几起泰国的谋杀事件，杀的都是中国人。

你等着，浑蛋！小林在驾驶室里再次高声喊叫。

小林独自笑了起来，他想，如果陈小姐知道他是一个神秘的间谍，要去追杀日本的间谍高手，会怎么想呢？也许会佩服他，更加欣赏他。可是，他马上想起来，胡笛和豪斯就是情报人员，他们也是间谍，自己只是他们的手下，一个小兵，想到这一层，他泄气了，深感沮丧。

　　胡思乱想间，小林的卡车渐渐爬到山腰，开始颠簸着下山了。昆明城被远远地抛在三十公里之后的苍茫灰雾中，朋友退远，友情退远，喝酒看电影的快乐以及吵架怄气和眼泪退远，小林腰上别着手枪，裤腿上插着灵巧锋利的匕首，驾驶着战车，正走向战场。他是一个真正的战士，踏上了危险的征程。陈小姐、胡笛、豪斯等统统退远，他们的身影被卡车引擎吐出的巨大轰鸣吞没，面目越来越模糊不清了。

　　小林永远不会想到，灾难会追踪而至。

　　此时，一架飞机正从他的头顶呼啸而过，穿云破雾地飞往远方，飞机机舱里坐着他的朋友胡笛。就在小林从昆明城里出发之后二十分钟左右，胡笛接到紧急任务，迅速乘机赶往泰国。阳光温柔的昆明城里，只剩下美国朋友豪斯和在教堂里练习唱诗的陈小姐，四个好友中的两人已经出征，去远方作战了。

　　小林永远也不会想到，几天后，四个好友中的两人之间，会突发一个极度悲伤的恶性事件。

41

　　各种解释把那个不幸事件描绘得更加不幸。

　　事件引发于天上，一番挣扎后才降临地面。天上的所有细节都是地面的悲伤转述者臆想的，它当然与事实有出入，却完全符合职业空军飞行员的经历，更包含了人们刻骨铭心的无尽追怀。但有一个事实明确无误：那是一架美国的野马P-51战斗机，机舱里乘坐了两个人，一个是飞机驾驶员马丁，一个是搭机的乘客，中国军官胡笛。

　　胡笛从泰国返回，搭乘了一架战斗机，他原本可以乘坐下一趟大型运输机，或者B-52轰炸机。一般而言，运输机和轰炸机都有战斗机护卫，更加安全。可胡笛携带了重要指令，为了保密，必须当面交接，昆明要求他尽快返回，所以他就马不停蹄地搭乘野马P-51战斗机赶往昆明。

　　按理说胡笛的这趟旅程应该更安全，P-51野马战斗机是当时美国最先进的机型，钢铁装甲，火力强大，油箱被击中后，可以自动封闭，保险系数也很高。这架战斗机载着胡笛飞往昆明,将不再承担战斗任务,只顺带做些简单的侦察就返航。

飞机从泰国起飞,直奔昆明的巫家坝机场,它的灵巧和威严让胡笛大开眼界,新鲜感极强,很兴奋。从玻璃窗往外看,云南的天空湛蓝无比,给人无依无靠的空虚之感,更高处白云坦荡,混沌、苍茫、厚重,一望无边,类似人类灭绝后冰封雪冻的空旷大地。飞机驾驶员有意向胡笛卖弄一下自己的技术,忽然把飞机拉高,俯冲然后翻滚,再陡然上升,搅得胡笛发出一连串惊叫,头晕目眩,美国的驾驶员小伙子也哈哈大笑。

战斗机的乘坐,极不舒适。战斗机与大型运输机和轰炸机最根本的区别是,机身小,机舱避寒能力差。当时的飞机没有增压设备,升到三千米高空以上,机舱内的温度就降得很低,乘坐者会有强烈的呼吸困难之感,胸中十分憋闷,紧张得汗水流出来,很快在身上凝为冰霜,把整个身子紧紧捆住。

驾驶员对此习惯了,镇定自若,胡笛却受不了,冷得微微发颤。

忽然,驾驶员低声惊叫,不好,日本飞机跟来了。

胡笛吓得全身寒意尽散,赶紧扭头朝机舱外面看,可他并没有看到任何异样,身边依然是一片蓝得透明的空洞天空。

驾驶员说,这个日本杂种躲起来了,刚才他被我发现,一闪就拉高躲了起来。

胡笛说,怎么办?

驾驶员说,打吧,来了就打,给你看一下战斗机怎么干活。

胡笛心中慌乱,怕得要命,硬着头皮说,好啊,我正想看呢,把这个小日本打下来。

驾驶员说,不止一架日本飞机,好像有几架,我们的处境很危险。

胡笛全身的血液唰啦上升,心脏快速地咚咚猛跳,敲得胸口发紧,身子发热,刚才的冷汗刹那间挥发干净。

说话间,驾驶员猛然俯冲,飞机陡然下降,接着转一个急弯,又迅速上升。胡笛听到身后的天空里响起震耳欲聋的接续射击声。这声音跟在地上听到的枪炮声有很大不同,有力、短促,出现得突然,消失得极快。也许因为在天空里战斗,爆破声无遮无挡,声响才来得突然,又快速消失。如果不是职业空军,很难意识到这些迅速出现又眨眼消失的声音,是死神发出的独特呼唤。

驾驶员说,他妈的,看我来揍他。

这飞机有四挺机枪,两挺布置在机舱内,另外两挺安置在机翼上。驾驶员马丁是二十岁刚出头的美国青年,斗志很高,喜欢冒险。刚才他忽上忽下地躲闪,日本飞机射出机枪子弹时,他已经升高,对手的那排机枪子弹全部射空了。然后马丁掉转机头,用瞄准器套准日本飞机,机舱和机翼四挺机枪一起扫射,子弹呼啸而出,打得日本飞机急忙逃窜。

哈哈!马丁快活地笑起来。

胡笛早就被飞机的急速盘旋翻滚和升降搞晕,欲呕吐,又被机枪互射的战斗吓得吐不出来,干哕几下就闭上眼睛,听天由命地等死。

马丁的任务不是空战,是送胡笛去昆明,把日本飞机打跑以后,他赶紧调整方向,急速朝前飞,欲摆脱日本飞机的追击。但日本飞机很快又追了上来。现在,胡笛稍微适应了一些战斗机的颠簸和翻滚,他惊恐地左右环视,果然看到一前一后两架日本飞机,围着自己乘坐的这架飞机射击。机枪射出的雪亮火光,在天空中闪烁。马丁熟练地上下升降,左右盘旋,躲避着日本飞机的射击。

马丁把飞机陡然拉得很高,又急剧俯冲下降,瞄准了完全暴露在自己火力下的日本飞机,射出一连串愤怒的子弹。

这架日本飞机的机舱准确中弹,飞机在空中划一个弯弯扭扭的弧,像一片虚幻的树叶,轻飘飘地缓缓下滑。

马丁高兴地说,哈哈!我把日本飞行员打死啦!

忽然,胡笛感觉身后猛地震动几下。

马丁说,他妈的,我的机尾被射中了。

胡笛说,怎么办?

马丁说,机尾中弹不要紧,赶紧跑,不跟他玩了。

飞机再次猛降,又迅速上升,然后朝前加速前进。

剩下的一架日本飞机,被远远抛在了身后。

马丁嘿嘿地笑。

所有人,那些抗日战士、报社记者和市民,以及若干年后的历史读者和研究专家，都不可能真正窥到亲历空战的胡笛和马丁的内心，也就无法知道那天他们所乘的战斗机机尾被敌方击中后，两人的心情。旁人和后人会把他们的惊恐无限放大，以为胡笛陷入了绝望，无限悲伤，马丁怒火中烧，以死相拼。他们肯定会愤怒或害怕，也肯定会拼死战斗，却完全可能因为被突然抛入战斗环境，无法逃避，不再会慌张并忘记了恐惧，濒死前的空虚，化为了镇定和安详。

死亡并不陌生，死神是紧跟在所有生命身后的长长的黑影，它在渐渐长大，永远无法摆脱，总有一刻，它会把走在前面的活物完全覆盖。

胡笛正是这样，马丁成功摆脱日本飞机的追击，迅速飞往昆明时，他所乘坐的野马战斗机已经中弹，机尾和后舱有一排细密的弹孔。可胡笛却轻松下来，恐惧像一只老鹰，从他的身体里飞走了，他不再害怕，大声夸奖马丁勇敢。

胡笛说，你不错啊，战斗力很强，技术相当好。

机身再次剧烈颤抖，胡笛回头，看到侧面一架日本飞机的巨大黑影贴近，呼啸而去。

哈！这小子又来了，我们又中弹了吗？胡笛吹了一声口哨。

马丁不回答，拉高机身，追着日本飞机而去，射出一连串子弹。

枪管喷吐出的巨大爆破声，被更加巨大而开阔的天空迅速吞没，机身的震动持久不息，机枪的射击声却已经消失，空旷的天空里什么也不见，日本飞机仿佛被打碎并变成气流，踪影全无。

前进，不理他了，马丁说，这小子来干我，完全是找死，留他一命好了，改天再收拾。

对，胡笛说，回家。

飞机发出巨大的轰鸣，疾速朝前飞去，胡笛不断回头，直到不见日本飞机追来，才吐出一口气，浑身松弛地瘫软在座位上。

马丁瞥他一眼说，吓坏了吧？

胡笛说，开玩笑了，怎么可能吓死！我要是有一支枪，也想打飞机呢。

马丁说，我们空战，每天要死一百次。

胡笛说，你们了不起，都是大英雄！

飞机再次猛转弯，枪声响起时，马丁已经躲开了。

日本飞机竟然又追了上来。

马丁上下升降，左右盘旋，把日本飞机绕晕，愤怒地大声咒骂，从高空俯冲，四挺机枪一起射击，一泻而出的子弹射中了日本飞机的油箱，油箱冒出的黑烟在天空中轻弱飘出，断断续续地散开，马丁大声叫好，绕一个急弯再次射击，轰然把日本飞机在空中打爆了。

哈哈！胡笛看着燃成火团的日本飞机在空中绕着小圈子下坠，开心地大笑。

马丁说，我们的油箱也中弹了。

胡笛说，不可能。

马丁说，真的，不过我们的飞机性能好，油箱中弹会自动封闭的，没关系。

胡笛问，我们会死吗？

马丁不回答。

胡笛扭过头去，果然看到一团灰黑色的烟雾从机舱外飘来，很快被疾风吹散。他迷茫地看着身后不断冒出并被撕碎的黑烟，不知所措。飞机在疾速前进，身后的黑烟越来越稀薄，最后不见了，胡笛眼前又恢复了蓝天持久的空阔和寂寞。

飞机进入昆明的天空，机身下的稻田连绵不尽，零零散散的农房和围成一个个小泥团的褐色村庄出现，小河和弯弯曲曲的水沟反射出长长的银光，好像人脸上四处绽开的笑纹，河边的树轻轻摇晃，越来越清晰，仿佛好多人站在田边朝头顶的飞机打招呼。胡笛听到机舱里传来隐秘而轻微的咔咔声，马丁也听到了这个异响，紧张地四处搜寻。忽然，连续几声巨大的爆炸惊起，机身剧烈震动，胡笛的身体被一股巨大的力量撕扯，用力撞向机身。疼痛刹那间把他紧紧包裹，他在巨大的绝望和惊恐中变得脑袋空洞，不害怕，也不会思考，平静地看着驾驶员马丁的身子像稻草人似的左右猛烈晃动，有些纳闷。他来不及想起未婚妻陈小姐，就脑袋朝下，身子发胀，口中不可控制地哦哦叫喊。飞机完全失控，疾速下坠，轰然砸到了刚刚收割后的稻田里。

此时，飞机已经来到了巫家坝机场的上空。

它在空中的翻滚和燃烧早就引起了机场的地面空勤人员的注意，一片惊叫和慌乱在机场上传开，当飞机疾速砸到距离机场几百米的稻田里时，二十几个巫家坝机场的人已经及时赶到，其中一个人就是豪斯。

豪斯早就接到消息，知道胡笛乘坐这架飞机返回，没想到飞机竟然在巫家坝机场的上空爆炸，坠落在稻田里。他们发现飞机并从八百米外的机场飞奔而来时，坠落的飞机被烈火包围，豪斯围着飞机焦灼地奔跑查看，大声呼唤胡笛的名字。他在稻田里卧倒，身子趴得很低，反复搜寻，目光透过浓烟和大火仔细观察，看到胡笛被翻倒的机舱卡住，动弹不得，烈火烧得他哇哇惨叫。

疼死我！胡笛大叫，疼死啦！

豪斯大喊，我来了胡笛，你要坚持！

疼死我！胡笛哭喊，疼死我！

豪斯无法思考，也来不及思考。生命瞬间完蛋，结局无法阻止。豪斯从地上跃起，绕着燃烧的飞机连跑几圈，再次痛苦地趴下去，卧在稻田里，迅速掏出手枪，瞄准烈火中大声号叫并剧烈摇晃脑袋的胡笛，连开三枪，胡笛的脑袋应声垂下，火中的惨叫声戛然而止，宽阔无边的寂静陡然降临。

巨大的寂静和空虚，把燃烧的飞机和围在飞机四周的人全部笼罩。豪斯的耳膜被三声枪响震破，血水从耳孔里汩汩流出，浸透了肩膀、胸口、双腿，流入稻田，越来越汹涌，把他的身子浮起。他变成一根碎裂的稻草，在滔滔的血水中飘摇，跌入盘龙江，被云南深山不见天日的峡谷吞没。

豪斯丢下枪，跪在稻田里爬行几步，双拳用力砸稻田。把手枪插回腰上的皮套，站起来，默默流泪。胡笛脑袋中弹后猛然低头，在烈火中停止号叫的姿势，永远刻在了豪斯的眼前。豪斯感到轻松和欣慰，我帮了你，豪斯这样想，我只能这样帮你了，兄弟，只能做这一点点事了，我把你送进了天堂，解除了你的惊恐与疼痛，对得起你胡笛兄弟了。可是豪斯没想到，几声吼叫，像石头一样，忽然砸中他的脑袋。两个机场的中国技师冲上来狂骂他，其中一个中年人朝他脸上挥来了一拳，瞪大眼愤怒地骂道，你杀死了他！你怎么敢开枪杀死我们中国人？

豪斯脑袋轰响，炸成空白，泪水从他的身体里往上翻滚，从眼眶里喷涌而出，一个铁钩般沉重的疑问，把豪斯刺穿，任时间吊打。他想了几十年才略有所悟，明白中国人和美国人对死亡的理解有巨大差异。中国人面对注定发生的死亡，束手无措，只有悲伤。在中国人的理解中，死亡就是归于黑暗，坠落地下，在阴间受煎熬，下世投胎，做牛做马也未可知。美国人面临无法阻止的死神拜访，有人会开门迎接，主动结束危急，走进天堂。

枪杀了胡笛那天，豪斯回到宿舍，不停地流泪。他听说几名机场的中国技师和翻译已联名起诉自己，没有愤怒，更无委屈，却有些安慰，也许，他会有解释的机会。

悲伤少不了，豪斯在宿舍闭门不出，为胡笛之死哭了三天。

42

烈火疲惫地熄灭，飞机被烧得乌黑，田里一大片贴着地面的干枯稻秆，也被烧得火星闪烁，黑灰乱飞。待飞机残骸和稻田地面完全冷却，仔细检查，美国青年马丁颅骨碎裂，可能当场摔死，中国军人胡笛脑袋被枪击破，双腿砸断，人烧得手脚紧缩，一团漆黑。机场技师发现，飞机螺旋桨上有一排弹孔，爆炸和坠落，大概由飞机螺旋桨的折断造成。

任何解释，陈小姐都无法接受，豪斯自己也无法接受。

豪斯对陈小姐说，我杀了他，我杀死了胡笛，我该死。

陈小姐说，你去死吧，不要来见我。

陈小姐是三天后才获知胡笛死讯的。那三天中，豪斯一直趴在机场宿舍的床上恸哭，泪流不止，飞行队的同事怕他发生意外，安排了三个人，日夜守在豪斯身边。豪斯哭到第三天，已经没有力气，只是抽泣，不会出声。他上午哭一会，躺在床上平静地睡着，下午醒来，抹了抹眼泪，对身边的同事说，找一辆车子进城吧，我们去见陈小姐。

他想自己开车，同事不让，坚持让他坐在车里，由驾驶员送进城。

他们开车沿郊外的土路进城，土路两侧是大片秋收后空荡荡的稻田。车子驶到盘龙江边，只见江水上涨，泥流滚滚。几场秋天的暴雨，冲来混浊的红色泥流，把环绕在城四周山上的泥土和杂草断枝冲进盘龙江，再把沿河人家抛下的病猪死鸡和不幸溺死的人冲得顺水而下。江水浓稠，颜色暗红，像血一样。江面杂物沉浮飘摇，整条滔滔滚滚的汹涌河流呜咽不止，让豪斯听到了昆明城伤心欲绝的深沉哭泣。

吉普军车驶过德胜桥，来到金碧路的天主教堂。豪斯看到教堂的门半开着，下车走上台阶，拉开门走进去，只见布道厅里空空的，讲台后墙上高高悬挂着的十字架，向豪斯投来满怀悲悯的清淡微光。豪斯心虚，赶紧走上前，双手合十，垂首而立，祈求主的谅解。

讲台侧面的小门，走出一个身穿黑色长袍的白人男子。

豪斯向他说明来意。

这个人说，陈小姐不在。

豪斯问，她走了吗？不在这里了？

这个人说，陈小姐买了些新家具，在布置房间，今天请假了。

豪斯问，帕吉斯在吗？他是我的朋友。

这个人说，帕吉斯牧师不在，刚出去。

豪斯跟这个人告别，走出了教堂。

他们驾驶着吉普车，朝同仁街驶去。

车子驶到同仁街巴基斯坦面包店门口停下，一阵浓重的面包甜味和飘摇的印度异香扑鼻而来。豪斯下车，看到站在店里的瘦高个巴基斯坦面包师，他的胖夫人身穿长裙，扭着大屁股走几步，转过身来，送给豪斯友好的微笑。

豪斯立即觉得肚子饿，三天来他几乎没有吃过东西，也确实饿惨了，他急忙走上前，慌张地赞叹说，好面包啊，我要吃。

他在巴基斯坦面包店里，向胖女人买了四个面包、一袋曲奇饼干、一瓶英国炼乳和一袋糖果，然后，抱着这些东西钻进了上楼的小门。狭窄的木楼道里光线幽暗，空气窒闷，豪斯却能清晰地闻到陈小姐走过后留在木板缝里的清香。那香气跟白种女人有很大不同，白种女人肉味重，香水气浓，气味突如其来，刹那间散尽。陈小姐身上散发出来的中国姑娘气息，很容易让豪斯想起传说中的中国古代诗册，轻薄微黄，镇定自若，淡如青菜，却似针尖能扎进人心，拔之难除，气息长久不散。

他的心咚咚跳，手心发烫，身子烧起来，对陈小姐燃起了渴望。

忽然他泄气了，想到自己开枪杀死了痛苦号叫的胡笛，泪水再次流出，豪斯失去了往楼上爬的勇气，抱着一包美味食品，慢慢坐到了幽暗的楼梯上。

他大声叹气，连连摇头。

他不敢再往上走，不敢敲门见陈小姐。

他想，我对陈小姐怎么说呢？我拔枪让她把我打死吗？

他把手里鼓胀的纸袋放到楼梯上，抬手抹了几把眼泪。

他抬起头，眼巴巴地望着楼梯上方只有几步远的陈小姐房门，再望一眼面前鼓胀的美味食品纸袋，遗憾地站起来，慢慢下楼。

纸袋放在光线不清的楼梯上，孤零零的像一个不知所措的受惊小动物。豪斯走下几步楼梯台阶，忽然想到这纸袋别人看了不解其意，陈小姐看到，也会以为是别人家的东西，甚至会以为是别人丢弃的坏食品。他苦笑着重新上前，抱起食品纸袋往上走，来到陈小姐的房门口，他把耳朵贴到门上，屏声息气地倾听，听到房里似有轻巧声响，赶紧掏出钢笔，在纸袋上写几个字，把纸袋放在门口，匆匆往楼下逃走。

他逃得太慌乱，一脚踩滑，在楼梯上咕咚摔倒，幸好楼道很窄，手伸出，就可以扒住板壁站稳。

楼道里踩踏出的沉重闷响，激起长长的嗡嗡回声。

陈小姐拉开房门，看到门口的纸袋，再看到狼狈苦笑的豪斯，惊喜地叫起来，上来啊，赶紧！怎么这样呢？

豪斯无力地坐到楼梯上。

胡笛呢？陈小姐问，只有你来吗？

豪斯不说话。

陈小姐开心地笑着，急忙走下来，抱紧了豪斯的臂，用力朝上拖。

豪斯慢慢抬起头，陈小姐大吃一惊，她看到坐在楼梯上的豪斯嘴巴扭曲，在无声地恸哭，脸上的眼泪滚滚而下。

我没有办法，豪斯没头没脑地说，胡笛被烧得太惨了！

陈小姐慢慢松开了手，站在楼梯上发傻。

陈小姐所在的昆明金碧路天主教堂，为胡笛和马丁举办了一场弥撒。巫家坝机场的官兵全部出席，昆明城里的一些美国人和英国人也闻讯赶来参加，三十人组成的唱诗班，为胡笛和马丁唱颂赞歌，祝他们在天国享受到没有战争的和平日子，所有人都为他们默默祈祷。

陈小姐哭得昏死过去，脑袋低垂，身子歪斜，全身瘫软，坐在前排的长椅上，一动不动。弥撒结束，没有人能把陈小姐从长椅上扶起来走路，她的身子像水一样虚无，看得见，捧不起。她的脸像绝高处的天空，无比透明清澈，空洞得没有一丝血色。她的呼吸非常轻弱，像泥土深处小虫的喘息，似有若无。

豪斯伸出双臂，把她抱出教堂，抱上了吉普车。车子缓缓驶向同仁街，来到巴基斯坦面包店门口，车子停下，豪斯抱着陈小姐下车，回头对驾车的同事说，你回去吧，我今晚照顾她。

豪斯抱着陈小姐上楼。

他把陈小姐放到床上，想为她脱衣，可陈小姐只穿了一条黑色长裙，裙子解开，身子就裸露了，豪斯只好把她的裙子捋平，头发理顺，脑袋在枕头上摆稳，轻轻为她盖上了薄被。

他静静地坐在床边的一只沙发上。

陈小姐深受打击，因为她正在准备幸福的婚礼。

她用胡笛的钱，刚买了一对法国式的浅咖啡色皮质单人沙发，沙发中间的小圆桌也是新买的，上面铺了一块长长的花桌布，桌布边缀满了轻轻摇曳的流苏，温柔优雅。桌子上有一只彩色的玻璃花瓶，花瓶里插了很大的一束玫瑰。看得出来，玫瑰是几天前插进花瓶的，稍有些萎缩，美丽的风姿却丝毫未减。这束玫瑰和这对新沙发，寄托了陈小姐对将要与胡笛展开的新婚日子的期望。

豪斯呆呆地看着躺在床上的陈小姐。

陈小姐露在被子外面的脚轻轻动了一下。

豪斯走上去，拉过被子，帮她盖住了脚，又退回沙发上坐着。

窗外的隐约市声把豪斯惊醒，天已大亮。

他很吃惊，陷于巨大痛苦与自责中的自己，坐在陈小姐的床边，竟能平静地睡着？也许是太累了，痛哭了三天，全身的骨架也哭散了，实在太累。也许因为无耻，开枪打死了自己的朋友，又跑来找他的女友，脸皮太厚，不识善恶。

他羞愧地抬起头，看到窗外的微弱光亮在天花板上轻轻晃动，艰难地回忆，明白自己确实坐在别人的小屋沙发上，确实送走了一夜时光，更加羞愧难堪。一股极其微弱的光亮从床上射向豪斯，他感到胸口发热，脸上发烧，谨慎地搜寻这股光亮，发现那是陈小姐的目光。

陈小姐侧身躺在床上，眼睛疲惫地微微睁开，一声不响地看着他。

他问，醒了？睡得好吗？

陈小姐不回答。

他站起来，走到陈小姐身边，轻轻吻了一下她的额头。

陈小姐一动不动。

他试着伸出手，想搂抱陈小姐，陈小姐抬手把他挡住。

你去死吧，陈小姐疲惫地说，我也要死了。

他抱歉地笑了笑，直起身，慢慢后退，退到门边，朝陈小姐挥一下手，拉开门跨出去。房门未关，从半开的门边，仍能看到躺在床上的陈小姐。豪斯在半开半闭的门边迟疑一下，一手握着门把，一手扶着门框，伸头进屋，眨几下眼，送给陈小姐一个永远留在昆明小楼幽暗墙板上的微笑。

他退到门外，用力把房门拉上，下楼了。

当天下午，豪斯从昆明飞往印度的阿萨姆邦，从此杳无音讯。

黑卷　尾巴

1

山田一夫的祖父是一个暴烈的男子,一言不合,拔剑就刺,他在道见勇彦手下做武士,十分骄傲,杀过不少坏人,也误伤了几个无辜者,其莽撞和粗糙的性格,没少被其主道见勇彦责骂。道见勇彦在日本明治维新期间大名鼎鼎,是著名的"明治三杰"之一,在明治十年发生的日本西南战争中,道见勇彦战死,山田一夫的祖父毫不犹豫地杀身殉葬,留下了长久为人传颂的佳话。

但是,山田家正在无可挽回地走下坡路,勇敢的精神一代不如一代。时间之水流到山田父亲的身边,水面之光照见的这个武士之家的后代,也在树下练功,也身手矫健和武功了得,其性格却比父辈温和了很多。他除了两次公开决斗杀过人,一生中再无拔刀相向的英雄时刻。

家族史传到山田一夫孙辈一代,风气彻底改观了,时间之水大幅度扭转方向,朝着杂树葱郁的诗歌丛林中流去。山田一夫不爱行武,只爱作诗,奇怪的是,这个经常揣着小本子,急急忙忙记下诗句的青年,却对一个鲁蛮朋友非常崇拜,是这个人最踏实的追随者。也就是说,山田一夫失去了家族的勇敢,收获了诗才和文气,却对别人的勇敢暴烈十分理解和着迷。

山田一夫中学时有一个同学,名西乡,此人性格古怪,是暴力团的头目,一年到头忙乱,频繁组织一场接一场的打架斗殴事件。山田这个爱写诗的学生,对西乡佩服得五体投地,紧紧跟随,在西乡用棍棒打得人皮开肉绽和脑袋流血时,躲在一旁观赏的山田,会突然获得诗歌的灵感,掏出小本子,飞快写下鲜花在流血的刀刃上开放之类诗句。

后来,中国这个庞大丰盛、历史久远的日本文化母本之国,引起越来越多日本野心家的垂涎,他们心中对中国的景仰,长成了贪婪和罪恶的毒刺,就像孙子对祖父的财产生出恶毒的欲望。很多日本野心家热烈讨论,从理论上把中国一次次占有。这种风潮强烈刺激了众多日本青年,西乡跟着学汉语,找人请教中国知识,山田也对中国产生了浓厚兴趣。他读书甚为轻松,汉语学得非常好,有关中国的书读了很多,能把很多中国的故事讲给西乡听,让西乡听了咬牙切齿地大声赞叹。

两人中学毕业后,在樱花刚刚凋落的春末,乘船离开日本,漂洋过海,来到了中国上海,这座亚洲最繁盛也最混乱的城市。

1908年的中国上海,弥漫着末世的惶惑颓丧和新生世界跃跃欲试的朝气,尽管满街走着留长辫子的中国人,但上海已完全不像中国,白种人随处可见,趾高气扬,蓝眼睛高高抬起,目光投向一幢幢拔地而起的西式洋楼。剃了头发挎着刀的日本武士,三三两两地行走在街头,来自世界各地的巨大轮船停满了上海的港口,响亮的汽笛声,像鞭子把上海的中式旧屋和矮房抽打得瑟瑟发颤。

西乡满街乱窜,找不到工作,幸好有山田一夫紧紧跟随。山田凭着手里的一封信,在上海一家出版社找了一份翻译工作,这个工作对于尚武的西乡来说,非常别扭,可这两个日本青年几乎没有钱,不接受这份工作就要流落街头,他们只能暂时忍耐,再寻机会。

其实,做出版社翻译,这份工作非常好,上班不太累,外出走动的机会很多,正合两人闯荡中国的愿望。这工作给他们带来了一次次游览中国各地的大好机会,两人先后到过中国的汉口、宜昌、重庆、香港、厦门、台湾等地,对中国国土之大万分惊叹。在汉口长江边古老的黄鹤楼上登高远望时,西乡感慨地说,我要驾驶战舰在长江航行。山田则诗思如泉涌,久久凝望着江水,在想象中搜寻远逝的历史之鸟,心潮澎湃地掏出小本子,写下了一长串精彩的诗句。

从武汉回到上海，两人做出了此生永久留在中国的决定，于是蓄发留辫子，各自取了一个中国名字，西乡取名江仓坡，山田取名白诗之。

2

小林以前跟着车队前进，一趟上路，车队最少三辆车，多则七八辆十辆，他们的车队很少在牛鼻子老爸的接待站留宿，这个接待站离昆明只有三十公里，不远不近，除非有急事，比如车子坏了，或者有特殊任务，否则他们最多在牛鼻子老爸的接待站吃一顿饭，就继续赶路。

这次，小林有特殊任务在身，跟着三辆车出发，其他人在牛鼻子老爸的接待站吃过饭就走了，小林留下来，在接待站住了一夜。接待站另有三个准备返回昆明的司机，小林跟他们一起吃饭，然后去找做饭的阿吉妹。

厨房里挂着一盏英国汽灯，阿吉妹正在汽灯的照耀下刷锅和洗碗，小林走过去说，阿吉妹辛苦了，我来帮你做事。

阿吉妹不爱说话，扭头笑了笑，继续趴在灶台上洗碗。

小林上前，把她拉开，自己动手洗起了碗。

阿吉妹说，呜啰啰，不要整这种女人的事。

小林说，你先休息，等下我跟你说说话。

阿吉妹不敢让小林洗碗，嘿嘿笑着上前，坚决把小林推开。

小林坐在小凳上抽烟。

他看着阿吉妹趴在灶台上的背影。她身体健壮，屁股有力地鼓起，肩膀上下耸动。小林想，这个女人会是日本间谍吗？或者她会是日本间谍的探子吗？不可能，但也有可能，万不可大意。现在，小林浑身长满眼睛，看着谁都可疑，谁都像日本间谍，需要警惕。

牛鼻子老爸在厨房门口探了一下头。

小林大叫一声牛鼻子老爸。

牛鼻子老爸慢慢走进来。

小林说，我想帮着做事，阿吉妹不让我做。

牛鼻子老爸笑了笑说，阿吉妹比你岁数大，她家里有男人呢。

小林说，你什么意思？

牛鼻子老爸说，你去缅甸找女人很方便，不要在这里打主意。

小林哈哈大笑说，不是那个意思，牛鼻子老爸，你想歪了。

牛鼻子老爸问，上次那个小姐呢？姓什么？

小林说，陈小姐。

牛鼻子老爸问，她好吗？

小林说，不好，她的男人死了。

牛鼻子老爸问，她男人干什么的？

小林说，就是跟我们打战的那个中国军官啊，他来找陈小姐，后来把她带回去，现在，他坐飞机掉下来，死了。

牛鼻子老爸大声叹气。

小林说，日本人把他坐的飞机打下来，太气人了。

牛鼻子老爸又叹气。

小林想起上次牛鼻子老爸提枪夜出，欲跟胡笛和豪斯相拼，忽然觉得他长得有些像日本人，就暗自嘀咕，牛鼻子老爸怎么会打枪呢？他是不是日本人的间谍？会不会是山田的人？想到这，他扑哧一声笑了起来。

牛鼻子老爸问，你为什么笑？

小林说，我想起了陈小姐。

牛鼻子老爸问，你喜欢那个陈小姐吗？

小林说，我是喜欢她，可人家有男人啦。

牛鼻子老爸说，她男人不是死啦？

小林说，我不能这样去抢，人家刚死了男人，我就去抢来做媳妇是吗？

牛鼻子老爸说，对，你不应该打扰人家，应该去找缅甸的女人。

小林说，不说女人了，我问你件事，有个叫山田一夫的日本人你见过吗？

牛鼻子老爸问，日本人？

小林在身上摸索，拿出一张照片，递给牛鼻子老爸。

这个人见过吗？

牛鼻子老爸连连摇头。

小林一直在仔细观察牛鼻子老爸的表情。

牛鼻子老爸说，日本人来这里，那不是找死吗？

阿吉妹洗完碗走过来，小林把照片从牛鼻子老爸手里接过来，递给阿吉妹问，这个日本人，山田，你见过吗？

阿吉妹看也不看，咕咕笑着摇头。

牛鼻子老爸说，阿吉妹太老实，只会做事，她很少跟外人打交道的，什么人也记不住。

小林接到的任务是寻找山田，使用的一招是打草惊蛇。昆明四合院里的玉溪人老王告诉他，国军和美国情报部的几路人马都在搜寻山田，各有不同的办法，至今无功。现在需要小林配合，把山田从隐藏的洞里赶出来，所以，小林第一步要做的事，是沿路放出寻找山田的风声，同时观察所有交往的人，也许他们中的某人，就是山田的雇员。

晚上，小林躺在司机宿舍里，听着睡在其他蚊帐里的人大声打呼噜，心想：如果有一天我跟山田一夫睡在一起，我会怎么杀死他呢？用枪还是用刀？小林认为应该用刀，一刀一刀把他割碎，以报马来西亚酒吧的爆炸之仇。

忽然一股浓稠如泥浆的悲伤涌出，把小林吞没，让他憋闷，喘不出气。他躺在黑暗中，产生了强烈的思乡之情，无可抑制地想起了马来西亚梁叔叔的女儿音音。那姑娘十六岁，名叫梁稀音，很特殊的名字。她从小跟在小林的身后玩，被人欺负就找小林告状，欺负她的那个人，会被小林揍得很惨。马来西亚热带的姑娘成熟得很早，音音长得苗条，小小的胸部轻轻晃荡。小林曾把她哄到海边的小树林里，悄悄摸过她的胸。她的小乳房让小林不满足，粉红色的乳头却令小林着迷，欲罢不能。

小林第二次把音音姑娘骗进海边的小树林，从衣领处伸进裙子里摸过她的身体之后，不解恨，干脆从下面掀起她的裙子，欲行不轨。

音音吓得弯下腰，咬着牙，嗞嗞吸着气，用力拨开小林的手，把裙子边紧紧按住，抱歉地向他求饶，焦急地说，小林哥哥不敢这样哦，还没过门不行的哦。

第二天就发生了酒吧爆炸案，半个月后小林不辞而别，从马来西亚肆虐的海风中消失,就像被风吹远的一粒沙尘。

他来到昆明做司机,家里的亲人和梁叔叔,以及梁叔叔美丽的女儿音音,也变成沙尘,被记忆的风吹走,踪影全无。他知道自己在炮火下驾车奔跑,翻越险峻高耸的连绵群山,早晚会死的。现在做了间谍,跟山田做对手,更容易死。那就让家人以为自己已死算了,这样最好,免得他们长久担心。

音音现在怎么样了?嫁人了吗?

如果日本人被打败投降,我该回去跟音音结婚吗?

他在困惑中渐渐睡着。

3

五年后中国乱作一团,皇帝下台,各派政治角色吵闹不休,火药味十足。此时的西乡和山田已经成为中国通,能说流利的汉语,穿着打扮完全跟中国人一致,两人剪去了中国长辫,打扮成追随时代进步的中国青年。他们爱上了中国饮食,上海的生煎包令他们满意,两人隔三天就要去吃一回。但两人在中国混得并不好,西乡一副武士做派,山田像一个流浪诗人,两人都不会好好工作,也没有耐心长期干好一个工作。

出版社的翻译工作他们早就辞掉了,西乡和山田五年中换了不下十个职业,每份职业都干得不长。时间最短的一份工作是电影武打演员,西乡参与拍摄了一星期,就被电影公司辞退,原因是他不听安排,动手打了导演。

后来,西乡在妓院里认识一个中国的革命党,接受了临时的工作,暗杀一个印度人。他不明白这个中国人为什么要暗杀印度警卫,但人家给的钱够他花半个月,无法拒绝。于是他深夜提着一瓶酒,摇晃着走近街边的印度警卫,突然拔刀,猛然刺穿了印度人的胸口。

西乡圆满完成了刺杀任务,他的手法之娴熟和精准,令山田惊叹。被刺中要害的印度警卫胸口,竟然没有流血,笔挺的制服依然整齐,人没有倒下,身子也没有晃动。那个被西乡敏捷刺中要害的印度警卫,只是吃惊地低下头,下巴上的一圈胡须微微颤抖,看着插在胸口的刀子发呆。

西乡出手太快,刀子深深地插进印度警卫的身子,血来不及流出,被刺中的人也来不及晃动和倒下。

西乡用同样快速的动作，把刀子从印度警卫的胸口飞快拔出。

印度警卫朝西乡微微一笑，白色的制服胸口处绽开了鲜花，慢慢渗出红色的血液，接着，他仿佛被人从身后踢了一脚，猛地朝前扑倒。

这个时刻，西乡已经逃远，拐弯窜进一条里弄，脱离了街上的混乱人群。

山田站在街对面望风，激动万分地掏出小本子写诗。

在中国游荡的日本人不少，很多人想有所作为。认为天降大任，自己将要代表日本踏上中国的土地，把朽坏的孔子之乡修复，永远占有。其中一些组成了"大陆志士"团队，政治目的非常明确，就是拿下中国。西乡认识其中几个人，却对他们拉帮结伙的做法很鄙视。他更喜欢独往独来，即使加入团队，也只想做头，不愿听人支使。可西乡做的很多事，都是别人支使，他连团队成员也算不上，只是一条志大才疏而脑袋混乱的流浪犬。山田更低一级，是跟在西乡身后的一个飘摇的影子，山田的全部财产，就是衣袋里一个写满诗句的小本子和夹在本子里的一支笔。

但山田在慢慢发生变化，野心膨胀，脑袋里生出些杂乱而自以为是的理论。山田曾对西乡说，那么多日本人来到了中国，有些已经吆五喝六地成为上层人物，但他们根本不能跟我们比，他们想做中国的皇帝，或者兵部尚书。我不同，我不想管别人，只想管自己，我要写足够多的好诗，把中国的李白打败。

西乡说，写什么鬼诗？我只想做杀手。

有一天，西乡和山田流浪到中国杭州的西湖边，坐在湖边看迷茫的风景。

山田看到西乡把挎在腰上的刀拔出来把玩，犹豫着对他说，西乡大哥，你还是把刀藏起来吧，以后不要再这样挎着刀了。

西乡把刀高高举起，让阳光照射出雪亮的反光，慢吞吞地说，我还要用它再杀几个人。

山田说，你已经有三把刀被官府收缴了，现在这把刀，没有原来的任何一把好，刀口很钝的。

西乡猛然一刺，刀尖斜插着刺穿了山田的衣服。可是山田不为所动，连躲闪的动作也没有，他的镇定让西乡心惊。更让西乡钦佩的是，山田低头看了一眼刺穿衣服的刀子，平静地吟了两句诗：

两只鹰飞下了高山
小鸟在大象的背上歌唱

他什么时候变得如此镇定？
西乡的心咯噔一下。
山田自己也觉得奇怪，他的心里也咯噔一声响。
西乡说，你就会整些歪诗，烦死了。
山田说，我爱写诗，也想干别的，最近我一直在琢磨，应该找点什么正事。
西乡问，什么叫正事？
山田看西乡一眼，摇摇头说，不知道，但肯定是大事。
西乡的鼻孔里哼了一声。
山田说，我们去中国的北平吧，去日本大使馆找点事做。
西乡说，人家会理我们吗？不可能。
山田说，我有一封信会转交的。
西乡惊讶地问，谁写的信？
山田说，我早有准备，从日本出来，我就带了一封信，要交给一个人，可我找不到他，现在才知道，那个人做了日本的驻华武官。
你把一封信藏了五年，竟然不告诉我？西乡十分愤怒。
山田淡然一笑。
从前，这种轻蔑的笑容，只会出现在西乡的脸上，现在，局面正在轮转，柔软的山田渐渐变得固执而坚硬，西乡反而要经常面对山田脸上的轻蔑微笑了。西乡震怒，握紧刀柄欲刺山田。空无人影的西湖边，正是杀人的好地方，把山田这小子杀了，扔进湖里喂鱼，让他那个写满诗句的烂本子在湖底腐烂，正合适。

可是，刀子尚未抽出，西乡就丧失了勇气。他看到山田的目光平静地扫了一眼自己手中的刀子，不为所动，脸上的微笑渐渐退去，像西湖边缓缓垂下的飘动柳条。他那么冷静安详，不以为然，西乡顿觉无趣，拔出的刀子重新插进了鞘中。

山田说，明天我们就动身吧，去北平见日本使馆的佐佐木宣龙武官。

山田和西乡在上海居住的五年里，走遍了中国南方的很多城市，却没有去过中国北方，京城北平不用说，山东山西、河南河北、陕西山西，竟然一处也没有去过，蒙古、甘肃和青海更不用提了。

想到这个问题，山田觉得羞愧。他对中国的了解，其实远远不够。他太迷恋上海了，上海当然很好，它是亚洲的中心，充满活力，上海也代表着整个世界，全球各个国家的人都有。中国的北方只代表中国，比如北平，尽管它曾是几个朝代声名赫赫的京都，却并不属于世界，只属于呼吸越来越困难的中国。

半个月后，山田和西乡行走在中国北方古老京都北平的狭窄旧街上了。这座被废弃的京都的老旧和土气，令他们吃惊。满街的矮屋土墙，朽坏的旧木门窗在风中啪嗒啪嗒摇响，赤裸着上身的苦力蹲在路边吃饼子，大声说话，放肆狂笑，露出满口黄牙。穿绫罗绸缎及西装革履打扮的富人，目中无人，同样粗俗愚蠢。

但是，北平也处处透出超乎寻常的镇定自若，这种镇定，透出了看穿山田心思的傲慢，让山田胆寒和自卑。他深深地感觉到，空气中有力扩散的巨大傲慢，不是出于骄傲，而是出于地下几万尺和空中绝高处的久远习惯。这种骄傲弥漫于无处不在的灰蒙蒙膨胀的空气中，随着喜鹊喳喳的叫声和乌鸦翅膀的有力拍打，四处飘散。那些喜鹊和乌鸦无人驱赶，自由自在，一只只长得肥硕笨重，胸脯饱满，脑袋硕大，羽毛光滑发亮，尾巴像旗帜一样高高扬起，在荒芜的皇家园林树丛里成群结队飞行，肆无忌惮。

山田说，那些喜鹊长得太美了。

西乡冷冷一笑说，我更喜欢乌鸦，它们打架很凶。

他们没想到日本大使馆竟然藏身于北平的一个狭窄胡同中，可走进使馆院门，他们才恍然大悟，理解了其中的非同寻常。这是一幢豪华的四合院，三进院，两层楼，院子里原来的中国树种被全部移走，种上了日本的樱花，更加珍贵的是，盖院子的所有木料，都是极其珍贵的金丝楠木。

这是一位中国皇室亲王卖给日本使馆的小宅院，在亲王家，这是一个小宅院，对日本大使馆来说，这个宅院太过于奢华和宽大了。

佐佐木武官在后院的练武厅里，接待了西乡和山田两位雄心勃勃的日本青年。

他接过山田呈上的家信，缓慢而认真地细读，然后抬起头，目光在山田和西乡的身上来回扫了几遍，平静地说，我会把你们安排好的，放心。

一位穿和服的日本姑娘进来，深深地鞠躬，跪下为他们沏茶。姑娘的茶道功夫非常熟练和规范，让西乡和山田顿觉回到了久违的日本故土。

山田受到感动，诗兴大发，掏出小本子记下心里涌出的诗句。

佐佐木说，你会写诗吗？我看看。

山田惭愧地把小本子捂在胸口，急忙说，不敢啊，只是些不成熟的句子。

拿来我看，佐佐木说。

山田不敢拒绝，只得把卷起边来的破损小本子递给佐佐木。

佐佐木翻看几页，连声赞叹，好啊，年轻人，你很有诗才，我喜欢这些诗，现在，就叫人来为你吟唱。

喝下几杯茶，佐佐木招招手，叫来一位持琴而入的姑娘，他把山田的小本子递给这位姑娘说，他写的诗，你弹琴吟唱几句吧。

姑娘向山田和西乡鞠躬，跪下弹琴，轻声吟唱。

琴声和姑娘的歌声都非常美，轻柔空灵，虚无缥缈，又坚定不移。山田听得满头大汗，十分羞愧。

山田受到佐佐木的盛情款待，非常不安，为此生出深深的感激，他没有想到，这样的盛情是有代价的。

4

小林接连几次踩刹车，眼睛盯紧前面的路面，小心减速，慢慢拐弯，让车身尽力朝山壁的方向靠,避开公路外侧气流呼啸的山谷和路边松动的土块,从半山腰的铁丝窝往山下的下关坝子缓缓前行。车子渐渐驶近山脚,透过公路边茂密的松树和梨树缝隙,下关镇隐约可见了,小林甚至闻到了杨家客栈洗澡房里的英国香皂气味。路边的树林里,小鸟蹿来蹿去乱飞,三只老鹰在山谷上方的空中缓缓盘旋,向小林致敬。小鸟密集而响亮的鸣叫透露出惊喜,仿佛在向小林热烈打招呼。可是,小林高兴不起来,随着车子慢慢朝山下驶去,随着下关镇的杨家客栈越来越近,小林的心情却越来越紧张。

这可是他日思夜想的下关镇啊!

他害怕这个地方,害怕见到阮秀贞。

他一路开车,脑袋里总是出现陈小姐戴眼镜的样子,这个时候他还不知道已经在昆明发生的重大灾难,不知道他的好友和上司胡笛已经惨烈牺牲,也不知道美国顾问豪斯抱憾终生地乘飞机,穿越滇缅公路的上空,远去了印度,小林的情报工作上司,已换成中国人老王了。

他怕挨阮秀贞的骂。

他劝说陈小姐离开阮秀贞的杨家客栈,不是为了勾引她,尽管他在路上确实跟陈小姐有了肌肤之亲,但那是发生于小旅馆里的意外事件,并非顺理成章的情感活动。小林深知自己配不上这个女大学生,他把这个人带走,劝她离开阮秀贞的客栈,只是不愿看到她卖身堕落,一个自己救过的女大学生,沦落到这一步,让他深感痛心,也深感自责。他并没有把要带走陈小姐的想法隐瞒起来,是在饭桌上公开讲出,让阮秀贞知道了,他帮助陈小姐,并无非分之想。

要命的是,陈小姐那天耍了一个花招,在饭桌上当着阮秀贞的面断然拒绝小林,以示清白,次日清晨却悄悄逃走,坐进了小林的卡车,把失信的责任赖给小林,所以,小林有口难辩了。

还要不要住杨家客栈?

小林犹豫了。

卡车驶近了铁丝窝。小林在心里想,天赶快黑吧,赶快,天黑了,去到下关镇,阮秀贞就不会看见,我就可以悄悄住进段氏马店了。

他真的害怕阮秀贞。

可是，老天跟他作对。从前小林驶到铁丝窝，天会马上黑下来，夜晚不可阻挡地降临。那天却很奇怪，下山进入铁丝窝山谷，天并没有黑，太阳西斜，却未落山，好像一个中弹的战士，在咬牙坚持，挺立不倒。金黄色的夕阳余晖，撕开傍晚的灰色云彩，朝山下下关镇的大片草房和瓦房顶，投去一片最后的亮光。小林驾驶着车子，从稻田中间斜阳散乱的土路颠簸而过，驶进了下关镇。

小林把卡车停在了阮秀贞的杨家客栈门前。

这是他把陈小姐送上昆明后，第一次重返阮秀贞的杨家客栈。

他跳下车，噢地叫一声，大口呼吸迎面吹来的清风，轻轻跳几下，活动一下驾驶室里憋得太久的手脚，再来回小跑几步，站住，在门口抽完一支缅甸买的美国"骆驼烟"，才慢慢走进杨家客栈的大门。院子里静悄悄的，今天停下关镇的车子不多，马帮也很少。他肚子咕咕叫，嘴里口水汹涌，闻到了院里飘出的饭菜浓香。

小林轻手轻脚地朝前走。

他惊喜地看到了一个人，阮秀贞的小女儿梨花。这个姑娘正把一只用线拴着的大蜻蜓放飞，在院子里追着跑。小林惊奇地发现，半个月不见，梨花小姑娘胸前微微突起的两个小包长得更大，在奔跑中也更加晃荡了，她长得越来越像一个美丽的大姑娘。

梨花看到他，立即站住。

你好啊，是我上次逮的那只蜻蜓吗？小林说。

不准进来，梨花把拴蜻蜓的线系到身边的小树上，大声嚷道，出去！

怎么啦？小林很吃惊。

我妈说你以后不准来我们这里住。

我就要见你妈，我要找她说话。

小林不理愚蠢的梨花，生气地大步朝前走。

梨花冲过来，伸开双臂拦住小林。

小林说，我有水果糖呢，给你带来啦。

梨花说，不要你的烂糖！

这时小林看到了桃花，十五岁的大姑娘桃花长得比妹妹梨花饱满，矜持害羞，暗送风韵，完全是一个待嫁姑娘的架势了。桃花从照壁侧面的后院小门洞里走出来，谨慎地抬起眼皮，痴痴地看着小林。

小林说，桃花呀，你长得更漂亮啦！

梨花抢先朝小林吐了一泡口水。

桃花骂道，吐什么？你这个死妹子！

她慢慢走过来，朝小林苦笑一下说，你出去，不要再来我家了。

为什么？小林问。

我妈生你的气，桃花说。

生什么鬼气？小林大咧咧地笑了。

桃花说，生气就是生气，我们也不知道为什么。

小林说，见到你们两姐妹，我很高兴啊，可是我还没有见到你们的妈呢，让开吧，我进去看她一眼，知道她过得好就行了；我可以走，下关镇上哪里都可以住店；或者让我进去喝一口水，可以吗？

桃花坚定地摇摇头说，不行，你要赶快走。

小林痛苦地摊开双手，慢慢退后，退到门边，被门槛绊了一下，差点摔倒，他站稳后转过身子，跨出了院门，朝远处的另一家客栈走去，又忽然站住，掏出一支烟点燃，气呼呼地猛抽。

桃花追出来，站在客栈门口，仰起脸，光滑漂亮的脖子伸得老长，朝站在路上抽烟的小林大声骂道，你这个死小林哥，就真的走了啊？你这个丑良心就真的不要我们了啊？

小林吐出一口烟，哈哈大笑。

桃花呸的一声，转身进了客栈的院子。

小林开心地站着，慢慢抽烟，他看到杨家客栈的院门口，又悄悄探出桃花的脸，接着，再伸出梨花的半张脸。梨花很胆怯，发现被远处站着抽烟的小林盯住，急忙缩回了头。小林把抽剩的半截烟丢下，朝杨家客栈走来。

桃花和梨花两姐妹赶紧缩回头，只把一串尖笑抛到门外。

5

穿和服的日本姑娘弹琴吟唱了几首山田的短诗，在佐佐木的示意下收起琴，起立鞠躬，躬身退下。

佐佐木说，喝茶弹琴暂时结束吧，我们谈点正事，二位远道而来，找我想说点什么事呢？

西乡一愣，呆呆地看着佐佐木，目光从佐佐木严峻的注视中移开，竟然说不出话了。从上海来到北平的日本大使馆，拜见佐佐木武官，是山田的主意，并非西乡所想。来中国五年了，西乡越来越迷茫，也越来越懒散，最近，他竟然变得只会听从山田的意见了。

山田俯下身子，朝佐佐木叩头，直起身来说，我们不是来说话的，是来找事做，不知道佐佐木大人是否看得起？

佐佐木不为所动，保持沉默。

西乡把慌乱的目光投向山田，再匆匆移到佐佐木身上，迟疑地说，山田君说得对，他带着家信约我来拜见佐佐木先生，就是想为佐佐木大人做事。

佐佐木说，做什么事？

山田说，投奔佐佐木先生，听你调遣。

佐佐木微微一笑说，我能调遣什么？

山田再次叩头，坐直了说，说得明白点，就是请佐佐木大人安排，让我们能为日本这个国家服务，在中国做成一番大事业。

佐佐木说，不要以为事情简单，中国看上去混乱贫弱，其实非常复杂，这是一个文化深厚的国家，贫穷愚昧的草民不值一提，但分布于全国的各种势力不可小觑，他们是这个国家粗壮的骨头。

山田说，是的，请佐佐木大人指教。

佐佐木说，不用指教，直接安排你们的工作就是了。

西乡瞪大了眼睛，激动地问，真的？

山田说，谢谢佐佐木大人了。

佐佐木接着说，真想好了跟我干吗？

西乡说，有什么没想好的呀？没想好会跑来北平这个鬼地方拜访佐佐木大人您吗？

山田说，愿效犬马之劳。

佐佐木微微一笑说，好的，你们去东北吧，中国的东北知道吗？

山田诧然，中国东北三省，那个地方他至今没去过，也不想去。听说那里的日本人很多，日本政府已经往东北三省悄悄移民了。但是，那里的酷寒和荒凉与日本北海道很接近，北海道人都跑光啦，谁还会去中国的东北？他连中国古老的京都北平也不喜欢，怎么会喜欢中国的东北？说起来，他只喜欢中国的一个地方，那就是上海，他非常喜欢上海的繁华与喧嚣，但是，上海能人太多，他们找不到位置，无事可做，无奈才跑来北平这个老旧城市。没想到佐佐木要把他们送去天寒地冻的中国东北。

山田想拒绝佐佐木的提议，抬头看到佐佐木目光严峻，神态凛然，又失去了开口的勇气。

西乡不假思索地拒绝说，我不去东北那种鬼地方。

佐佐木说，我就知道两位没有勇气，你们还是走吧，自己去谋生好了。

山田说，佐佐木大人，我愿意跟在你身边学习。

佐佐木接着说，真想留在我这里，就让我把话说完吧，你们来得正好，我正在寻找可靠的人，山田出身武士之家，可以信任，你们真想做事，为国效力，就先在这里住下，接受训练以后，再出发。

西乡说，可是，我们在上海的家还要去收拾呢。

佐佐木站起来，冷冷地说，今天的谈话到此为止，二位去休息好了，你们还可以在这里住，明天就离开吧。

佐佐木头也不回地走了，房间里留下西乡和山田，两人面面相觑，不知所措。门外走进一个人，是刚才做茶道的那位穿和服的姑娘，她向西乡和山田鞠躬说，请跟我来吧，二位先生。

他们被带进后院小楼的一个房间里，屋里很干净，散发出淡淡的花香，后墙正中挂了一幅书法，上书"东亚"两个粗壮的大字。进屋之后，姑娘后退着出门，把门拉严，门就从外面被咔嗒锁上了，一个人影在门外的走廊上默默站立，大概是卫兵。

西乡说，佐佐木这个杂种，把老子关起来了。

山田冷冷一笑。

他们环视这间屋，有些迷惑不解，这屋子更像练功房，不像卧室，因为稍显宽大，空空荡荡，靠墙的两排柜子全部锁着，里面似乎收藏着刀和棍棒之类的东西。

西乡鄙夷地说，要教我们武功吧，我倒想见识一下呢。

山田说，那边的柜子小门好像没有锁，里面应该有被子吧，我想睡一下，有些累啦。

两人走过去，拉开柜门，果然从柜子下排的隔挡里找出了两套被褥，他们把被子和垫褥在地板上铺开，倒下去蒙头大睡。困意渐起，浑身乏力松弛，他们没听到门锁铮铮地响了，房门推开，几个人慢慢走进来。

山田没睡着，不知道进来的是什么人，想悄悄观察。他微微睁开眼，又闭上眼睛，故意睡着不动。

西乡已经睡着了，正在打呼噜。

两个身穿黑色和服的男子慢慢走到西乡身边，其中一个弯下腰，把西乡猛地提起，用力甩到一边；另一个人走到山田身边，也弯下腰，伸手欲抓山田的衣服，山田睁开眼，神色平静地慢慢坐起来，他的冷漠与镇定，把这个人吓一跳。

西乡被人从睡梦中抓起来，扔到了地板上，大叫一声醒来，睁开梦游似的眼睛，张皇四顾，不知身处何处。忽然西乡明白自己被人揍了，气得狂吼，愤怒地朝面前穿黑色和服的男人扑了上去。

这个男子在西乡奔到面前时，漫不经心地让开，把西乡伸来的手敏捷捉住，趁势一扯，西乡就跟跄着再次摔倒在前面的地板上了。

山田平静地坐着观看，一动不动。

站在他面前的人说，为什么坐着？站起来。

山田问，你们是什么人？为什么打我的兄弟？

这个人问，你站还是不站？

山田鄙夷地哼一声，慢慢站了起来。

这个人抬腿一脚，把山田踢得飞起来，重重地摔在地板上。

山田在地上打个滚，翻身坐直，他知道自己正被佐佐木教训，无法反抗，赶紧伏下身子，连连叩头。

你不会武功？这个人问山田。

山田说，我们是来学习的。

身穿深蓝色和服的佐佐木跨进门，默默站着不动。

从次日起，佐佐木正式收留了山田和西乡。

他们在日本大使馆的后院里住了两个月，才知道大使馆的佐佐木武官是中国东亚义勇军的头目，他在中国搜罗了一批日本人，分批派往东北。这些日本人中，大多数来中国的时间较长，少数刚来不久。他们都是对日本侵占中国表示支持的义士，但是，像西乡和山田这样的中国通，佐佐木很缺乏。所以，佐佐木对西乡和山田的到来十分看重，绝不会放过网罗他们入伙的机会。佐佐木领导的东亚义勇军的目标是，先把中国的东北搅乱，逐渐消灭那里的俄国势力和中国地方势力，择时独占此地，再向中国的外省扩张。

两个月中，西乡和山田学了些军事目的极强的武功、枪械刀棍的使用，以及照相和发报等间谍技能。训练结束，佐佐木带着一个身披黄色袈裟、颈挂黑色念珠的僧人，走进了西乡和山田住的那间练功兼卧室的房间。

佐佐木说，你们跟他去东北吧，明天出发。

僧人说，我叫了空。

西乡疑惑地问，你是日本人吧？

佐佐木说，当然是，你们也是，可你们和我，公开的身份都是中国人。

6

阮秀贞恨死了小林。

她跟小林是同类人，不擅长思考，高兴了就爱，痛苦就生气和恨。相反，陈小姐和胡笛，包括美国顾问豪斯，比较喜欢思考和分析问题，面对解决问题的多种办法时，他们会反复比较，寻找最佳方案。

阮秀贞恨死了就两眼一闭，不愿再见。在小林没有遇见陈小姐之前，阮秀贞闻知她的遭遇，立即感到心痛，为之担心，心生怜悯。岂料小林竟把受苦的女大学生救了，领到自己的面前，可怕的传说变成了眼前的现实，阮秀贞为之惊讶，也为之庆幸，同情心汹涌而出，马上全盘接受陈小姐，庆幸这个不幸的姑娘能够遇见自己，也庆幸自己能够帮助到这个姑娘。她万万没有料到，被自己百般照顾的陈小姐，走时连招呼都不打，她的好心就这样被人无情践踏。

她认为，是小林教唆并带走了陈小姐，他见异思迁，想另寻新欢了。

最大的叛徒，是小林。

那天上午，太阳已经升得老高，一束明亮的阳光从龙山顶投下，落进了杨家客栈的小院。阮秀贞早就起床做事，为客人送去好几壶早茶了，却不见陈小姐起床。她心有不安，路过陈小姐的房间，都稍稍停步，偏头听房间里的声音。她从不催陈小姐起床，陈小姐也从来不会睡懒觉，可那天上午她反复从陈小姐房间外走过，感觉房间里静得出奇，觉得不妙。她不是怕陈小姐跑掉，是怕她被小林裹跑，更怕陈小姐喜欢跟着小林跑掉。

她提一只小凳，远远地坐在院子的另一头，看着对面的陈小姐房间，始终不见陈小姐开门，才招招手把从院子里走过的大女儿桃花叫到面前。

你去看看，陈小姐是不是跑了？

桃花吃惊地看着母亲。

快去，死姑娘！阮秀贞骂道。

桃花赶紧跑过去，拍拍陈小姐的房门，那房门自己滑开了，她跨进房间，很快跑出来告诉母亲，在呢，陈小姐的东西都在，只是人不在。

她跑掉了，阮秀贞骂道，这个烂货！

事实证明阮秀贞的判断不错，直到晚上天色黑尽，阮秀贞和她的两个女儿，也没有见到陈小姐的身影。

阮秀贞伤心到绝望，不是为陈小姐的出走伤心，是为自己被误解而深感痛苦。她把两个女儿叫到后院的小厨房里，关起门来教训，明确表示了对小林的厌恶，并郑重交代，要跟小林划清界限，不准这个坏人跨进杨家客栈一步。

桃花说，陈小姐我本来就不喜欢，她在小林哥面前最骚了。

梨花说，小林哥怎么会上她的当呢？他也太不会看人了。

阮秀贞说，不要叫小林哥，他就是一只蠢猪。

桃花问，小林哥还会来这里住吗？

阮秀贞抽了桃花一巴掌。

桃花惊愕地捂住脸。

阮秀贞从不认为自己跟小林之间有可靠的爱情。她是两个孩子的母亲，年长小林十三岁，做小林的妈还差不多。她是在不知不觉中落入情感陷阱，爱上这个刚烈爽快的青年的。她独自带着两个半大女儿，提心吊胆地支撑一个客栈，在兵荒马乱的滇缅公路上经营，苦乐兼有，更多的却是危险。各种男人穿梭不息，刀枪棍棒见过不少，床上床下，想拒绝不行，不拒绝也不行，只能笑脸相迎。

自从结识小林这个胆大包天的年轻男人，阮秀贞不只心里踏实，实际事件的处理中，小林也确实帮她除掉了不少麻烦。过路客人不知小林的来路，编些故事，有人说阮秀贞招了个女婿是土匪，杀人不眨眼，这个传闻让人害怕，上门惹事的人却真的少了。

现在，小林带着女学生跑了，阮秀贞不稀奇，没有他，日子照样过。

那天，被母亲阮秀贞猛抽一巴掌的桃花，整整一个晚上说不出话。进屋上床睡觉，桃花趴在床上一动不动，不哭也不喊，沉默得像板壁。妹妹梨花害怕了，整夜搂着她，嘀嘀咕咕地哄劝。第二天起床，桃花仍然闷闷不乐，下午在后院做事，桃花失手打烂了两只碗。

阮秀贞大骂，你咯是想做小林的婆娘？看你心乱了？也是一只骚母猪。

桃花冻僵了一般，立在后院的洗菜池边，默默看母亲一眼，低头走开，慢慢回到了她和梨花的房间，再没有出来。半小时后，正在扫地的梨花惊醒，丢下扫把，心慌意乱地跑去敲门，发现桃花已经双脚悬空，高高地吊在窗棂上。庆幸的是梨花警觉得早，赶得及时，桃花还没死，正吊在梁上痛苦地挣扎。

梨花哇哇大哭，惊动了阮秀贞，才捡回桃花一条命。

这番惨绝故事，返回的小林毫无所知。

桃花笑容满面在客栈门口等着小林，看不出经历过与人世决绝的时刻。

小林走过来，掏出一把糖，递给了两姐妹。两个姑娘快乐地叫着跑进院子。

小林跟着走进去。

一支长枪伸来，挡住了小林的去路。

阮秀贞出现在院门口浅浅的门道里了，她端着小林送给的那支枪，黑洞洞的冰冷枪管抵在小林的胸口上。

阮秀贞说，滚出去！

桃花看到母亲端着枪，吓得抱头蹲下，哇哇痛哭。

小林不为所动地说，你不会开枪的。

阮秀贞说，我会的，赶快走！

那天晚上，小林被阮秀贞赶出了客栈的院门。

他又惊又气，惊的是阮秀贞竟然要开枪打死自己，气的是自己怎么会一直爱恋阮秀贞？这样一个女人，自己怎么会跟她纠缠不清？但阮秀贞开枪，小林愿意接受，他愿意死在她面前。他已经背叛过一个姑娘，那就是梁叔叔的女儿音音，音音现在怎么样了？嫁人了吗？我对不起她。我把梁叔叔的女儿音音耽误和欺骗了，我该死！那天晚上，小林躺在段氏马店的房间里，平静地看着天花板，认为自己应该死在女人的枪口下。

小林不害怕枪口指着脑袋的场面，却对被阮秀贞赶走深感失魂落魄，心中空洞。对小林这种性格暴烈的年轻男人来说，被枪押着赶走，是很丧气的，何况还是被关系最亲近的女人赶走。他从小就胆大，不怕刀枪和血腥，却无法面对内心的空虚，这种不被理解的无所依托之感，让他有力使不上，干着急。

7

山田和西乡以白诗之和江仓坡之名从贵州进入云南，已是数年之后。日本向整个中国发动了全面进攻的战争，并取得了一连串的胜利，令白诗之和江仓坡感到鼓舞。中国的首都南京被日军拿下，蒋委员长落荒而逃，带着人马一撤再撤，最后仓皇止步于重庆。重庆是一座被烟波浩渺的长江和嘉陵江有力切割的奇怪城市，众河横流，历史久远，破屋矮墙层层叠叠，由低洼的江边累积到山腰的高地。狭窄街巷弯弯曲曲，台阶很多也很高，好像有无数横七竖八的破绳子，把这座环江的山城捆绑得支离破碎。可这样一个奇怪的城市，却是古代兵家反复争夺之地，数次血染大江，泪浸山坡。据说重庆这个地名，就出自宋光宗皇帝双喜临门的一次经历，因这片山高水大之地，曾是宋光宗为侯时的藩属封地。现在重庆在亡国的危难中再度获得光荣，接收了蒋介石政府，成为中国的新都城。

可白诗之无法适应重庆的混乱和乌烟瘴气，看不惯重庆四面环山的风景，对重庆这座城市一直感到迷惑。一条路绕了好多圈还在原地，怎么回事？楼房高高低低，让白诗之看花了眼。在极其狭窄的旧街爬坡下坎，令他厌烦，这种地方怎么可以做首都？白诗之在重庆居住了两个月，执意要走，江仓坡也就跟着他，一起来到了云南。

离开重庆之前，了空和尚在重庆龙头寺后院的一间小屋里，泡一壶香浓的茶水，与白诗之和江仓坡告别，做出了让他们去云南工作的安排。

了空和尚说，重庆现在是中国的心脏之地，我不能离开。你们去云南，会有很多事做，那里的情报基础并不好，人员力量也不行。白诗之，你要高兴，佐佐木武官已经回话，把你安排为云南站的站长了，云南那边的全部人马就归你指挥。

江仓坡愣了一刻，猛地鼓掌。

了空和尚急忙抬手，示意江仓坡不要弄出响动。

白诗之趴下叩头，感谢了空上司的信任，也深深地感谢佐佐木武官的栽培。

次日，白诗之和江仓坡离开重庆，前往贵州。从贵州前往云南时，他们没有穿西装，也没有穿长衫马褂，是一身远行的精干短打扮。但他们的短外衣和宽大裤子却非常讲究，都是用厚实闪亮的贵重绸子缝制，一望而知就是有钱的商人。这身打扮让他们获得了所有人的信任，购货很方便，租车也很快。他们购进了一批贵州大米，租了一辆卡车，准备把大米运往昆明销售。

根据情报，他们获知昆明拥进了全中国的很多难民，人口暴增，粮食紧缺，卖米是一个好生意，可以发财。他们当然不是为了赚钱，但只有赚到钱，商人的身份才是真的，也才能为他们提供可靠的掩护。

他们那次在贵州租用的运大米车辆，就是云南运输队跑缅甸拉军火的美式卡车，驾驶员正是年轻司机小林。小林在昆明接到一个临时任务，往贵州送一趟物资，物资送到贵州后，必须马上返回昆明。运输队同意他帮商人运货。于是，当地有人把两个中国商人带来，往他的卡车车厢里装满了大米。

两个中国商人一个坐进驾驶室，一个坐在卡车车厢挪开的一个空隙里。坐驾驶室副座的这个人很舒服，一路掏出小本子匆忙写些什么。其实他是山田，沿途在写短诗。坐后面车厢里看货的那个人就很吃苦了，车路颠簸，猛烈晃荡，他在车厢里被甩来甩去，还被结实的米袋反复撞击。他就是性格粗暴的西乡。西乡一路号叫，不断拍打车厢顶，请求停车呕吐。车子走了六天，才进入昆明。

小林按照两个中国大米商人的要求，把卡车开往昆明城东小板桥的一个村子。路烂泥滑，村路狭窄，卡车摇摇晃晃地走了近三个小时，才驶到村口。坐在车厢里的那个中国人已经面色苍白，从车上滚下，躺到肮脏的土路上不会动了，看上去已经奄奄一息。

沿路受尽折磨的西乡，已经改名江仓坡了，从驾驶室跳下的山田，现在的中国姓名是白诗之。白诗之平静地蹲到江仓坡身边，不慌不忙地为他按摩全身，鼓励他活下来。小林赶紧朝村里跑去，当小林从村里找来5个搬运大米的村民时，疲惫的江仓坡已经从卡车旁走开，坐在路边的树荫下休息了。

白诗之抽着烟，捧着写诗的小本子，环视四周的农田，大声感谢小林。

头发蓬乱、衣服上布满灰土的江仓坡，却对小林破口大骂，你这个杂种，差点没把我折磨死！

白诗之很生气，猛推一掌，把江仓坡推得跌倒在地上，痛斥西乡道，混蛋！对人家司机不礼貌！

江仓坡赶紧趴在地上道歉。

小林不以为然地笑了笑。

村里的农民把大米扛走，小林就驾车离开。

白诗之和江仓坡就在村里住下了。

卸完大米，小林驾车离开，从此理所当然地把这两个大米商人忘记。商业运货这种事很少，多是临时所为，收入要悉数上缴，并非他所情愿的事，那些临时打交道的商人，司机忘得很快，比如这次与小林邂逅的山田与西乡。

但是，三个月后的某日黄昏，坐在滇缅公路途中一个山中汽车接待站的小林，被山顶上艰难燃烧的最后一丝残阳惊醒，仿佛有悟，觉得他苦心搜寻的山田，似与自己有过一面之交，但是他完全想不起当时的事件和场面。记忆的破屋里一团漆黑，冷气飕飕，他很苦恼。

此时，摇身变成国军情报人员的小林，正面临孤立无助的严重困境。胡笛已经牺牲，豪斯远走印度的阿萨姆邦城。陈小姐坠入永恒无解的孤独之苦，她永远失去胡笛，就失去了未来的生活，不愿见任何男人。昆明同仁街那间租来准备做婚房的小屋，已经搬空了，残留的女性身体香气，正被老屋旧木板的裂缝一丝一丝地吸收，稀薄得几近于无。

8

小林又惊又气，失魂落魄，一步一回头地离开杨家客栈。他不怕阮秀贞开枪，也不相信阮秀贞会开枪，耳边却反复响起危险而凄厉的枪声，为此深感沮丧和失望。他拖着沉重的双腿，走两步停一步，沿着一段弯曲的乡村土路，来到段氏马店。此时天色全部黑下来了，四周看不清，黑暗有力地上升，像巨大而坚硬的石壁，把他无情挡住。他站在段氏马店的院门口，看着院内透出的昏暗灯火，并不想进去。他在黑暗中大口喘几下粗气，待心情稍稍平静，才朝前走几步，慢慢走进段氏马店的院门。

段氏马店在下关镇最大，院子宽敞，房间很多，住店的客人太多时，几个宅院吵闹不休，土匪、逃兵、盗贼都会混进院里捣乱。段老板为了防卫，养了十几个家丁，有二十多条枪。但马店太大，能赚钱也容易亏本，生意冷清时需要拉客，也就让瘸腿少年这样的寄生虫找到了吃饭的机会。

那天晚上小林走进段氏马店院中，一个矮小的黑影立即从院墙边跃起，一瘸一拐地飞快跑来，他就是让小林结识阮秀贞的拉客少年。

小林愤怒地一挥手说，滚开！

瘸腿少年围着小林飞快跑一圈说，大爷，住店的事交我吧，我给你去办。

小林烦躁地踢他一脚。

瘸腿少年仰起瘦小的脸，朝他傻笑，继续说，大爷，我帮你办客房去，可以少好几文钱呢，跟我来吧。

小林满腹委屈与怨气，无处发泄，忽然想戏弄这个傻瓜，就朝面前的瘸腿少年弯下了腰。瘸腿少年以为小林要说话，赶紧凑近耳朵，小林却张大了口，朝他的耳朵突然啊地大吼一声，震得瘸腿少年扑通跌倒，坐在地上。

小林从瘸腿少年的身上跨过去，高高扬起头，怪笑着走开。

瘸腿少年父母双亡，他的身世无人所知，也无人有兴趣知道。也许很复杂，爱恨情仇之类；也许很简单，土匪打死山洪淹死，病死或饿死。但他算走运了，人人欺负和嘲笑他，段氏马店却给他留了一口饭，容他白天拉客，晚上睡在院里的墙角。

瘸腿少年并不气馁，飞快追上来，跃到小林的前面，一闪一闪地蹦跳着说，来吧大爷，跟我来不会吃亏，我领你去找客房。

小林懒得再说话，默默朝前走，瘸腿少年就强制性地认为获得了默许，他朝小林连说几声谢谢，朝前狂奔，冲向院中一个坐在椅子上抽烟的男人。这个人是段氏马店的家丁兼伙计，正抱着一个粗壮的竹水烟筒猛吸，吐出滚滚烟雾，身边放着一支长枪。不要以为云南山区乡丁的枪只是火药枪之类，这个人玩的是法国1918式步枪。滇越铁路通车后，有大量法国和欧洲的最新枪械从越南进口到云南，云南山区大土司家的家丁，甚至藏有最新式MG-34德国机枪，火力相当猛烈。

他用力吸一口水烟筒，朝冲到自己面前的瘸腿少年吐出一口浓烟。

瘸腿少年伸出手说，拿钥匙，我去开房门。

这个人咧嘴一笑，身后拴马桩上挂着的马灯，照亮了他嘴里的两颗金牙，他掀起衣服下摆，取下裤腰上的一串钥匙，丢给了瘸腿少年。

瘸腿少年欢天喜地地跑向小林，领他走进后院，打开一个空房间，小林在床边坐下，瘸腿少年提着那串钥匙，站在门边不走。

小林说，饿了，拿些东西来给吃。

瘸腿少年说，吹烟不？

他说的是抽大烟。

小林说，不要。

姑娘要一个吧？

不要。

新来的姑娘，年纪小。

上次你找一个妈给我，咯记得？

这次真的很小。

滚开莫烦！

小气鬼，你这个杂种！

瘸腿少年骂了小林，转身就逃。

小林忽然感到肚子饿，后悔不该赶跑了这个人。以前他来到下关镇，等于回家，马上就能吃到阮秀贞端来的热饭菜。现在人家拿枪把他赶走，不走还要打死人，真是翻天了。小林想，我可是国军的间谍啊！我可是变成真正厉害的人了啊，敢朝我开枪？

小林坐在房间里不动，他以为那个瘸腿少年还会来纠缠，没想到瘸腿少年骂了小林，不敢再出现，久等不见影子了。于是小林只好自己站起来，出门找吃的。他循着马灯的模糊灯光，找到马店的厨房，看到一个弓腰驼背的老头在灶台边刷锅，就向他要了碗冷饭和一些剩菜，站在厨房里狼吞虎咽吃掉。

小林丢下碗筷，穿过马店大院的天井，返回客房，看到瘸腿少年一拐一拐地摇晃着身子，从客房屋檐下走来。他瘦弱扭曲的身子，被昏暗的光线压得更矮小，小林看到他低着头，脸扭向客房门一侧，仿佛在回避小林的目光。他的做贼心虚未能引起小林警惕，因为小林被阮秀贞枪管抵住胸口的举动彻底击垮，心情坏到了极点，脑袋已经麻木。

小林回到客房，睡觉时发现门闩坏了，插上会松脱，不管那么多，倒头睡觉。客房里有三张床，他付钱把整间房包下，图个清静。可是，睡下后小林心事重重，翻来覆去生闷气。恰好因为睡不着，小林才逃过一劫。他躺在黑暗中，看漆黑的天花板，听床下的老鼠撕咬打架，接着就听到了房门的异响。

房门先有晃动，感觉是风吹。后来咔嗒再摇，门闩掉落，小林听清了。他轻轻从被子里滑出，下床藏到了墙边。只见房门打开，有人摸进来，直扑小林的床，举刀就砍。

小林看得倒吸一口冷气，拎起被子甩去，把来人的脑袋罩住，跃上前把这人摁倒，一阵狂踢。忽听到门外又来人，小林闪开，一把刀就从他的身后砍来了。小林的短刀和手枪放在布包里，来不及取出。徒手打不过两把刀，不敢硬拼，他夺路出房门，逃到了院中。

房中两个不明身份的人扑空，转身退出房门，沿房檐撤走。小林捡一根木棒在手，追上去一阵狂砸，惊动了段氏马店的家丁。有人敲锣，提枪赶来，也有客人推门出来助战，两个劫匪走投无路，弃刀跪下求饶。

劫匪供出了瘸腿少年，是他告诉劫匪小林有钱，并里应外合，提前弄坏了小林房间的门闩。于是，两个劫匪和瘸腿少年都被捆在院子里，段氏马店要做处罚。

小林问，怎么罚？

一个看热闹的客人告诉他，各砍一只手。

小林吃惊地张大了嘴。

这个人说，很好玩的。

小林说，不行。

这个人说，什么不行？

小林说，我付钱买下他们的手。

后来，结局确由小林掌控，他跟段氏马店的老板商量，出了些钱，让两个劫匪和瘸腿少年免去了砍手的处罚。

三个人来到小林的房间，给他磕头致谢。

小林再拿出一些钱，送给他们三人。

三人跪在地上不敢起来，更不敢伸手接过小林递出的钱。

小林说，我不是白给你们钱的，要问一点事。

瘸腿少年说，什么事？下关的所有事我都知道，赶紧说。

小林取出一张照片递过去问，这个人见过吗？

瘸腿少年认真看了，连连摇头说，没见过这个人。

两个劫匪说，跛脚也晓不得，我们更没见过这个人了。

小林把钱分别塞进他们的手里说，你们，回去过些正经日子，可是，要帮我一些忙，这个人，以后你们要是看见了，就记在心里，我跑这一路的，经常会来。

瘸腿少年把小林手里的照片要过去再次观看，又递给身边的两个劫匪也再看一遍，对小林说，这个相片我留着吧？

小林说，不行，人记在你们的脑子里就可以了。

小林收起山田的照片，挥挥手，这三个人吓得后退到门边，满脸麻木的表情。瘸腿少年反应较快，出门后毫不迟疑，快速跑远。两个劫匪见状，紧跟其后，也跑得一溜烟不见。他们怕小林反悔，把自己捉进来再痛打一顿。

9

小林即使有三头六臂，要查找到山田也不容易，何况小林这个情报人员只是草根出身，在三五天内训练而成，由玉溪人老王在家里教了间谍器材使用的小知识，就匆匆上路出征，凭这点本事去对付出身武士世家并有诗才的山田，困难很大。

现在的山田使用中国名字白诗之已经很多年，他的模样跟搭乘小林的卡车从贵州进入云南时，已相去甚远。从前他一副精干诡谲的神气，现在变成两耳不闻窗外事的瘦弱书生。他跟江仓坡已经分开了，各自单独行动。他也不在荒山野岭的滇缅公路沿线出现，而是默默居住在风平浪静的昆明城中。白诗之的公开身份，是昆明城里一所教会学校的中国语文老师。

白诗之租住在位于昆明书林街的一个小院里，这个院子距离老王居住的金碧路四合院不远，作为一对对手，白诗之与老王肯定在昆明城街头有过擦肩相遇的经历，也许遇过不止一次，可他们互不相识，决战就没有发生。

书林街的街名，能给人带来文雅想象。这条街北接热闹的金碧路，南至城外乡下的玉带河。明末清初时，有很多四川师傅带着徒弟和家人迁居书林于此，在街上陆续开了些印书店，因此得名书林街。印书店里的四川师傅和伙计能说会道，做事勤快，动作利索，技术娴熟，代人印书也出售图书，价格较低。身穿长衫的昆明读书人，常在这条街流连，印制自己的诗书，或挑选与购买中意的图书。他们抱着心爱的书籍，口中念念有词，把迷茫忧伤的双眼投向高高站立在街道中段的唐代旧塔。阳光初升的早晨，书林街中段的这座古塔，投下一条长长的黑影，为这条街增添了朴拙悠远的历史想象。

这座塔名曰东寺塔，塔顶安放了四只铜质镀金的大鹏金翅鸟，这鸟出自佛教故事，梵语又叫其迦楼罗鸟，它具有啄走妖龙，创造清平世界的神力。百姓不知鸟名，称其为金鸡，编了些金鸡打鸣的神奇传说。白诗之居住的院子，正巧位于金鸡塔的西面，早晨，这座塔投下的黑影，首先落到白诗之住的院子和几间旧屋的瓦顶上。他对这座能够每天仰望的斑驳古塔充满崇敬，盼望能听到金鸡打鸣的声音。这奇异的鸡鸣声在春天和夏天确实能够听到，昆明的春天常有大风刮过，夏天暴雨将临时，也会狂风猛吹，此时，东寺塔上的金鸡就会站在目空一切的塔顶，呜呜吱吱地吐出凄厉悠长的鸣叫，让白诗之想起遥远的故乡日本，也想起数千里之外中国北平的武官佐佐木。

他跟远方的佐佐木武官，用藏于院中的电报机联系。

这座院子的主人姓李，对外的身份是四川籍的印书老板，其实也是一个久居中国的日本人，他带着中国四川的夫人和两个孩子，先于白诗之两年来到昆明，买下这个院子，做了间谍工作的前期准备，等待着佐佐木的召唤。白诗之到来，以租户身份住进了院子，正式成为他的上司，也成为另居一处的江仓坡的上司，云南全省的日本情报工作，随之紧锣密鼓地展开。

大风翻越昆明城外的高山，从城里的街道上席卷而过，白诗之居住院子对面的金鸡塔顶，在风呼啸而至时，立即传出呜呜吱吱的悠长鸣叫。白诗之循着这吟诗般的响动，展开了诗人的奇异想象，仿佛看见自己躲在屋里用电报送出的消息，化作了一只勇猛而不知疲倦的大鹏鸟，正穿云破雾地飞往中国北方，在高高的空中搜寻北平古都的日本使馆小院。

白诗之在昆明生活，仍然保持着青年时代的写诗爱好，但职业情报员的警觉，提醒他要严密掩盖自己的任何日本文化痕迹，他就毅然放弃了日式短诗的写作，改写中国的五绝古诗。一天，闻知两架日本战机坠落，大和飞行员牺牲，他就在书林街院子的屋里挑灯挥毫，平静地写下了一首五言绝句：

神鸟飞东方，
长鸣绕古城。
英灵何处寻，
万载天国里。

他一点也不喜欢这首诗，感觉太中国化，过于急切地表达了一个简单明确的思想，不似日本和歌短诗只描写风景，欲说的概念尽在不言中。但他也对于自己如此快捷地改变了思维，从行为到内心活动的习惯上，都越来越接近中国文化而暗自得意。这让他惊讶，也更增添了自信。如此下去，不必刻意伪装，自己就自然而然地变成一个无法识破的中国人，做工作更加得心应手。

他只在内心的最隐秘处，坚定地喂养着那只日本间谍的老鹰，那只鹰精神抖擞，随时准备拍翅起飞，扑向早就瞄准的猎物。

就在白诗之写完上面那首笨拙短诗的第二天，北平的佐佐木武官发来了指令，命令白诗之立即开展一次具有震慑力的行动，沉重打击中国的滇缅公路运输和美国的空军飞虎队士气，给昆明市民制造更大恐慌。佐佐木特别指明：要杀几个人。这是极其罕见的情况，佐佐木果断而残忍，却从不在杀人行动上做具体部署。因为这种部署是多余的，中国各省的日本情报站，所做的主要工作之一，就是杀人，不必有意安排。如今他发出了杀人命令，说明对云南站的工作有所不满。

白诗之立即明白了自己的当前任务。

他马上做出安排，锁死两个目标，做出一个爆炸计划。

三天后的一个夜晚，灯火闪烁的昆明金碧路南来盛咖啡馆里，走出一个摇摇晃晃的华人青年，他朝夜色中愉快地打了一个嗝，挥挥手，停在街对面的一辆黄包车立即奔来，停在华人青年的面前。笑歪了嘴的小个子车夫放下车杆，跑过去搀扶他。另一辆黄包车紧跟其后，也冲咖啡馆而来。搀扶酒醉青年的车夫愤怒地呵斥后面赶来的竞争者，死远点，不要抢老子的生意！后面这个胖子看上去结实粗壮，性格却柔软很多，他委屈地辩解道，我来拉洋大人的，小兄弟你走就是了。

果然，咖啡馆里又走出一个高大的洋人青年，他搂着一个女人，嘻嘻哈哈说笑。这个女人厚嘴唇、黑皮肤、瘦高个，身着长裙，有几分越南人的模样，一条裸露长臂无耻地勾在洋人青年的脖子上，很解风情，对付洋人是老手。

小个子车夫把华人青年扶上了车，拔腿跑向昆明城的夜晚，像黄鼠狼顺墙脚溜走。这个乘黄包车的华人青年是小林的朋友，运输队的卡车司机，他来自印度尼西亚，名叫陈孝同。每次长途跋涉从缅甸出车回来，保住了命，他都要感叹自己的幸运，来金碧路的南来盛咖啡馆里喝咖啡和外国酒，吃点法式硬壳面包，听手摇电唱机里送出的飘摇不定的音乐，跟流落昆明的华侨姑娘说说话。有时候他会带姑娘去昆明的南屏街看美国电影，享受更美好的夜晚。可是，这天晚上他并没有遇上熟悉的华侨姑娘，却落入了日本人的昆明城杀人计划中。

可疑的黄鼠狼拉着车杆，载着陈孝同跑远，消失在逐渐凝固的夜色深处。胖子车夫也把洋人青年和越南姑娘扶上车，抬起车杆，吃力地奔向不远处的塘子巷法国旅馆。黄包车很快在法国旅馆门前停下，胖车夫放下车杆，帮着车上的姑娘，把正欲睡着的洋人青年扶下车。

越南姑娘乞求道，你帮帮我吧，帮我把这个人扶上楼，我拖不动他。

车夫呵呵笑着说，要加钱的哦。

越南姑娘说，他身上有钱，说着就从洋人青年的西装口袋里掏出一只钱包，从钱包里抽出钱来塞给车夫。车夫说一声谢谢，赶紧出力，帮着越南姑娘，把洋人青年扶进旅馆，登记后扶上了楼上的房间。

令人惊奇的是，刚进房间，洋人青年就醒来了，好像他在有意制造恶作剧，故意让别人把自己费力地扶上楼，捡了一个懒得走路的便宜。

越南姑娘娇嗔地骂道，死洋人，把我累垮了。

车夫憨厚地呵呵笑着。

洋人青年醉醺醺地坐在地板上问，钱付了吗？车费？

胖车夫并不回答，朝越南姑娘使一个眼色，两人从不同方向扑上去，手脚利索，训练有素，猛地把洋人青年摁倒，用早就准备在手的皮条，牢牢捆紧了洋人青年的双手和两脚。

洋人青年手脚被捆住，在地上打几个滚骂道，要打劫吗？拿我的钱包走吧，不要再让我看见你们两个浑蛋！

越南姑娘退开，靠门边站着，冷笑不言。胖车夫在沙发上坐下，淡淡地扫一眼躺在地上的洋人青年，点燃一支烟抽起来。

洋人青年用力挣扎，一脚踢翻了身边的茶几，茶几上的两只杯子落地，其中一只哐啷砸烂。

胖车夫愤怒地上前，把刚刚点燃的纸烟摁到洋人青年脸上，空气中飘出一丝金属般坚硬的烤肉煳味，洋人青年痛得伸长了脖子号叫。胖车夫后退一步,猛地朝前冲,飞腿再踢洋人青年脑袋一脚,洋人青年当场昏迷,垂下了脑袋。越南姑娘扭着屁股上前,掏出一块毛巾,塞紧了洋人青年的嘴。

他们本可以在拉车来的途中杀死喝醉的洋人青年,把他抛尸街头,干净利落地逃走。但白诗之有特别要求:要残忍,要散发出威胁,要让赶来破案的昆明警察体会到被害人的恐惧,要让被杀的洋人清醒地看着自己被宰割,在无法反抗的绝望中丧命。

洋人青年很快醒来,发现自己被塞住了嘴,喊不出声,就满地打滚,想制造响动以获救。胖车夫呵呵一笑,慢慢上前,拔刀朝洋人青年胸部猛刺,然后把洋人青年拖进小浴室,在里面折腾了近两个小时,才带着越南姑娘下楼,离开法国旅馆。

第二天中午,法国旅馆的服务员对于洋人客人大睡不醒的事实感到不解,小心地敲门,再带人把门撞开,看到了可怖的惨状。死去的洋人双手两脚的指头被全部砍断,耳朵被割下并塞进了嘴里,满地的血已经发黑并凝结,散发出浓重的腥臭。

此前,老王已于早晨获知,一个名叫陈孝同的华侨卡车司机被人谋杀,用一根长长的绳子,吊在金碧路的德胜桥桥洞下。他赶去桥头查看现场时,死人已被解下,只见江水滔滔,呜咽而去,岸边惊恐议论的市民也已经散尽。

悲痛并未结束,一周后,在间谍的指引下,日本飞机成功地轰炸了昆明城,给昆明市民制造了永远难忘的惨痛记忆,飞机共投下一百余颗炸弹,八十余颗准确地落在巫家坝飞机场,三十余颗落到小西门城门洞附近的人群中,另有几十颗炸弹投向人口密集的闹市区,三百余人受伤,亡者近百。

空袭惨案发生后,老王在昆明城里游魂似的走动,脑袋嗡嗡鸣叫,脸上斑斑泪痕。看着倒塌的民房里横七竖八伸出的乌黑房梁和遍地瓦砾中的血污,他满脸悲伤,流泪不止。傍晚回家,老王从桌子的抽屉里找出一把短刀和一个小药包,提刀刺向自己的手心,看着一股鲜红的血喷出,老王微微一笑,打开包药的草纸,把治刀伤的药粉倒在出血的伤口,用力摁住,再用布把受伤的手掌捆紧,然后仰起头,咬紧牙嗞嗞地吸气,眼中再次流下泪水。

疼痛让他永远记住了这一天。

10

在塘子巷法国旅馆里被残忍杀死的洋人，是一个驻香港的外国记者。旅馆向昆明警局报案后，老王的手下人在昆明警察赶到现场时，也同时赶来，办理了入住旅馆的手续。老王一副巴结讨好的土包子神态，进旅馆找人，上楼闪入了房间。这家塘子巷的法国旅馆里，早就安置了老王的情报人员，他们的任务主要是收集情报。类似的国军卧底情报人员，在昆明市区的旅馆和客栈里还有很多，他们在收集情报之外，也抓获了一些日本间谍。可是，这次日本人在旅馆房间里制造的杀人血案，却未能防范，也实在无法防范，老王震怒，并感到遗憾和不解。警察撤离后，在旅馆里卧底的情报人员，立即带老王进入作案房间的现场进行勘查。

为什么一个记者被杀？老王感到困惑。

记者当然也该杀，也许他偷了什么人的老婆？结下梁子。

但老王不这样看，他认定是日本人所为。

也许，这个外国记者写了对日本不利的报道？也许杀一个洋人会让中国人更害怕或恐慌？

但老王也不这样看，他认为是误杀。

日本人的刺杀目标，也许是美国飞虎队的军人，结果杀错了人，把一个法国记者当作美国人了。从现场的残忍来看，恐吓和制造混乱，确实是目的，日本间谍实在猖狂。

老王在昆明警局秘密会见了此案的侦探。那侦探年轻气盛，一副趾高气扬的表情，不会正眼看人。老王报出自己的情报官员身份，他仍不以为然，带理不睬，翻出一个小本子捧着，好像记者采访，等老王说话。老王咳几声嗽，正了一下嗓子，告诉年轻侦探此案是日本间谍所为，目标是美国航空志愿队的飞虎队飞行员，目的是制造昆明城的社会混乱。年轻侦探吓得丢了小本子，呆看着老王发蒙。

老王警告说，日本人在公开示威，性质严重。

年轻侦探问，怎么办？我们可干不过日本间谍。

老王说，早知道你们干不过。

老王迅速做出部署，安排了一组情报人员与警局配合，一番分析研究和搜索围捕后，五个藏于昆明城中的日本间谍被捕，报纸大张旗鼓报道，法庭迅速审判，军队出面执行公开处决，振奋了民心。

可是，躲在家中黯然神伤，并用刀刺伤左手以解心痛的老王，仍然郁郁寡欢，他对整个反击工作，包括自己的成就深感失望。五个被捕的日本间谍尽管死硬，面对怀有极大愤怒的中方审讯人员，最后无法抵抗，陆续开了口，但他们中无一人亲眼见过云南站的最高上司山田，甚至不知其真名，更不知道他公开使用的中国姓名。这个棋高一着的日本人，像一条墙角里落下的壁虎尾巴，藏在昆明城的暗处阴险扭动，无恶不作，却无迹可寻。

五个日本间谍中，只有一对伪装成中国人的夫妻是日本人，其余三人是被雇用的汉奸，五人被带到昆明黄土坡的荒山坟场公开处决那天，老王没去观看，他默默坐在家里，看着受伤的左手发呆。他已经三天闭门不出了，这三天他静心养伤和养神，绞尽脑汁，只求能获得某种突然开窍的启示，判断出山田藏匿的方向。第三天晚上，老王疲惫地上床，入睡后很快醒来，若有所悟，脑袋里冒出了一个崭新判断。

他认为，山田对昆明城的危险应该有足够预知，也就可能做足了防范功夫，所以不好查。也许他干脆避开昆明城，藏到了治安力量较弱的乡下，甚至更遥远的外县山区，比如滇缅公路一带，据说运输队的司机早就被日本人杀死过。

他趴在桌上，强忍受伤左手的疼痛，连夜写出新的工作计划，第二天立即行动，做出调整安排，准备派三个人去滇缅公路沿线分散驻守，加强侦察和搜寻，查找日本间谍的漏洞。

几天后的一个下午，老王再次潜入法国旅馆的房间，在这个令人悲痛的作案现场，对三个即将远行出发的手下人进行最后训话。

老王说，日本人钻了我们的空子，自己也会露马脚的。

三个准备出发的情报人员肃然而立。

老王说，找不到山田，你们就不要回来见我。

三个人挺胸立正，低声喊出一声是。

他们不是去支援小林，而是自成一体，单独行动。

不用说，对司机小林的要求，也随之提高了。

昆明空袭大惨案发生的第二天，小林驾车回到昆明，听说运输队朋友陈孝同被杀，城里数百市民被炸，小林立即想起故乡马来西亚酒吧的悲惨爆炸案。他在极大的悲愤中直奔老王家，抱怨滇缅公路的破案之难，请求参加昆明警局搜捕日本间谍的行动。

我要亲手杀日本人，小林大声说。

老王跳起来，捂住了小林的嘴。

你这是在我家啊，老王焦急地提醒道。

小林压低声音说，我做不来这种烂间谍，还是直接杀人好了，你告诉我日本人在哪里？我去杀。

老王摇头说，你走吧，我现在很难过。

小林说，我辞职，不想做这个间谍了。

老王说，什么间谍？又不是拍电影，记好了，你是情报工作人员，是我们最重要的战士，你必须把山田查出来，也一定能查出来的。你跑那么多次路，认识那么多人，我相信这点事是能做成的。

小林欲辩解，老王却扭头走开，跨出了门，留给屋里的小林一个悲怆的背影。

小林悻悻而去。

几天后，小林又驾车从昆明出发。

他一路大声叹气，用紧张的思考，来化解对华侨兄弟陈孝同的同情与思念。他认为，下关镇往来的军队和运输队卡车很多，这个地方肯定是日本间谍的重大目标，在这里坐等，一定会有收获。

从缅甸返回时，他在段氏马店里大睡两天，静等机会。

一天下午，小林正在段氏马店的客房里睡觉，瘸腿少年突然跑来拍门，伸进了黑瘦的小脑袋。

小林在瘸腿少年身上加大投入，给过他好几次钱了。

瘸腿少年扒着门框，朝小林咧嘴一笑。

进来，小林说。

他不动，咧开脱皮的嘴唇，又无耻地笑了一下。

小林从床头抓起两颗糖，扔了过去。

瘸腿少年任糖果掉在门边的地上，不为所动。

小林知道有戏，坐起来说，有屁快放，进来！

瘸腿少年跳进来，在床边瞪圆了眼睛说，给钱。

先讲，小林说。

他说出了一个令小林震惊的消息，有一个日本人，今天住进了阮秀贞的杨家客栈。

小林问，是那个山田吗？

瘸腿少年摇头。

小林问，你怎么晓得是日本人？

瘸腿少年说，我晓得他就是。

小林给他一个银圆说，滚蛋吧，跛脚！我不信你的话了。

瘸腿少年接过银圆，面露喜色地说，以前我觉得他只是像，现在发现他就是。

小林问，怎么发现的？

瘸腿少年比了一个指头朝下摁的动作说，他会整"嘀嘀嘀"。

他说的是拍电报。

小林大喜，又关起房门发愁。自从上次被阮秀贞用枪赶走，他就不再住杨家客栈，跟阮秀贞断绝了一切往来。现在回去，恐怕不可能。就算阮秀贞接受了自己，只怕还会吵架，把日本人吓跑。

阮秀贞会让步吗？小林头痛了。

他对瘸腿少年说，你找阮秀贞去，告诉她我生病了。

瘸腿少年笑笑，转身走开，一瘸一拐地跑远。小林跟着出门，找马店的伙计要来两床被子，裹紧身子躺在床上，装出发冷打摆子的样子，蒙头大睡。他没有下床吃饭，也没有喝水，满头大汗地躺到半夜，却不见阮秀贞露面。夜色深沉，漆黑的窗外风声渐息，小林在饥饿和怨恨中迷迷糊糊睡着。小屋房门咕叽发出响动，开了一条缝，轻薄的月光泻入，瘸腿少年伸进了半张肮脏黑瘦的小脸。

小林睁开眼睛。

瘸腿少年说，她说你没生病。

小林问，她为什么知道我没病？

瘸腿少年说，你就是没病。

小林愤怒地问，你告诉她我没病？

瘸腿少年说，我说了你生病，可她说你是装病。

小林踢开被子，瘸腿少年转身就逃。

小林咧嘴一笑，看来，让瘸腿少年查找日本间谍，是一个好主意。他散布出去的风声，已经收到效果了。他就是想借助下关镇上这个小皮条客的嘴巴，泄露出中国情报人员逼近的消息。现在日本人果然出来应对了，打草之后，蛇果然受惊了。

瘸腿少年把自己装病的事透露给阮秀贞，无所谓了，重要的是终于找到日本人。用老王的话来说，日本人调整步子，忙中出错，就会露出马脚。

日本间谍都可以对付，还对付不了阮秀贞？

小林兴冲冲地起床，走出了段氏马店。

11

在那个即将获胜的下关镇夜晚，小林腰插手枪，裤腿里绑着短刀，独自行走，快步朝段氏马店赶去。忽然，他感觉身后的黑暗中飘来细碎气流，就放慢步子，猛然转身，一把抓住了跟在身后的瘸腿少年。他猜出是瘸腿少年跟踪，却没想到抓住了这小子。他并不害怕，也不挣扎，只在模糊的夜色中仰起小脸说，我是来帮你。小林问，谁要你多管闲事？滚蛋！瘸腿少年说，我要去，要帮你。小林无奈，踢他屁股一脚，松开了手。两个人一前一后，迅速走近了杨家客栈。

时间已近半夜，夜色紧缩，凝固成巨石，紧绷绷地从四周挤压过来，给小林一种呼吸不畅的感觉。不知是阮秀贞获知小林要跟她见面后坚决表示拒绝，还是失去了小林她更孤单怕事了，杨家客栈的院门已经关严。紧闭的大门面无表情，沉默地迎接着久违的小林。

在阮秀贞跟小林关系亲密的那段时间里，杨家客栈为了给深夜入住的客人提供方便，半夜之后仍院门敞开。因为尽管兵荒马乱，来下关镇入院盗抢的劫匪并不多见。小林没想到与阮秀贞断了交往几个月，杨家客栈就如此谨慎，竟然夜晚大门紧闭。他心里冒出了微微的歉意，想到竟然有日本间谍住进了阮秀贞的小旅馆，小林感到事态严重。

他想拍院门，却听瘸腿少年说一声我翻墙进去，摇晃着瘸腿闪开，一跃攀上墙头，落进杨家客栈的院中了。小林正在惊讶，院门后就传出声响，门闩被抽开。他看到沉重的木门松动，急忙上前说，小声点，我来，然后慢慢把门推开，侧身挤了进去。

院子里清寂无声，青色的月光涂抹在地，反射出短促冷峻的光芒。熟悉的场景，陌生的气味，小林心中五味杂陈。他摁住瘸腿少年，蹲在墙边的暗处张望。辨清了院内无人，正欲起身，瘸腿少年已夺路跑开，奔向楼下一间客房，朝房门指了指。

小林明白他的意思，那房间里住着瘸腿少年说的日本人，可小院唤醒了小林的情感，让这个爽直简单的青年心乱，他忽然产生想见阮秀贞的迫切愿望，讨厌瘸腿少年多管闲事，就招手把瘸腿少年唤回，压低声音说不要添乱，拉着这小子走向院门，开门推了出去。

把瘸腿少年丢出了杨家客栈，小林关上院门返回，独自坐在院墙另一侧的黑暗中，远远地注视那间可疑客房。他想稍做观察，平息正在心里上升的对阮秀贞的思念，再行打算。大约半小时过去，那客房并无动静，小林心里的思念却汹涌而出，浓重地包裹着他，让他身不由己地站起来，走进后院，来到阮秀贞房间的门口。

他贴近阮秀贞房间的门缝，闻到空气中游来英国香皂的气味，一阵惊喜。这是阮秀贞与他会面的信号，说明她洗了澡，正在床上等他。他欲推门，手又迟疑地停在半空。

如果门后伸来一支枪，怎么办？

想到自己曾被阮秀贞持枪赶走，小林想大笑，赶紧捂住了嘴。那时他只是司机，现在是国军的士兵了。腰上别着枪，身手不凡，连日本间谍也不怕，何惧一个阮秀贞？于是他伸手拍门，竟发现门闩没插上，一推就开，就迅速进屋。

屋里漆黑，小林在夜色中站得久了，瞳孔放大，能看见床上被子黑乎乎地铺开，凸起了一个瘦长的鼓包，果然躺了人。

小林闪过去把床上的人摁住。

阮秀贞惊醒了，似乎马上明白是小林，平静地扭几下，吃惊地问，是你吗？怎么进来了？

小林说，我来杀你。

阮秀贞问，烂小林，真的是你？

小林跃上床，跨到阮秀贞的身上。

阮秀贞生气地说，干什么上床就闹？你怎么跳墙进我家院子的？

小林滑下来把阮秀贞抱住，躺在她身边说，你这个院墙根本就靠不住，小贼可以跳进来。

阮秀贞痛苦地噢了一声，看着他发呆，不知如何是好。

小林忽然警醒，猛地坐起来说，哦，差点忘了，我来是有事的，你院子里住进了一个日本人，坏人，我是来抓他。

阮秀贞惊得也一骨碌坐起。

小林看阮秀贞的反应，明白她不知内情，就拔出手枪晃一下，匆匆解释，告诉阮秀贞自己已是国军，专门抓混进中国捣乱的日本人。

阮秀贞没看清小林在黑暗中亮出的手枪，却已被吓蒙，更加说不出话。

小林跳下床，回头对阮秀贞说，你找出那支枪，在屋里躲着好了。

小林提枪出门，奔出后院。远看到前院那间客房仍关着门，略感欣慰地跑过去，在房门外探头倾听，客房里传出轻微的响动，小林一怔，稍后退。门咕吱一声自动打开了，一个黑影迎面站着小林的面前。

这个人说，我姓吴，等你半个月了。

小林吓得全身汗毛倒竖，差点开枪。

他接着发现身后咕吱响，伸出了瘸腿少年的脑袋，这小子又翻墙进来，更吓小林一跳。站在黑暗中的吴老板接着说话，我在下关镇上一直等你，不容易啊，赶紧进来吧！小林的脑袋里迅速转动，算出老王派情报员赶赴滇缅公路，好像有个把月时间了。他想这吴老板是不是老王的手下，有事要与我联手？

小林松开了搭在手枪扣扳机上的指头，迅速跨进客房，把吴老板摁到床边坐下，自己也持枪坐到窗前的一把椅子上。

动就打死你！小林警告说。

小林并不能完全相信这个人的话。这个人自称姓吴，小林却不认识，他说等了小林半个月，似有些夸大，但老王派出情报员和小林把山田的照片拿给瘸腿少年看，时间差不多就是半个多月，如果他不是自己人，就肯定是日本间谍，被小林赶出草丛的毒蛇。但也可能小林被人盯上了，并不是他打草惊蛇成功，而是吴老板成功地引小林出洞，在这个夜深人静的时刻跟小林如愿见面。

什么都有可能，要警惕。

但小林讨厌拐弯抹角的思考，如果他中了吴老板的计，无所谓，抓到人就好，他不怕打不赢这个吴老板；就算打不赢，临死前也会开他一枪，同归于尽。

他在黑暗中跟吴老板对视，忽然吼一声点灯，吴老板慌忙伸出手，摸索着找火柴。瘸腿少年从门外跳进来，接过吴老板手里的火柴，点亮窗前小桌子上的马灯，一团光明照出吴老板的脸。

小林大惊，认出了这个人。

他想起陈小姐被骗的那个无耻之夜。

时隔几个月，小林还能立即认出吴老板，原因是这个人的出现曾打乱一切，事关重大。在已经逝去的那个遥远夜晚，小林半夜发现陈小姐卖身，挺身而出，打伤了赖账的吴老板，最终劝说陈小姐从杨家客栈逃离，导致阮秀贞跟小林反目，阮秀贞家人，包括陈小姐和小林几方严重受伤。

小林骂道，原来你是个日本杂种！

吴老板说，不要误会，我是中国人。

小林说，你是汉奸也该枪毙！

吴老板说，我是没办法才帮日本人做事，但我有苦啊，本来我可以先杀掉你的，没杀就是为了帮你啊！

小林说，你帮个屁！没杀我算你倒霉。

吴老板赶紧解释，告诉小林那次他不是想骗陈小姐，是有急事要走。他跑滇缅公路做生意，被日本间谍看中，在缅甸的旅馆里遭遇了绑架，无奈只能帮日本人做事。他说我一直想找脱身机会，可是不可能，后来从小跛脚这里知道你可以救我，才急忙赶来等你。

小林故意激将他，骂道，胡扯！老子打死你！

他把枪抵到吴老板头上。

吴老板低下头，不敢看小林的眼睛，一副任人宰割的可怜相。

他嘟哝着说，如果遇不上你，我也是死。

小林心软了，他说，你帮我把山田找出来。

吴老板说，山田我不认识。

小林问，那你就没有用，去死好了。

吴老板说，我只认识江仓坡。

江仓坡是什么人？小林问。

也是日本人。

小林不想啰唆，拖着吴老板出院子，想找个地方把他枪毙。吴老板哆嗦着说出了发报机，也就是瘸腿少年发现的"嘀嘀嘀"。他告诉小林，那东西没有带进阮秀贞的客栈，而是藏在了段氏马店的货仓里。

小林押着吴老板离开杨家客栈，去到段氏马店，取出装发报机的藤条箱。小林在段氏马店有一间客房，正好使用。他看着吴老板从藤条箱里抱出一台机器，命令吴老板给江仓坡发报，引诱日本人露面。

小林并不知道，江仓坡就是山田的老友西乡，现在负责滇缅公路上的情报网。他也懒得想那么多，抓到日本间谍，杀一个算一个。

吴老板说，他不会听我的命令。

小林说，随便约他一个地点见面也行。

吴老板说，他也不见面。

小林瞪住吴老板几分钟，相信了他的话，陷入沉默。吴老板艰难地苦笑，求小林接受自己的一个建议，他告诉小林，自己已查清江仓坡在缅甸的住所，只要小林驾车把他带去缅甸，就能找到江仓坡，让小林成功杀死这个人。他最后补充说，缅甸很乱的，英国人想跑了，治安没人管，杀了人很容易逃脱。

小林问，你等我就是为这个？不会自己去杀死他？

吴老板压低声音说，你不知道吧？江仓坡是一个日本间谍头目，管着滇缅公路这一段路呢，杀了他这一片就安全多了。

小林顿时全身发热。

吴老板接着说，我去到缅甸，江仓坡马上就会知道，想接近他根本不可能，杀他这件事只能你去做。

小林说，好吧，现在走，去缅甸。

小林押着吴老板出门，找到停在路边空地里的卡车，把吴老板搌倒捆起来，拖进驾驶室，发动卡车上路了。

12

老王一直在悄悄寻找陈小姐。

他跟陈小姐并无交往，但因为陈小姐跟胡笛和豪斯关系亲近，她就成了老王监控的目标。现在陈小姐失踪，脱离老王的监视范围，并非好事。

陈小姐在胡笛死后离开天主教堂，丢下同仁街小屋里的结婚家具出走，令老王着急。他对陈小姐的出走曾有所预感，但没想到她会走得那么快和那么干净，无所留恋，一走了之。同仁街小屋里新购的家具，包括她的换洗衣物，一件东西也不带，就像紧急撤退一样消失。

如果是撤退，陈小姐死于非命的可能性很大，因为她极有可能属于某个秘密军事力量或政治组织，必须在将要暴露前消失。想到这一层，老王自己也哑然失笑。这种可能性几乎为零，老王认为陈小姐只是一个普通女人，为情所困，为情所伤，为世事的无常和战争的残忍而绝望，遁入了空门。陈小姐曾向胡笛放言，嚷过要出家，老王猜想她绝望出家的可能性很大，却不知她藏身于哪个空门。

不管怎么说，找不到陈小姐，老王的心就高悬着，日夜不安。也许，她真是一个大间谍？如果是，老王就犯下了大错。

各种猜想，必须得到证实。

南朝四百八十寺，多少楼台烟雨中，当年的昆明城，寺庙之多，也相差无几。这座隐身于群峰之上的南方高原古城，为大理南诏国创建。古代南诏的地盘，曾扩大到老挝和缅甸，与古印度有所联系，南诏官民信佛者众。所以，南诏在滇池边建城后，昆明城的男人爱敬香，妇人常吃斋，已成风习。昆明城内外的寺院佛塔很多，几座大寺香火旺盛，郊外每个村子也另建有各村的小庙，日日有人烧香拜佛。

老王为寻找陈小姐而遍访佛门，去过滇池边的西山华亭寺，拜望过昆明城西30公里外的曹溪寺，也去城北的圆通寺打探，均无所获。他始终心存侥幸，认为陈小姐不会走远，却为找不她的踪迹而深深忧虑。

老王的忧虑很复杂，既出于军事和情报工作目的，也出于对陈小姐的同情和对胡笛的追念。两者都重要，不可偏废，在活不见人死不见尸的迷局中，老王对陈小姐的寻查，难以了断。

这天，老王派出的人从云南巍山县回来，告诉他那座南诏古城的一个小庵里，住进了几个昆明女人，其中也许会有陈小姐。老王赶紧收拾东西，准备踏上前往大理方向的云南西部古道，去遥远的巍山县打探。

老王匆匆跨出院门，抬头看到街上的人群中晃出了小林的脸，只见小林急匆匆从人群中穿出，朝自己走来，脸上露出志得意满的喜色。

老王急忙站住，在小林走到面前时，挤出老一套的巴结表情问，林司机好啊？哪天回来的？给我带什么洋货了？

小林故意不理他，鄙夷地说一声来看嘛，从他身边挤过，走进了老王身后的四合院。老王跟着返回院子，屁颠屁颠地去敲小林的房门，走进去关起了门，坐在小林的面前。

小林难抑兴奋，等不得擦去脸上的汗水，就坐下向老王报告战绩。

小林说，我收拾日本人了，杀了好几个。

老王吃惊地问，杀了几个？都是日本人吗？你不会错杀无辜吧？

小林拍拍脑门说，哦，是汉奸，三个人都杀了。

老王说，怎么又成汉奸，没有日本人了？你审问他们了吗？日本人的线索有没有找到？

小林转喜为忧，抱歉地说，哎呀！线索还真不好查。

老王说，哎呀，你一下子日本人，一下子中国人的，到底怎么回事？怎么会说杀人了？还杀好几个？快些说来我听。

小林得意地说，说起来好惊险，跟电影一样，先不说我杀人，只说我差点就被他们杀了，万幸啊万幸！反过来我又赢了！哈哈！

老王惊讶地看着小林，竖直了耳朵，小林却眼皮打架，眨巴眨巴地挣扎，朝老王苦笑着说，哎呀，我累了，好紧张，也好累，反正捡了条命，先回家睡个觉吧，可以吗？

说完，小林就用力揉着眼睛，开门走了。老王看小林走得东摇西晃，已经受伤，担心他遭遇暗算，赶紧跟了去，看他进自己家后，栽倒在床，马上呼呼睡着，才放心离开。

小林一觉睡到天黑，老王在家做了几个好菜，炒了两盘肉，煎了份豆腐，烧了一锅菜汤，等小林睡够了起床，坐在夜晚的幽幽灯光下，一边津津有味地小酌，一边向他绘声绘色地讲述自己的历险。

原来，小林那天半夜抓获了杨家客栈的吴老板，从下关镇紧急驾车出发，走得很匆忙，也很兴奋。他两眼放光，身子发热，别在腰上的手枪像个活物，贴着身子突突地跳动。驾车驶出坝底的一段路，还未爬山，小林有些冷静了，忽然想起自己太毛躁，竟然没有向已原谅自己的阮秀贞告别。他有些着急，想到刚才吓坏了阮秀贞，现在不辞而别，会不会更把她吓惨，以为我被日本人干掉？

他一脚踩下刹车，停在夜色中犹豫，想驾车返回下关镇，向阮秀贞做解释和告别。

可他的车停在狭窄的乡村土路上，无法掉头。如果天亮，倒车走一段路，可以找到稍宽敞的地方慢慢转身。现在不行，除非他把车丢下，自己跑回去。这当然是可以的，也是应该向阮秀贞说明情况的。想想他小林已经跟阮秀贞断绝联系几个月了，一下子翻墙闯入杨家客栈，申明要抓日本人，阮秀贞肯定不理解，快要吓死了，确实应该向她解释，请她放心。

但是，把捆在车上的吴老板单独留下，会不会发生意外？小林偏过头去，看一眼被捆得歪歪扭扭却闭目养神的吴老板，心生疑惑：这小子好像无所谓？一点不难受的样子？他在打什么算盘呢？是不是想趁我下车逃跑？他逃得了吗？捆成一个烂粽子了，还在打什么歪主意吗？搞不好老子先把他杀了，半路丢到山崖下喂野狗。

小林心有不安，不敢下车，也无法倒车，只得自言自语地向思念中的阮秀贞说一声对不起，猛踩油门，继续上路。车子载着一车送往缅甸的云南山货，摇摇晃晃地前进，很快驶远。

小林和他的运输队弟兄从昆明运送山货去缅甸，交给那边的人卖掉，又载着人家交给的军事物资返回昆明。如果半路丢了货，不管是丢了正常的商业山货或是特殊的军事物资，都要严重受罚。因为遇盗匪抢劫或吃了日本间谍的亏，都有可能，却也有可能是监守自盗。这种事件发生过，有人因此被处罚，甚至被枪毙。所以，司机丢了货，或者短少了货物，都要被关押，接受调查。现在，小林的身份改变了，他变成一个情报人员，司机是一个身份掩护，他要做得像真的，丢了货照样挨处罚。

那天晚上，小林的货不只是车厢里的物资，还有押在驾驶室里的一个落网敌人，一个被抓获的汉奸，弄丢了这个人，麻烦很大。

黑灯瞎火的荒山野岭里，山风呼号，猛兽出没，犯个错无人所知，可就算当官的不调查或处罚自己，小林也会自责，深感羞愧并无地自容，任何错他都犯不起，也绝不愿犯。小林轰一脚油门，开始爬坡，朝着高高的龙山攀登了，把夜色深处沉睡的下关镇和杨家客栈里的阮秀贞母女，留在了一团漆黑的远方。

吴老板供出了日本间谍江仓坡，他告诉小林，这个人是滇缅公路区日本情报网的头目，小林格外兴奋。抓到这个人，会牵连出一批日本情报人员，包括最容易隐藏的汉奸等等。杀死他，对日本情报网肯定是毁灭性打击。

但是，有一个重要事变发生了，小林完全不知。他的卡车后车厢，驾驶室后面的载货车厢的货物堆里，已经爬上两个人，埋伏得一声不响。

他对此一无所知。

危险在卡车驶进小林曾经遇鬼的铁丝窝山谷时发生。

坐在书林街四合院小屋灯光下的老王，听小林讲到这里，冷冷一笑。他的半边脸被灯光照亮，和蔼可亲，半边脸藏在阴影里，态度不明。小林活着归来，老王很高兴，看他坐在自己面前喝酒吃肉，老王更放心。小林这个头脑简单的司机没读过几天书，不擅长描述事件，讲述中想卖关子，就搞得很糟，绕来拐去地重复，不得要领。但认真倾听的老王已心领神会，知道小林有了重要收获，查出点日本人露出的马脚了。

老王的心渐渐跳快。

小林放下筷子，忽然换一个话题问老王，我要是死了，你会怎么办？

老王失望地敷衍说，死了你这个笨蛋，我会很高兴。

小林哈哈一笑，高声感叹道，我就是一个笨蛋啊！真是笨死了！我这次没死真是万幸啊！是老天保佑，是你老王在保佑我啊！

13

老王这个高级情报师已修炼成精，有极大的自控力，听到小林讲述中令人震惊的战果和面临的危险，他在心里一声接一声地叫好，又一声接一声地喊了万幸，却始终保持面无表情。小林没有他的这个才能，兴致勃勃地讲，得意忘形。讲述之中，小林猛然想起了一个人，脑袋里电光闪亮，就急切嚷叫着转换了话题。他本来就讲述混乱，猛然想起的这个人也很重要，但迅速改变话题，把老王急得脸上悄悄冒汗，仍不动声色。

小林捡回了更早的往事。

他想起的是为大米商人送货的经历，那趟去昆明小板桥村的记忆。

那个记忆在押送吴老板去缅甸的途中，忽然从车窗前方的黑夜里滚出来。

那天小林匆匆驾车，驶离下关镇。在那个危险的黑夜里，他全神贯注地盯住挡风玻璃前方射出的灯光，盘山而行，不断打方向盘，谨慎地避开山路外侧的悬崖，不知道车厢里已经摸上了敌人。

捆在驾驶室副座上的吴老板有些吃不消，扭动了几下身子，撅着嘴，可怜巴巴地向小林求情了，请小林松一下绑。小林哈哈大笑，在车子驶上一小段山路的直道时，腾出一只手，抽了吴老板一个耳光，继续快乐地驾车前进。

于是吴老板就呜呜假哭几声，供出点小秘密，想换取小林的同情。他说日本人江仓坡在缅甸的身份是大米商人，假装买米去找他，下手也就更容易成功。吴老板接着开导小林，说你这个司机也不要死脑筋，可以捎带做点大米生意的，在昆明大米现在很好赚钱，可以发大财。

吴老板的话一下子让小林的脑袋里想起了什么，但车子前方出现弯道，小林赶紧应付，车轮在过急弯时猛一晃荡，碾到一个土坑，把小林的思路打断了。

老王问，你想起什么了？

小林说，我想起了原来见过的两个贵州大米商人，他们让我送货去村子里，那个地方叫小板桥，在昆明城外30公里左右的地方。

为大米商人送货，是运输队安排的工作，老王不知道。他紧张地盯住小林的嘴，等他说出下文。

小林脸色涨红地接着说，那两个人好像是日本间谍，我现在有一种非常非常强烈的感觉，那两个人中恐怕有一个人就是江仓坡，真的，我这种感觉有些按捺不住了，我的心快要跳出来了。

老王一拍大腿跳起来，叫一声这很重要，小板桥会有线索，我们明天就去找了看！喊叫声出口，他马上意识到自己的失态，咕咚坐下，捂住了嘴巴。

小林快乐地哦哦哦嚷叫，老王扑过去也捂住他的嘴巴。

胡笛死后，豪斯远去，老王是小林唯一的上司。他伪装得很成功，仍然一副爱占小便宜的小市民傻样，小林跑车回来，他就跟在屁股后面转，讨好巴结，唠唠叨叨。但小林午睡或深夜归来时，老王会悄然出现在他家，默默站在床边，若有所思，忧心忡忡，吓得小林够呛，好几次气愤地抱怨，老王，你不要像猫一样，进来先咳嗽一声好不好？老王呵呵一笑，并不解释。

老王那样做，是为工作操心，暗中着急。

现在，小林另有发现，老王深受震动并狂喜。他在椅子上坐好，四处看了看说，山田暂时不好查，有江仓坡这个线索也就很好了。

小林问，我们要带人去小板桥抓人吗？

老王嚷叫起来，你到底想讲什么啊？怎么搞的？路上的事没说完呢，你不是去缅甸找江仓坡？怎么扯到昆明小板桥了，我刚才是说小板桥可能有线索，不是说江仓坡躲在小板桥，你到底要讲什么给我听啊？

小林拍拍脑袋，抱歉地笑了笑说，啊呀，我累了，还想睡觉，明天再接着讲吧，路上的事精彩呢，不过我没死，你看我不是回来了，坐在你面前讲故事呢，我累了，真的想去睡觉。

老王骂道，乱七八糟啊你！才睡的又要睡？快讲！

小林酒足饭饱，话说够，关子也卖得够，抹抹嘴放下筷子，不理老王，真的回自己房间又去睡觉了。

老王看着小林出门，无奈地摇头。刚才他的心悬在嗓子眼，现在复归原位，不得不保持平静。屋外的院子里，传来几丝空旷凄厉的尖细响声，这是风中送来的金鸡鸣叫，这鸣叫似有若无，只在人心很静的时刻能够听到。老王出神地看着桌上的一瓶英国炼乳，脸上换回了占便宜的可怜表情。他变脸快几乎是一种神技，马上一副老实样，站起来收拾碗筷，恢复了一个憨厚邻居的动作。

可是，老王刚把碗筷洗净，小林却返回老王的家，决定把精彩故事讲完。

小林站在老王家门口，摇头叹息道，我忍不住啊！还是讲了轻松，可以好好睡觉。

老王大笑。

那天，他驾驶卡车驶近铁丝窝，立即想起遇鬼的事，眼前丝丝缕缕地飘出些回忆。他在这个山沟的夜色中初遇陈小姐，又在山下的下关镇街上把她带走，送去阮秀贞的客栈。诸事杂乱，令人感慨。

女大学生是你这个样啊！小林叹息道，还真的跟其他姑娘不同。

陈小姐说，去去去，说你自己的事。

小林的心里波澜翻滚。

他结识美国军事顾问豪斯和他的翻译胡笛，再跟阮秀贞闹翻，再变成国军情报人员，都跟陈小姐有关。

所以，铁丝窝会要小林的命，也会给他带来福气。

那天半夜他驾车过铁丝窝，车窗前方夜色更浓，想起陈小姐，小林对阮秀贞也生出歉意，油门松下去，车子驶得慢了，埋伏在驾驶室后面车厢里的人开始行动了，咕咚弄出响声，小林没听到。他看一眼身边的吴老板，发现这个人像死去一样，斜靠着睡着了。

卡车马达的巨大轰鸣，掩盖了车厢里的可疑声响，有个早就藏身于小林这辆卡车后车厢里的人，提着一把刀，趁车速减慢，扒着车厢板爬上来，从驾驶室顶滑下，拉着一边驾驶室的门，忽然往车窗里钻。

小林大惊，这个人是瘸腿少年。

停车！另一侧的车窗有人吼道。

捆在座椅上的吴老板睁开了眼睛，嘴角浮上了胜利的笑容。

小林知道中了埋伏，这两个人不知怎么竟然上了自己的车。一个是瘸腿少年，一个是高大的成年人。瘸腿少年身子瘦小，已朝敞开的车窗爬进了半个身子。小林一拳打过去，没有够着，扒在另一边车窗的人，朝他伸来一支手枪。瞪着一只眼朝他大吼，停车！

小林注意到这个人是独眼，模样很像昆明未婚妻家的独眼男佣，他一只眼瞪得滚圆，血红凶狠，另一只眼眶里的皮肉空洞地粘连着。

小林一只手开车，另一只手迅速拔出了刀，抵在吴老板的脖子上。

吴老板说，你杀我没有用的，他们不在乎。

土匪吗，你们？小林问。

停车！来人再喊。

小林不是普通的司机，刀枪见得多了，性情暴烈，不会轻易服输。他猛踩油门，再急打方向，车头一冲，车身一甩，正往驾驶室里爬的瘸腿少年就被甩出了车窗，那个独眼拉紧车门，果断地朝小林开枪，子弹在车身的晃动中打歪，射穿了车门的铁板。

小林油门踩到底，握紧方向盘猛冲，忽然前面出现弯道，赶紧打方向，车子又一次剧烈甩动，扒在车门上的独眼身子像纸一样飘飞，人却没有掉下去。这小子似乎受过劫车训练，在车子转到直道上时，飘飞的身子顺利落下，人重新在车门外的踏板上站稳了。

小林拔出腰上的手枪，朝他开了一枪。

子弹也打歪了。

这个人不是土匪，是吴老板的同伙，瘸腿少年也是。他们在小林把吴老板捆起，准备连夜驾车出发之前，潜入小林的卡车，藏到装货的后车厢里。也就是说，早有两个人在小林到达下关镇前就已经埋伏好，用瘸腿少年做诱饵，悄悄等候，按部就班地行动，小林落入了他们的算计之中。

他们要干什么？劫货吗？当然不是。杀人？是的，小林将被他们杀死。

但他们的目的首先不是杀人，是制造一起阴谋。山田提出要求，江仓坡去操办，完成计划。小林就这样上了江仓坡的黑名单。

江仓坡在纸上跟小林相识，打交道很久了。

铁丝窝是一个特殊的地方，这里离人口稠密的下关镇很近，还是从缅甸返回的一个深沟，坡大路窄，卡车往下冲，车速很快。根据情报，江仓坡获知将有30辆满载重要军事物资的卡车结队出发，从缅甸急奔而来，他们要在铁丝窝里设堵，制造一起严重的爆炸事件。小林的卡车将被制作成一颗大炸弹，挡在路上，让驶来的卡车撞车，再引起一连串爆炸。

被甩掉下车的瘸腿少年，在车后猛追，哇哇尖叫。

车轮碾到一块石头，车身跳起，小林的枪脱手，掉到驾驶室地上了。车窗外的这个人也被震得再次踩空，身子晃荡，他在重新站稳后，猛然一挣，钻进了驾驶室，手枪枪管的小圆孔抵到了小林的脑门。

小林把车子停下。

哈哈！被混战颠簸震得滑到驾驶室地上的吴老板，躺在小林的脚边大笑。

小林用力踩他一脚。

瘸腿少年追上来，跨上驾驶室踏板，朝小林嘻嘻地笑。

小林被独眼从座位上拖下车来。

小林讲到这里，又卖关子，停下了，看老王的脸，老王无动于衷。

值得庆幸的是，小林的对手只有一个独眼。吴老板被捆住，还留在驾驶室座位上，无法帮忙。瘸腿少年是一个孩子，愚蠢而幼稚。瘸腿少年看到小林被独眼从车上拖下来，高兴得连蹦带跳，冲到小林面前，朝他吐舌头，呜啊一叫做了个怪样。

小林还没被捆起来，只被独眼扔到地上，他是好战善斗的青年，抓住这个漏洞，一脚把冲到面前的瘸腿少年蹬向独眼，这孩子像一只小羊，撞到了独眼身上，小林接着飞身扑去，捡起独眼失手掉落在地的手枪，啪地一枪，把独眼打倒。

瘸腿少年愣了，站住不动。

小林再一枪，击中了独眼的脑袋。

瘸腿少年坐到地上大哭。

小林闭上眼，朝瘸腿少年开了一枪。

卡车停在路中，小林把吴老板从驾驶室里扛下，解开了捆在他身上的绳子。他被捆得太久，血液阻塞，全身麻木，躺在地上不会动，大骂小林。

小林呵呵一笑，摁住吴老板，手枪抵在他的头上。

如果开枪，故事就结束了，铁丝窝的黑夜将永远沉默，但小林忍住了，忽然想对这个沉默的黑夜有所了解。

他问吴老板，为什么杀我？

吴老板还在骂人，乱骂。

小林说，想要我车上的东西？

吴老板说，你的车上，早就有我们装进去的东西。

小林捡起地上的绳子，重新把吴老板捆起来。

他爬上车搜寻，赫然发现了几箱炸药。还有埋在炸药里的雷管。

小林从车上爬下，坐在吴老板身边，听他解释。此时吴老板已经平静，置生死于不顾，他躺在地上像一条虫，挣扎着蠕动几下，得意地对小林说，我那个装置，很先进的呀，一碰就炸，保证把一座山炸塌。

小林朝他的脸吐了一泡口水说，上路。

小林何等人才？打打杀杀最兴奋，稳准狠不会失手，现在死里逃生，很激动，他要开车找个地方，做件好玩的事。这样想着，他就把捆紧的吴老板拖过去，丢上了车，再把被打死的独眼和瘸腿少年也扔上车，驾车出发。

小林驾车顺利翻越龙山，驶到一处开阔地，停下车，爬进后车厢，蹲在那几箱炸药旁边，认真观察，轻轻把雷管拔掉，开心地笑了起来。

爆炸消除，该做好玩的事了。

他扛着吴老板下车，在路边的树上拴了一个结实的扣子，把嗷嗷哭求的吴老板脑袋塞进去，手一松，事情就了结了。他再反身，把车上独眼的尸体丢下来，脑袋朝下，两腿朝上，倒挂在吴老板的身边。

瘸腿少年埋在了树林里。

老王问，你没有见到江仓坡？

小林说，根本就没有什么江仓坡，那些杂种吹牛的。

老王说，好，我们明天去小板桥查查看。

14

次日天不亮，小林被拍窗户的老王唤醒，跟着他出门，去昆明街头的早点铺吃一碗豆面汤圆，匆匆坐黄包车出城。又在城外东门口改乘马车，赶去乡下的小板桥。

小板桥在昆明城外周边农村和城里的市民中知名度很高，有好几条土路通向那个大村子，马车汽车都能通行，交通便利，四通八达。几百年前起，小板桥的乡绅就根据交通便利，创办了一个乡村土产品交易集市，现在那集市越来越发达，远到四川和贵州的商人，也赶来做生意了。

所以，小林才有了驾车送两个贵州大米商人去小板桥的奇异经历。

老王根据小林的兴奋程度，做出一半的判定，推断小林在小板桥村跟某个日本间谍有过擦肩相遇的时刻。

小板桥被称为桥，是因为有一条古老的河道环村而过。那条河叫宝象河，从几十公里外的老爷山流出，蜿蜒而行，穿过无数田野和村庄，最后流向更古老的昆明大湖滇池。宝象河在几百年的疏浚开挖中，通航能力越来越强，水路运输繁忙畅达，能把四乡八村的蔬菜和猪鸡牛马，用船运到小板桥岸边的集市出售。

今天的人自己驾车，半小时就能到达小板桥。在小林做间谍查找日本特务的年代，从城外的大东门坐马车前往小板桥，要三小时以上时间，还会把屁股颠得生疼。那天小林和老王一路颠簸，有些累，来到途中的一个小石桥边，看到小码头前停靠着载人的木船，船夫正在喊人，一时兴起，就下车改坐了小木船，沿河边的石阶下去，跨到船上坐好。船晃晃悠悠，不慌不忙，把老王和小林熬得叫苦连天，摇晃着来到小板桥时，时间已过中午，太阳有些西斜了。

老王和小林饿得肚子咕咕叫。

这天并不是集市开张的赶街天，可小板桥有做生意的传统，脑筋灵活的勤快人很多，早有人在河边小码头的不远处等候，摆出了卖凉米线和凉豌豆粉的小吃摊，老王和小林下船上岸，急奔小吃摊而去，每人连吃四五碗，大呼过瘾，惹得卖凉米线的女人嘻嘻直笑。

两位大哥去哪里呢？卖小吃的女人问。

老王忽然警觉，担心遇上日本的探子。

小林兴冲冲地说，来小板桥看老朋友。

卖凉米线的女人30岁出头，扎一块蓝头巾，脸被阳光晒得黑里透红，精神抖擞，爱讲话，很快接上小林的话说，两位大哥在村子里转一圈么，来我家坐坐，我家很有名的，你们就说卖凉米线的二哥媳妇就行了，村里家家都晓得我。

老王说，谢谢了！谢谢了！

两人付了钱，放下糊着酱水和辣子面的小吃碗就走。

他们凭记忆找到了小林送大米来过的村子，刚进村就有狗一跃而起地叫，接着土路上冲出一群狗，龇牙咧嘴，围攻老王和小林。两人各捡一根棍子在手，急忙后退。

有个老头在小林的身后偷笑。

小林问，你们村的狗这么多？

老头说，哪个村的狗都多。

小林说，外人进不了村啦？不欢迎客人吗？

老头说，你不要怕狗，狗就怕你了。

这话让小林想起了日本间谍山田和西乡。

两人受老头的启发，舞着棍子迎群狗而去，果然狗全部逃走，跑散不见了。

这个村很大，老王和小林绕了快一小时，只走了一个角也不到，他们向迎面走来的村民打听山田和西乡这两个名字，人家根本就是摇头，好像连是人是物也听不懂。再说出改的中国名字江仓坡，村民也茫然不知。问卖大米的客商，人家的回答更让两人丧气，这个村靠近昆明城外最有名的大集市，租住的大米贩子几十人也不止，这些人出出进进，行踪不定，姓陈姓李的有几个，姓江的大米贩子，无人所知。

小林不耐烦，嘀嘀咕咕地开始抱怨，老王不理他，坚持再找。但两人都认为把全村找遍不是办法，像出憨力，应该动些脑筋，比如在村里尽快结识一两个朋友，让人家实实在在地帮忙。这样想着，他们就往回走，想去找刚进村时教他们驱狗的那个老头。

沿村道走出，有人挑着担子，忽然发出尖脆的笑声，朝他们打招呼，两位大哥，来我家坐坐嘛。

正是那个卖凉米线的女人，她满面笑容，挑着轻轻晃荡的空担子，头上的蓝帕子已经抹下，露出一头油亮浓密的黑发，看上去更加漂亮。

老王说，你家远吗？这个村子大着呢。

小林问，你男人叫二哥对吧？

女人说，小二哥，都叫我二哥媳妇。

老王问，你家远不远？

女人抬手一指说，在村子那边底上，不算远。

小林说，走到底还不远？算了，我们改天再去你家玩啦。

那天，老王和小林告别热情的小二哥媳妇，在村里又绕了半圈，路过村道上的一个红墙黑瓦小庙，想进去烧香，求神保佑。朝小庙门口刚一伸头，就看到院里一个女人非常面熟，那女人移来目光，也同时呆住，一时连躲闪也不会。

她就是陈小姐。

15

小林喜出望外。

相比老王对陈小姐的操心，小林为陈小姐失踪的着急更加实在，因为老王是从工作出发，小林的着急出于友情，甚至杂有几分爱情。

小板桥村是一个大村子，有上千户人家，村里有一座佛院，名妙音寺，一座魁星阁其实是儒学表彰的阁楼，另有一座黑神殿。妙音寺有住持和五个僧人，香火最旺。黑神殿原有一位孤身未嫁的老妇看守，老妇仙逝后，半年多庙里暂时无人，村民有空闲，都会绕进去看看，扫扫殿里的灰尘和院里的落叶。陈小姐藏身其中的小板桥村庙，就是那座黑神殿。

她在黑神殿住下，不是为了出家，那里非佛寺，主要供奉本地神灵，也不收出家人。这个庙是各路神仙的混杂之所，院里供奉着送子观音、土地公公、大小黑神、水神龙仙、做生意的财神、祛病的药师、写字的笔魔，甚至田神、菜神，诸神拥挤热闹。十几尊小泥塑慈眉善目，红衣黑裤绿裙，一排地肩并肩坐在四周小屋的神台上。院子里有棵老柏树长得很高，冒过了小院的房顶，挣扎着向高空瞭望。院子一角开了扇小门，门外是一个两层楼的狭窄小院，小院楼下是厨房，楼上有两张床，用来住人。

小板桥村清代起就传出名声，民国时名气越来越大。陈小姐在西南联大读书时，教授带着学生考察昆明的乡村社会，陈小姐曾和同学一起，坐马车来小板桥赶街。所见的交易市场之浩大热闹，把她深深镇住。

村内五六条弯弯拐拐的小道，绵长和复杂，似乎永无尽头，暗示出人世的丰富与混乱。小道上摆满了商贩的小摊，摊贩身后全是挤挤挨挨的店铺。可谓层层叠叠，密不透风，嘈杂之声漫延到村外的宝象河岸，但见河两岸人头攒动看不到边，货架菜摊林林总总，柴米油盐、鸡鸭鹅鱼、铁器、箩筐和土罐、木桶，应有尽有。河边一片小树林外的空地里，站满牛马大牲口。牲畜忧郁沉默，一动不动，不知命归何处。买卖双方极度兴奋，一个个伸长脖子，呜呜啊啊喊叫，把手共同塞进一只破麻袋，在袋子里秘密比画牲畜交易价格，让陈小姐和同学看了好笑。

那次教授带学生在小板桥村考察三天，陈小姐跟班上的两位男生同住村里的二哥媳妇家。这女人的热情好客，跟集市的盛大热烈有得一拼，她还会做饭，拌出的凉米线超级好吃，麻辣香中还有酸甜味。陈小姐正当嘴馋的女学生年纪，对酸甜辣麻香的凉米线毫无抵抗力，考察结束回校，又几次跑来，找二哥媳妇玩。

这次胡笛牺牲，陈小姐极度绝望，来小板桥的二哥媳妇家哭诉，在她家住了几天，每天去村庙里烧香，忽然对小小的黑神殿产生浓厚兴趣。黑神殿尽管无人看守，却被勤快友善的村民打扫得很干净，院内只有鸟叫虫鸣和落叶飘零之声，极其清静，供奉的神仙很多，似可陪伴，也能解忧。听说黑神殿空着无人，陈小姐动心了，想搬进去住，守院子兼打扫神坛。开朗快乐的二哥媳妇说，一个漂亮女学生住进黑神殿，神仙恐会乱套。陈小姐无话反驳，默默流泪，二哥媳妇赶紧找管事的人商议，让她住了进去。

那日，陈小姐正在院中扫落叶，小林从门口伸头，与她目光相接。她孤身一人住在黑神殿，无所遮蔽，十分突出。加之不落发也不换出家人的衣服，仍然一副城里的女人打扮，一眼就能认出。

她并不躲闪，扶着扫帚，看着小林发呆，面无表情。

小林啊呀一声大叫，冲了进去。

老王伸进头来，也顿时看了发傻。

消息跑得比狗更快，二哥媳妇闻知黑神殿有陈小姐的朋友找来，十分兴奋，很快用担子挑来凉米线和炒腌肉。于是，老王、小林、陈小姐和二哥媳妇，一起围坐在黑神庙的小厨房里吃饭。众人说笑，陈小姐不语，但她脸上的空洞表情里，已偶尔飞过蚊蝇般细小的欣慰之色。

老王和小林劝陈小姐回城，二哥媳妇也劝她打起精神过日子。

老王说，我跟小林师傅是朋友，住在书林街的同一个院子里，那院子现在还有间空房子，你也来租下，大家住一起，也就有个照应。

陈小姐摇头说，我不想回去，舍不得二哥媳妇。

二哥媳妇一拍大腿嚷叫，啊呀，好妹子，你还是跟两位大哥回城里去吧，但我进城来看你，可要给我碗饭吃的哦？

陈小姐伸出冰冷的手，无助地抓住了二哥媳妇。

众人劝了好半天，陈小姐还是无动于衷，并不接受进城居住的建议。

老王死了心，朝小林挤眼睛说，好吧，我们以后经常来玩就是了，陈小姐有空进城，也来书林街找我们。小板桥这个地方好得很啊，老实说，我也想来此租店做生意。

二哥媳妇问，大哥说的咯是真话？真心想么我来帮你在村里找房子？

老王赶紧改口说，生意我做不来啊，当个和尚还可以。

小林大笑。

老王也在笑。没发现日本特务，也没带走陈小姐，老王和小林还是高兴，意外找到陈小姐，这个收获很大。老王心里一块高悬的巨石落地，轰隆砸出响动，却假装无所谓，只是憨笑。小林性子直，目的明确，大声说话，送上笑脸，不断伸手拉陈小姐，想把她拖走。吓得陈小姐躲到了二哥媳妇的身后，于是老王再挤眼睛，劝小林不要操之过急。

老王说，小板桥是个好地方，村里还有二哥媳妇这样的好女人，我们也就放心了。这里路不远的，可以经常来玩。

老王和小林告辞。

从那天起，小林跑车回昆明，收拾干净，就马上出发，去小板桥村的黑神殿看陈小姐，陪她吃饭说话。他把下关镇上遇险的经历，跟陈小姐讲了五遍，吹得天花乱坠，对瘸腿少年的死，略微表示了一点遗憾。

这个娃娃可怜，人很聪明的，小林说。

陈小姐立即想起了下关镇上的生活，不可抑制地怀念起阮秀贞来，眼里滚出泪水，伤心地说，我对不起阮姐啊，不知道她现在怎么样了。

看到陈小姐伤心，小林赶紧转移话题。

小林也常去二哥媳妇家，送过她好些稀奇的洋货，有一天送了小二哥几包美国纸烟。

小二哥说，有个人原来住我们村，也抽过这种牌子的纸烟。

小林警惕地问，这种纸烟昆明少有卖的，什么人抽过？

小二哥说，名字记不清了，等我想想。

他想了好几天才告诉小林。

小林听了小二哥说出的人名，激动得脸色苍白，当场发抖，让小二哥害怕。

小二哥问，兄弟怎么啦？生病了咯是？看你好像在打摆子？

小林额头冒汗，摇了摇头，说不出话来。

小二哥不容分说，把小林扶到一张床上躺下，嘱咐他不许乱动，好好休息，然后上楼取来一包药粉，逼小林用水冲了服下。

小林睡了半天，向小二哥表示感谢，离开小板桥村。他回城见到老王，第一句话就说，啊呀，小板桥是我们的福村，什么好事都有！

老王问，又出了什么事？

小林说，那个山田，应该就躲在昆明。

老王的目光朝小屋窗户猛地扫去，看清窗外无人，才回头盯紧小林的嘴。

小林从小二哥口中听来的名字是白诗之，根据小二哥的描述，小林可以基本确定，这个白诗之就是跟自己打过交道的大米贩子，他们来了两个人，一个人第二天就离开，也许是西乡。另外一个人，应该就是山田，他的中国名字叫白诗之。

白诗之在村里住一宿，把大米成批倒卖了离开，不知为何，又折回小板桥村住了几个月。他爱写诗，这是问题的关键。村里人曾笑话他，说一个卖大米的人，经常急急忙忙地坐在村里的大树下写什么歪诗？好笑。

老王问，他现在何处？还住在小板桥村？

小林说，不可能了，早就离开，但我认为他就住在昆明城里。

老王说，你分析得对，白诗之，可能就是日本人山田。

16

小林把几个汉奸杀死，挂在滇缅公路途中，以示警告，同时也为自己在这次遇险中能死里逃生做个纪念。无论如何，他都有些庆幸的感觉，这种感觉将伴随他以后的生活。路边树林里挂出的两具尸体，在过路人和周边村镇中引起了轰动，但没有人知道杀人者是谁，有些过路人认识被吊死的吴老板，风声就传到下关镇。吴老板在镇上有很多朋友，议论此案的人就较多，人心惶惶的感觉有些发酵，一度胀满了下关镇人员混杂的集市街子。

悬挂死人的现场，远在翻越龙山之后另一面山脚坝子的车路边，已越界进入了别的县，离下关镇有几十公里。加之小林那天晚上反败为胜的铁丝窝历险是一个秘密事件，最可能传播闲话的瘸腿少年失踪了，一度议论蜂起的此案就自动封口，渐渐无人再提。

阮秀贞的杨家客栈没有成为议论的目标，日子就过得平静。但小林还是不放心，吴老板从阮秀贞的客栈被带走，接下来就变成尸体，挂在几十公里外的树上，这个结果一定会让阮秀贞害怕，给她带来麻烦。现在，小林驾车从缅甸返回，又恢复住在阮秀贞的杨家客栈了，每次住下，小林就去阮秀贞的房间翻弄，从床头大柜里取出那支长枪，帮她擦干净，塞进子弹，再小心收好。

阮秀贞说，哈哈！你不怕我再用枪把你赶走？

小林说，我怕再有吴老板那样的坏人。

阮秀贞说，呵呵，坏人就是你，别人都不是。

阮秀贞无所谓，小林更担心。有一天小林从缅甸回来住进杨家客栈，洗了澡穿过院子，听到一个男人在紧闭房门的客房里哼歌，声音忽断忽续，似想吼唱，又似在隐藏，仿佛有苦难言。小林蹲在院子里听，琢磨了好半天，只觉得奇怪，不解其意，就返回后院找阮秀贞打听。阮秀贞笑着告诉他，这个人住店多次了，是老熟人，以前就爱唱个戏，有时也唱唱路上学来的山歌。

小林问，他干什么的？

阮秀贞说，跑缅甸做生意呀。

小林说，那他跟吴老板一样，有危险。

阮秀贞笑着说，从这一带过路的人，跑缅甸的多了，有什么危险？我看你现在吓成了一只兔子。

小林问，他为什么住好几天不走？

阮秀贞说，不是好几天，也就你来前住了两天。他住我这里，是要在下关镇上买东西，你不见他收了些豹子皮？

小林说，我不管他收什么。

阮秀贞说，他住在这里的天数多，我收的钱也就多呀。

他们是晚上躺在床上议论，屋里昏黑，身子温热。小屋的窗缝透进很细很薄的墨蓝月色，窗外院子里的夜风，像一个解不开死结的线团，绕着墙角固执地盘旋，送来比空寂更空洞的仓皇回响，那个客人的莫名哼唱早就停止，小林依然听见可疑的咿呀之声在飘摇，他仰脸看着漆黑一团的天花板，心神不宁。

阮秀贞伸出一根手指，在小林胸脯上轻轻划动，那俏皮坚定的手指沿着腹部移动，渐渐往下滑，小林把目光从头顶黑不见底的天花板上收回来，翻身抱住了阮秀贞。

一番动作后，阮秀贞抬手替小林抹一把额头的汗珠，从他的身下挤出来说，你那些英国香皂，我卖了些给住店的客人，喜欢的人很多，下次帮我进些洋货，我让两个姑娘去街上摆摊卖。

小林连声说好。

阮秀贞接着说，桃花有人提亲了，过久就要嫁人，她要学着自己做些生意。

小林说，那就更好，我要买嫁妆送她，还可以帮她进洋货。

但话说出口，小林却有些泄气，搂住阮秀贞的手轻轻松开了。

小林第二天早早地醒来，起床出门，发现桃花有些异样，在故意回避自己。小林老远看见她，正欲送去笑脸，她却犹豫着把目光移开，脚步也慢慢转向，绕开走另一边去了。她本欲从后院出来，却后退回去，隔一阵再出现，提一只小铁壶，并不从院心的宽敞处穿行，而是贴着院墙走过客人的房门，给这个客人送水，跟那个客人说话，低头忙碌，不断返回后院，避免跟前院的小林打招呼。

小林现在驾车经过下关镇，留宿杨家客栈，都会比原来多住一两天。说起来是为了陪阮秀贞一家，其实另有目的。他不再是单纯的卡车司机，那个司机的身份只是一个身份了，他的真实面目无人所知。他现在做的重要工作是调查，找出日本间谍和他们的帮手，把这些坏人消灭。

小林能在杨家客栈多住几天，就不像从前那样忙乱，有了空闲。他想找桃花说话，问她要什么嫁妆，可她老在回避，忙来忙去地没有停顿，小林就回自己的房间，从门缝往外看，开始了自己的秘密工作，仔细观察院子另一侧客房里那个哼唱小曲的可疑男人。他发现这个人出了两次门，带了一个人来，进院子鬼鬼祟祟，不敢看人，跨进房间，总爱扭头朝后看，再谨慎地关门，接着他听到那个紧闭房门的房间里，就传出了哼唱的声音，似乎在掩盖什么。

小林躲在门后看得眼睛发酸，满腹疑惑，退回床上躺倒，忽然听到院里有房门关闭的响动，赶紧再看，发现那个客人带着来访朋友离开，正朝通向客栈院门的过道走去。小林拉开自己的房门，赶紧跟上。

他远远地跟在两个男人的身后，只见那两个人嘀嘀咕咕，一路闷头朝前走，忽然拐个弯，绕进下关镇的街上了。小林原以为他们会去镇外的空地里交接什么东西，殊不知他们走进了卖东西的小街上。

时间尚早，街上只有四五家店铺开门，住在镇上的几户小贩刚把货品挑来，在街边零零星星地摆设货摊。那两个从杨家客栈里出来的男人，走在苏醒的街上，也还显眼，容易监控。小林的跟踪却因为街上出现店铺和小摊贩，有了一些掩盖。他东看西瞧，假装问价，盯紧了前面的目标。

那两个人拐弯，钻进一条小巷了。小林急跑几步拐进去，却跟其中一个人撞到了一起，这个人是住店客人的朋友，三十余岁，脸极瘦，眼角溃烂，下巴尖得似刀尖，看上去非常凶狠。

小林毫不犹豫地把他摁到墙上，骂道，杂种，你撞我干什么？

他身边那个住店的客人挤过来问，你才是干什么？要抢人吗？

小林亮出短刀，顶住这个人的脖子说，老子就是抢人，把身上的东西拿出来。

住店的这个客人说，兄弟好说，有话好好话，不要整些刀刀枪枪吓人。

小林身上还有枪，但他没有拿出来，怕暴露身份。

小林说，你不要动，也不要乱说，赶紧帮个忙，把你这个兄弟身上的东西拿出来给我。

这个住店的客人是四十来岁的中年胖子，细皮嫩肉，面目和善，打架肯定不是对手，却眼睛闪亮，一望而知是脑子转得快的狡猾之人，他急忙从身上掏出几块大洋，递给小林说，兄弟拿去用吧，交个朋友，以后道上还会见得着。

小林吐他一泡口水。

中年胖子收起大洋，抹一下脸上的口水，继续唠叨说，兄弟行行好，他也就是我的客户，找我卖东西的。

卖什么东西？

麝香。

麝香要躲在这里卖吗？放你妈的狗屁！

兄弟行行好。

小林不耐烦了，猛一用力，再把手中抓住的这个人摁翻，压在地上，在他身上摸一阵，竟然什么也没有。

这个人趴在地上说，大哥，饶了我。

中年胖子说，他的东西在家里。

这瘦子是本地人，在镇上有间小屋，算是最后的房产，屋里有点东西想卖给中年胖子，两人在巷里的家门口谈价，被小林撞上了。小林押着他和中年胖子走几步，进了他的家门。这是个臭气熏天的小黑屋，破窗户上糊满蛛网和厚重的积尘，透进破碎的光线，仿佛一个空墓室。

小林被灰尘呛得连打几个响亮的喷嚏。

他妈的，你这是什么鬼地方？小林骂道。

中年胖子说，兄弟开开恩，他的东西可以分你一半。

小林说，快点拿出来！

被抓的这个人说，你抓着我不好去拿呀。

小林松开手，把他推倒在地。这个人在地上摸索着爬到墙角，在一个破洞似的地方掏几下，拿出一包黑咕隆咚的东西。小林凑近，看不清是什么东西，只闻到很浓的臭味，惊得连连后退。

中年胖子说，兄弟，是一包烟土，他家留下的老烟土。

小林笑出眼泪，骂道，乱七八糟！老子以为是一个颗死人脑壳！

中年胖子说，兄弟，分一半你要吗？

小林说，卖这种东西，老子要把你们枪毙！

中年胖子再次掏出那几个大洋说，兄弟你还是收下，交个朋友，我是第一次做，好奇来看看，并没有买到手呢。

小林假装友好，挥挥刀子说，老子不管你们的鬼事了，以后给我小心点。就捂着鼻子，骂骂咧咧地撤出了破屋。

鸦片小林没少见，下关镇上好几家小旅店里有人躲着开烟馆，也有胆大者独立门户，在家里设烟馆揽客。

鸦片是禁品，云南的罂粟种植始于清初，1885年的中法战争结束，云南蒙自县、思茅县、腾冲县开埠，英国人种植的印度鸦片流入，泛滥成灾。外省汉人的马帮沿澜沧江畔而入，用盐铁换鸦片，偷运去外省发财，也有人用欧洲最新式的枪械跟深山的土司换鸦片。

小林抓几个鸦片小贩，会得到地方官府表彰，却也会让自己暴露，才赶紧撤退，从那个奇臭的黑屋里逃走。

来到外面的镇街子上，太阳高悬，大片阳光把镇街子照得白花花地晃眼睛，很多店铺开门了，街边的货摊多起来，有马队从行人中间穿过，叮叮当当的马铃声在阳光中闪亮，跟树林和房顶上传来的鸟鸣相呼应。

小林眼前一亮，看到了在街边摆小货摊的桃花姑娘。

他高兴地走过去。

桃花看到他，抖索了一下，害羞地低下了头。

小林说，好能干啊，会卖东西了。

桃花低头看着脚边的货摊说，你不要笑我。

小林说，以后我进些洋货给你卖。

她抬起头，把一个纤细而哀婉的笑容，针似的扎进小林的脸上，疼得小林微微哆嗦。

小林说，你妈告诉我了，你就要嫁人，我会买东西给你做嫁妆的。

街上的人更多了，有过路人撞了小林的肩膀，他晃了一下身子，急忙让开，朝桃花挥挥手走了，没发现桃花低垂的脸上滴落下了眼泪。

17

小林驾车返回昆明，卸了货，就赶去小板桥村的黑神殿看望陈小姐。他的目的很清楚，一是坚持劝陈小姐住进城去，二是查找山田的线索。那个日本间谍住过这个村，总会留下些可供研究的破绽。

黑神殿比较清静，香火没有妙音寺旺盛，却也有人每天进来祭拜。求生子求发财，求病人好转，求仇人病亡，求丢失的牛自己走回来。这些人中，有个村民引起了陈小姐的注意，他隔几天就来黑神殿一次，总是在大黑神那里磕头。敬大黑神很正常，来的次数多了，只敬一个神，就有些古怪了。这大黑神有人说是云南人孟获，有人说是山神或土地神，还有人说是村里贵州人塑的什么神。陈小姐搞不懂，只觉得这个人隔几天就跑来，跪在大黑神塑像前嘀嘀咕咕整半天，好像藏了比敬神更重的什么心事。

有一天，这个人拜了大黑神要离开，刚刚走出南屋神堂的小门，正在院子柏树下扫地的陈小姐就迎过去说，大伯辛苦啦，坐下喝口茶，我去烧水。这个人转过脸来，陈小姐握住的扫帚就失手落地。她发现这个人长得不像本地村民。昆明乡下人被充满紫外线的强烈阳光晒得较黑，皮肤上烙有烦琐的时间刻痕。这个四十多岁男人的脸却皮肤光滑，白里透红，半男半女，有些妖冶，他的表情阴郁，非常陌生，给陈小姐一种无法接近的遥远之感。

这个人确实无法接近，他马上拒绝陈小姐的好意，扭头就走，在黑神殿的院门口身子一扭，留下一个坚定而飘忽不定的背影，人就不见了。小林再来的时候，陈小姐把这个人当笑话讲出来，小林心不在焉地听，目光涣散。陈小姐讲到这个人总会从南屋神堂的台子带走一坨土，或是从大黑神坐的地方拿走一小点什么东西，小林的眼神迅速聚拢，盯住了陈小姐。

小林心里产生了疑问，他说，我在你这个庙住几天吧，等等这个人。

陈小姐说，你更奇怪了，要等这个怪人干什么？

小林说，也许他是个大神，我求他算命，保佑开车安全。

陈小姐说，有这种可能吗？他拜神的人反倒是一个神？你说得我糊涂了。

小林说，我也糊涂啊。

陈小姐呵呵一笑，目光跳开。当时他们在小院楼下的厨房里说话，小林坐在灶洞前添柴，陈小姐在灶台边切菜。小林说要在这里住，她放下菜刀说，你要在黑神殿住不行，这里只有一间房可以睡觉。

小林说，哈哈！在堆杂物的那个房子里铺个床，我随便睡几天就行了。

陈小姐脸红了。

小林的要求确实特殊，这段时间他来小板桥看陈小姐，都是早上来下午走，忽然要在黑神殿住下，当然会引起陈小姐的警惕。他们在过去的交往中有过肌肤之亲，很敏感，均对记忆小心维护，不敢继续，也不想撕碎。

陈小姐可以让小林住村民家，甚至住村里的小客栈，但是，那样做显得生分了，把小林当成了外人，他们能继续保持交往，就因为没有把对方当成外人，可不算外人算什么人呢？陈小姐很糊涂，也很慌乱。

不管怎么说，小林的要求陈小姐没有拒绝，事情就简单了。不用解释，住下再说。那天吃过早饭，陈小姐帮小林在楼下房间里收拾出一个睡觉的地方，用草席铺出一张床，两人就出门去玩。那天正逢赶集，两人都有些兴奋，小林更高兴，他喜欢体验置身兴奋欢腾的乡村集市的感觉，也喜欢黑神殿的清静干净。这是两个完全相反的场所，一个吵闹热烈，急功近利；一个避世隐忍，默默无语。他觉得陈小姐身上有这两种东西，自己身上也有。单个的人也这么乱，世界的复杂就不用再说。

小林在村子里走着，不断悄悄看陈小姐。陈小姐发现自己被小林观察，害羞了，就放慢脚步，拖在了小林身后，小林哑然失笑。他走在陈小姐身边，想起了阮秀贞，也想起了自己跟几个女人的交往，心有些乱，暗自感慨。

阮秀贞和陈小姐是相反的两种人，但阮秀贞身上有陈小姐安静的一面，陈小姐身上有阮秀贞的粗野，小林自己，也是两种，甚至几种人的合身。他舍不得阮秀贞，丢不下陈小姐。爱梁叔叔的女儿音音，关键时刻却离开她，把所有亲人抛弃，义无反顾，远走他乡。

小林一旦思考，就会糊涂，脑袋咯咯吱吱地疼。在马来西亚，他跟着黑帮打打杀杀，只是帮忙，灭一些恶人，并不想图谋利益。完事后回厂修汽车，人家给多少钱，他都高兴，毫不计较。现在，他急切想立功，分析问题并查找线索，想赶紧消灭日本间谍，反落入他们的陷阱，差点被坏人杀死。

他觉得自己住在黑神殿最好，比陈小姐还适合。小院空空，树影不言，简单清静的木屋里，再有陈小姐相陪就很妙。

他并非爱上了陈小姐，也不敢真爱，只是迷恋，想见到她。

这样想着，他就来到集市上，找到了被人围住的二哥媳妇小吃摊。

哎呀，兄弟，二哥媳妇立即从人群中发现小林，大声打招呼说，来吃一碗豌豆粉吧？

小林说，吃过啦，肚子还撑呢，等下转了再来吃。

二哥媳妇说，好卖得很，先来吃一碗，等下就没有了。

二哥媳妇把手里配好作料的豌豆凉粉递过来，小林看到碗里的辣椒和酱水，嘴里就涌出故乡的味道，想起马来西亚的咖喱酱。

他接过豌豆凉粉，走出围着小吃摊的拥挤人群，蹲在路边吃辣酱凉粉，忽然，眼角移来一个黑影，抬头看，是一个陌生人走过。可陈小姐急忙捅小林的臂，压低声音说，就是这个，就是这个人，经常来黑神殿，还拿走一小坨土。小林的心一下子提起来，他马上丢下碗，也丢下陈小姐，紧跟上去。

人群拥挤，这个人无法走快，他的脸在小林面前一晃，转了过去，飘忽而固执的背影在人头攒动的喧嚣集市上穿行，不断让开迎面而来的行人，小林对他感兴趣，这个人对集市上的所有买卖和迎面走来的任何人却不感兴趣，只是埋头朝前走。

小林紧跟其后，很快，这个人走到小贩较少的集市末尾，站在宝象河边的一棵大树下，朝另一侧空地里的牛马市场张望。小林站住了，回身看慢慢走来的几条黄牛。

这个人把目光从牛马市场的空地里收回，继续朝前走，小林也漫不经心地跟着走，只见他转上宝象河上的一座石桥，来到路边，跟赶马车的车夫说话。那马车是运人进城，也载城里人来这里赶街的。小林远远地看见他坐上了马车，在车上低头等待，小林赶上去，也坐上这辆马车。不一会儿，马车上坐满8个人，车夫坐上车辕，松开缰绳，赶着马车上路了。

小林看一眼这个人，发现他皮肤光滑，眼睛发亮，确有点女人的妖艳之气。这个人对小林毫无兴趣，垂下头打瞌睡，任马车颠簸晃荡。

小林就这样从小板桥村不辞而别，坐马车进城了。

车子来到东门外停住，众人下车，一辆马车哐啷哐啷驶来，被守城门的军人拦下，路上一阵混乱。小林急忙闪身，从纷乱的人群中冲出，发现可疑的中年妖艳男人不见了。这个人的飘忽背影被东门外马车搅起的黄灰吞没，气得小林连吐几泡口水。假如此时小林的后脑抵上一根圆枪管，昆明小东门城外的黄灰里啪地响一枪，他就完蛋了，这种事是可能发生的，每天也都在发生。

若干天后，小林的脑袋里确实响起了惊恐的一枪，那枪声在无数漫长的黑夜里震荡，吓得小林一次次从熟睡中坐起来，瞪眼在黑暗中搜寻。

18

现在说说震荡历史的啪地那一枪。

小林在昆明大东门跟丢了小板桥村的妖冶男人，很灰心丧气。他没有重来的机会，运输队给他派了新任务，又要出发去缅甸拉货了。需要稍做解释的是，小林从昆明去缅甸，去程途中基本上都住运输队接待站，从缅甸返回，才有机会在下关镇停留，住进杨家客栈。这种往返路况的不重合性让小林深感困惑，他很想多在阮秀贞处留宿，却为了赶时间，不得不放弃去程中的见面机会，无可奈何。

错位的结构让一些其他行动变得扑朔迷离，难以掌控。小林从缅甸回来，住进杨家客栈，发现一个重大变化，阮秀贞的大女儿桃花姑娘不见了。失去桃花羞涩的身影，杨家客栈的前院变得空旷，大了一倍多，后院像干涸的水井，墙角的绿色苔藓迅速发黄，成片干死，风在狭窄的空间里毫无意义地旋转。

他对阮秀贞说，这么快啊？桃花怎么就嫁走了？

阮秀贞说，婆家催得紧，生怕我们变卦。

小林说，怎么办呢？我说送她嫁妆也来不及。

阮秀贞笑着说，不用送了，现在她已经成别家的人，送过去浪费了，还不如送给我。

小林说，好的，我送你，你再转送给桃花。下次我从缅甸买一对玉手镯回来，要好好地买一对。

哎呀！阮秀贞叫起来，你真要送她那么贵的东西？看来你该做我家姑爷，讨她做媳妇！

小林哈哈大笑。

此时已近黄昏，夜晚正从十余公里外的龙山顶缓步朝下走，苍老的脚步声穿越逐渐冷却的空气，似有若无地传来。阮秀贞坐在小林的房间里说话，她忙完了客人的事，端着饭菜找小林，陪他一起吃。没有大女儿桃花相助，阮秀贞忙多了，满头是汗，额前的刘海湿漉漉地朝两边贴过去。

小林今天车开得快，中午就驶到了下关镇。这也是一个神奇改变，当陈小姐还是传说中的女鬼时，小林的卡车一旦驶入龙山的铁丝窝，黑夜就从埋伏的峭壁上扑来，围住小林的车子啃咬。他摸黑绕山而行，缓缓驶进山底的接待站，赶紧停车。次日出发，再前往下关镇。现在，他能在天亮时下山，中午阳光当顶时顺利到达下关镇。时间在陈小姐做鬼或做人时，运转的节奏发生了明显变化。

阮秀贞端着晚饭来找小林时，他早就洗过澡，在房间里小睡一觉，起床后把头发梳整齐，抹了发油，身上散发出英国香皂的舒服气味，一副准备干点什么的架势。窗外的院子里，传来什么人唱小曲的声音。

小林问，那个人又来啦？

阮秀贞问，你上次打了人家是吗？

小林问，真是那个人？

阮秀贞马上变了脸色，瞪住小林说，你不要乱来，他住在我这里好多次，算是一个朋友了，上次你打他就已经整错，有些事要先问问我。今天是我把他叫来的，他想换地方住，正好遇上我，又跟着过来。这个人我熟悉的，不可能是坏人。

阮秀贞很生气，脸色发红，小林不再追问，赶紧吃饭。他并非相信了阮秀贞的话，只因另有想法，不再出声。目标没查到，反落入别人的陷阱，他心里着急。上次干掉吴老板并非自己的胜利，是运气好才死里逃生，想到自己被吴老板狠狠地玩了一把，小林无比愤怒。

那个人还在哼唱，疑问像黄昏的阴影，在小林心中不可阻止地扩大。吃过饭，阮秀贞抱着一摞空碗出去，房门敞开。小林看着院里下沉的暮色，心想上次肯定大意了，这个人不可信任，他老谋深算，好像隐瞒了大事。想到这一层小林就来劲了，自己也拦不住自己，跨出了门，直奔对面客房的小曲声而去。

那个人关着门，哼唱声摇晃着门缝透出的细长条光亮。小林推一下门，发现里面闩着，轻轻拍门板，哼唱声停止，门打开了。这个人背对着桌上的马灯，脸发黑，小林的脸被灯光照亮。这个人认出小林，妈呀叫着后退，被小林抓住，推到了床边。

小林笑着说，又见面啦，老兄。

他绝望地坐到床上，大叫，请你出去吧，我害怕。

小林说，有些话你还得再说说。

兄弟行行好，这个人作揖道，我看见你就头疼。

马灯跳跃的火苗从侧面投来，把这个人脸上的惊恐和委屈放大，涂抹成几道粗壮的黑影，让小林在刹那间泄气，明白自己又犯了错误。此时愤怒的阮秀贞也闻声赶到，她揪住小林的衣领，用力朝门外拖，骂了几句脏话。小林哈哈笑着挣扎，向坐在床上的这个客人作揖，表示道歉。

阮秀贞把小林拖回房间，推倒在床上，指着他的鼻子骂道，你要把我这个小店搞垮是不是？

小林赶紧认错。

没想到房间外面伸进一个头，竟然是唱小曲的那个客人，他呵呵一笑站在门外问，我可以进来吗？阮秀贞和小林都愣住，不等他们回答，这个人就跨进了房间。阮秀贞有些脸红，刚才在房间，她愤怒地指责小林，有些亲热打闹的感觉，这种动作让客人看见，毕竟有些不雅，就低头想溜走。这个人伸手拦住她说，不必了，都是熟人，林先生我认识，他的朋友老王，我也是认识的。

小林问，你贵姓？

这个人说，免贵姓丁。

丁先生有何事吩咐？

丁先生看一眼敞开的房门，再看一眼阮秀贞，把房门轻轻关上说，林先生可听说过江仓坡？

小林心里的巨大震动不必再做形容，只见丁先生说出江仓坡的名字后，脸上的笑容就迅速收回，坐到床前开始做布置。他并不避讳阮秀贞，甚至把阮秀贞也当作参加行动的人员，讲解了一个细致的行动方案，行动的目的只有一个，就是把江仓坡杀死。

他说为了引出江仓坡，他们花了三个月时间，做了各种部署，执行了一系列计划，消灭了八个日本间谍，加上小林消灭的两个就更多了。日本布置在滇缅公路沿线的情报系统人员被消灭十个人，几乎瘫痪，江仓坡一定着急，会亲自出马应战。

但你是诱饵，丁先生微微一笑说，为了引出江仓坡，我们把你抛出去了，你是江仓坡的目标，他是我们共同的目标。

小林问，我怎么做？在这里等死吗？

哈哈！丁先生说，江仓坡没那么傻，你守株待兔，露出马脚，他马上就会走。

阮秀贞说，你们这是干些啥呀？拿小林去引日本人？

丁先生不理她，接着解释说，我们一起行动，该做什么事就做。

小林问，你到底是谁？是老王布置的人员吗？

丁先生说，不必问那么细，干这行你知道的，大方向对了，行动都是自己制定，事情也是我们自己在做。

小林隐约明白，无论丁先生是否值得信任，自己都已经被监视，再次落入日本人的陷阱了。

现在他只能假装跟丁先生配合，见机行事。

丁先生继续部署，他说已安排助手去段氏马店打听，确定江仓坡的位置了，也就是说，江仓坡这个人已经来到下关镇，住进了段氏马店。江仓坡带了几个人并不清楚，也无法搞清楚，我们要的只是江仓坡的人头，干掉人马上离开。

丁先生对阮秀贞说，你守在这边，以防意外，说不定他们有什么人住在你这边呢。

接下来他们就出发了，丁先生和小林，加上下关镇上那个卖烟土的瘦子，上次被小林收拾的那个青年，他像从地上爬出来似的，马上从丁先生的身后闪现，站在了小林的面前，同样的打扮，凶神恶煞，瘦得像个骷髅，让小林看了身子发冷。瘦子扮作当地人，带着小林和丁先生，去段氏马店投宿。

他们走出阮秀贞的客栈，踩着后半夜更加宁静和明亮的月光，沿着空无一人的土路，走向前面黑乎乎的段氏马店。马店的门半开着，推开就可以进去，可能门臼里倒了油，推门没有声音，门臼很润滑，更给小林一种悬浮虚幻的感觉。

守夜的家丁睡觉去了，院子里装满了空空的月光，伙计也都睡着，瘸腿少年已死，没有人从黑暗中蹿出来引路，瘦子找人很辛苦。他在三个大院里来回转了几圈，摸到一个睡在屋檐下长凳上的家丁，把这人拖起来，找到一个空房间住下。

丁先生在刚才的布置中，反复提到段氏马店的烟馆，他的助手去段氏马店调查时，明确听说了江仓坡。丁先生说他没有亲眼见到人，也不认识江仓坡，只是听别人喊，感觉耳熟，再摸底，知道江仓坡大约住在靠近段氏马店烟馆的一个房间里。

现在行动开始，不能扑空。江仓坡受到惊动，就会像老鹰扇动有力的翅膀飞走，能让他们看见空中远去的尾巴，就已经不错了。他们进门出手要快，完事马上走人。

丁先生和小林在新开的房间里睡下，瘦子助手不知消失在何处。房间小窗敞开，月光斜射进来，亮得心慌。窗外的脚步声走远，那个给小林开客房门的段氏马店家丁，打着长长的哈欠，返回屋檐下的长凳上，把手里的法式步枪丢到地上，继续睡觉。丁先生不出声，躺在床上像真的睡着，小林起床关窗子，丁先生似乎听到异物声，一下子就从床上滑下，拔出了手枪。小林关好窗子开门，也拔出枪，跨出去查看，丁先生迅速跟上。他们一前一后，找到江仓坡的房间，各蹲在门的一侧。小林轻轻一推，房门就滑开，月光随之而入，流进房间，两人靠在门外，各自握紧了手枪。

19

　　江仓坡真的来了。

　　他坐一辆拉大米的卡车从缅甸赶来，在下关镇下车，住进段氏马店，第二天就病倒了。吃了店伙计给他找来的草药，还是不见好，就睡在房间里休息。他可怜巴巴，孤身一人，无声无息，住在杂乱喧闹的段氏马店，更显无助。没有人注意到他，他却在病中信心十足地等待着小林。

　　小林的名字在两个月前被他成功发现，顺利进入了他的名单，但远在昆明城遥控云南间谍网的白诗之并没有发出杀人指令，江仓坡就不敢动手。他们的计划很多，目标也多，小林只是其中之一。白诗之对行动有全盘考虑，任何人，包括江仓坡，必须绝对听从白诗之的安排，违者格杀勿论。

　　已经死去的那个吴老板没有说错，江仓坡在缅甸就是一个卖大米的商人，租一个上下楼的房子，楼下开店，楼上住宿，说中国话，每天接待中国来的大米贩子。他的身份是中国福建人，战乱逃到缅甸，三兄弟一起做大米生意。江仓坡在缅甸进货，两个假扮弟弟的助手往中国送货，也把别的中国商人带来。现在江仓坡脾气大改，低眉顺目，唯唯诺诺，像一个轻声细语的缅甸傣族男人。

　　对于自己的伪装，江仓坡很满意，他为此常有虚无缥缈的错乱之感，恍惚辨不清现在的中国人江仓坡跟从前的日本人西乡，哪一个更真实？哪一个像飞鸟？哪一个像猎犬？或者自己既是一只会飞的鸟，也是一只会咬人的狗？他也辨不清中国和日本，哪个国家更让自己迷恋？辨不清战争与和平，哪种日子更令人舒畅？他在夜里独坐木楼上，闻着弥漫在空气中的大米香气，悄悄说几句日本话，感觉很生疏，极不习惯。对自己出身日本的来历，也有些怀疑了。这种深刻的改变，说明自己功夫过硬，入戏太深，由西乡到江仓坡的角色转换天衣无缝，比之白诗之，毫不逊色，他为此自豪。

此次江仓坡从缅甸亲自赶来，是为了报仇，向中国显示日本的强大和不可战胜。接二连三的挫败让江仓坡大受打击，更让远在昆明的白诗之震怒。其中的两件事，最让白诗之伤心。一是周密的滇缅公路情报网设置，被小林撕开了一个大洞，两个中国助手被杀，吊死在公路边示众，严重打击了情报网工作人员的信心。二是缅甸的日本情报网工作间被人纵火烧毁，小楼上存放的5吨大米被烧无所谓，关键是中国人江仓坡差点化作了青烟。

江仓坡没被烧死，米店的小楼上却留下他的炭黑尸骨。

小楼里确实烧死了一个人，那个人是江仓坡雇用的缅甸助手，他将计就计，把那个烧成黑炭的人认定为自己，以混淆视听。也就是说，中国人江仓坡在火灾中亡故，日本人西乡以另外的身份，在缅甸更成功地潜伏了下来。

失败令人心痛，更令骄傲的白诗之绝望。在缅甸方向的重大损失事件发生后，白诗之抄了一首中国五言古诗，托人从昆明捎给缅甸的江仓坡：

倚醉横官道，
携书卧帝京。
月残秋雁血，
漏断古蝉音。
碧野悬风露，
青灯照古琴。
白头何所寄？
犹作水龙吟。

极其隐忍的白诗之，用这样一首抒情感很强的中国古诗来表达内心的孤愤与斗志，说明他已经忍无可忍，江仓坡不能完全理解这首诗的含义，却能从字面上感受到白诗之的痛苦，为此深感羞愧。

于是江仓坡亲自出马，直奔下关镇的目标小林。

常规的思路是，他住进杨家客栈，等待小林出现，一举消灭。可这种做法很容易被识破和防范，于是江仓坡换住段氏马店，给人病弱虚脱的表现，轻声细语，弓身而行，步履迟缓，躺在房间，整天不出门。

丁先生和小林在月光下悄悄摸来了。

他们制定的杀法是，不用怀疑，见人就开枪。可他们推开江仓坡的房门，屋内并无动静。两人连眼色也不用交换，就纵身齐跳，闪进了房间。床上空空的，房间里没有人。两人迅速撤出，不约而同地直奔院门，朝杨家客栈冲去。他们认为自己上当了，江仓坡是住在阮秀贞的院子里。

跑出段氏马店，丁先生被地上的一个东西绊倒，重重地摔了出去，他爬起时伸手摸到一具冰冷的尸体，吓得在地上打滚，快速躲开。小林从他的身后扑上来，在月光下趴着辨认地上的尸体，看出是丁先生的助手瘦子。这个人已经死了，躺在段氏马店的院门口。

丁先生刚叫一声不好，就头部中弹，脑袋猛垂，不会动弹了。路边的黑暗中，有一支枪朝他射出了准确的子弹。

小林趴着不动，屏住了呼吸。

右前方又响了一枪，趴在地上装死的小林，眼角余光看到路边漆黑的树影里走出一个人，这个人出现在蓝色的月光下，小林就趴在地上叫苦，明白是这个人向自己开枪。现在这个人毫不犹豫地朝小林走来，远处却传来了第二声枪响，这个人站住，身不由己地回头，打量传来枪声的方向。

小林手起枪响，把这个人打倒。

小林一跃而起冲过去，瞄准这个已被打倒的人，朝他的脑袋再开了几枪。

复述那个夜晚非常困难，双方的杀法都极其果断，刀枪刹那间亮出，眨眼收回，事件结束，生死交替瞬间完成。小林听到第一声月光下的枪响时，来不及思考，丁先生就倒下，魂归天国。接下来出现第二声枪响，杀手迟疑一下，小林有些惊奇。这声枪响有些粗笨，爆破声的扩散很空旷，无限宽大，也无限遥远，感觉枪管不是瞄准人的身体，是指向头顶，把子弹射向了注视着这场战斗的苍茫夜空。

这第二枪是阮秀贞打出的。

刚才在杨家客栈客房里，丁先生当着她的面，忽然亮明自己的国军情报人员身份，把她吓蒙。接下来的一番部署，更让她心惊肉跳。她在小林和丁先生走后，去房间里取出长枪，检查了子弹，坐在床边发一阵呆，然后提着枪出来，迟疑地走向段氏马店，正巧遇上了马店门口的枪战。

她那一枪打得很臭，枪管跳起，子弹射向了天空。但步枪粗犷的声响，严重干扰了江仓坡的行动。这个瞬间就成功枪杀丁先生和丁先生助手的日本间谍，一个超级镇定的杀手，在阮秀贞的枪声干扰下出现了迟疑，小林获得机会，一枪把江仓坡击毙。

小林迅速打扫战场，把几个死人全部拖到卡车边，搬了上去。段氏马店门口的血迹和枪声小林无法抹去，只能留给那个将被人们长期议论和猜测的黑夜了。但这一带兵匪混杂，打打杀杀时有出现，各种说法热烈流行，也会疲惫消失。要紧的是阮秀贞，她在那个夜晚开了一枪，日子就被击碎，身份也发生了变化，她们母女应该撤离。

阮秀贞笑着说，我去哪里呢？跟你上昆明吗？

小林说，是的。

阮秀贞说，你在昆明有老婆吧？我不去。

小林想起了陈小姐，心中慌乱。

他喜欢阮秀贞，对她有强烈的依赖，只把陈小姐当作朋友之妻。可朋友胡笛已魂归天国，陈小姐孤身一人，小林又曾跟她有过一夜之欢，真能保住不爱上她？再说，这个陈小姐，真的只是需要照顾的姑娘吗？小林对于自己究竟会不会再次爱上陈小姐，或者现在是不是重新爱上了陈小姐，实在无法说清。

他只记得，那天跟踪小板桥村的妖冶中年男人，不知不觉出村，坐马车进城，来不及跟陈小姐告别，两人就失去联系了。第二天他接到任务，驾车再去缅甸，返回时住进下关镇的杨家客栈，再次见到了阮秀贞。

接着就发生了他与丁先生共同经历的下关镇生死之夜，如果自己死在了江仓坡的枪下，陈小姐将永远不知他去了哪里。小林想，我死了不要紧，陈小姐好好活着就行了。

小林晃几下脑袋，摇散了眼前的陈小姐，对阮秀贞说，我觉得你还是跟我走，离开这个鬼地方。

阮秀贞说，这不是鬼地方，是我的家，你放心，我会活得好的。

小林不能久留，只得离开。

半个月后，小林再次驾车翻越龙山，直奔下关镇。

找到杨家客栈时，他发现院门半闭着，门槛处有几只小鸟在地上跳跃，啄食灰土。小鸟看到小林走近，展翅飞起，穿过下午的空气，子弹般射向路边孤独的大树。小林走到杨家客栈的院门边，轻轻一推，门就打开，就像那天晚上推开江仓坡的房门，于是他恍然听到了阮秀贞的那一枪，那声子弹打偏并射向夜空的空旷枪响。

走进杨家客栈的院内，空无一人，没有声音，不见人影。小林的心紧缩，被恐惧之手攥牢。院门外的地上有小鸟跳跃，院内却比宁静更空寂，没有虫鸣鸟叫，不见蚊蝇飞舞，只有几片落叶被小林带进来的风吹得轻轻翻动，在地上摩擦出细微的声响。

小林找到后院阮秀贞的房间，吃惊地发现，半月之中，门板上竟然长出了一根很细很长的藤蔓，那藤蔓像一个软弱的、努力挣扎着向上爬行，企图向世界报告重大消息的小生命。它披挂着满身细碎的小叶片，沿墙角而来，从门槛边往上，跨过房门与门槛的相交缝隙，朝上爬得很高，已经快到门顶了。最高处蛛丝般纤细的柔嫩藤尖，轻轻摇晃，还没有足够的力量扒紧木门，给人摇摇欲坠的危险之感。藤尖处两片刚刚长出的对称小叶子，比针眼稍大，像一对眼睛，朝小林投来欲言又止的陌生目光。

没有人知道阮秀贞母女去了哪里。她们似乎拔地而起，一夜蒸发。究竟是闻风而逃？还是被人绑架劫持？或遭遇其他厄运？没有人给小林提供答案，下关镇保持了巨大无边的沉默。小林四处打听，辗转找到二十公里外桃花出嫁的婆家，说到桃花母亲和妹妹的失踪，已经怀孕的桃花，挺着笨重的大肚子，坐在窗前的一条长凳上，背对着下午空荡荡的阳光，顿时泪如雨下，她对母亲与妹妹的去向，同样一无所知。

20

那是遍布危险的日子，也是悲伤重重的时刻。小林满腹疑惑与绝望，却不能耽误，要赶紧离开。他一路泪流满面地驾车，车窗外猛烈的风把他的眼泪吹干，泪水又源源不断地流出，再被风席卷而去，直到眼睛干涩，眼角溃烂，口鼻处长出的疱疹成片破裂，小火苗似的烧得皮肤火辣辣地疼。

此次跑缅甸，经历的危险类似远洋邮轮碾压的波涛，铺天盖地，此涨彼落，动荡不止。死神的大脚到处踩踏，毁灭一切。先是澜沧江的功果桥被日本飞机炸塌，运货的卡车堵了十几公里，困在桥对岸半个月，小林的车是其中之一。后驶到边境的畹町镇，缅甸爆发激战，空中落下的炸弹震得卡车结实的车轮上下跳跃，流弹击中的小鸟，像秋天的树叶一样四散飘落。燃烧的森林中蹿出两只豹子，背上着火，四腿绷直，笔直地射向水塘。

英国军队扛不住日军的进攻，几个阵地失守，已做出撤退准备，开始炸自己的油库和军火库了。小林的卡车驶进缅甸，一路碾压着燃烧的路面前进。充满火药味的热气破窗而入，感觉轮胎随时会爆炸。他看到英国士兵抢在撤退前破坏设备和毁灭物资，朝自己的军火库扔手榴弹，气得鼻子冒烟，想跳下车去揍人。他驾车左拐右绕地躲避头顶的飞机，冲向货仓，载满货赶紧就逃，赶在日军飞机的下一轮狂轰滥炸前过境，逃入中国，一路狂奔赶到下关镇。

走进人去室空的杨家客栈，小林惊魂未定，满腹疑惑。

他继续奔逃，在悲伤的鞭打中回到了昆明。

昆明的报纸已在大版面议论缅甸英军的失败，推算日本军队攻击中国边境防线的时间，末世的阴云笼罩了报纸，市民们依然彬彬有礼，相互问候。商店开门很晚，懒散依旧，店主接近中午才卸下铺面的门板迎客，昆明生活永远不慌不忙。

小林回到昆明那天，城里狂风大作，天有异象。书林街金鸡塔上的大鹏金翅鸟昂首发出响亮的鸣叫，叫声悠长尖锐，在半座城的上空盘旋，久久不散。引得很多人出门仰望，循声搜寻，专注地眯着眼，倾听空中的奇异鸣响。

小林走进金碧路的四合院，老王就闻声而至，恭恭敬敬地登门拜访。又是一番讨洋货看稀奇的表演，再送上巴结友好的笑容，然后老王猛眨眼睛，提示小林有要事，客气地邀请小林去家里吃饭。

小林心中烦闷，很厌烦，不理老王，倒头就睡，醒来时屋内外已被夜色吞没。他拖着沉重而悲伤的双脚，出门去老王家。老王耸着肩，把脑袋压得几乎接近桌面，眼皮上翻，瞪住小林，告诉他一个行动计划。

根据前线战况，昆明的日本间谍可能会活跃，可借此机会出击，抓一批人。另外，情报显示，日本人可能会对昆明再进行一次大轰炸，以制造恐慌，小板桥作为一个著名的物资交易场所，也许是日本飞机的轰炸目标之一，所以小林要赶紧出发，把陈小姐接进城来躲藏。

老王把自己的行动计划跟书林街古塔上的金鸡鸣叫相联系，认定其中有某种神秘的串通，可以理解为金鸡报警。他说金鸡在提醒我们，日本人要露面了，一抓一个准。小林无动于衷，这次滇缅公路之行，让小林深受打击，阮秀贞母女的失踪，让他心中空洞，无所依靠。他对刚才老王提到的陈小姐感兴趣，但一路饱受惊吓，实在太累。老王瞪大眼睛，伸出一根有力的指头在桌上连敲三下，小林也打不起精神。

小林表情木然，老王接着说出了山田的名字，小林哗啦跳起来，大为兴奋。老王赶紧摁他坐下，激动地告诉小林，已经查明，日本间谍山田就住在昆明城里，他的中国名字确实叫白诗之。

老王感慨地说，他在我们面前啊，伸手就可以抓到了，可是很长一段时间，我们连他的中国名字也不知道，惭愧啊惭愧！

小林说，老子这回要把他干掉。

老王说，如果想些办法，搅乱局面，估计山田会露出尾巴。

小林说，估计会露出脑袋。

老王说，露出尾巴就一把抓住。

小林说，露出脑袋就一枪。

于是老王就提到了小板桥村那个引起陈小姐关注的怪男人。

老王的高效调查令小林惊讶，那个被小林跟丢了的小板桥村男人，已被老王找到，查了个底朝天。他就是一个日本人，原名中村二男，现在使用的中国名字是花一朵，这是一个艺名。他曾是狂热的日本能剧爱好者，做间谍后，对戏剧表演的爱好无法在心中灭绝，就把这种爱好披上特殊的中国外衣，转而研究中国戏曲，黄梅戏越剧和京剧都很熟悉。来到昆明，他仍然痴迷唱戏，涂脂抹粉，打扮妖冶，跟一帮昆明的滇戏票友玩得很熟，并把自己原用的中国名字花一凡改为了花一朵。如此艳俗的名字过于招蜂引蝶，使他伪装极好的滇剧票友身份之后，露出了长长的丑陋尾巴，为老王的调查提供了极大的方便。

小板桥村的黑神殿，是花一朵的情报交换处，大黑神是他们接头的固定位置，有人把藏在小泥团中的消息送来，花一朵假装祭拜，悄悄取走。他送出的消息，也藏在大黑神屁股下，让别人取回去。花一朵的公开身份，是小板桥村安徽来的仓储商，租了好多空屋，专门帮人储货，手下有一帮雇工。这个职业很厉害，既有仓库藏匿自己的货，比如军火武器，还有一帮化身为仓库搬运工的人马，不容易对付。

小林说，怎么不好对付？叫当兵的去，一网打尽。

老王说，其实我们过去也可以把他们干掉，但这些人并不是最重要的目标，我们的目标是山田。

小林说，明天我去小板桥，先把这朵烂花找到。

哈哈！老王笑了，又赶紧捂住嘴，朝关严的窗户看一眼，低声说，这个花一朵，他会出来的。你不是明天去，是先休息两天，后天再去小板桥。记好了，后天早上你去大东门坐马车，花一朵也会坐，跟着他就行。

小林想到不能立即与陈小姐见面，有些灰心，领了任务回家，躺在床上，闭目一算，眼前就纷纷落下撕碎了的日历，算出自己有近一个月没见到陈小姐，吓得睁开眼睛，看着头顶的黑夜发愣。想到有老王暗中保护陈小姐，又松了一口气，慢慢睡着，在梦中走远。

小林这次驾车，亡命奔逃一千多公里，吃尽比从前更多的苦头，惊吓被层层挤压，变成了干涩坚硬的疲惫，刮伤皮肉，塞满骨缝。他希望尽快见到陈小姐，对老王规定后天才能去小板桥感到不满，但他不敢破坏规定，只能执行。于是无精打采地从老王家出来，回自己的家，松垮垮地躺到床上，一觉就睡到次日中午。起来上街，东摇西晃，喝醉酒似的步履不稳，去小馆子里胡乱吃些东西，回家再睡，竟然睡到了第二天清晨。

小林在对陈小姐的思念和担忧中醒来，天已灰白，赶紧出门，匆匆赶去城外坐马车。上车后发现一个身穿蓝褂子系花围腰的乡下老太婆有些面熟，心生不解，自己怎么会认识一个乡下老太婆？马车晃荡着走出好长一截路，郊外菜地的雾气渐渐散开，小林才认出这个老太婆是花一朵装扮的。

花一朵闭着眼打瞌睡，脚边放了一只大竹箩，细皮嫩肉的脸和挂在嘴角的讥诮，揭穿了他的原形。花一朵大清早背一只竹箩，装成卖完东西的样子，怎么可能？谁会大清早就卖完了东西？为什么暴露出这么大的漏洞？他换这身打扮有何用意？是异装癖还是避人耳目？或是故意惹火上身？

马车走到半路，花一朵忽然喊停车，挎着大竹箩下车了。小林措手不及，也跟着下车。两人站在村口一个长长的水沟边，水沟里支满了木制的踩踏水车，小林默默数了一下，水车共有5架。四周空无一人，小林和花一朵两人就格外孤单显眼，相互无法回避，小林干脆朝前走两步，拦住花一朵问，大嫫，这个村咯有唱滇戏的人？我来听戏玩。花一朵说，哎哟，你还问合的啦，我就是来唱戏，你跟我去得啦。

小林大喜，跟着花一朵进村，找到一座名为普福寺的小庙，进去看，小庙院子里坐了一帮人，拉二胡敲锣镲，穿红戴绿，涂脂抹粉。有伸长脖子唱的，有咬文嚼字练说白的，也有人在练功，把腿高高地架在树干上，身子不断朝下压，疼得龇牙咧嘴。花一朵打扮成老太婆，挎一只大竹箩进院子，有人就笑起来，哎呀！我家大嫫，真的要来背媳妇啦？小林混入人群中打听，才明白花一朵换装出发，原来是为了演戏中一个背媳妇回家的老太婆。

小林不是来演戏的，也不想看戏，他混在一帮戏子中，被那些人吵得头皮发麻，心生厌烦，就趁花一朵上台走场，赶紧溜走，去找同伴，商量如何对付。

他从村里出来，遇上要去小板桥赶街的本村马车，就搭车同行，顺利到达了目的地。这辆把小林送到小板桥的马车，是老王安排了专门保护他的，赶马人是老王手下的情报员。

小林坐上马车，意识到自己走得急，也许是一个失误。他跟着花一朵去普福寺看人排练滇剧，屁股没坐热就溜走，肯定会被花一朵怀疑。

马车四周的稻田和菜地里，有零散的村民在干活，挑担子和赶牛车的人跟在马车之后，这些人中可能有花一朵的同伙。小林认为自己暴露了，可这个错误是老王安排的，老王已经交代过，要他在花一朵面前晃一下，立即离开。

马车又走出一段路，小林想通了，老王如此安排，是为了引起花一朵的警惕，反过来让自己成为他的目标，把对手引向错误的方向。

小林在小板桥村口的小石桥旁下车时，从马车夫使用的马鞭上认出这个人是老王的情报员，相视一笑。马车夫把马鞭高高扬起，又忽然放下，脑袋凑近小林说，你进了黑神殿，不要出门，等着。说完，朝黑神殿的方向甩出一个响鞭，掉转马头，往村外去了。

小林赶紧进村，来到黑神殿外的村道口，看见陈小姐握一把长扫把，在黑神殿院门外的空地上扫地。她用一块小板桥村民钟爱的蓝布头巾包起了头发，手里的长扫把在地上划一下，身边就有黄灰轻轻腾起。看到小林走来，她丢掉扫把，吃惊地张大了嘴，然后惊喜地说，哎呀我以为你"那个"了呢，不见你好长时间了啊！

小林说，哈哈，你以为我死了？

陈小姐红着脸摇头说，也不是说死了，是觉得你情况可能不好。

小林从地上捡起扫把，在空地上大踏步地走动，唰唰唰，扫得黄灰翻滚，陈小姐笑着抢回扫把，摘下头巾挥几下，赶走升起来的灰尘，带着他走进黑神殿。

走进黑神殿院门，小林马上变脸，拖着陈小姐闪进后院的厨房。

不要动，小林说，我要躲在这里，今天不出去。

陈小姐哈哈一笑说，你这么紧张？

小林说，要不你送我上楼？让我去你睡觉的房间躲着？

陈小姐说，躲个鬼啊！看你神经兮兮的样子，是想骗我上楼做那种事，是吧？我可不是你老婆。

话说得如此明白，反而小林害羞，说不出话，陈小姐笑得弯下了腰。

21

现在，书林街教会学校的国文教师白诗之稳坐家中，不露声色。老王的一系列部署，有些慌不择路和乱中出错的感觉，令白诗之眼花缭乱，不得其解。他的心每天夜里都怦怦狂跳，响亮地敲打昆明之夜。各种公开或秘密的消息有力地激荡着他，给他带来巨大鼓舞，他知道等待已久的历史时刻即将到来。日本军队在东南亚大踏步前进，所向无敌，在缅甸也把英国军队打得节节败退。白诗之从佐佐木上司那里获得的消息是，不出两个月，日本就要占领云南，再用一个月夺取重庆，中国就彻底完蛋。大东亚共荣圈圆满合围，征服了整个亚洲，日本就可以率亚洲征服全球。

佐佐木上司告诉他，目前的操作方法是，按兵不动，等待大动。

为了保存实力，以防关键时刻发生意外，白诗之精心设计，做出了一套三连环的行动计划。这个三连环行动并不是在昆明搞三次破坏性攻击，而是像一只美丽的蚕，层层包裹，无声无息地藏身于茧中，迎接破壳展翅的灿烂时刻。

所谓三连环，是三个相互保护的工作步骤，最终的结果只有一个，即万无一失。他长期蛰伏在中国人白诗之的身子里，受尽委屈和折磨，代价相当大，也极其成功，不能在胜利的前夜出现任何失误。即使失误不可避免地发生了，也要有两个以上的补救预案。

永无尽头的蛰伏，给白诗之带来了无穷的寂寞，他像一只被压在石板下的老鼠，骨头破碎，内脏出血，不得呻吟。尽管他在石头的重压下迅速刨出一个坑，藏下了小身子，保住了性命。但巨石下方干硬狭窄的黑暗，让他饱受煎熬，一次次陷于绝望。

他的工作比较成功，挫折也不少，最可怕的是孤独。他从来没有想过要做一个间谍，现在却做成了一个间谍的高手。一个间谍高手最大的本事就是忍受孤独，不是单个人的孤独，是茫茫人海中无人倾诉的孤单与漂泊。在忍无可忍时，如果遇上失败，常会绝望。

在昆明城的深夜，他曾悄悄起床，摸黑来到厨房的灶台边，找到冰冷的菜刀，想自杀以结束痛苦，因为在他的指挥下，情报人员接连被抓捕和被杀死，令他羞愧。他握着菜刀，在脖子上反复比试，最终下不了手。面对突如其来的自杀渴求，他竟能保持清醒，没有选择经典的日式切腹，以免暴露。说明他对活下去做一个好间谍仍然存有信心，于是他收起菜刀，看一眼窗外的月光，摸回床上，继续睡觉。

有一天白诗之写诗，忽然手脚发热，脸上发烧，怀乡之情喷涌而出，无可阻止，对中国的五言绝句产生极大的厌恶，于是他不怕犯忌，挥笔写出了几句久违的日式短诗。

前几句是：

种子在石头下吮吸甘泉，
鲜花准备为它张开翅膀。

后几句是：

月夜满城寂，
独闻古塔声。

还有几句：

不识白诗之，
匿名亦英雄。

  这几句诗都带有自我表彰的强烈自恋倾向，可以想见白诗之对于登场露面的迫不及待。作为一个久经考验的资深间谍，这种冲动是很忌讳的。但老鼠在石头下压抑得太久，总会有喊叫声破裂迸发的时刻，老王就静静地等待这个时刻。只要白诗之露出焦虑的尾巴，即使那尾巴细如蚯蚓，即使那太细的尾巴只在黑夜的最深处微微一晃，老王也能敏感地一把抓牢，把他拖出土洞，一刀斩落脑袋。

  白诗之得意地抄完那几句诗，马上意识到了自己的失误。他吓得脸色苍白，呼吸急促，赶紧把抄在宣纸上的日式短诗揉成一团，大把撕碎，扔进一个铜盆中。再舀进几瓢水，看着宣纸在水中变稀，看着墨汁文字从宣纸上挣脱，水草似的在盆中游动，渐渐碎裂，幻为无数黑色的小蝌蚪，再全部融化消散，最终化为一盆水中的黑夜。

  他并没有记录下来什么，也绝对不能记录。这几句很容易暴露身份的日式短诗抄在纸上，已经溶化。为了万无一失，他还要赶紧把这几句精彩短诗从脑袋里驱赶出去，迅速遗忘。

  他坐下来，长长地出了一口气，又深感悲伤。

但他忘记了还有一张宣纸，那张纸是他最早写的，因为对诗中的两个用语不满意，他另做修改，重新抄写，原来写的这张纸，就揉成团扔进了垃圾桶。等他在焦急中忙乱，匆匆抹杀自己犯下的大错，把几张宣纸仓皇揉碎并放入盆中溶化，脑袋空白地坐下来大口呼吸时，那张最早被揉成团的宣纸，就这样被遗忘在了垃圾桶底部。晚饭后，垃圾桶装满，白诗之把垃圾桶提到院门外，摆在街边，等待赶马车收垃圾的人把桶倒空。

此时，郊外小板桥村的小林和陈小姐，正坐在黑神殿后院的小厨房里，小林藏在光线暗淡的灶门口添柴，陈小姐在灶台边切菜，两人都耳朵竖直，密切倾听前院的响动。院子里一直有人进来，脚步声七零八落，来人都小声说话，不敢吵闹，拜了神，低头离开。这些声响陈小姐很熟悉，小林却听得吃力，心中无数，眼前迷茫。

忽然，陈小姐说，来啦，那个人。

小林急忙站起。

陈小姐说，你可是要躲着，不能让人看见哦。

小林遗憾地坐回灶门口。

陈小姐提着一把扫把出去，在院子里慢慢扫起来，她看到那个爱唱滇剧的妖冶男人果然来到，正跪在大黑神像前磕头，把几件供品放到神台上，站起来低头退出。于是陈小姐跟着出门，在院门外的空地里用力扫地，扫得黄灰翻腾。蹲在远处村道口的一个人站了起来，目送着从黑神殿里走出的那个唱滇剧的男人，慢慢跟了上去。

根据老王的设计，小林大清早坐马车出城，跟着唱滇剧的男人去普福寺，中途离开，就是为了引蛇出洞。花一朵果然上当，赶来小板桥的黑神殿送出消息。老王经推算后认为，这个消息当天晚上将到达白诗之手中，三天之后，白诗之会有所应对。

一个意外的收获加速了事件的进展，那就是白诗之一时性起，手书的日式短诗纸稿。那个抄了短诗的最早的宣纸团，像一个被遗弃在垃圾桶里的私生子，满腹委屈，心有不甘。垃圾桶放在院门外的街边墙角，等待着收垃圾的马车夫。可马车夫把垃圾桶提起来，倒垃圾进车厢时，垃圾铁桶里的弃儿飘然滚出，顺风而下，落到地上，沿着书林街的墙角翻卷而去，在几十米外的金碧路口，被一个过路的乞丐拦住，捡了起来。

乞丐在路口坐下，把宣纸团铺在地上，慢慢展开。老王正巧从乞丐的身边走过，看到乞丐坐在地上读诗，好奇地停住，朝宣纸上看去，漫不经心地问，哪里捡来的？乞丐看一眼老王，咧嘴一笑，并不回答。老王再读一遍纸上的短诗，抬头朝书林街看去，扭头走了。

小林每次去小板桥看望陈小姐，都有一个愿望，就是劝她离开村子，来城里住。她不愿住同仁街，那是绝望之所，也不愿住进小林的四合院，这会让她觉得自己轻贱，离不开男人，欲钻小林的被窝。小林愿意顺从她，另帮她租一个房子，可陈小姐坚持谢绝。

今天，唱滇戏男人赶来黑神殿送信，迅速离开，小林的任务就完成了。小林躲回后院的小厨房，陪陈小姐说话，拐个弯，提出了另外一个建议。

小林说，想去马来西亚吗？

陈小姐说，想去啊。

那么我带你去，小林说。

陈小姐问，你为什么要带我去？

小林说，我是那里的人呀。你回昆明城里去住，其实是为了离开昆明，这里肯定也不是你的久留之地，你老家是湖南，我老家是马来西亚，我带你去老家玩玩吧？马来西亚，去吗？

陈小姐笑着问，你怎么认为昆明不是我的久留之地？

小林说，你想留在昆明吗？那么我也就留在昆明。

陈小姐说，哈哈！狐狸尾巴露出来了。

小林说，尾巴是坏人的，不是我的。

陈小姐忽然说，想起一个事来了，有人来过庙里，打听你的事，问我是不是认识一个马来西亚的司机。

小林问，你怎么说？

陈小姐说，不认识的人我能怎么说？告诉他不认识呀。问题是他怎么会找到我这里来？

小林皱着眉说，会是坏人吗？可能你真得离开这里，还是进城去吧，以后这个地方，可能我也要少来了。

陈小姐愣住。

小林匆匆告别，心中慌乱，出村坐船，慢慢晃悠着前行。他坐在船头，看宝象河岸边渐渐暗下去的黄昏风景，想起有一个人也曾去小西门的运输队打听自己，疑惑更加增加，这个人是谁呢？

日本间谍找来了吗？

或是阮秀贞母女找来了？

他心中慌乱，憋得难受。

小林坐船上岸，再换马车，颠簸着进城，天已经黑下来。街上人影模糊，回到金碧路的四合院，他把心中的疑惑告诉老王。老王不加思索地摇头说，如此公开地找你，只会是朋友，不会是日本人。

会是阮秀贞母女吗？

老王说，陈小姐认识阮秀贞的呀，她说了是阮秀贞吗？

小林啊的一声叫起来，想到自己昏头，竟然忘了陈小姐对阮秀贞更熟悉，他尴尬地笑了。

小林问，那会是谁呢？

老王说，如果是女人，哈哈，会不会是你跑车时认识的姑娘？

小林摇头说，陈小姐没说是女人。

老王说，那就先不说，说别的事，大事。

小林从未见过老王如此大声说话，心头一惊。

老王说，好事来啦，有一个特大情报，猜猜会是什么事？

老王也从来不会如此幼稚，让小林猜什么情报。

小林说不出话。

老王说，白诗之，那个日本的贼，就住在不远处的书林街，他要完蛋啦。

小林大喜，惊得跳起来，冲老王大叫，等什么呢？现在就去干他！

此时，老王才苏醒，意识到自己的错误，赶紧一巴掌把小林打倒，又赶紧扑上去扶起小林，把门窗关严，坐下去慌张四顾。

小林对老王越来越佩服，也越来越言听计从了。这个老王，比之传说中的日本间谍更技高一筹。他看上去是一个可怜的粗人，低三下四，爱占小便宜，说话唠叨，不得要领。其实他是留学德国的博士，年轻的康德哲学研究专家，还获得过英国的机械设计学位。他怎么进入了情报系统？又怎么来到云南，学会一口地道的云南玉溪土话？小林不得而知，他只是对老王强大的逻辑设计和快速计算能力深感惊讶。比如现在，老王几句话的解释，就让他明白，根据乞丐手里的宣纸和纸上的日本短诗，白诗之就住在书林街金鸡塔周围不出300米远的地方。

小林问，那会是什么地方呢？

老王说，先不说住什么地方，我怀疑他就在书林街工作。

干什么呢？印书吗？小林问。

老王说，他应该做得更隐蔽。

22

当记忆的老鹰从小林的脑袋里强行起飞，穿越五十年的金黄色时光，扇动羽毛凋零的苍老翅膀，越来越缩小地飞向远方的黑夜，有两件事却顽强执守在小林的脑袋里，像峭壁夹住的两块岩石，不肯掉落。这两块石头一个是白诗之，一个是马来西亚老家的梁叔叔。

五十年前，老王在昆明市区的地图上画一个圈，计算出白诗之居住地的可疑范围，却无法把手中的笔尖精确戳到白诗之脑门上。粗略计算，老王目光所及的方圆三百米的书林街范围内，是昆明闹市区人口最稠密的居住旋涡，至少聚集了三百个人，除去小孩，起码有一百个成年人，一百个成年人可能会从事三十种以上的职业，要从三十种职业人口中查找一个高明的间谍，他早就被惊动，逃之夭夭。

距离太近，就不能动弹，只能等待。

老王屏声息气，白诗之就没有觉察到危险，照常按部就班地去教会小学上课。不过，他目前的处境，远在职业高手老王的推测之外。现在的白诗之，已不是单身一人，他娶了学校的女同事吴淑珍做老婆。这女人在湖南长沙城被日本人攻破后逃出，夫妻二人，带着一对儿女，吃尽国破家亡之苦。丈夫在逃到贵州山区时因肺炎病故，她与一双儿女来到了昆明。获得白诗之的爱情后，一家四口，其乐融融。

白诗之的好脾气，以及他对古诗的兴趣和对老婆孩子的溺爱，使丧夫后已经崩溃的吴淑珍，重新恢复了湖南女人的利索和自信。她在教会小学全身心照顾孩子，教他们算学、国文、图画、音乐和手工，她的两个孩子也在教会小学读书。忙完学校的工作，回家她又满怀幸福地悉心照顾丈夫白诗之，为他规划饮食和设计睡觉时间。因为白诗之缺乏最基本的日常生活能力，只会教书和写诗。他教的高年级学生，人人写一手好书法，还人人能写漂亮的古诗。

他们供职的这所教会小学很特殊，专收战乱孤儿，安抚走失的灵魂。白诗之与吴淑珍每天早起，匆匆出门，感谢上帝给了他们帮助别人的机会。

可日本马上就要胜利了，胜利之后的白诗之，不愿选择隐蔽的情报工作，渴望出头露面，为此他心有不安。

一天夜里，白诗之躺在床上问吴淑珍，如果日本人打到昆明来，你怎么办？

吴淑珍奇怪地问，我怎么办？你呢？你又怎么办？

白诗之说，我为国捐躯。

吴淑珍叹一口气说，以你这个身体，枪也抬不动，为国捐躯可能没有机会。

白诗之说，那你呢？我问你怎么办，你把话转到我身上了，真是好狡猾啊！

吴淑珍笑着说，你怎么样，我就怎么样啊，这还用问？

白诗之说，我可能跳盘龙江，你会跳吗？

吴淑珍一愣，忽然埋下头，在黑暗中轻声抽泣。

白诗之抚摸着吴淑珍的背说，不会的，不会的，我们都要活下去。

但活下去变得越来越困难了，昆明的大米猪肉和鸡蛋接连涨价，很多物资被军车运走，白诗之每天都要去云津市场的菜市转一圈，他并不买菜，也买不来菜，却要把所有菜摊的价问个遍，用小本子认真记录下来。

吴淑珍问他，你记下这些无聊的价格有什么意思呢？

白诗之说，我可以用来计算时间。

吴淑珍大笑说，用菜价来计算时间？你骗鬼去吧。

那你说我记这些干什么？白诗之问吴淑珍。

吴淑珍说，只能问你自己啦。你就是一个怪人，下班回家不出门很怪，出门爱去云津市场也怪，去市场专抄菜价更怪，你还每天一定要写三首诗，这就怪得像个疯子了。哈哈！

疯子？

啊？说错了，对不起。

你为什么骂我疯子？

对不起，我一高兴就说错话了。

吴淑珍狼狈地笑着，扑到白诗之怀里，噘起干裂的嘴唇，嘴角细碎的皱纹里充满歉意。她想去吻他，求他原谅，没想到却被白诗之一掌推得跌坐到饭桌边的椅子上。

这是她从没有体会过的男人的粗暴，她的前夫，死在贵州山区树林里的年轻医生，身患肺炎，却无法把自己治好。那个信仰基督教的广州男人，对妻子吴淑珍永远只有两个动作，一个是拥抱，一个是亲吻。他进攻性的温柔比之白诗之的腼腆退缩，更显高贵和大方。这是吴淑珍觉得白诗之古怪的真正原因，可她无法表达，更没有做过思考和分析，只把最直接的感受说出来，没料到却换来了白诗之无情的一掌，这一掌推得她全身冰冷，眼前发黑。

白诗之怒气冲冲，转身冲进卧室，把房门啪地砸上。

吴淑珍坐在椅子上哭泣。

女儿牵着弟弟的小手，赶紧躲到了门外。

白诗之趴在卧室的床上疯狂写诗，掏出随身携带的小本子，连写十首诗，仍不解恨，气喘吁吁，心乱如麻。他被"古怪"这个评价彻底击垮，把门外的吴淑珍和一双儿女完全忘记。一边写诗，一边嘀嘀咕咕地骂人，完全无视门外的家人。

古怪，说明他手法拙劣。一个高级间谍必须面目不清，性格温吞，令人不屑，从而成功地实现隐身，从世人的眼中消失。他以为自己做得好，自鸣得意，却给人留下了古怪的印象。吴淑珍的结论，无比真实而残酷，宣告了他的失败。

他写完十首诗，满头大汗，幡然猛醒，赶紧打开门，哭丧着脸奔出来，向吴淑珍道歉,求她原谅。此时的吴淑珍眼泪已经哭干,她静静地坐着,身子僵直,任白诗之挤过来,伸手把自己紧紧拥抱。

这是不祥之兆,白诗之有感觉,却无法应对;再说,胜利的前夜,犯个小错误,也无所谓了,反正就要露面,真相大白。

他根据云津市场的菜价上涨数据分析,推断出了云南的军队调防情况,从而知道日本军队一直战绩辉煌。

次日醒来,他又后悔,意识到昨天朝吴淑珍发火的错误,赶紧布置防范。

白诗之去教会学校对面的杂货店里送出指示,召唤助手前来,商量防范措施。第三天上午,爱唱滇剧的妖冶中年男人,带了两个仓库搬运工,坐着小板桥的马车进城了。他们在大东门下车后,被早就等候的警察捕获,押解去警局的途中,爱唱滇剧的男人借口撒尿,纵身跳下盘龙江溺亡。他带来的两个随从,都是中国雇员,他们的供词,让老王把笔尖落到了书林街金鸡塔旁的教会学校上。

吴淑珍被白诗之无情的一掌,推得情绪低落,始终回不来神,第二天去学校上课,心灰意懒,教学生算学课,接连算错两道题,教唱歌又跑调,教图画,板上画出的仙女,孩子们说像一个鬼,让她听了打战。

中午吃过饭,她请了假,独自提前回家。

刚走出教会学校的门,就有两个男人微笑着朝她走来。

你是吴老师吧?老王问。

她问,你们找谁?

老王说,你的孩子呢?把他们领出来,一起带回家吧。

你们要干什么?她急得要哭了。

我们是为你着想,老王说,听我的话没错。

说话之间,老王身边的助手,已经从学校里带来了吴淑珍的女儿和儿子。

正在教室里教学生写诗的白诗之,仿佛被箭刺中,背部有金属扎入的疼痛。他猛然抬头,看了一眼墙上的十字架,巨大的空虚在身体里扩散,生出无法抑制的恐慌,他想吟一首诗,却想不出一个词。

几声遥远的呼唤，像海边水鸟的鸣叫，飘摇传来，支离破碎。他走到窗户边，朝校门口张望，看到吴淑珍的一双孩子被一个陌生男人领出了校门。他略微发愣，脸上浮现绝望的痛苦，于是丢下粉笔，朝学生挥一下手，苦笑着走出了门。

他刚走到楼下，还没有走出教室的走廊，就与小林迎面相遇。小林走到他面前，凑近他的耳朵说，白先生跟我走吧，我们去很远的地方。他如释重负地点点头，并不反抗，跟着小林穿过学校寂静的操场，跨出了校门。

会聚在校门外的老王、吴淑珍和两个孩子，已不知去向。街上车来人往，风平浪静。小林友好地挽着白诗之的臂，轻声称赞他好功夫，取了一个相当文雅的中国名字。两人小声说着话，像一对老朋友，慢慢走向书林街底，跨过玉带河的石桥，从一个石雕般一动不动的算命瞎子身边走过，坐上了路边的一辆马车，晃荡着出了小南门。

小南门外的农家菜地，挂满了秋天的茄子和星星点点的红辣椒。马车夫站起来，拉一把缰绳，两匹马就轻扬四蹄，小跑起来。马车轻轻颠簸，白诗之低头垂目，沉默不言，小林注视着他，一直在微笑。忽然，小林想起老王说白诗之爱写诗，就慢慢凑近他说，白先生，你喜欢写诗对吧？现在还有机会，想整一首吗？白诗之头也不抬，对小林的无礼调侃毫无反应。小林有些无趣，直起身来，再不理他。

他们坐得很近，却相隔千里。两人的身子都在摇晃，再无人说话。

没有人听到枪声，但枪声确实响了三下，子弹射入皮肉，沉闷有力，毫不犹豫。也没有人听到喊叫，但高度兴奋的小林无法克制，确实喊叫了一声，他仰起头，朝着昆明黄昏的天空，吐出一口淡黄色的浓重浊气。站在他身边的马车夫，朝地上补射一枪，哈哈大笑几声，拉着小林上马车。十公里外的滇池，藏在绵延的树林和一连串村庄之后，藏在正在下沉的阳光之后，藏在所有疑惑与懊悔之后。小林坐着马车返回时，形只影单，天已黑定，书林街的金鸡，再次发出夜晚的悠扬鸣叫。

23

杀死日本间谍山田的第二天，小林跑去小板桥村，进入黑神殿，想告诉陈小姐好消息，却不见她。他非常吃惊，跑进后院的楼上下找，也不见她，赶紧出门，在村里绕了很大的一个圈，再重新返回，刚进院门，就跟陈小姐撞上了。

小林说，哎呀，吓死我，你去哪里了？

陈小姐说，我才是被吓死，那个人又来找你了。

小林问，是什么人啊？

陈小姐说，我把他领出去，叫他去另外一个村子找，绕好半天的路才回来，把我走得累死了。

忽然，小林看到陈小姐张大了吃惊的嘴巴，急忙回头，发现一个黑瘦结实的中等个子男人，站在了自己的身后，目光笔直地刺来。这个人在他心里太亲切和尊贵，也太熟悉。这个人身上裹挟着浓烈的海边咸味，身边盘旋着呼啸的海风。

这个人是马来西亚的梁叔叔。

就是他，住在昆明三个月，四处打听，一直在寻找小林。

他是另一块时间的石头，在此后的五十年里，始终紧靠在小林的记忆山谷中。这块石头很坚硬，被两面峭壁卡住，摇摇欲坠，却永远不会坠落。那个小林与梁叔叔在昆明重逢的下午，因此长存于世。

当时，小林发蒙，他想，梁叔叔来干什么？逃来昆明吗？马来西亚槟城的家完蛋了吗？音音出事了吗？梁叔叔是来看我，还是押我回家？一连串疑问石头般滚下，把小林砸晕，他无法思考，忽然想逃跑。

可是他双脚定在地上，无法动弹。小林想解释，求梁叔叔原谅，却张不开口；想流泪痛哭，倾诉思乡之苦，却不知从何说起，一个雷把他炸碎了。

梁叔叔，就是被陈小姐几次赶走的来访者。

梁叔叔这个人，说话做事，历来很干脆，那天下午，面对站在面前的小林，梁叔叔慢慢说出了三句话。

第一句，跟我回家，结婚。

第二句，我和你大哥都来了，就为了找你回家结婚。

第三句，你如果在昆明有老婆了，也带走，但回家还要再跟音音结婚。不然音音就嫁不掉了，她也不想再嫁人。

小林呆看着梁叔叔，陈小姐把头扭过去，看着院墙。

梁叔叔说话，明白简单，不容反驳，不愧是马来西亚槟城华侨帮的首领。他老了退下来，首领的交椅让给小林的大哥坐了。现在，两届槟城的华侨帮老大找到昆明，请小林回家讨老婆。

那天下午黑神殿的空气彻底凝固，小林胸口憋闷，严重呼吸困难，始终说不出话。陈小姐吃惊之余，把梁叔叔请进了后院，一起坐在厨房里，烧了开水，泡茶水端给梁叔叔，试探着跟他说话。

梁叔叔的脸像木板，眼睛像木板上的两个洞，目光像洞里刺出的两根筷子。陈小姐说了好些话，才使梁叔叔的脸慢慢变得柔软，泛出皮肤的润湿之光。他端着陈小姐递去的茶碗，轻轻吹动漂浮的茶叶，慢慢喝光两碗茶水，开口讲述自己的经历。

他说，我们过了两个月才知道小林坐邮轮去新加坡，可能去打仗抗日了。我和小林的大哥从马来西亚出发，找到新加坡，又找到香港，那些地方都被日本人占领了，马来西亚也归日本人了，只有昆明还是中国的。他说我们出来找人，目的有两个：如果小林死了，就把尸骨带回家；如果活着，等仗打完，我们就把人带回家。抗日可以，但老婆不能丢。梁叔叔的女儿音音7岁就跟小林订婚了，只能嫁给小林。他在中国娶了老婆，也要回马来西亚再娶音音。

小林终于开口，迟疑地说，仗还没打完呢，日本人还没被打败。

梁叔叔问，你什么意思？

小林说，日本人没打败，我不能回家。

梁叔叔说，那好办。

小林问，你们会把我杀死带回去吗？

梁叔叔问，你觉得呢？

小林说，把我杀死吧，我不知道该怎么办。

梁叔叔说，我们想好了，你不想回家，就把音音接来，交给你。如果你打仗死了，音音会把你的尸骨背回去。

陈小姐趁梁叔叔与小林一问一答呆板地对话时，悄悄出门，先在院子的柏树下坐一会儿，后站起来，出了黑神殿的院门，在村里漫无目的地绕圈子。她两腿发软，手心发冷，下巴发酸，想哭，却哭不出声，再说凭什么哭？梁叔叔是好人，小林也是。梁叔叔痛苦，小林痛苦，陈小姐也就痛苦。可陈小姐想，我算什么人？我爱小林吗？不可能。让他走吗？我怎么办？他不走，梁叔叔把女儿送来，小林还会来看我吗？路过村里的妙音寺，看到很多人从寺里出来，听到寺里传出几声法铃声，陈小姐走进寺门，在大殿里磕头，趴在蒲团上，久久不起身，睡着了一样。有人轻轻拍她的背，她才一阵颤抖，赶紧站起来，朝身后的老太婆道歉，退出大殿，出了寺门。

陈小姐在村里绕了几圈，估计梁叔叔和小林的对话已经结束，就拖着沉重的脚步，回到了黑神殿。

殿里空空的，前院不见人，后院的厨房也空无人影。

24

梁叔叔和小林离开了，小林跟着梁叔叔坐马车进城，在昆明大东门外的一个铁匠铺里，他看到了光着上半身打马掌的大哥林槟生。大哥是修汽车的高级师傅，怎么跑来做铁匠了？

大哥放下铁锤，抹一把额头上的汗，端起面前的一只大碗，喝了一口碗里的茶水说，我不是来干活的，是来找你。

小林走累了，口干舌燥，身子冒烟，心里着火，他走过去，端起大哥放下的茶碗，一口把碗里剩下的茶水喝干。

第二天，梁叔叔离开昆明，回马来西亚去了。

大哥留在昆明，看守着小林。

梁叔叔回家，一路凶险，祸福难料，可他执意要走，无法阻拦，临行前他对小林说，如果我死了回不来，大哥也会把音音交给你。

小林说，梁叔叔，我真的走不开，要不你和我大哥先回家，仗打完我马上回来？或者你们留下来，躲在昆明，这里安全一些，仗打完我们一起回家？

梁叔叔说，找到你真不容易啊，我很高兴，不要再啰唆了。

梁叔叔走后，近一月没有消息，这一个月内，小林跑过一趟车，回来就跟大哥住在一起，不敢乱走动。他没有去小板桥看过陈小姐，心很虚，十分慌乱。有一天小林对大哥说，我带你去看一个人吧？在小板桥的庙里。

大哥问，和尚吗？

小林笑着说，是个姑娘。

大哥问，尼姑？

小林说，是我的朋友。

大哥问，是你老婆吗？你讨了一个老婆藏在庙里？

小林说，我想让她做老婆，可人家不干。

他以为大哥会生气，甚至会挥拳揍人，没想到大哥毫不吃惊，脸上露出了好奇的微笑，一声不响，就跟着小林去小板桥了。

兄弟二人坐马车，换小木船，慢悠悠地来到小板桥村，走进黑神殿，前院后院找，楼上楼下找，空无一人。陈小姐体验过的相似一幕，在林家兄弟面前重复上演了。一个月前的那个下午，梁叔叔带小林离开黑神殿，陈小姐返回，再也找不到人。现在，小林和大哥走进黑神殿，也不见陈小姐了。

兄弟二人在黑神殿前院的柏树下坐到黄昏，也不见陈小姐现身。

第二天，小林只身再去，黑神殿仍是空的，无人看守，问进殿烧香的人，没有人知道陈小姐去了哪里。她住进黑神殿，跟村里人并无太多交往，除了小二哥媳妇常来请她去家里吃米线，村里的亲密朋友很少。

小林想起小二哥媳妇，赶紧去她家打听。

小二哥媳妇看见小林，赶紧说，哎呀，真是你？陈小姐就晓得你会来找我，真是神了。

小林问，怎么说这个话？

小二哥媳妇告诉小林，陈小姐走了，她要转话给小林，告诉他不要再找，她会过得好好的。

小二哥媳妇拌一碗凉米线给小林吃，他吃了两口，口中无味，放下碗走了。

大约两个月后，梁叔叔晒得漆黑，头发蓬乱，步履迟缓地走进昆明小西门的铁匠铺，他的身后，真的走出了女儿音音。可怜的音音，长高也长胖了，头发比以前浓密，人更漂亮，也更精神，透出等待婚嫁的羞涩女人味。她进门看见光着身子打铁的小林，哦地轻轻哼一声，竟然当场昏倒。

本来，梁叔叔和小林的大哥计划过几天就走，音音昏倒，梁叔叔不放心了，决定留在昆明。

小林说，太好了，运输队最缺少修车的高级师傅。

梁叔叔说，我不是要留在昆明，是要回家的，那边的事还多，我留几天就走。

半个月后，梁叔叔和小林的大哥离开昆明，小林和音音留在了昆明。

一别两年，缅甸的英国驻军撤走，日本人占领缅甸。不久，云南边境防线被日本军队攻破，腾冲县被日本军队占领，中国军队炸断怒江上的大桥，把日本人拦截在江的对岸。

滇缅公路的交通被切断。

小林的卡车司机生涯结束了。

两年后日本战败。

小林带着音音，乘坐滇越铁路火车，穿过云南南部的亚热带丛林，穿过一连串险峻的深山桥梁和回声巨大的长长的隧道，到达云南河口县。熟悉的海边热气吹来，裹挟着热带水果浓烈的异香，把小林的身子紧紧拥抱。他们从河口县进入越南，再转乘远洋邮轮，一路飘摇，风吹日晒，最后回到了魂牵梦绕的马来西亚槟城。

长达半个多月的旅途中，小林身边始终坐着一个一岁半的小女孩，她用一整只小手，紧紧地抱住父亲小林伸出的一根食指，在一岁半小女孩的手中，父亲的一根手指，粗壮如铁柱，支撑着整个世界，也支撑着她的全部生命。她明亮的小眼睛里，投出纤细、灵敏、对世界充满无数疑问的目光。那目光追寻过旅途中火车车窗外的密林和在树上跳跃的猴子，也追寻过远洋轮船身后的水鸟和水鸟发出的咿呀之声。

水鸟拍翅翻飞，变成在槟城街上英式白色建筑四周飞来飞去的乌鸦和八哥。乌鸦是聪明的鸟，能预见祸福，八哥是乌鸦的小弟，紧跟在乌鸦的身后，呀呀叫唤,说出世上的秘密。一天晚上,两只八哥在黑夜里降落,像两个披着黑衣的小侠客,站到窗台上,固执地啄击窗户玻璃,嘀嘀咕咕说话,把五十年后的小林唤醒。卧病在床半年的小林在黑暗中坐起,四处张望,慢慢倒下。

　　第二天,早年那个小女孩的儿子,也就是小林爷爷的孙子,拨响了一个遥远的美国电话。

红卷　眼睛

1

1995年夏天的一个傍晚，美国马萨诸塞州81岁的老人豪斯，接到了来自马来西亚的越洋电话，一个年轻的华人青年在电话中告诉他，他的爷爷林绍华先生，昨天晚上撒手归天。华人青年使用流利的英语跟他说话，已经81岁的豪斯却没有能够听得明白。但是，他从说话者沉重而缓慢的语气中，能感受到某种严重的不祥，举着电话的手抖索起来，心情也变得急躁。他接连追问几遍，终于听懂是某人死了。于是他放下电话，在客厅里艰难地慢慢行走，来到沙发边，痛苦地坐下去，用尽全身力气，从身体里把回忆挤压出来，在往事中拼命搜索刚才电话中提到的那个人名。

记忆的老鹰用力拍打翅膀，飞离他的身体，朝着前方苍白刺目的浩渺天空远去。这是今年复活节后豪斯获得的最清晰的感受，他越来越清楚地发现，近几个月来，自己的听力大幅度减退，耳朵的大门在嘎吱关闭，记忆像暴雨冲刷中的地上泥灰，正在大面积流走，不可避免地消失。

他并不慌张，妻子去世后，他觉得生活很无趣，意识到上帝留给自己的时间不多了，就坦然等待。从某种程度上说，他甚至有些暗自欢喜，对死亡有可能提前到来感到欣慰。他每天坐在家门口的廊檐下，静静地眺望往来的汽车和黄昏时缓缓下沉的落日，等待着遥远而古老的生命召唤。遥远的马来西亚电话，就在天黑后他刚刚进家，打开电视，准备看正热播的《老友记》时打来的。

他放下电话听筒，拿起遥控器，关掉电视机，靠在沙发背上，仰头看着天花板，在头顶天花板上几条不知何时出现的浅褐色弯曲水迹中，寻找刚才电话中提到的那个陌生人名。忽然，他脑袋发亮，眼里涌出泪水，心情激动，呼吸变得急促。他想起来了，刚才电话中提到的那个人，是他永恒的华人好友小林。接着他又想起来人在电话中说的事，那个人说小林先生去世了，去上帝那里等我。他心中一沉，渐渐下巴颤抖，手心发凉，大滴泪珠夺眶而出，滚落在地，悲伤地敲打着那个马萨诸塞州寂寞的傍晚。

豪斯的生活已陷入了无可排遣的巨大孤独中，他的妻子三年前病逝，两个女儿远走他乡，大女儿随丈夫去了智利，在一家医院做心脏病医生。小女儿生活在泰国，跟丈夫一起开旅游公司。

他跟华人朋友小林失去联系三十年后，曾经于1973年的秋天，在台湾的抗战纪念邀请活动中意外重逢。

一声疲惫而悠长的老鹰的鸣叫，把马萨诸塞州的夜空和豪斯的大脑照亮了。记忆大门打开，豪斯看见了坠落在农田的飞机和在燃烧机舱里挣扎的战友胡笛，还看见不远处的田埂上，坐着泪流满面的中国姑娘陈小姐。飞机燃烧冒出的黑烟，像一只高高伸出的大手，那只手朝豪斯急切地挥动，召唤他出发，于是他明白自己该做什么事了，就拿起电话，跟远在泰国的小女儿联系，告诉他自己想去中国云南。

豪斯的小女儿苏珊在电话中发出惊喜的尖叫，为父亲恢复生活热情并愿意出游感到高兴。她最痛苦的事，就是父亲失去了生活兴趣，整天坐着等死，现在，父亲主动打电话给她，要出国旅游，真把她高兴死了。

苏珊在泰国做旅行社，最方便安排父亲的出游，几天之内，她就为豪斯办好了旅游手续，并安排了一个全程陪同的泰国小伙子做翻译。一个月后，豪斯乘坐飞机，飞往泰国见女儿，准备从那里转机，在翻译兼导游的陪同下，前往久别的中国云南昆明市。

豪斯的女儿为父亲安排的泰国导游是一个华人，名叫陈龙生，二十六岁，中等个子，皮肤没有泰国人黑，已经结婚并有一个两岁的女儿。陈龙生是出生在泰国的第三代华人，除了能讲流利的汉语，其谦卑温柔和细心的性格，已完全泰国化了。他做导游将近五年，整个流程很熟悉，在泰国出发前，根据豪斯的旅游愿望，他跟昆明的华侨机构取得了联系，飞机在昆明机场落地后，陈龙生带着豪斯来到出站口，立即看到了高举着豪斯姓名牌的接机人。

　　接机的是一位昆明华侨机构派来的女人，三十多岁，穿了一条中国人喜欢的大红色长裙，胸前鼓鼓的，领口有些低，弯腰帮豪斯推行李箱时，领口处春光大泄，几乎亮瞎了豪斯的眼睛。她赶紧用手遮住了领口。

　　我姓黄，她按住领口对豪斯说，请叫我小黄好了。

　　豪斯用中文说，你很漂亮。

　　她惊奇地说，您会说中国话啊？

　　陈龙生说，豪斯先生五十年前在云南工作了两年。

　　小黄说，是啊是啊，联系时说过的，我怎么忘了？

　　豪斯用中文再说，你的裙子很好看。

　　小黄又抬手捂住领口，狼狈地说，哎呀，不好意思，今天有些忙，我以为这条裙子蛮合适的，红色表示热情嘛，可是领口太大也太低了，哎呀，真是那个，不要笑话我哦。

　　豪斯说，我喜欢这条裙子。

　　小黄满脸通红。

　　三人一路说笑，直奔酒店。

2

　　考虑到豪斯年逾八十岁，陈龙生跟小黄协商后，决定让豪斯休息两天，在酒店附近自由活动，捡拾剥落的遥远记忆，随兴感受一下1995年的昆明。于是，豪斯很轻松地住在酒店里，每天吃过早餐，就跟翻译陈龙生一起走出酒店大门，沿着街边慢慢行走。他吃力地抬起松弛的眼皮，把灰蓝色的眼睛移向街边的商店，再移向迎面走过的行人和街上驶过的汽车，满脸困惑，双目迷茫。毫无疑问，这个昆明豪斯一点也不熟悉。他从出门时起就在摇头，中午归来，仍然摇头不断。

我有些头晕，他对陈龙生说。

陈龙生笑着说，您不要摇头太多。

豪斯也笑了。

下午出门，他还是摇头，陈龙生提醒他，他才强制性地控制了脑袋的晃动。心中的惶惑不能被摇散，就从脸上的皮肤里挤出来，陈龙生带他去昆明一家老牌餐馆吃了过桥米线，傍晚归来，路灯已亮。

陈龙生惊讶地说，豪斯您怎么啦？满脸是汗的样子。

豪斯抹一把，把手掌伸给陈龙生看，手心干干的，脸上并无汗水。

其实是皮肤下面挤出来的感情，在他的脸上泛出微光。

他满脸悲伤。

豪斯忧心忡忡地问陈龙生，我的人能找到吗？

他不是来玩的，是来寻访旧友。

陈龙生说，放心，我一定帮您找到。

根据计划，在第三天，陈龙生与小黄将为豪斯安排一个记者见面会。如此正式的官方活动，并非豪斯的意愿。但陈龙生告诉他，没有政府的帮助，五十年前的老朋友，就很难找到。

豪斯说，我找老朋友，是一个私人的事，不能告诉记者的，也不能告诉政府。

陈龙生问，为什么呢？

豪斯说，不为什么，就是这样。我老了，对热闹的事不感兴趣，找到老朋友，握个手，说几句也就行了。

陈龙生说，放心，我没有跟别人说过您要找人的事，现在您再这样提醒我，那我就绝对要为您保密了，但这个昆明的小黄，其实也代表官方在接待您。有了政府的参与，您的愿望，私下就好商量了。

豪斯只得忍受。

记者见面会在豪斯所住的酒店举行，一批昆明本地的记者会聚在酒店的一个中型会议室中。高高悬挂的红布标、郑重其事的主席台、摆成两排的大花篮，以及大声说话并相互打招呼的热烈场面，极具中国特色。会后，一个四十多岁的昆明中年男人，穿过高声说笑的热闹人群，在会议室门口拦住了豪斯，恭敬地递给豪斯一张名片。

他说，我姓赵，建了一个私人的二战博物馆，里面有美国飞虎队员的资料，请豪斯先生来光临指导。

豪斯开玩笑地问，你的博物馆里，有我的照片吗？

赵先生赶紧回答，还没有，可是马上就要有啦。豪斯先生，您来了我很高兴，要为您拍电视呢。

豪斯笑了，高兴地跟赵先生热烈拥抱，感觉到自己的身体暖烘烘地开始升温了。他的心咯噔一下，冒出了某种预感，心想这个刚认识的昆明朋友赵先生，有可能是他中国之行中出现的重要角色，会给自己带来重要帮助。

豪斯先生的昆明旅游寻访活动正式开始，他将乘车外出，四处行走。那天早上9点，在酒店吃过早餐，小黄坐着一辆轿车，来酒店接豪斯和陈龙生。她将全程陪同豪斯，为他昆明之行的走访提供所有方便。

车子在酒店院子里停下，小黄打电话，坐在酒店大堂里等候。豪斯和陈龙生走出电梯后，小黄赶紧迎上去，把他们领到停在院子里的帕萨特轿车前。

赵松从路边的树影下微笑着走了出来。

小黄问，你怎么来了？

赵松就是昨天递给豪斯名片的那个人。

赵松不回答小黄的提问，用手指了指豪斯，伸出一只热情的手。豪斯认出了他，用力握住赵松的手说，哦，我的朋友，你来了我很高兴，如果我没有记错的话，你是不是办了一个自己的博物馆？

赵松惊叹地说，豪斯先生好记性啊！

豪斯耸了耸肩，两手摊开说，不行了啊，我的记忆力已经严重退化。

赵松说，我是来为您服务的，豪斯先生，请您今天去参观我的博物馆吧。

小黄赶紧说，不行，今天的日程安排好了。

赵松说，那就改天去，今天我来陪同一下。

小黄严肃地说，不可以，我们是官方活动，你不能参加的。

豪斯伸手搂住赵松说，哈哈！我这个活动不是官方的，来了就一起玩吧。

小黄气得跺脚。

豪斯说，走吧，上车。

赵松说，谢谢豪斯先生邀请！你看我开车来了，豪斯先生你来坐我的车可以吗？

豪斯点头称是，竟然把小黄和自己的翻译陈龙生丢在身后，任赵松搀扶自己，跟着赵松走开，去坐赵松的保时捷越野车了。

小黄在后面跺脚骂道，臭东西，癞皮狗。

陈龙生问，你为什么骂他？

小黄说，我骂的不是豪斯，是赵松，他就是癞皮狗！我不想见他，他死皮赖脸地跑来干扰我的工作。

远处的赵松对小黄的愤怒一无所知，他坐进车里，摇下车窗，朝小黄友好地挥手，示意他们的车朝前行驶。小黄的司机发动汽车，把车驶到赵松面前时停下了，陈龙生跳下车，钻进了赵松的车里，陈龙生是导游兼翻译，不能离开豪斯，这是工作规定。

小黄带来的那辆帕萨特轿车里，只剩她和司机两人。

两辆车一前一后地离开酒店，驶入了昆明微微发凉的早晨。

3

赵松是一只黑夜中坠落的小鹰。

他是一个孤儿，三岁那年，父母在一次云南西部的旅行活动中双双车祸死亡。他在车祸时被撞死的父亲紧紧抱在怀里，捡得一命，从此落入情感的黑夜，幸好被好心人收养，生活恢复了正常，幸福地长大，考取大学，毕业后做了教师。

他生活在云南边境德宏州的潞西县，在昆明师范学院读完大学，回潞西县做了中学教师。三年后，他的母亲岩香，也就是收养他的州医院老护士，为他牵线搭桥，让一个州医院的年轻护士走进了他家，做了儿媳妇。

可这只坠落于黑夜中的小鹰，渴望长成一只老鹰，飞翔在光芒万丈的自由天空。结婚的第二年,他借了母亲岩香的存款一万元和岳母家的五千元,辞职下海,去缅甸做木材生意。交预付款购得一批货,却在缅甸山区被军队扣留。人半夜跳墙逃走,捡得一条命,东西却要不回来,钱全部赔光。

他继续折腾,从开小饭馆到开服装店,什么都干过,还干过装修公司,赚钱赔钱,最后身无分文。四年后,妻子跟他离婚,带着儿子走了,母亲岩香一病不起,身体越来越瘦,个子缩得越来越小。

离婚后的第三年,他神奇地发迹了,逐渐成为当地有名的翡翠玉石玩家,越来越有钱了。除了炒玉,他还买了昆明郊外的两座荒山,注册了三家公司。有钱和更有钱,符合现在的中国潮流,却远超出他的预期,他想赚钱,却没料到自己会在挣钱的道路上大踏步前进。

赵松今年四十三岁,离婚时身无分文,只剩床下的三块玉石,老婆不知道他有玉,更不知道玉值多少钱。那三块石头是他结婚前买的,赵松刚大学毕业时跟朋友去中缅边境的小镇玩,有缅甸人在路边摆出三块石头,要卖六百元。他听说过玉石的传闻,亲眼看见,发现只是比拳头稍大的石头,毫不起眼,很好奇。于是向同去的朋友借钱,六百元买下了三块石头。当时六百元也算一笔钱,回来攒了两年还清欠债,他却已对三块无人问津的石头失去兴趣。

那三块包在旧报纸里的石头,丢进装皮鞋的废纸盒,塞到床下就忘记了。离婚后穷得叮当响,他找出一块石头,轻易就卖得二十万元,半个月没回过神来。后来入行,知道二十万卖亏了,另外两块石头就赶紧留下,五年后一块石头卖了三百万元,再过两年,另一块卖了六百万元,人就忙起来,很快上路,成为名副其实的有钱人。

六年前的一个夏天,赵松为买玉石,跑了一趟云南西部。玉的市场很混乱,遍布陷阱,是一个巨大的黑夜,但他懂行,看得清夜晚的道路,敢进入,早就是当地有名的专家了。他去云南西部潮湿灼热的亚热带小城买玉石,认识一个名叫寸勇的昆明人,这个人是狂热的云南二战史专家,赵松跟他相谈甚欢。

仿佛受到某种坚定不移的遥远召唤,赵松改变了自己的计划,跟着刚认识的寸勇,去到三百公里外的云南省保山市,辗转进入深山,见识了躺在森林里的一架美国飞机残骸,大为震惊。

茂密的原始森林空旷而潮湿，高大的树木和宽阔的树冠遮蔽了天空，树干上坠满了长条的寄生草藤，像古老大树长出的胡须，大树树冠的缝隙中，透出极细的几丝光线，照亮了地上的一个庞然大物：一架几十年前坠落的飞机。

　　沉睡在森林中的时间证据，让赵松目瞪口呆。锈迹斑斑的机身上，覆满腐叶和茂盛的杂草，野兔在飞机的机舱里做窝，折断的飞机翅膀上站着好几只小鸟，那一幕比外国电影的场景还要神奇，堪称魔幻。

　　不可抗拒的神秘力量继续鼓舞赵松，他再次改变行程，在保山市住下，研究飞机残骸的搬运。在寸勇的帮助下，他用了三个月时间，雇了二十几个当地村民，把飞机残骸搬出森林，再租了一辆大型平板拖车，把飞机运上昆明，放到了自己购买的昆明郊外荒山农场中暂时收藏。

　　从此，一只从时间深处伸来的手，有力地推着赵松的后背，不容怀疑地推他走上了收集抗战遗物的道路，他开始筹办自己的博物馆。

　　他对别人说，办博物馆，是为了感谢寸勇让自己学到了知识。还有就是要感谢老天的帮助，让自己成为有钱人。他现在要反哺社会，做公益之事，为抗战的纪念活动做点无偿贡献。但内心深处，赵松很茫然，不知自己为何坚持投入巨资，做这件别人眼中的傻事？

　　侨联的小黄另有看法，她认为，赵松做这个博物馆，就是为了接近自己，死缠烂打地追求自己。她跟朋友们说，我早就拒绝他了，还死皮赖脸地追我，恶心！

　　赵松确实在追求小黄，他永远笑容满面，对小黄的拒绝不以为然。

4

　　小黄讨厌赵松，原因在于她是寸勇的女友。

　　赵松从收藏了二战飞机残骸的第三天起，就认识小黄了。那是秋天一个雨后初晴的日子，被雨水冲刷后的阳光，干净明亮，映射出了赵松的好心情。他看着从云南保山市运回来的飞机残骸成功地搬运到昆明郊外的山上，放进了自己在山上空地里搭建好的简易大棚里，甚为欢喜，很快又陷入空茫，不知道下一步该做什么。

寸勇把搬飞机零件时弄脏的手在裤子上抹两把,哈哈笑着对赵松说,明天我带你去认识一个人去吧,她是我的朋友,在侨办工作,请她帮你的忙,就可以筹建博物馆了。

但当天晚上寸勇喝醉,在赵松的农场睡到第二天中午才醒,去侨办结识小黄的事,就接连拖延了几天。

赵松开车,带着寸勇进城,在侨办小楼的办公室里见到漂亮姑娘小黄,赵松当场就哑了,激动得说不出话。筹办私人的二战博物馆的计划,只能由寸勇代他表述。中午,他们把小黄请去外面的餐馆吃饭,直到菜端上了桌,赵松才从紧盯住小黄的沉醉中醒来,抱歉地从小黄脸上收回目光,噢地长出一口气,大声感叹道,小黄,今天我太幸运了,能认识你我很高兴。

小黄说,赵总怎么这样说啊?能给你一点帮助,也是我的荣幸。

不是,赵松说,不是这个意思。

小黄问,那是什么意思呢?

赵松说,你太漂亮了,让我喘不出气来。

小黄啊地尖叫,笑得趴到桌上,咕咕止不住。

赵松站起来,脸色涨红,在餐桌边转两个圈,双手握住小黄的椅背,轻轻抚摸几下,激动地坐下说,你一定会成为我的好朋友,也必须成为我的好朋友。

小黄说,是的,是的,相互认识很高兴。

赵松慌忙坐下,快速搓几下手掌,抬手在脸上呼噜呼噜抹几把,再次感叹地说,哎呀,你这么漂亮!我真不知道再说什么了。

哈!小黄尖叫,赶紧捂住了嘴,不出声地笑得身子乱抖,胸前柔软地晃荡。

寸勇也哈哈大笑。

小黄当然是漂亮的,但她并没有达到让赵松如此心惊肉跳的漂亮程度,赵松激动也是真实的,他对小黄美貌的高度赞叹滚烫感人,确实发自内心,并非不负责任的虚假吹捧。只能说他被摁中穴位,生命严重激活。小黄尖叫,不是被夸奖后的兴奋,也非对赵松愚蠢赞美的嗤笑,而是吃惊、快乐以及发蒙,她完全没有意识到,自己的生活将被一个狂热的欣赏者侵蚀并逐渐改变。

寸勇是一个中学教师，民间的云南二战史研究者和二战遗物收藏家，年近四十尚未成婚，一个原因就是他的两套房子全部用来堆放破烂而珍贵的二战遗物了，没有女人愿意嫁给那些发霉的旧东西，更没有女人能够容忍他用微薄的工资来无休止地购买破铜烂铁和发臭的衣服。

他不以为耻，反以为荣，唯一着急的事，就是没有场地保管和展览自己的藏品。于是，赵松成为了他的救星。赵松拥有两座荒山，有道路通向山上，其中一座已在遍地野花的坡地上挖出一块平地，盖了几间简陋的房子，种了果树，雇了一对乡下夫妻看守。这座尚未成型的荒山农场，可以让寸勇的藏品有了保管和展示之地。

建一个私人的二战博物馆，就是寸勇的建议，赵松采纳了他的建议，寸勇很惊喜，他把美女小黄介绍给赵松认识，是出于对赵松的感激，也是为了促成博物馆的建成。当时小黄是寸勇的女友，二人的爱情正在艰难推进。赵松当着寸勇的面，毫不掩饰地流露出对小黄美貌的惊叹，无耻地吹捧小黄，对寸勇是一种严重侵犯，可是寸勇不在意，他有信心守卫和巩固自己的爱情。

但小黄这个刚进入侨办工作三年的年轻姑娘，有什么能力帮助赵松建二战博物馆呢？她没有资金，也没有项目审批权，更无一官半职，她的重要性，唯寸勇才能充分理解。

小黄有一个特殊身份，那就是二战援助云南华侨的后代。寸勇为此喜欢而敬重她。她的爷爷是新加坡来的卡车司机，小林的朋友。但关于小林，那个当年常住下关杨家客栈的马来西亚卡车司机，小黄和寸勇都一无所知，更不知道一个名叫阮秀贞的越南女人跟小林的感情。

寸勇的资料太多了，面对的历史人物非常繁杂，一个小林并不重要，重要的是，小黄的爷爷，曾经在滇缅公路上出生入死的新加坡华侨青年司机，娶了一个云南姑娘后，留了下来，在云南延续了自己的血脉，并贡献出一个美丽的孙女。这个孙女小黄，能帮助寸勇收集更多的二战遗物，包括照片、家信、日用品、访问录音和录像等个人生命史的资料，进而能帮助赵松建成自己的私人博物馆。寸勇认为，拥有了如此多样而充足的资料，博物馆就堪称完美。

现在，美国人豪斯来到了，赵松闻风而至，要带豪斯参观自己的博物馆，为他拍照和做录像访问。

小黄今天的计划,是带豪斯参观飞虎队纪念馆,可豪斯坐在了赵松的车上,行程就失控了。赵松自作主张,改变汽车的前进方向,载着豪斯,直奔郊外自己的农场博物馆。

小黄坐在后面的车里痛骂赵松。

三个小时后,小黄的司机把车子驶进由苹果林和葡萄园构成的赵松农场里,停在农场宽敞大棚前的平坦水泥地上。

5

小黄打开车门,气呼呼地下车,站着不动。

赵松的车早就到达,他已把豪斯送进一排矮房中的办公室里休息,看到小黄的车子到来,赵松赶紧跑出来,嬉笑着邀请小黄进屋。

小黄说,我不去。

赵松说,哎哟,你打我两下吧,我得罪你了是吗?

小黄说,打你弄脏了我的手。

赵松仰面大笑。

小黄说,你不要傻笑,赶紧带豪斯参观,然后我们就下山。

赵松说,豪斯是你的客人,丢给我怎么行呢?

小黄愤怒地说,客人是被你抢掉的,不是我丢给你。

赵松说,你要是不想管,丢给我也行,我就把豪斯留下来,在这里住。

小黄说,你敢!

赵松跨前一步,凑近小黄的耳朵说,也把你留下来,跟我一起住。

小黄踢了赵松一脚。

小黄气呼呼地跟着赵松走进办公室,坐下喝水,十分钟后,赵松引路,陈龙生和小黄陪着豪斯,走进了赵松的博物馆大棚展厅。

这个大棚最早只是一个简易棚,墙较矮,四面通风,跟种菜和养植物的那种棚子类似,只能暂时保管东西。现在它升级改造,建成一个高级、封闭、透明的简易大厅了,大棚里有空调,还有湿度控制仪,非常先进。

大棚由高大钢架和细密钢丝网支撑,蒙了厚实的透光塑料布墙。充足的光线穿过透明的塑料布，喷薄而至，把大棚中央一个被草绿色迷彩布严密罩住的长方形大盒子紧紧拥抱。感觉这个宽大的迷彩布大盒子似从地下升起的神秘古墓，或庄严搭建的祭台，看似简单，却被威严庄重的气息笼罩，令人肃然。

豪斯跨进大棚的门，远远地看到前面被迷彩布罩住的方形庞然大物，眯着眼站住，吃力地回忆，诧异地问，那是什么？

飞机，赵松高兴地说，我们找到的二战飞机残骸，飞虎队的飞机。因为我这个大棚太简陋，透光太厉害了，会损坏文物，所以用布罩了起来。这可是我们从高黎贡山森林里搬运下来的，费钱不说了，关键是很费力啊！

豪斯的脑袋里，哗啦浮现扇动翅膀的巨大黑影，记忆的老鹰用力挣扎，从远处飞来，盘旋一圈，又斜飞着滑翔而去，渐渐远逝。豪斯想不起飞虎队是什么，只觉得飞机很熟悉，还感觉脑袋昏沉，身体有些发热。

飞机是什么东西？豪斯转过头问赵松。

赵松问，您不知道飞机？

陈龙生赶紧解释说，豪斯先生最近记忆力有些小问题。

小黄说，哦，没关系的，走近了打开遮阳布看看，豪斯先生就会想起来了。

赵松搀扶着豪斯，慢慢朝前走，来到方盒子前，一圈金属围栏把人挡住，无法前进。赵松举起手中的一个无线遥控器，朝头顶轻轻一摁，马达旋转的声音嘎嘎吱吱响起，巨大的迷彩罩布缓缓上升。原来，它被无数细钢丝拴住，可以遥控揭开和吊起，上升的绿色迷彩罩布，像一片巨大的乌云，平平地浮在了空中。

揭开了遮阳布的方形钢架盒子里面，出现了修复完整的飞机，机身上画了一只长翅膀的老虎。

这就是飞机，小黄高兴起来，忘记了对赵松的怨恨，兴奋地对豪斯说，飞虎队飞机认出来了吗？

豪斯张开灰蓝色的双眼，疲惫地看着，并不回答。

赵松诧异地看着豪斯。

陈龙生说，不要打扰他，豪斯先生在回忆。

豪斯问，飞机？

小黄赶紧说，是的，是的。

当年的飞机？豪斯迟疑地再问，把痛苦的目光投向赵松。

记忆的老鹰从遥远的时间深谷中飞来，长长的翅膀无情拍打豪斯的身体，让他浑身疼痛，无法躲避。飞机是他后半生最忌讳的物件，也是最容易看见的东西，他拒绝出门旅行，一个原因就是不想看见飞机。这次从美国飞泰国，再飞中国，实出无奈，是寻访旧友的热情支撑着他飞越重洋，来到中国的，没有想到，他最不愿意看见的二战老飞机，竟然出现在眼前。

他曾经朝坠毁后卡在飞机里的中国朋友胡笛的脑袋，连开三枪。

这是不可饶恕之罪。

他的身子在发抖。

赵松说，哎呀，豪斯认出来了。

这时，令赵松和小黄万分吃惊的一幕出现了，只见豪斯脸上的苍老皮肤下，仿佛有成群结队的小虫受惊奔逃，从上到下，从左到右，脸上的皮肤在大面积地轻轻颤抖。他用力撑住沉重的眼皮，衰老的眼皮却在抖颤，痛苦眨动。整张脸的抖颤中，排山倒海的滚滚悲伤，从横七竖八的大小皱纹里乱纷纷涌现。

他沮丧地质问赵松，朋友啊，为什么把我带来这里？你是要惩罚我吗？

陈龙生赶紧说，赵先生有没有药？

小黄问，什么药？

小黄话音未落，豪斯先生就闭上了眼，腿一软，高大的身子慢慢下坠，人就坐到地上了。

赵松急忙蹲下，伸手去扶豪斯。

小黄说，不要动，让豪斯躺下。

豪斯躺在地上，张大嘴巴艰难地喘气，额头涌出了密集的汗珠。

陈龙生有所准备，带了阿司匹林和硝酸甘油片，给豪斯服药之后半小时，昆明安宁市医院的救护车呼啸而至。

6

奇异的一幕出现,救护车焦灼鸣笛朝医院疾驰的途中,豪斯的症状消失,他大睁着眼睛,挣扎着从担架上坐了起来。

三天后,豪斯坐在昆明安宁市一家医院的花园里,阳光穿过花园边种下两年的一排稀疏银杏树,明晃晃地投到花园的草地上,把绿色的草地和灰色的石板小道映照得光影斑驳,反射出早晨的温柔气息。这家中型医院已有近三十年的历史,楼房低矮,样式老旧,却较为安静文雅,门诊部、住院部和医院的花园,都非常干净整洁,给人井然有序的成熟之感。

经过医院的悉心治疗,豪斯的身体完全恢复正常。

今天上午,陈龙生陪着豪斯,从医院七楼坐电梯下来,豪斯自己走进了花园,坐在椅子上享受昆明的阳光。他脸色红润,眼睛明亮,比初到昆明还要精神抖擞,看不出经历过生死考验的样子。

豪斯在花园的木椅上坐下,跟陈龙生小声说话,赞美昆明早晨明媚的阳光,医院的小路上走来了一个引人注目的漂亮姑娘,姑娘边走边打电话,陈龙生接到电话,听出是小黄,赶紧跑过去接她。

小黄穿了一条领口较高的浅粉色棉麻质长裙,围了一条藕色的薄纱长围巾,飘飘欲仙地走到豪斯身边,拢一把长裙坐下,吃惊地说,豪斯先生,你身体恢复得很快啊,我才一天没来,你就这样了,好像根本没有生过病。

豪斯说,我是没有生过病啊。

小黄说,那天把我吓死了。

豪斯抱歉地说,对不起,给你添了麻烦,但我现在好了,请放心,说说你自己吧,你今天的这条裙子更漂亮。

小黄哈地尖叫,捂住了嘴。

豪斯说,我明天就要出院。

小黄赶紧说,啊,不行,等我把你回美国的手续办好,你再出院。

豪斯用力皱眉,脸上出现痛苦的表情,可怜巴巴地对小黄说,漂亮的姑娘啊,昨天就跟你说了,可不能把我从你的身边赶走。

豪斯重病突发，把小黄吓坏了，她所工作的机构更是大受惊吓，惊魂未定的侨办领导明令小黄，立即停止这次美国老兵豪斯的参观访问，尽快为豪斯办理回国手续，结束这趟危险的旅行。

小黄说，我要保证你的安全。

豪斯说，求你了，不要赶我走。

豪斯住院的当天夜里，陈龙生给泰国的豪斯女儿苏珊打电话，次日，苏珊焦急地乘机赶到昆明，在医院看到的却是坐在床头笑脸相迎的父亲。

父亲说，没事了，小病。

远处，黄头发且有些发胖的苏珊在住院部大楼门口出现了，她四处看了看，朝花园走来。小黄今天来到医院，一是看望豪斯，二是请苏珊去侨办，协商豪斯先生的旅行参观事务。现在，小黄发现豪斯坚决反对结束旅行，赶紧换话题，问豪斯他的女儿苏珊在哪里？

陈龙生说，来啦，你看。

苏珊走进花园，坐到父亲身边。小黄用英语问候她，跟她东拉西扯地说闲话，然后请他们坐进自己带来的轿车，去一家本地风味的餐厅。吃过饭，小黄把豪斯送回医院，载着苏珊去侨办开会。

五十二岁的侨办领导在办公室里接见了苏珊，把她带进会议室，委婉地告诉她，鉴于豪斯先生年纪太大，身体欠佳，侨办建议豪斯多加保重，回国休养，结束这趟并不合适的旅行。

豪斯的女儿苏珊说，请原谅他吧，我父亲没事的，我问过医生了，我安排的翻译陈龙生受过救护训练，是专门为老人做导游的，他会照顾好我的父亲。

小黄看一眼领导，欲言又止。

苏珊说，我母亲去世后，父亲很悲观，已经一年多不出门了。他这次出来旅行是一个大事，表明他重新恢复了生活的信心，如果赶他走，反而不好。

领导说，不存在原谅的问题，豪斯先生很不错，我们对他年轻时的贡献深表感谢！主要是希望他保重身体。具体工作我已经安排小黄办了，这样吧，你们继续谈，我还要去开另外的会。

领导迅速撤离，小黄递给苏珊一份中英两种文字的文件，请她签字。苏珊展开文件，读到结束旅行考察的内容，抬头遗憾地看了小黄一眼。

小黄说，对不起。

苏珊无奈地签字告辞。

她并不着急，旅行可以继续，只是跟官方无关了。这并非坏事，也是她父亲原来的意思。父亲原来就不想给中国政府添麻烦，也不想介入太多官方礼仪，现在，后续旅行由苏珊自己的旅行社负责，也很好。

小黄请司机把苏珊送回了医院。

回到病房，苏珊把陈龙生叫到外面的走廊上，做了新的旅行安排。

陈龙生说，赵松先生刚才来过了，他会陪豪斯旅行的。

苏珊高兴地说，那就太好啦。

苏珊从泰国乘飞机赶到昆明，就是赵松去机场迎接，她对这个能干而温情脉脉的中国男人有很好的印象，听说他办了一个私人的二战博物馆，更加钦佩。想到有赵松先生陪父亲旅行，苏珊的心里一下子明亮了。

三天后豪斯出院，他认真刮了胡子，头发梳得很整齐，换了一身干净西装，扎了一条新领带，庆祝顺利出院。赵松开车来，把豪斯送进了新的酒店。刚在酒店房间住下，小黄敲门进来了，今天她换了一条白色长裙，外罩一件飘逸的粉色长纱。

豪斯张开双臂说，哎呀，真漂亮，美丽的姑娘。

小黄看到豪斯想拥抱她，急忙靠墙站住，不再上前。

赵松瞪大眼睛说，你今天真好看，漂亮得晃眼睛啊！

小黄羞红了脸。

赵松问，你怎么知道我们住在这家酒店？

小黄说，你那些脑筋，我是了解的。

赵松大笑说，哈哈，你最了解我！

小黄撇撇嘴，狠狠地白了他一眼。

今天是周六，小黄为表示歉意，以个人的名义赶来，陪豪斯游玩。

听说赵松要带豪斯去公园看风景，小黄的脸上流露出困惑。她对豪斯先生的云南之行有所不解，她接待过美国老兵或南洋华侨多次了，那些人来到昆明，都有明确的目的。故地重游、老友访问、遗址参观等等，侨办也容易做出相应的规划。唯豪斯先生只说来游玩，没有提出参观要求。他不打听博物馆，也没说要寻访什么旧友。小黄最初的安排，是带豪斯去参观飞虎队纪念馆和几个昆明历史文化旧地，然后再游风景区。如果不是赵松半路杀出，把豪斯抢走，也不会发生豪斯第一天出行就激动发病的事故。

小黄大学学的是英语，那天在赵松的农场博物馆里，小黄清楚地记得，豪斯倒地之前，曾把灰蓝色眼睛里饱含无限悲伤的目光，投向了赵松，随之向他发出痛苦的质问，问赵松为什么要惩罚自己？这句话像时光深处滚出来的一个雷，在小黄的脑袋里炸响，让她深感震惊，不知豪斯此说出于何意。

这个美国老人豪斯，他原来就认识赵松吗？他们之间有什么牵连？

小黄感到深深的好奇。

这也是她悄悄跑来凑热闹，想继续跟豪斯交往的重要原因。

另外，从爱情来说，她的内心深处，也没有彻底拒绝赵松。

小黄走到赵松身边轻声问，你今天怎么安排的？先找个地方玩玩吧，让豪斯散散心。

赵松说，我想先去农场，那天才看了一眼飞机，博物馆的其他东西豪斯没看到呢。

小黄说，你就这么死心眼啊？他病才好，求你就不要让他再去农场了，至少先不要去，过几天再说。

赵松说，我要请你做主持人，在农场的博物馆里给豪斯先生做电视访问啊！

小黄说，我不做。

赵松说，哈哈！穿这么漂亮，是为了上电视，你就是想做才问我的。

小黄又踢他一下，严正地警告说，今天不准去你的烂农场！

中午在酒店餐厅吃饭，赵松为豪斯举办了一个小型的庆祝宴，开了一瓶自己收藏的红酒，小黄给豪斯敬酒时，他再次赞美了小黄漂亮的裙子。

豪斯说，我感觉你这个姑娘，最喜欢漂亮的裙子？

小黄红着脸说，你认为我只是裙子漂亮？

豪斯哈哈大笑说，你不穿裙子更漂亮啊！

他们是用英语对话，赵松听不懂，小黄却被彻底打垮，羞得不敢抬头。

豪斯爽朗的笑声，惊呆了他的女儿苏珊，小黄给豪斯带来了快乐与活力，让苏珊大为感动。那天中饭后的出行途中，苏珊一直跟小黄保持着亲密关系，叽叽喳喳不停地跟小黄说话。苏珊已订了机票，晚上将飞回泰国。她感谢小黄帮助自己的父亲恢复了生活热情，告诉小黄，母亲病逝后，父亲自杀过一次，抢救过来后，也很消极，整天坐着等太阳落山，不出门，什么事也不干。

小黄问，为什么会这样？

苏珊说，人老了吧。

小黄说，人都会老呀，很多老人都活得快乐。

苏珊摇头说，也许他有跟别人不一样的心事。

什么心事？

苏珊再摇头。

妻子逝世，丈夫自杀，这种爱情传奇确实发生过，如果豪斯为妻子去世而绝望自杀的事是真，他就是最性感的男人，小黄对豪斯肃然起敬，更添了好奇。

7

小黄正处于爱情的困惑之中。从去年开始，她对忽然流行的长裙产生了无法抑制的巨大兴趣，半年之内购买了各种颜色和款式的裙子十多条。这也许跟她的年龄有关，她三十一岁，已经不再年轻，对日历望而生畏，面对撒手而去并越走越远的美少女时光，她无限悲伤。但花样翻新的现代女装给她带来了信心，她迷恋化妆品，迷恋面膜，更迷恋漂亮的女装。那些漂亮服装帮她追回了失去的时间，追回了悄然褪色的美貌。让她继续保持年轻漂亮，继续被人夸赞并收获惊喜。她唯一的遗憾，就是没有老公出钱，给自己买好看的衣服。

多年前的赵松，因此获得可乘之机。

赵松认识小黄时，她仅二十六岁，当时她已感到时间的威胁，却还保持着自信。她的美貌让赵松震惊，赵松为筹建自己的二战博物馆，需要跟小黄保持频繁联系，趁机发动进攻。他发现小黄喜欢打扮，就送她漂亮的挎包，送她新衣服，很快收拾得她服服帖帖。三年前的一个夏天，赵松带着小黄远飞马来西亚，在那块散发着海风潮湿气息及榴梿香气的土地上寻访，收集抗战遗物，采访了参加过云南抗战的南洋华侨老人，拍照片和录像，那次收获很大，小黄还拜访了家族的众多亲人，流下了很多欢喜而忧伤的泪水。

赵松和小黄去马来西亚，隐瞒了寸勇。作为小黄男友的寸勇，是昆明二战史的疯狂研究者，此次他们远赴马来西亚，亲临在云南参加抗战的华侨老人故地，应该约寸勇同去，这是寸勇多年的未竟愿望。他们向寸勇隐瞒了这次重大行动，原因很简单，赵松和小黄相爱了。

寸勇何等人？他没钱去马来西亚，却在马来西亚的华人圈中早有老友，赵松和小黄乘坐飞机刚在马来西亚落地，寸勇就获得了消息，绝望地知道自己已被女友小黄抛弃。

他怀着满腔愤怒，在赵松和小黄乘飞机返回昆明时，在机场的出口处截住了他们。

小黄看到满脸凌乱胡子拉碴的寸勇，惊得面色臊红，不由自主地后退，躲到了赵松的身后。

寸勇说话很直接，眼一瞪，粗话就上口了，愣愣地直着脖子问，一起睡觉了吧？睡到外国去了，睡得一身榴梿味，够舒服的吧？

赵松并不慌张，静静地看着寸勇。

寸勇说，你两个杂种！以后不要来见我！

说完扭头就走。

这就是寸勇，一个粗糙、简单、义无反顾，甚至有些可笑的人。

这个人，曾经是小黄心中最性感的男人。

小黄是外语系的毕业生，有些外国人的思维习惯，对男人的看法，爱用性感来表达，她所欣赏的性感男人，不只是身材健壮，还要头脑聪明，意志坚强，更要为某种目标而不惜一切，勇往直前，当时，她认为寸勇就是这样的男人，这样的男人让她遇到了，实在幸运。

她跟寸勇相爱了三年，认识寸勇时，小黄刚大学毕业，是一个满脑袋充满幻想的单纯姑娘。寸勇头发蓬乱，胡子拉碴，粗门大嗓，不顾一切地奔跑于荒山野岭，四处收集抗战遗物。他两眼放光，浑身热气腾腾，把刚走出校门的小黄深深吸引了。

小黄还被寸勇的藏品深深吸引。

他那两室一厅的老式楼房里，三个窄小的房间，包括客厅，全部堆满了各种旧物，旧军服、破箱子、钢盔、炮弹皮、烧焦一半的枪把种种，大大小小、高高矮矮。小黄看到了一部活着的真实历史，闻到了扑面而来的战场焦煳味，感受到了一个男人火热的激情。

那个冬天的下午，昆明城明亮而温暖，阳光在全城铺开，展示出宽阔的胸怀，寸勇的身上也洒满阳光，散发出令人感动的勇敢与固执，他已把小黄完全征服。那天她在寸勇的房子里小心移动脚步，艰难穿行，看遍了三间房，不断发出惊叹。最后，她跨过堆放在卧室床边的一只大木箱，走出来站在客厅，崇敬地看着寸勇说，你太了不起了，收藏的东西越来越多，越来越珍贵，你做了一件大好事啊！

寸勇说，这种事以前就没有人做，真是奇怪了，也让我感到气愤！

小黄抬起手，轻轻抚摸着自己发烧的脸说，你这些藏品中，一定有我爷爷用过的东西。

寸勇一愣说，哦哟？恐怕还真有。

小黄回一下头，指着卧室床边的大木箱说，我爷爷的东西，说不定就在这只大箱子里呢。说完后忽然不说话，后退一步，靠在卧室的门边，浑身发热地看着寸勇。她的心怦怦直跳，双腿无力，有些站不稳。眼看着寸勇可能跨过堆放在客厅里的各种杂物，大踏步地冲到面前，愚蠢地把自己扑倒在床上，她害怕得要死，又兴奋得快要昏过去。这个幸福的时刻，她已经等得太久。

可是，寸勇对她的心思毫无觉察，完全不知她正在焦渴等待自己动手，更不知道她的脑袋已经迷糊，身体正在敞开。他散漫地一挥手说，走吧，我带你去看另一处房子，那里还有很多东西。

小黄泄气了，一下子清醒过来，恢复平静并略感失望，却对寸勇更添敬重，也为自己的大胆想象害臊。

寸勇那年三十三岁，这个年纪的男人，对刚走出校门的小黄来说，具有强大的统治力。无可抗拒，也无可怀疑。小黄把寸勇的不解风情理解为纯洁与专注，爱一个姑娘，但不伤害她。爱自己的事业，能排除任何干扰。

寸勇也确实纯洁而专注，他为了收集和研究云南二战史，抛弃一切。谈过两次恋爱，拉着姑娘的手，带她四处行走，搜寻二战遗物，却能保持距离，从未占有姑娘的身体。姑娘离他而去，满无所谓，三十三岁仍然单身。他的这份身世像一张奖状，打动了小黄，从此他强悍占领了小黄的心，让她变成少女，回到小学生时代，充满期待，无比慌张，满腹委屈，又非常快乐。

那次，小黄和赵松从马来西亚快乐地返回，被寸勇在机场出口处拦截，他用粗话狂骂几句，扭头扬长而去。寸勇没有大打出手，也没有唠叨诉苦，他骂得粗俗，却显出了居高临下的风度。小黄躲在赵松的身后，脸色由红而白，双手由灼热而变得冰冷，赵松目送着寸勇在机场出口处消失，转身搂住微微颤抖的小黄。

走吧，我们回家，赵松说。

小黄慢慢蹲下，号啕大哭。

赵松离过婚，对女人有所了解，哄小黄这样的年轻大学女生有些办法，看到小黄大哭，他赶紧放下行李挎包，坐到地上，轻轻拥住她，不停地说对不起。

小黄哭了几分钟止住，大口喘息，坐在地上不动，任赵松把她抱紧。大约十分钟后，两人才从地上站起来，乘车离开机场。

汽车在城市拥挤的街道上穿行，小黄紧靠着赵松，瑟瑟发抖。夏天的昆明阵雨不断，阴晴转换瞬间出现，十分钟前阳光灿烂的街道，十分钟后就被深深的雨幕笼罩。他们的车从机场驶出时，车窗外阳光明亮，来到城区街道，大雨就密集地敲击车顶。雨水顺着紧闭的车窗玻璃成片流下，感觉像窗外贴上了一张泪流满面的脸。车子驶到接近赵松居住的小区时，雨霁天晴，阴郁不再，阳光张开热烈的双臂，迎接他们回家。

可是，来到赵松家的单元楼下，小黄站住了，可怜巴巴地看着赵松。

走呀，赵松说，上楼。

小黄闭上眼，痛苦地摇了摇身子。她不敢上楼，也不好意思上，不敢跟赵松同住了，寸勇的痛骂让她崩溃。

怎么啦？赵松走近，搂住了小黄。

小黄把他的手拨开，挎着行李包，转身走了。

8

"五月花号"帆船是美国历史上的诺亚方舟,一批辗转荷兰的英国清教徒于1620年冬天在美国的马萨诸塞州普利茅斯港登岸,从此揭开了美国历史的序幕。那艘船上一个表情仓皇的中年男人,就是豪斯的先祖。现在他家族中的很多人早就散居世界各地,豪斯却于五十年前从中国返回美国故土后,再没有离开。

但是,年逾八十的这一天,豪斯这个美国老殖民地的居民,最早的欧洲移民的后裔,坐在马萨诸塞州自家的花园里等待落日的老人,却果断地站了起来,锁上记忆中的家族历史,关严了马萨诸塞州家里的门窗,离家出走,远行中国昆明市,心事重重地开始了自己的旅行。

他活到81岁,身体还很棒,除了记忆力减退之外,几乎没有什么病。前几天在昆明近郊安宁市一座农场经历的心肌梗塞危险,是他全新的体验,所有人都吓坏了,唯独他不以为然。

住院的第二天,他就恢复了正常,小黄忧心忡忡地来看他,他说,五十年前,我的战友死了很多,他们都很年轻,我活到现在已经够了,比他们幸运得太多。上帝对我已经很照顾,我感激不尽。

小黄昨天受到巨大惊吓,胸口的刺痛还未消散,赶紧说,话不能这样说啊,豪斯,你是一个英雄,应该活得好,活得更长寿。

豪斯说,哈哈!感谢上帝,我活得够好了。

他心情良好,只为一件事担心,那就是此行来到中国昆明,也许无法实现自己的愿望,因为他突然把旅行的目标忘记了。突发重病后迅速恢复健康,生命复归,值得庆幸。记忆的老鹰却在乱飞,无目的地盘旋,猛扇翅膀,抖落些零乱的羽毛,令他沮丧。

他记得自己要来昆明找一个东西,却忘记了那东西是什么。昨天晚上陈龙生告诉他赵松的安排,明天将去公园游玩,他客气地点头,心里却在打鼓,暗暗着急。他不想去公园,他来中国昆明不是为了游玩公园,好像是为了寻访一个故人,可要找的人是谁?他想不起来了。

他把疑惑的目光投向陪伴自己旅行的陈龙生，着急地问，我来中国干什么？

陈龙生友好地朝他微笑，并不回答，没有揭穿他记忆力减退的苦恼。

他笑了笑，带着巨大的疑问上床，看着陈龙生关门离去，两眼空茫地盯住头顶的天花板，在黑暗中跟记忆战斗，拼命搜寻脑袋里的计划。其实他并没有计划，只是听到了召唤，立即出发。他的记忆力也并非不争气，否则他不会在看到赵松收藏的旧飞机后犯病。

但是，记忆中断并出现短暂空白的遭遇，不时在他的身上发生，重复的频率渐渐增多，令他生气。有时，豪斯会在一天之中，忽然忘记了临时制定的目标或刚刚认识的朋友。

比如，苏珊从泰国飞来昆明，赶到医院看他，他曾悄悄地问陈龙生，这个人是谁？我好像认识，但想不起名字了。

陈龙生捂住嘴笑，豪斯也笑，因为话刚出口，他的脑袋就恢复了明亮，想起了这个人是自己的女儿苏珊。

这天上午，赵松开车带豪斯去石林公园玩，中午返回，从机场赶往另一处公园的途中，豪斯突然问，苏珊呢？她怎么不见了？

赵松吃惊地看他一眼，不知如何回答。

陈龙生说，苏珊回泰国啦。

豪斯抬手轻轻拍一下额头说，哦，是的，哈哈！她昨天走的，我忘了。

陈龙生说，你没有忘，你在想别的问题。

豪斯大笑问，我在想什么问题？

赵松说，你在想小黄今天为什么这么漂亮。

众人皆笑，坐在后排豪斯身边的小黄，笑声更加尖脆。

豪斯没笑，竟然大叫起来，停车，回城里去，回去。

全车人都慌了。

只有豪斯高兴得手舞足蹈，举着双臂哇啦哇啦叫，因为那一刻他的记忆忽然被点燃，脑袋被强光照亮，清晰地看到了遥远的昆明老街，闻到街边商店飘出的新鲜面包香气，想起了坐黄包车去金碧路酒吧寻欢作乐的日子。

赵松把车子驶进高速公路的休息站，问豪斯进城看什么。他回答说要去看一条老街，可是忘记了街名，豪斯说出的街名陈龙生不懂，小黄却听出了火车站和盘龙江两个词，于是，赵松的车子从郊外公路上驶回来，朝城区返回。

赵松开车把豪斯送到城区北京路尽头处的昆明火车站，豪斯下车后，扶着车门草草扫一眼，连连摇头，断然否定了这个陌生的车站。

赵松笑着说，这是新火车站，我故意带你来看看的。

豪斯问，老火车站呢？

小黄说，金碧路那里的老火车站停用了。

豪斯说，那条街应该还在？

他说的是同仁街，可是发音混乱，现场没有人知道他说的是什么街。赵松再驾车，把豪斯送到了金碧路。这条街挤满新式商店，仍是老街的格局，豪斯走在街上，脸上的皱纹渐渐舒展。

啊，我记得这条街，他说。

他们沿着金碧路往西，慢慢行走，走到街道中部，看到南来盛咖啡馆，豪斯站住了，抬起头反复打量，高兴地走了进去。

来咖啡，赵松喊道。

豪斯说，面包。

服务员送上了南来盛有名的越南硬壳面包和几杯咖啡。

豪斯喝着咖啡，撕一块面包放到口中，用力嚼着说，那个地方，就要到了，同仁街离南来盛咖啡馆不远了。

半小时后，他们走到了同仁街口，豪斯把贪婪的目光投向这条广式骑楼的老街，眼睛放光，大叫，就是这里，就是这条街。

他兴致勃勃地走进同仁街，在街上缓慢地走了两个来回，偏着头仔细看，忽然走近一户人家问，这里有一个巴基斯坦面包店吗？

坐在家门口的中年女人急忙摇头。

几个小孩跑过来，围着豪斯，盯住他的脸看稀奇。

小黄说，住在这里的外国人，早就已经回去了。

赵松说，住户换好多人了。

豪斯说，我要在这里住。

赵松摇头。

豪斯说，我自己出钱租房子。

小黄说，这里的房子属于政府，不是从前的私人住宅了，你一个老外租不成。

豪斯说，那我就搬到这里的酒店来住。

赵松说，这附近没有好酒店。

豪斯表情茫然，眼神慌乱。

小黄试探着问，豪斯先生为何要住到同仁街呢？是想感受这里的生活，还是想寻找旧友？

豪斯张了张嘴，记忆中断，脑袋空白，他答不上来，只能朝小黄苦笑。

赵松说，我试试，找个朋友家给他住几天吧。

小黄说，不行，不要把私人关系扯进来。

赵松说，这样吧，把豪斯带去我的农场博物馆，在那里住两天，呼吸新鲜空气，参观一下别的老东西，帮助他恢复记忆。更重要的是，要先把豪斯先生的电视访问拍掉，不然我也会忘记的。

小黄转告豪斯，赵松说他自己的记忆力也出了毛病。

哈哈！豪斯大笑。

赵松高兴地说，走吧，去农场。

小黄说，我不去。

豪斯在农场犯病，是小黄的大错，她余悸难消。

赵松说，你必须去，今天把访问豪斯的电视片拍掉算了，反正都要拍，你是出镜记者。

小黄说，那我更不去。

豪斯大笑说，哈哈！你们为什么吵架？

小黄说，他这个人捣乱。

豪斯说，你们两个关系不一般。

小黄羞红了脸。

赵松开心地笑了。

去农场是唯一的选择，也是计划之一，小黄闹一阵情绪，最后还是妥协了。他们在城里吃过中饭，驱车去到赵松的郊外农场博物馆，陈龙生陪着豪斯在房间里休息，赵松和小黄去小展室里布置。赵松的农场博物馆除了大棚的飞机展示厅之外，另有五间红砖矮房，里面挂满了发黄的旧照片，其中一些照片经过扫描，重新喷绘制作，变成大幅的图画，挂在墙上。房间的地上和柜子里，摆满各种收集来的二战物品，包括炮弹壳、挎包、发报机等。

赵松用墙上放大的旧照片做背景，摆好椅子，架起摄像机、调整灯光。小黄把豪斯请来，小心地替他佩戴好录音设备。

赵松站在摄像机后，比画了一个开始的手势。

小黄坐到椅子上，跟豪斯面对面，注视着豪斯衰老而疲惫的灰蓝色眼睛，准备向他提问。这时她忽然恢复清醒，挣脱了跟赵松赌气的男女纠缠情绪，恍然大悟地意识到，也许自己将面对精彩答案，揭开豪斯心中的秘密。

小黄抬手抹一把头发，整理了一下盖住双腿的裙子，微笑着问，豪斯先生，你大老远地跑来昆明干什么？

豪斯蓦然发愣，呆呆地看着她，像一个初次见面的陌生人，灰蓝色的眼睛眨几下，缓慢地说，我杀过人，我是来道歉的，想找到一个中国的朋友，送他一束花，再说一声对不起。

豪斯的话，仿佛迎面砸来的拳头，击打得小黄和赵松差点摔倒。

9

那天下午，经过近两小时电视采访的艰难追问，小黄和赵松终于在时间缝隙中发现了一条隐蔽的小路，看到一个站在小路拐弯处的剪影似的国民党军官，那个西南联大的英语系学生，会写诗的中国人。根据他们的判断，豪斯来中国，似乎想找到这个名叫胡笛的人。他的记忆出现混乱，以为这个人未死？或者豪斯知道胡笛已经死了，只想看他的墓？再或者他是想拜访一下胡笛的亲人？

可是，有关胡笛，小黄和赵松一无所知，他们从未听说这个人的名字，也找不到他的资料，更找不到他的墓地。豪斯要找这个人的鬼魂也困难重重。

豪斯重复发音，说了几遍这个人的姓名，再跟陈龙生反复讨论，用钢笔写出汉字，小黄和赵松才确定无疑地明白，豪斯要找的人，就是在五十年前的飞机坠毁事件中被他射杀的中国军人胡笛。

　　这是一个不可能实现的计划。

　　现在，已经坠入寂静的遥远日子，在豪斯的脑袋里吵吵闹闹地展开，清晰复现了。他用粗涩而低沉的美式英语，缓慢讲述了那个飞机坠毁的不幸下午。他描绘的场面里，飞出了万千锋利的乱针，把小黄深深地刺痛了，更令赵松万分惊愕。那天下午对赵松来说太重要，他万万没想到，豪斯会坦然披露二战时期自己亲历的一个极其罕见的痛苦事件。

　　这是最奇异的拯救故事，在无可挽回的死亡面前，尽快结束别人的痛苦，却给自己带来永远的疼痛，逝者无声，生者却终生背负弑友之责。

　　小黄听得浑身骨头疼痛，心里生出了极度的担心。

　　她害怕豪斯过于悲恸而再次昏倒，如果不幸犯病的事件发生第二次，也许豪斯就难逃鬼门关。庆幸的是，闪身走进时间深处的豪斯老人，尽管表情恍惚，魂不守舍，却目光平静，讲述得不慌不忙。他的目光不像是从灰蓝色的眼睛里投出，更似自然反射的时间之光，那光映射到小黄脸上后，再平移滑走，越过她的肩，向后延伸到小展室的窗户，轻轻敲击窗户玻璃。

　　小黄轻声问，那天，你真的只能开枪吗？没有别的办法了吗？真的无法救胡笛吗？

　　豪斯说，我不知道有没有别的办法，但他确实快要被烧死了，他叫得太惨，他被绝望折磨得太可怜了。

　　赵松从摄像机后抬起头来问，你开枪打死战友，会被处罚吗？

　　豪斯说，会的，我要承担开枪的法律责任。

　　小黄心头一凉，急忙问，怎么承担呢？审判你吗？

　　豪斯说，是的，我受到了审判。

　　赵松激动得腿软，心脏狂跳，他拍到了最痛苦也最精彩的故事。

　　五十年前飞机坠毁的爆炸声、机舱里的烈火和惨叫、围着燃烧飞机转圈子奔跑的无望士兵，以及拔枪瞄准，趴在地上射出的那绝望的几枪，均在81岁的老人豪斯的讲述中重现。那几声尖锐刺耳的枪响，穿越狭长荒凉的时间峡谷，直抵赵松的农场博物馆房间，在那天下午的空气里嗡嗡回响，震荡得博物馆墙壁和房顶的尘灰沙沙坠落。

泪水从豪斯的眼眶里流出,沿着脸上密布的皱纹下滑。

小黄停止提问,赶紧说,豪斯,休息一下?

豪斯轻轻抹一把脸,朝她摆手。

赵松说,摄像机没电了,只能休息。

豪斯吼道,不要动,继续拍。

豪斯把目光从小黄的脸上移开,仰起头,看着空茫的房顶,自言自语地接着解释。他说美军的士兵手册中有关于投降的三个条件:一是弹尽粮绝;二是孤立无援;三是伤亡率在百分之六十以上。也就是说,在某些绝境,可以向敌方投降,以保存生命。反过来讲,同样的绝境中,也可以自杀和枪杀战友,以尊严地死去。

小黄问,自杀或枪杀战友,有规定吗?

豪斯说,没有,我说的只是它的逻辑合理性。

小黄问,既然是合理的,为什么还要审判你?

豪斯说,这个逻辑合理性是我个人理解出来的,并没有写成条文。法律讲的是法,不是理,我开枪射杀战友,违反了法律,必须受审。

五十年前那个枪杀战友的不幸事件发生后,豪斯随之消失,不知所终。之后的时间坠入黑暗,无人得见。现在,早年小林和陈小姐一无所知的后续事件,在豪斯的追忆中缓慢展现了。

豪斯那天开枪后,泪流满面地离开,回到宿舍,三天闭门不出,其实是被软禁了。两个战友守着他,寸步不离,并反复劝说,防止他自杀。

几天后豪斯进城找陈小姐,是去道歉并告别,次日,两个军人陪他飞印度的阿萨姆邦投案。他在被关押两个月后出庭,接受美军在印度设的一个军事法庭的审判,经过近一个月的调查取证和反复的法庭辩论,豪斯被判无罪,获得了自由。

小黄问,你回美国了?

豪斯说,没有,我回到了昆明。

小黄问,为什么?

我要找一个人。

找到了吗?

没有，她不见了，我不知道她去了哪里。

小黄的心咯噔一声响，豪斯使用的英语词汇是"She"，女性的"她"，他要找的是一个女人？这个人是谁？她盯紧豪斯的嘴，不再提问，等着豪斯自己说出答案。

果然，豪斯开口了，他说，这次来中国，我要找陈小姐。

陈小姐像一条鱼，从时间之水的深处，缓缓游动着浮现了。

豪斯说，如果她活着，我想见到人；如果死了，我去墓地献花。

赵松兴奋地说，我帮你找，一定会找到的，我的资料里有西南联大学生。

小黄为难地看一眼赵松说，寸勇的资料最全，他收集过所有参军的西南联大学生名单。

10

早几年，赵松初识寸勇，交往不深，翻脸无所谓。小黄已经是寸勇的女友，两人分手就很痛苦。后来居上的赵松成功上位，他跟小黄的爱情，体现出了最常见的庸俗套路：重色轻友，横刀夺爱；爱慕虚荣，贪图钱财。

赵松和小黄跟寸勇闹翻，不足为奇。奇怪的是小黄这么多年来跟赵松相处，一直狼狈不堪，不舒展，似爱非恋，若即若离。赵松讨好小黄，小黄就生气，冷嘲热讽，拔腿离开。赵松三天不理小黄，她立马打电话哭求，骂赵松狠心，另寻新欢不要脸。

其实赵松心里只有小黄，小黄犹豫不决，躲躲藏藏，心中也只有赵松。她在机场被寸勇痛骂，曾离开赵松几天，跑去找寸勇哭求原谅，给寸勇提供了再次奚落出气的机会。她愿意被嘲笑，很为寸勇担心，认为他一个头脑简单生活混乱的男人，此番失恋受打击，也许将孤单终老，无人照顾。

她第一天上午跑去找寸勇道歉，进屋后惨遭奚落嘲弄，洒泪离开。第二天下午再去，寸勇在屋里骂几句，拒绝开门。她独自站在小区单元门道的走廊上，一次次轻轻敲击寸勇家冰凉的旧防盗门，再无回应。

那铁灰色的老式防盗门上，贴了些未清理干净的电费水费和物管费催收单。残破的白纸发黄开裂，像寸勇憔悴沧桑的脸，破纸片的小洞像寸勇愤怒的眼睛，她看了心痛。

楼道的住户下班后回家，纷纷朝站在寸勇家门口的小黄投来疑惑的目光。她站到天黑，在走廊的声控灯一次次亮起和熄灭之后，默默下楼。一周后晚上又去，敲开寸勇的家门，铁灰色的老式防盗门后，探出一张年轻姑娘苍白的脸。这个人小黄认识，她是寸勇的学生，刚毕业的大学生，在报社做记者，采访过寸勇几次。

年轻的女记者抬手摸了摸唇边的青春痘，朝小黄抱歉地笑笑。

可见寸勇并非小黄猜想的那样凄凉，他的日子也有小精彩。

小黄羞愧地离去。

从此他们再无联系，只在昆明的一些二战历史研讨或相关纪念活动中相遇，难堪少不了，却也能点头问好。友谊绝迹，不复再来。但赵松、小黄和寸勇三人，至今都没有结婚。赵松年纪最大，已经四十出头，寸勇年近四十，小黄也被拖到了三十一岁。

她恨寸勇，绝不会再跟他来往了，也恨赵松，却无法跟赵松完全分开。这天，她在赵松的农场做豪斯的电视访谈时，获知豪斯是一桩战争年代罕见事件的亲历者，他枪杀了濒死的战友，承受了五十年思念与负疚的重压。

追问出这个绝世秘密，小黄大为震惊，很感动，也非常振奋，她对赵松再次产生了崇敬，感谢赵松让自己见证了历史。

电视采访结束的那天晚上，他们在赵松的农场里吃饭，看守农场的王大妈和她的老公王大爷老两口，为他们做出了美味的乡下饭菜，酸辣味的昆明水腌菜吃得豪斯满头大汗，脸色通红。

饭后，小黄陪着豪斯和陈龙生在小展室外面的草地上看日落，大群蚊子在头顶嗡嗡盘旋，好像被追逐的日军飞机，抬手一拍，就能消灭四五架。他们看到巨大的橙色夕阳滑到远方的城市楼群之后，刺来最后一道长剑似的红光，瞬间坠下。草地被暮色笼罩，小黄搀扶着豪斯，从草地上慢慢站起来，返回亮着灯光的农场客房。

赵松农场的大棚展厅里收藏飞机，另有两排平房。一排为小展室，摆满各种大大小小的珍贵杂物、墙上挂满照片和军用地图，另一排平房为办公室和客房。客房共五间,外表很简陋,白墙灰瓦木窗,里面却有豪华布置,大床粗笨稳重、书桌和茶几都是实木打制,一对沙发宽大舒服。大床围了粉红色的蚊帐,能挡住荒山野岭的群蚊攻击,防止微小日军飞机的扫射,又能让人心旌摇荡,意乱情迷,赢得了豪斯的赞赏。

哇,红色很好!他伸出了大拇指。

整个下午,小黄都为豪斯的身体担心,电视拍摄结束,看他如释重负地长出一口气,绷紧了几天的表情松弛下来,动作稳健,行走自如,脸上浮现视死如归的轻松,小黄才跟着轻松。

小黄把豪斯请进客房,看他走到大床边,用力拍床并高声赞叹,一颗悬起的心才落地。

豪斯说,晚安,我要睡觉了。

小黄问,陈龙生导游要跟你住一屋吗?晚上好有个照顾?

豪斯张开大手,用力摇摆。

于是陈龙生睡在了豪斯的隔壁。

于是小黄从豪斯的房间里退出。

她找到自己的房门,站在黑暗中,忽然不知所措。赵松现在何处,她不知道,想去找,又很害羞。这个农场她来过多次,她曾在这里拒绝赵松的亲吻,独自躲进房间。也曾抱着赵松一夜哭诉,半推半就,连哭带笑。这里建成了博物馆让她高兴,赵松却让她心生怨恨,也让她心疼怜惜。

几只蚊子扑来,朝她的脸俯冲,她赶紧朝房间里逃,刚伸出腿,就被赵松从身后抱住。她扭动几下,倒在了赵松怀里,任他搂着自己后退,走进了办公室。

办公室雪亮的灯光刺得小黄睁不开眼,她闭眼扑在赵松怀里,听他把嘴贴近自己的耳朵,吹出一口热气说,我跟寸勇打电话了,他不接。

小黄推开赵松说,哎呀,找他问陈小姐的事要紧,我来再打一遍。

他们跟寸勇有半年多没见面了,现在帮助豪斯找陈小姐,正好就有跟寸勇联系的理由。但那天晚上的联系依然无效,赵松打电话寸勇不接,小黄打也不接,他们的呼唤被农场之夜无边的黑暗吞没,无影无踪。

往事在黑夜里浮现,老鹰成群结队飞来,响亮地拍打翅膀,盘旋在记忆的山谷。赵松和小黄站在山腰，朝陌生的谷底俯瞰；豪斯站在谷底，念念有词，四处张望，寸勇藏在何处？无人得知。

11

小黄第二天清晨从赵松的床上滚下，匆忙套上长裙，开门探出脑袋，晨风轻扬，小鸟鸣叫，她看到豪斯微微驼起的粗壮背影出现在农场清凉的草地上，吓得脸红，赶紧从赵松的房间里溜出。

一线灰白的薄光从豪斯的身后投来，轻轻落到他的肩上，把他的影子朝前在草地上拉得很长。小黄不知豪斯在眺望什么，轻手轻脚地逃回自己的房间，再用力开门，装出守身如玉的样子，慢慢走出来，站在早晨的阳光里，大声朝豪斯打招呼。

豪斯回身朝她招手。

小黄走过去问，你在看什么？

豪斯说，我在找一个地方。

小黄问，哪里？

豪斯说，小板桥。

这一次，豪斯的发音很准确，小黄马上听懂了。这是个重要时刻，一个时间节点和历史场所，在豪斯疲惫的记忆中出现了。

豪斯告诉小黄，同仁街查不到陈小姐，可以去小板桥，好像她在那里住过。

小黄问，你怎么知道小板桥？

他说，我从印度回来，到处找陈小姐，也去过小板桥找。

哎呀！小黄说，这个地方也许能找到线索。

小黄激动得跟豪斯紧紧拥抱。

豪斯告诉她，昨天晚上上床后想了大半夜，忽然脑子里冒出了"小板桥"三个音，就一直念叨，不敢忘记。

小黄说，你大清早起床，一直站在这里念小板桥吗？

豪斯说，是的，是的啊！我就怕忘记了，一次一次地念啊！

小黄大笑，丢下豪斯，跑去找赵松。

吃过早餐，他们驱车下山，赶去小板桥寻访。

五十年前，在印度接受审判并获释的豪斯返回昆明，四处寻访陈小姐。他以一个美国情报人员的能力，获知陈小姐可能藏身于昆明郊外的小板桥村。可那个著名的昆明乡村集市太复杂，人口混乱，他一个美国人，穿行于集市的猪鸡牛马和白菜萝卜之间，头晕目眩，方向不明，最后只好放弃。

现在，名声远扬的昆明东郊乡村集市小板桥，在大张旗鼓的城乡改造与经济发展中变得面目全非了。五十年前，有木船咿呀摇过的宝象河，现在河道窄小，寂寞无言，河岸两边的耕地急剧减少，目光所及之处，全是水泥小楼、公司招牌和商店门面。一些落满灰土的半新花篮靠在路边，写了祝词的破裂红纸条在风中飞舞。

赵松驾车艰难进入拥挤的城中村，在路边停车，下来观望。豪斯满脸惊讶，双目泛光，仿佛走进了一座刚刚建成的大商场。

赵松和小黄带着豪斯和陈龙生一路打听，获知古老的赶街习俗还在小板桥村延续，地点却改在了公路边，每隔10天赶一次街，售卖的物品却已不是农家的猪鸡菜蔬和铜铁藤木手工产品，全部变成了衣服鞋帽糖果糕点和廉价的锅碗瓢盆。相比之下，公路边出现的几家大型家具与汽车配件批发市场，更加财大气粗和轰轰烈烈，占尽了风头。

小板桥村道路拥挤，车轮滚滚，处处散发出争先恐后的现代气息。在这样一片现代经济的潮水中，怎么寻找历史遗落的灰尘呢？他们缓慢行走，艰难地张望，在车来人往的吵闹中很快走累了，坐进路边一家挂有"小二哥凉米线"招牌的店里。

靠在店门口墙边的一个老太婆说，你们找对地方啦，我家的凉米线最好吃。

老太婆声音轻弱，牙齿掉光，嘴巴空洞，满脸刀割针刺般的细密皱纹，像一只晒干的土豆。一件老式黑褂罩在她的浅蓝色外衣上，她头顶一块蓝头巾，背微微弓起，身子紧缩，好像在暗中使力，欲钻进时间的窄洞。

他们四人在小二哥凉米线店里吃得过瘾，大呼痛快。

赵松最先吃完，抹着嘴提一只小凳出来，坐在门口的老太婆身边问，这里有一个陈小姐吗？

老太婆看他一眼，慢慢挤出一个笑容说，姓陈的太多啦，晓不得。

这个老太婆，就是陈小姐当年认识的小二哥媳妇。可惜她已经太老，眼花耳聋，脑袋迟钝，无法跟赵松和小黄交谈。

老太婆是历史，赵松和小黄是现在，两段时间就这样错过。

他们来去奔跑，花了两天时间，把整个小板桥老村找遍，并寻访了三座被现代水泥砖房挤压得同样面目全非的古庙。最后，小黄带着赵松，找到小板桥镇的文化馆，查找了些资料和名册，意外发现文化馆资料夹里的一封略显发黄的旧信。

这封信是一位身居云南西部中缅边境的德宏州潞西县的女护士寄来的，信末的落名为陈珊艺，寄信时间是二十年前。陈珊艺寄信来，是询问向黑神殿捐款修庙的事。她从报上获知小板桥村在筹款修庙，就写信打听，这封信跟黑神庙的修缮捐款登记簿资料一起，被保存了下来。

小黄对这封信不以为然，只对信末落名的"陈珊艺"感兴趣，她坐在文化馆资料室的小窗户前，借着窗外透进来的光亮，反复观察信末正在褪色的"陈珊艺"三个钢笔字，若有所思，又不得要领。后来，她把信递给正站在书架前费力翻阅抗战资料的赵松，赵松拿着信，走到一张小桌子上展开，反复阅读分析，摇了摇头，也认为这个资料无关紧要。

他在把信还给文化馆馆员吴胜利时，忽然哦的一声惊叫，拍拍脑门说，这个写信的人，会不会是陈小姐呢？

这是个大胆而荒唐的推理，小板桥的陈小姐，怎么会跟六百公里外傣族和景颇族地区的陌生女人有关？

小黄闻之瞪大眼睛，满脸通红，认为赵松的感觉事出有因，似有道理。

赵松说，不过，凭感觉不行，要核实，也不难核实，豪斯应该知道陈小姐的全名，至少应该记得"陈珊艺"三个字的发音吧？

豪斯不懂中文，无法查阅资料，当时正坐在文化馆的院子里晒太阳，沉重地回忆往事。赵松拿着那封信出去，提一把院子里的小凳，坐到豪斯身边问，陈小姐叫什么名字你还记得吗？

小黄把赵松的话翻译了出来。

豪斯遗憾地摇了摇头说，不知道。

怎么会不知道？小黄问，你跟陈小姐很熟悉，应该知道她全名的呀？

豪斯说，Miss陈，我们都这样叫她，中国人的名字我记不住。

赵松说，我读给你听听看，以为是这个名字？

赵松缓慢而有力地读出了"陈珊艺"三个字。

豪斯瞪着迷茫的灰蓝色眼睛，没有点头，也没有摇头，沉默不言。

赵松再读两遍给他听，然后问，是这个读音吗？

豪斯说，不知道，也许是，但我忘记了，真的想不起来了。

赵松对小黄说，我认为这个陈珊艺值得调查。

他拿着信，带着小黄返回文化馆的资料室，在那间收藏小板桥史料的小屋里坐下，再次阅读那封旧信，热烈讨论，情绪高涨，逐一发现了信中的诸多线索。诸如信中的某些用语非常书生气，优雅委婉，文字表述周密，较为圆满，显示出写信人也许受过特殊的教育。

小黄说，这封信，可能是我们的重大收获。

赵松拍拍小黄的手说，我要回一趟潞西县，找母亲岩香打听，查找这个人，潞西县那么小，我会把她从黑屋里挖出来的。

小黄咧嘴傻笑，连连点头。

那一刻，赵松想把小黄抱住，可惜他们的面前站着一脸严肃的文化馆馆员吴胜利，赵松只得把心里涌上的激情摁住，等到晚上发泄。

12

五十年前的一天清晨，一群全身乌黑的老鸹粗嘎地大叫着，从小板桥村黑神殿外空地的老柏树上方飞过，陈小姐被不祥的鸟声吸引，走出黑神殿的院门，穿过村子，来到小板桥的村口，坐在石桥边，看着宝象河里飘摇而去的木船，心中凉气飕飕，涌上阵阵凄楚。战争使她中断学业，失去爱情，又失去父母。第三次长沙保卫战之后，有湘勇传统的中国军队，用死伤十余万人的代价取得大捷，笼罩中国的失败阴云散去，湖南却遭到严重破坏，长沙城被战火毁得面目全非。陈小姐给家里寄去几封信，一直没有回复，不知父母是否殁于战火？或远避乡下，无法联系？

昆明让陈小姐失去了太多，胡笛死后，结婚无望，她避到黑神殿，已有拒绝男人、不再婚嫁之意。小林的频繁探望把她的身体唤醒，让她重新对爱情想入非非。感情悄悄复苏，却杀出个马来西亚的梁叔叔，把小林强制带走，又无消息。

小板桥人能干聪明，会做生意，跟此地的交通便利畅达有关。村口的宝象河航道，连通了昆明东郊的上百个村子，滇缅公路从此穿行，翻山越岭，最终到达千里之外的缅甸，并与更远的国家相通。村里的一些乡民合资出钱，买卡车运货，在滇缅公路沿线穿村过寨，送去城里的洋货，购入深山的土产，大赚其钱，小二哥就是此类脑袋灵活的商人之一。

那天，陈小姐坐在宝象河的一座石桥边，想起了失去消息的阮秀贞，眼前出现下关镇外高大的龙山和山脚黄灰滚滚的公路，看见小林的卡车从黄灰中冲出，停在阮秀贞的杨家客栈门口。她忽然格外心痛地想念起下关镇的阮秀贞了，杨家客栈那个院子给她带来了温暖和与世隔绝的平静，阮秀贞和她的两个女儿是她最好的朋友。她在小林的劝说下离开阮秀贞，实在太无情了。

现在她深感后悔，厌恶小林的粗暴干涉。她应该向阮秀贞道歉，也要向她的两个女儿桃花和梨花道歉，不知她们活得怎么样？想必很安稳？

这时，陈小姐看见一辆粗笨卡车摇摇晃晃驶到村外的路口停下，驾驶室门打开，跳下了两个人，其中一个是小二哥。他头发蓬乱，吵嚷着爬上堆满货物的车厢，在一个被木板隔离的高大罐子上敲打。陈小姐好奇地走过去，才知道这是烧炭的卡车，安装在车厢里的一个大炉子烧出气体，可以点燃汽车的发动机。

小二哥在铁炉和一连串长管子上敲打，重新点燃炉子，看着它吐出白烟，对站在车厢旁的陈小姐说，美国卡车见过吗？烧炭的，要经常敲打，有些麻烦。

陈小姐说，我坐过美国卡车了，可是没见过这种烧炉子的车，我帮你烧炭好吗？带我去玩玩。

小二哥说，没见过就上车来看看吧。

陈小姐经常在小二哥家吃饭，跟他很熟了，今天第一次见到这种奇怪的烧炭卡车。她爬上车厢,在小二哥的指导下,试着给炉子加了些炭,高兴地干起了活。小二哥载着她,颠颠簸簸地跑了几个村子,把车上的货卸下,又买些东西拉回来。晚上回村,陈小姐很累了,两手弄脏,脸上抹黑了好几块,去到小二哥家,惹得他媳妇哈哈大笑。

那天晚上陈小姐在小二哥家吃饭,听说小二哥的车子过几天要跑下关,她立即表示要去,大叫,我帮二哥烧炭。

小二哥媳妇说,哈哈!要把你烧成个黑脸老男人的。

陈小姐说,那才好,反正我不嫁人了。

几天后,陈小姐吵嚷着跟小二哥上路,一路在车厢里看管炉子,加炭烧气,只干了半天,就累得大哭,整张脸抹得漆黑,像只黑熊。她把驾驶室顶拍得嘭嘭响,小二哥停车出来看,笑得弯下了腰,让她坐进驾驶室,自己在车厢里烧炭。

车子一路颠簸十余天,来到下关镇,陈小姐从驾驶室里跳下来说,小二哥,我带你去看朋友,今天请你喝酒。

她带着小二哥和开车的李师傅,朝杨家客栈走去。来到院门口,陈小姐愣住,手脚僵直,全身冻结,说不出话。只见一蓬朝两边漫延的茂盛野草把院门挡住,院门略有些歪斜,半开半闭,明显无人使用。

小二哥上前,用力推门,木门才发出沉重的嘎吱声,挣扎着开了一条缝,他们三人挤进院子,惊飞了院里的一群鸟,只见院内杂草丛生,空寂无人。陈小姐的眼泪马上掉下来,她哭泣着在院里乱跑,打开一扇扇房门,看到里面床褥还在,桌椅完好,堆满灰尘。再奔向后院,发现阮秀贞的房间被一蓬长出密集绿叶的高大藤蔓爬满,严密封闭,像一座坟墓。

她坐到地上,哇哇大哭。

小二哥说,她家可能遇上了麻烦。

陈小姐说,不可能。

小二哥欲带陈小姐离开,去段氏马店住宿,陈小姐不干,一直坐在地上哭,直哭得木屋摇颤,石板地面震荡。小二哥怕她出事,不敢走,让开车的李师傅去段氏马店租房,自己在院子里转悠,陪伴陈小姐。

他们是中午到达下关镇,陈小姐坐在客栈院子的石板地上,一边哭,一边拔满地的乱草,天黑后才被小二哥拖着离开,住进镇上的段氏马店。

第二天起床,她再次去杨家客栈,呜呜哭泣,蹲在客栈的院子里拔草。小二哥和李师傅跟了来,帮她收拾整理,他们连干三天,终于把杨家客栈的院子初步清理干净,显露出了活气。

陈小姐对小二哥说,我要住在这里,等阮姐回来。

小二哥说,怕不行?你还是跟我们回昆明吧?

陈小姐说,行的,你走,我就是要在这里。

小二哥做事干脆,他跟多愁善感的陈小姐不同,劝说不听,就不再啰唆,拍屁股走人。他们把运来的货物卖给下关镇的朋友,购进本地特产,陪陈小姐在杨家客栈里吃了一顿饭,给她留下些钱,就匆匆告辞。

小二哥的卡车一路颠簸,消失在下关镇狭窄的土路尽头,陈小姐返回客栈院子,坐在一只小凳上,静听树上的鸟叫,直到天黑。久违的下关镇之夜从高高的东山顶上滑落,笼罩了杨家客栈空洞的小院。陈小姐独自睡在院中阮秀贞的房间,瞪着困惑的双眼,不知所措。四壁渗出的巨大寂寞,汇合床下升起的阴湿之气,把她虚弱的身体裹紧,慢慢举托到空中,让她心里更添摇摇欲坠的恐慌。忽然,一阵固执的腹痛钻出,像一条小蛇,在她的身体里顽强穿行,疼得她浑身冒汗,在床上打滚。

13

1952年秋天,一个蟋蟀凄惶鸣叫的夜晚,下关镇来历不明的外乡人陈小姐闻风而逃,她已经成了镇上民兵的目标,杨家客栈也将被查封,有人要把她抓进监狱。于是她果断抛下客栈的三个住店客人和一个做饭的大婶,连夜逃跑,爬上东山,在星光下摸黑穿过了著名的铁丝窝山谷。

她的身后跟着一团小小的黑影,那是五岁的儿子陈小树。

她从昆明返回下关镇,在杨家客栈住下,半年后生下了一个儿子,男孩取名小树,是为了纪念他的父亲小林,林是两棵树,儿子是一棵树。

她挺着越来越大的肚子在杨家客栈的院子里笨拙走动,早就引起了镇上邻居的好奇,阮秀贞一家到哪里去了?这个女人从哪里来?她长得有些像从前住在杨家客栈的一个姑娘,可她为什么怀孕了?她的男人是谁?镇上的邻居交往频繁,唯独她闭门不出,身世成谜。直到小树长到五岁,镇上才有人恍然大悟,揭露出真相:这个女人是国民党特务,杀了阮秀贞一家,霸占她家的客栈,用一个私生子做掩护,每天躲在屋子里,给国外的反动派发电报。

陈小姐带着儿子逃走后,下关镇的民兵果然在杨家客栈的房间里,搜出了一台发报机,同时搜查出来一支生锈的步枪。镇民兵队长痛苦自责,抱怨自己警惕性不高。

陈小姐已经远远地逃出了铁丝窝。

国民党女特务陈小姐逃走的消息,迅速传遍方圆十公里的村寨。陈小姐作为受过大学教育的西南联大学生,当地最聪明的女人,对危险有充分的估计。她不敢躲进村寨,带着儿子小树一路在山洞和树丛中歇息,靠野果、菜地里偷来的萝卜和土堆下刨出的蚂蚁蛋充饥,马不停蹄地逃亡。跑出两百公里,饥渴难当,腿脚瘫软,踉跄走进了山路边的一个村子。

两条半大黄狗从一间破屋的土洞中奔出,一前一后吼叫着狂追,她跑得快要断气,啊啊惨叫,跌进一户人家,摔倒在院子门槛边的灰土里。身后飞起一声孩童的惨叫,五岁的儿子小树被狗扑倒,一个中年男人闻声从屋里跑出,一脚踢走黄狗,关紧院门,把小树抱进了屋内。

这是云南楚雄镇南县的瓦窑村。

小树的腿被黄狗咬伤了,缓缓流出了鲜血,可怜的男孩龇牙咧嘴,噢噢哭喊。中年男人愤怒地一声吼,吓得男孩发傻,忍痛不敢出声。很快,中年男人提来一小罐酒,为男孩清洗伤口,又找来一条破布,把他的腿伤包扎了起来。

陈小姐坐在墙角边发愣,竟然不会伤心,恐惧已把她完全吞噬。

她完全记不得这个村子了,十年前幸福的爱情往事,已经在胡笛去世后全部破碎,灰飞烟灭。现在她脑袋混乱,无法清晰回忆,更无法正确判断,只会东躲西藏。

这是她的好命之村啊。十年前,她坐着马来西亚华侨司机小林的卡车,离开下关镇,来到诡异的镇南县。司机小林与驻守当地的士兵打架,大获全胜。次日驾车离开,他们连人带车被一队军人拦截,押进了镇南县瓦窑村大地主家的院子。

陈小姐也被捕,却因祸得福,跟失踪的西南联大男友胡笛意外重逢,成为爱情传奇故事的重要女主角。

她也因此认识美国军事顾问豪斯。

这个村是她的爱情福地,也是她的生命复活之地。

但这天下午跟十年前的那个夜晚大不同,十年前陈小姐身边有司机小林保护和陪伴,现在她孤立无助。这个下午绝望、孤单而凶险,两只凶猛的黄狗把陈小姐赶进瓦窑村陌生村民的院子,五岁的儿子差点葬身黄狗之口。

她惊恐万状,命悬一线,无力保护儿子,亦无力保护自己,一头摔进院子里,脸砸在泥地上,眼冒金星,鼻孔流血。她分不清东南西北,辨不明好人恶霸。任何人把她杀死,她也认账,绝不反抗,也无力反抗了。

狗把儿子咬死,她也不会伤心了。

活着太沉重,死是幸福的结局。

她重新变成十多年前流浪铁丝窝山谷的女鬼,衣衫褴褛,满脸污黑,面黄肌瘦。稍有不同的是,她的身边,紧挨着一团小小的影子,那是五岁的儿子小树。

中年男人端来一盆水,给她和儿子洗脸,她却把盆抬起来,咕噜咕噜喝进几口水。

中年男人叹一口气,把男孩抱过来,单手捧起水,在他的脸上抹几下说,哎呀,漂亮了,坐着休息吧,我找点东西给你们吃。

中年男人穿一件土黄色的四个口袋旧军装,面目和善,说话缓慢,似乎担心她听不懂,每句话都重复两遍。

渴坏了吧?他再次重复,你们坐好,洗洗脸吧,我去找点吃的来。

她仓皇捧起一把水,也在自己的脸上抹几下,洗去灰土,显出了她的原本相貌。中年男人一怔,看着她发呆,似在回忆,她也一怔,同样在用力回忆。

她试探着轻声喊出,老王?

老王面无表情地看着她,眼里流出温柔的光。

这个人就是老王,国军云南情报站的首领,小林的上司。陈小姐与老王这个下午在镇南县瓦窑村的巧遇，再次显出了世界的狭小和命运的强大。

她发出了如烟似雾的轻弱叹息。

陈小姐跟老王并不熟，老王和小林来昆明郊外的小板桥村，辛苦找到她，她跟老王因此见过一面，后来再无交往。但此生死关口，她的记忆瞬间复活，脑袋被强光照亮，一下子想起了小板桥黑神殿的安静日子，想起了老王两腮略宽的方脸和能把人看穿的眼睛。

老王怎么会穿了一件解放军的服装？他怎么会在这个村子出现？

你好像是小林的朋友？你原来戴眼镜的？老王问。

陈小姐在身上摸索，掏出眼镜晃了晃，脸上挤出一个艰难的微笑。

老王平静地点头。

寂寂无闻的云南镇南县瓦窑村，成为一个重启键，再次使陈小姐的生命复活，陈小姐在连续半个月的亡命奔逃之后，终于可以放心歇息。那天下午，老王迅速行动，把她和儿子小树藏到小院侧面的一个柴楼上。但这里并不是老王家，是村民李义民的家，老王只是解放军的驻村领导。

在时代胜利转换之后，老王的身份转换也非常成功。他从前的秘密身份是国民党情报员，公开的职业是城市小贩，所做的工作是在昆明书林街批发纸张，卖给印书店的四川老板。解放大军进入昆明后，各街都有军代表，所有市民都要做建设新中国的积极分子，老王更积极，各方面带头。写字画画开批斗会，解释政策，传达文件，样样做得出色。他的文化水平和办事能力格外突出，受到解放军首长夸奖，于是他被破格重用，接收为解放军，提拔为干部。

在陈小姐亡命逃来的这个奇异的下午，老王正巧被派驻到镇南县的瓦窑村，住在村民李义民家。

老王不愧是高级情报员出身，看陈小姐衣衫褴褛的狼狈相，就知情况不妙，他不问她的处境，不听她解释，把陈小姐和她的儿子藏进小楼后，嘱咐他们不要动。反身下楼，用簸箕端来几个喷香的烤土豆和两个煮鸡蛋，提来一罐水，坐在她身边，看着她和儿子大口吃完。

老王轻声说，吃完你们就睡觉，好好睡，其他事就不用解释了。

陈小姐疲惫地点头。

老王如此坚定，不容置疑，陈小姐无话可说，老王也不给她说话的机会。但死亡路上巧遇老王，陈小姐深感荣幸，已惊愕得眼泪也不会流。死无所谓，不过是一蹬脚，陈小姐见过的死人不少，阮姐一家失踪，凶多吉少。可怜的阮姐一家，陈小姐留在下关镇就是想等她们回来，早知阮姐一家不再回来，她应该赶紧离开。可离开下关镇的杨家客栈，陈小姐能去哪里？她知道自己早就该死了，活下来已够幸运。怕什么啊？死了轻松，不必受罪。

唯一的牵挂，就是儿子小树。

这个被狗咬伤的男孩，呼吸轻弱地睡在她的身边，真像一团无声无息的影子。

他在跟随母亲陈小姐接连半个月的惊逃中，风餐露宿，吃尽了苦头，曾大病五天未死。现在，他躺在小院狭窄黑暗的柴楼上，面对美味，并无食欲，连半个鸡蛋也吃不下，软软地躺着，一声不响。陈小姐饿坏了，顾不了那么多，她大口吞下四个烤土豆，吃了自己的一个鸡蛋，喝了几口水，肚子鼓胀，被沉重的疲惫轰然推倒，倒头睡着。忽然被楼下的脚步声吵醒，已是星光满天的半夜。她从小柴楼板壁的墙缝里看到院中人影晃动，明白自己身处险境，无路可逃，吓得尿裤子，双腿间湿了一片。

其实那些人是老王召集来开会的，并不是来抓她。他们络绎走进楼下的正堂屋，围着火塘，水烟筒抽得咕噜响，东一句西一句地，说一堆话，各自散去。

老王轻手轻脚地上楼，坐到陈小姐身边。

陈小姐哆嗦着说，我不是坏人。

老王摇摇头说，不说这个，我不听。

陈小姐再说，我要上昆明，找西南联大同学，他们会证明我不是坏人。

老王说，不说这个好吗？

陈小姐轻声抽泣，继续说，我不是国民党特务，我怎么可能是国民党特务呢？遇到你太好了，你还是解放军，可以帮我做证的。

老王伸手搊一下陈小姐的肩，固执地摇头说，请你不要说这个了，而且你现在也不能上昆明了，去那个地方更说不清，你马上会被抓起来的。

陈小姐说，我怎么办？跳河死吗？我死了不要紧，儿子怎么办？

老王平静地问，这是你的儿子？

陈小姐脸红了。

老王不再问，继续说，你去潞西县吧？我帮你安排，听说过那个地方吗？那里有我的朋友，你带着儿子去那里，换个名字生活，永远隐姓埋名。

老王说出的计划诡异复杂，陈小姐听不懂。她不知道老王安排的这个继续逃亡的路线在什么方向，只是看着老王发愣。

等老王做出耐心解释，她吓得趴在地板上，呜呜哭泣。

她从下关镇逃出，原本的计划去昆明，找到西南联大的同学，证明自己不是女特务。可老王说出的潞西县，位于比下关镇更远的云南西部中缅边境，她要重新返回危险之地，穿越下关镇，才能到达老王设计的目的地。这条线路非常符合国民党特务的逃跑计划，从潞西县再出境，就可以跟缅甸的台湾特务会合了，一旦被民兵抓住，她会被立即枪毙。

老王说，只有去潞西县最好，其他地方都在乱，你变个身份，没有人认得出来，我在那里的朋友会帮助你的。

陈小姐呜呜哭泣。

从镇南县的瓦窑村出发，逃往云南边境的潞西县，中间隔了700公里的群山，陈小姐将像滇缅公路的司机，穿过几条大江和无数山谷，最后到达终点。

老王说，你不想活就算了，可儿子怎么办？你想想吧，赶紧决定。你在这里只能躲一天，明天必须离开，拖延了时间我也会有麻烦的。

柴楼里漆黑冰凉，她只能听到老王说话，看不清他的脸。

她朝老王的声音点头。

想好了吗？老王问。

她再点头。

老王反身，轻轻溜下柴楼。

第二天傍晚，她揣着老王写的几个字，带着儿子小树，心惊胆战地离开瓦窑村，再次踏上前途不明的逃亡之路。小树拖着被狗咬伤的腿，一瘸一拐地走路。

这个五岁的男孩发生了重大变化，他从母亲身边一团沉重爬行的黑影，变成一片轻飘飘晃荡的小小浮云了。色彩褪尽，似有若无，没有重量，悄然无声。两天后陈小姐带着儿子躲进一个山洞，搂着他坐下，才发现他浑身滚烫，嘴唇开裂，双目无光，呼吸轻弱得几近于无。

她放声大哭，回声在山洞里猛烈撞击，吓得她赶紧闭口，捂住嘴抽泣。她搂紧阵阵发颤的儿子，掏出一个带在身上的鸡蛋，喂了喂儿子，他却连嘴巴也张不开了。毫无疑问，儿子患了大病，她没有药，无能为力。她在山洞里摸索，摸黑找到洞壁边的一汪水，赶紧用衣服浸了水，返回来拧到儿子脸上，可儿子却烧得越来越烫，身子一阵阵抖颤。她抱着儿子，像抱着一团火，她真的希望儿子是一团火，把母子二人烧光。

三天后，儿子在她的怀里停止呼吸。

她不敢大哭，轻轻发出一声怪笑，走出山洞，一趟一趟往返，捡来好多树叶，把躺在洞里的儿子盖上。然后她坐在儿子的树叶坟堆前，脱下外衣，撕出一些长长的布条，提着布条走出山洞，找到一棵树，把布条挂上去，打一个结，套到自己的脖子上。

她蹬掉脚下的石头，身子悬空，在空中晃荡几下，树枝咔嚓折断。她从山坡上滚下，摔到了坡底，趴在地上，张口啃土，用乱草和泥巴塞住嘴，呜呜哭泣。

她重新爬回山洞，坐在儿子的树叶坟堆前发呆。

那段经历她从未诉说，也无法诉说。没有人知道她在1952年秋天的逃亡中经历了什么痛苦，也没有人知道她遇到了什么惊吓，更无人知道她最终到达云南边境的潞西县时，已是半年之后。

她曾经睡在山洞里等死。一只小蜘蛛吐了一根极细的丝，从洞壁上下滑，悬吊在她的眼前，轻轻晃动。儿子死了，蜘蛛是她唯一的朋友，她看着那个小蜘蛛，发现它那两只比灰尘更小的眼睛贼亮，就撇嘴苦笑。她的命轻贱得连蜘蛛也不如，口中吐出的气比蜘蛛丝还细。庆幸的是蜘蛛的丝上不断有水珠滴下，落入她的口中，她的气就没断。

她活下来，又重新上路。

从此，潞西县一个傣族村子里，多了一个外乡女人。

她名叫岩香，穿着筒裙，说着汉话，戴着眼镜，她说自己是缅甸华侨，无人怀疑。她比别人聪明，识几个汉字，在村子的奘房里教男孩认字，后来被招进州医院，成为一名护士，平静地活到了双目失明，世界向自己关闭窗户的七十七岁。

14

潞江又称怒江，是云南雄伟群山中的一条大河，发源于同样雄伟的青藏高原唐古拉山脉。怒江从云南流入缅甸，改称萨尔温江，再汇入印度洋。云南德宏州的潞西县因怒江而得名，"德宏"是傣语"怒江下面"的意思，这个"下面"，古代曾是奇异的大象之邦。

现在，云南德宏州各县的一些商店门头、公园草地边、村里的楼房，包括傣族的水井塔处，仍有各种造型的大象雕塑高高悬挂，可真正活着的大象已无迹可寻。古代历史中成百上千的大象披挂上阵，载着象兵冲杀的战争场面，已缩小为手绘的图画，更缩小成悄无声息的书本文字，沉没于记忆的山谷，那些大象传闻在赵松听来极其夸张，不可思议。他对自己在大象之邦长大，也感到不可思议，更对潞西县的几块石头改变了自己的命运，把自己引上财富之路，身处能轻松养活母亲，放手建二战历史博物馆的人生境遇，同样深感不可思议。

他就这样如有神助，不可思议地长大，成为本地财大气粗的著名商人。赵松把其他公司交给别人管理，把自己的主要精力放在珠宝买卖上。在德宏州府的潞西县，赵松有一家珠宝店，门面不大，生意却不小，经常有境外的老缅商人来访，他也过境去缅甸收购玉石。别人玩玉石经常吃亏，赵松无师自通，十有八九大赚，很少失手。

赵松的母亲岩香从未隐瞒自己的养母身份，早就把赵松出生于外地的身世说得很清楚，赵松很感动，对母亲更加依恋。他守着潞西县城的珠宝生意，就是为了能多有时间陪伴失明的母亲岩香。

母亲的失明像一个粗暴的客人来访，不期而遇，来了就不走。从此黑夜把母亲严密笼罩，无法摆脱，也无可抗拒，赵松母子的生活被永远改变。有人活到一百岁仍耳聪目明，母亲却过早告别光明，赵松为此伤心。

赵松记得，失明降临的日子，恰在母亲岩香六十五岁生日那天，当时母亲招手，把正在切蛋糕的赵松叫到身边，张开五指在自己的眼前晃几下，悄悄对赵松说，有件事只告诉你，我的眼睛花了，看不清你的脸。赵松对灾难的降临毫无准备，笑着对母亲说，我的眼睛也会花，但我看得清你。

赵松说的是笑话，母亲说的是实话。从那天起，母亲眼前的世界就一点点褪色，一点点减弱光亮，像冰块逐渐融化并无可挽救地缩小。街道、楼房、大树、小鸟、养在院子里的鸡，包括儿子赵松，都从她的眼前退远，好像听到某种召唤，整个世界都在后退，慢慢消失。

七十三岁那天，母亲早晨醒来，躺在床上喊儿子赵松，眨着空茫的双眼对天花板说，松啊，现在是不是天亮了？我听见楼下的公鸡在叫。赵松闻声赶到母亲床前，流出了眼泪。令他担心的时刻来到了，母亲真的瞎了，天早就大亮，母亲的眼前却一片漆黑。她说话时表情呆板，像一个真正的瞎子，脸向着天花板，不会朝自己投来温柔的目光了。

但奇异现象随之发生，失明没有使母亲崩溃，反而让她变得自信，生出了鬼神附体的才华。从失明那天起，母亲就变得像一只林中的麂子，听觉灵敏，嗅觉也远超常人。赵松在街上开车，离家还有半公里，坐在院子牛肚子果树下的母亲，就抬起了头，把空洞的双眼移向天空，轻声喊保姆小妹的名字，焦急地说，赶紧热饭啦，你赵松大哥要回来了。

母亲也能预见危险。一天中午，躺在床上的母亲忽然坐起来，用力拍床头，把保姆小妹喊到床边，焦急地说，给你赵松大哥打电话，赶紧，叫他今天不要开车，去到哪里，就住下来不要走了，明天再上路。

小妹打通三百公里外赵松的电话，他正在半路的小餐馆里吃饭，听到母亲奇怪的警告，赵松哈哈一笑说，告诉我妈，今天晚上我赶回来陪她。

母亲听了小保姆的话，勃然大怒，抢过电话狂骂赵松，你不要命了？想死了咯是？叫你不要再开车，住下来明天再走，赶路会出事的，你听还是不听？

赵松懒洋洋地说，会出什么事啊？妈你不要管我好不好？

母亲说，你会死的，我当然要管。

赵松无奈，只好在途中的小镇上找了家简陋旅店住下。次日早晨起床，闻知前方传来噩耗，赵松大惊，心跳不止。昨夜他沉睡之时，几辆赶路的汽车被山道上坍塌的巨石砸翻，死伤6人。

母亲能看到奇景和闻到异象，赵松倍感神奇。

赵松说，瞎子看得远啊，聋子听得清，要命了！

母亲现在居住的院子，是赵松十年前在潞西县城边买地，自己盖的房子。楼上下三层，院子里种下的牛肚子果树，在亚热带强烈光照和充足雨水的滋养下，已长三层楼高了。每年结出的果子人头般大小，挂满树干，像一个个若有所思的脑袋。果子吃不完，熟透后会掉落在地，砸出沉闷的响声，仿佛村上的脑袋落下，发出惨痛吼叫。赵松的母亲岩香听到熟透的牛肚子果在地上砸出爆破声，就闻声而动，拄着拐杖从屋里走出来，大口呼吸弥漫在空气里的浓厚果香，对蹲在院子里洗衣服的保姆小妹说，把牛肚子果摘些带你家去，掉下砸烂可惜了。

小妹说，我家有两棵树的，结的果子也吃不完。

母亲岩香就在门口的椅子上坐下说，你赵哥也不回家，回来么带些牛肚子果给他的朋友。

小妹说，大哥忙赚钱呢。

忽然，母亲岩香猛地抬头，侧过脑袋，把耳朵对准院门的方向，拄着拐杖站起来，朝保姆小妹招手说，快去买牛肉，你大哥赵松要回家了，他在昆明已经坐上了飞机。

母亲岩香发出奇异召唤时，赵松确实正在昆明的巫家坝机场排队，等候办理登机牌。

远在七百公里外的母亲岩香，听到头顶掠过的风声，心有所动，脸上浮现出期待的笑容。她听到老鹰拍打翅膀，飞机起飞，闻到院子上方被牛肚子果树遮蔽的更高处，飘来飞机喷吐的热烘烘的汽油味。

中午，赵松果然归来，跨进了院门。

母亲岩香坐在客厅门口的藤椅里，伸长纤细的脖子，绷紧树叶般轻薄的耳朵，微微扬着脸，小巧的鼻尖朝上抬起，畅快地吸入儿子赵松散发出的气味。

失明的母亲，早就看见了在昆明重现的往事，不待赵松开口，母亲就说，你这次回家，咯是有要紧事对我说？

赵松一怔，要命！她什么都知道？

母亲说，我也有事要告诉你。

赵松弯腰看母亲空洞的眼睛，想找出母亲已获知什么秘密的痕迹。可母亲像任何瞎子一样，面无表情，脸扭开，只拿耳朵对着他。

母亲凹陷的眼睛微微抽搐几下，抬起两手对赵松说，抱我进去。

母亲失明之后，个子迅速变矮，身体缩小了一倍。她现在穿的是小学生的筒裙和只有一尺长的无领短上衣，身子瘦削，体重变轻，体形变薄，像一片竹板。赵松在家时，经常把母亲抱来院子里晒太阳。母亲过于轻巧，让赵松慌张。

古老的大象之邦，经常会发生奇异事件，赵松担心渐渐变矮变轻的母亲，有一天化身为小鸟，从窗户飞走，为此他忧心忡忡，经常把家里的窗户关严。可母亲坐在敞开的院子里，就无法防范了。如果她真的变成了鸟，从藤椅里飞走，落到牛肚子果树上，再展翅朝远处飞，赵松只能认命。

今天，母亲欲飞，在赵松的怀里轻轻挣扎，好像要长出翅膀。

正是吃中饭时间，赵松把母亲朝厨房抱去，那里有个小餐厅，还有小阳台，赵松每天陪母亲在小餐厅吃饭，然后坐在小阳台里说话，听院子里的鸟叫。

母亲说，今天先不吃饭，上楼。

赵松说，我大老远回来，肚子饿了。

母亲说，饿了也先上楼，把你的要紧事告诉我。

赵松骗母亲说，我没有要紧事，是小事。

母亲说，我知道你的事不小，不过，我也要把一个大事说给你听。

赵松心惊胆战，害怕出事，看母亲神色平静，呼吸正常，才放心抱她上楼。

楼上是几间卧室，还有赵松的书房，母亲说，抱我进你的书房。

赵松把母亲抱进书房，放到书桌旁边的椅子里。

母亲低下头，把耳朵转向他，平静地说，你讲吧？遇着了什么人？

赵松惊叫，妈你知道我遇着了一个人？

母亲说，遇着了老王咯是？

赵松不解地问，什么老王？

母亲说，老王是你爸爸。

赵松被母亲细小的声音当胸一拳，打倒在椅子上。

母亲自以为是的预感出错了，无意中泄露秘密，暴露了一段隐瞒的重大历史。

赵松回潞西县的家，是为了打听豪斯说出的陈珊艺小姐。他认为找一个不知真假的人名很复杂，对此并不抱信心，可受到小黄姑娘鼓励，他才匆匆赶回老家潞西县来。没想到回家就被母亲横刀拦住，更没想到母亲会自以为是地拎出一个叫老王的人，告诉赵松老王是他的父亲。

于是，母亲岩香在1995年那个非同寻常的下午，坐在潞西县家中的二楼上，重新解释了赵松的身世，让他一下子陷入混乱。

他第一次看到母亲如此严肃镇定，第一次听到母亲说话如此用词准确，发音清晰，第一次发现母亲的表述如此逻辑严密，井井有条，像大学老师。瘦小得像玩偶的母亲坐在宽大的椅子里，滔滔不绝地讲述，赵松好半天才恍然大悟，明白母亲并不是潞西县的真实岩香，只是躲在傣族筒裙里的一个逃亡者，一个无家可归的汉族女人。她变成瞎子并不是因为衰老，是不愿再看见眼前的伪装世界，她缩得很瘦小和轻巧是为了退却，钻进时间缝隙，寻找丢失的人生。

母亲慢慢讲述，兴致勃勃地清晰回忆，从口中吐出一只记忆的老鹰，把赵松抓走，投进四十年前的夜晚。赵松的身世是一份小小的虚构历史，他并非父母车祸双亡后留在医院的孤儿，而是国军情报专家老王亲手交来的年幼儿子。那年赵松三岁，老王深夜潜入潞西县医院，把儿子留给了陈小姐。

赵松被强烈震动，身体里爆炸了一颗原子弹。浓焰把他烧焦，暴风把他撕碎并卷走，强光掀翻了世上所有隐蔽的洞穴，秘密惊逃，往事滚滚而至。

我不是岩香，我本来姓陈的，我也不是潞西县的人，母亲说，她一只耳朵平静地对着赵松，头低下，脸朝着地呵呵地笑。

赵松迟疑地问，陈珊艺？

母亲耳朵绷紧，张大了嘴巴，赵松说出她隐藏已久的真名，母亲很惊诧。

赵松再问，前几年，你给昆明的小板桥写过信，想捐款？

母亲略微迟疑一下，点头说，有这个事，我从报纸上看到，那个黑神殿要重修，就写信去问，好多年前的事了，你怎么知道的？

母亲就是陈珊艺，赵松惊得目瞪口呆。

在那个下午随怒江之水远逝之后的很多年，赵松才真正清醒，恢复平静，把一份与己有关的混乱历史拼贴成功，清理出自己的身世线索。昆明城里的老王，那个伪装的爱占小便宜的庸俗邻居，躲在书林街四合院里的国军优秀情报员，在云南解放之后，以要求进步的昆明小商贩身份参军。他因为能干而受到重用，很快被提拔，于是有了瓦窑村巧遇并救助陈小姐的关键事件。

那时的老王，年纪跟现在的赵松相差不多，也是单身，在救助并送走陈小姐的第三年，未婚的中年革命干部老王娶了年轻妻子。五年后他的儿子王劲松三岁，老王的隐藏国军身份暴露，于是他星夜奔逃，送儿子到中缅边境的潞西县，没给陈小姐留下一句话，就仓皇消失，再无消息。

母亲岩香说，我的儿子死了，老王又送了个儿子来，这就是命，我的命好，有你这个儿子很满足，我现在变成瞎子，就是因为很满足，这个世界我连看也不想看了。

母亲很兴奋，瘦小的身子用力扭动，像一只小鸟在椅子上跳跃，小嘴巴快速开合，吐出一连串惊人之语。但赵松已听不见母亲说话的声音，只觉得耳中呜呜呜叫，眼前黑云翻滚。他被历史的浓烟笼罩，瞠目结舌，呆坐在书房的椅子上。

赵松哗哗流下眼泪。

15

赵松回潞西县寻找陈小姐之前，曾想把豪斯安排到昆明城里，住进大酒店，让陈龙生带他在街上自由活动，随意参观体验。可赵松的这个豪华安排被豪斯拒绝了，昆明城变得陌生，豪斯不喜欢，他更喜欢赵松建在昆明远郊安宁市山上的农场，喜欢农场的博物馆。农场的小山坡很亲切，宁静安详，更似他所熟悉的马萨诸塞州故乡，也似抗战时豪斯在云南居住过的乡村。

刘大爷和他的妻子是赵松雇来看守农场的一对本地乡下夫妻，他们负责照顾豪斯和陈龙生，这两个本地农民很友善，非常客气，能做出美味饭菜，每天用农场的腊肉和鸡蛋，变着花样给他们做好吃的，让他们品尝最可口的中式云南菜。

豪斯心满意足，夜里却做噩梦，反复梦见老鹰。美国的国鸟就是老鹰，白头海雕，又叫美洲雕，大型猛禽，体长一米，翼展两米多。眼嘴和脚是淡黄色，头颈和尾部的羽毛是白色，栖息在海岸湖沼和河流附近，以大马哈鱼、鳟鱼和野鸭、海鸥等水鸟为食。

他梦见老鹰并非是想家，美国人更喜欢四海为家，死在旅途中，或活在别的国家，都很好。而且豪斯梦见的老鹰也不是美国雕，是云南的山鹰。这种云南老鹰体长五十厘米左右，只有美洲雕一半大，头部前面为灰黑色，眼后为黑色，有白色眉斑，腹部长白毛和灰黑色小横斑羽毛，捕食野兔、老鼠鸟和其他小型动物。

豪斯五十年前在云南参加抗战，曾见到一只老鹰从头顶飞过，爪子抓着一只鸡，众人惊叫并朝天空开枪，老鹰丢下鸡仓皇飞远，于是他们把鸡捡来，煮肉喝酒，获得了一个开心之夜。但这几天豪斯梦见的老鹰不是捕鸡来送他，是来抓捕他。

老鹰入梦，也非豪斯在怀念远逝的青年时代，是猛禽闯入，无法躲避。他每天上床，睡着不久，老鹰就出现，一次次从天空俯冲，撞破房顶，撞开窗户，直扑床上，伸出利爪，欲把他抓走。幸好豪斯总能在老鹰朝床上伸来利爪的一瞬醒来，及时终止了噩梦的延续。

老鹰无法把他的身体抓走，却能把他记忆里的残存杂物卷走，遗忘事件每天在豪斯的身边发生，遗忘的内容各不相同，遗忘出现的时间也长短不一。他忘记自己身居何处，忘记自己在赵松的农场宿舍里住了多少年，忘记自己住在这个中国云南的山上干什么，也会忘记自己在这座中国的山上等待何人。

一觉醒来，记忆复苏，他哈哈大笑，赶紧向陈龙生和守护农场的刘大爷夫妻道歉。

第二天，他又把陪伴在身边的中国人忘记了。

他问陈龙生，你怎么总是坐在我身边？

陈龙生说，我喜欢你。

他说，你很像我认识的一个人，那个人叫陈什么？

陈龙生说，叫陈龙生，那个人就是我。

豪斯哈哈大笑说，你真会开玩笑。

他问做饭的刘大爷，人死了上天堂你相信吗？

刘大爷说，你昨天就问过我了。

他问，我不认识你怎么会问你呢？

刘大爷说，你这几天被鬼魔着了，尽说糊涂话，过几天会好的。

陈龙生把刘大爷的话准确翻译出来，豪斯大笑，朝刘大爷伸出了大拇指，夸奖他是个哲学家。

他还梦见赵松返回，带来了陈小姐。梦中的陈小姐是个小精灵，在儿子赵松的掌心跳舞，像小鸟一样叽叽喳喳唱歌。豪斯为之惊诧，也为之激动。那天豪斯刚上床入睡，就看见小黄姑娘走来，扶着他在山坡的草地上散步，这时传来了汽车声，一辆车驶到农场的宿舍前，赵松抱着轻巧的母亲下车了。时间是下午，阳光从豪斯身后投来，把他微微驼起的身子投到草地上，勾画得更加粗壮，也把他头顶的灰色礼帽勾画得高大俏皮。小黄姑娘放开手，独自走朝前，她的长裙子在山风中轻盈飘动，阳光穿透裙子，豪斯衰老的眼睛也能轻易看到小黄姑娘藏在薄裙子里的身体。

豪斯紧跟几步走上去，拉一下小黄姑娘的臂说，我看到你的两条腿在裙子里摆动。

小黄姑娘尖笑，羞涩地拢住了裙子。

赵松抱着小巧的母亲，静静地等豪斯过来。小黄姑娘老远就朝赵松喊，哎呀这么快就回来了？陈小姐找到了吗？赵松举起手中的小人高声回答，赶紧来看是不是？豪斯看到一个美丽的小精灵站在赵松的掌心旋转，顿时流下了眼泪。

豪斯走到赵松面前，看着他手心的小精灵问，这是什么？

赵松说，这就是你要找的陈小姐。

豪斯说，陈小姐这么漂亮？是个小精灵啊！

小精灵瞪大眼睛说，你就是豪斯，我认识。

她喊豪斯的名字，说的是英语，"horse"，马，换到中国，"马"也是一个好名字，很多中国男孩叫骏马，可一个美国人名叫"马"，并且被虚幻的小精灵用英语单词"horse"喊出，有几分怪异，豪斯快乐地笑了，赵松也大为惊奇。

小精灵对豪斯说，我恨你，我已经忘记你了，你还跑来找我？为什么呢？想看我哭吗？

豪斯咬住嘴唇，憋得满脸涨红，才没有哭出声。他双手捂住脸，低头强忍一阵，把手慢慢放开，向前伸出，从赵松怀里把小精灵抱过去，转过身子，面朝下午的太阳。小精灵在豪斯的怀里咕咕地笑，豪斯大笑，声音出口，立即被切断，像水中的牛蛙，沉闷地吼一声，戛然而止。他用抖颤的嘴唇轻轻吻一下小精灵的脸，抬起头，眺望着远处烟云飘摇中的城市，沉默不语。

山下是安宁城，更远处是豪斯记忆中古老的昆明城，五十年前，豪斯帮助中国战友胡笛，为陈小姐找到了城里的教堂，让她从昆明巫家坝的乡下搬进城，在金碧路平静地住了几个月。金碧路遍布洋货店，并跟同仁街相交，居住在同仁街广式骑楼里的巴基斯坦面包店夫妻，见证了豪斯对中国姑娘陈小姐的迷恋，金碧路上的意大利教堂，接受了豪斯的忏悔，替他赎罪。

豪斯抱着小精灵，走进农场简陋的红砖房小餐厅，把她小心翼翼地放到了椅子上。

小精灵咕咕笑着说，我不是玻璃瓶，不会打碎的。

豪斯说，可我是玻璃瓶，我的心已经碎了。

豪斯伸长了脖子张望，大声说，酒，拿酒来可以吗？

赵松赶紧提来一瓶酒。

豪斯说，酒杯，请拿酒杯来行吗？

小黄从桌上抓起一只小碗，递给豪斯说，只有这个碗，这是乡下。

豪斯拧开酒瓶，倒出小半碗酒。

小精灵说，酒味好大。

豪斯说，我要给你道歉！

小黄把豪斯的话翻译出来，小精灵立即从椅子上跳下，摇动着细而短的双臂大叫，不道歉，我不要听！

豪斯提起酒瓶，猛地朝嘴里灌。

饭后天已黑尽，豪斯站起来，比画一个手势，请小精灵给大家跳舞。小精灵咕咕地笑，并不谦让，羞红了脸，低头就跳起来。她的舞跳得并不好，还因为个子小，身子太瘦，动作看不清。但她从头到尾，一招一式，跳得很认真，坚持跳完后，她还向大家鞠了一个躬。

小黄用力鼓掌，豪斯也鼓掌。时间重现，感情倒流，豪斯在大声感慨中离开餐厅，准备回宿舍睡觉。陈龙生扶着豪斯跨出门，遥望夜空。月亮很圆，白花花，悬挂在荒山之上。陈龙生告诉豪斯，这天是中国的阴历十四，豪斯听不懂，只看到月光像润开的水，缓缓流淌，夜幕透明，看上去更宽阔。山坡草地上洒落的大片月光水珠，整齐地闪亮，像密集的小嘴巴惊讶张开。虫子鸣叫，似在大声感叹。

忽然老鹰扑来，翅膀猛扇，眼前空无一物。

16

飞机张开翅膀，在万米云层之上穿行。这是金属老鹰，目标明确，力大无穷。赵松和他的母亲藏在老鹰肚子里，像飘进机舱的云。潞江机场五年前通航，母亲第一次坐飞机，好奇地东摸西摸，却抵不住瞌睡的强大攻击，很快睡着，蜷曲成一团小小的衣裙，呼吸轻弱得好像已经停止。干涸的眼眶微微抽搐，耳朵软软地下垂，已经关闭，世界静默无声。只有赵松的心里，像飞机引擎发出隆隆巨响，仍有风暴翻滚盘旋。

赵松带着母亲飞往昆明，心被惊诧和错愕反复搓揉。他万万没想到，母亲岩香是一份抗战资料，自己也是，他收集历史文物，到头来自己也是文物。现在他的养母变成了陈小姐，生父是一个姓王的男人，那个被养母称作老王的男人失踪了，生死不明。赵松心乱如麻，思绪恍惚，老王儿子和陈小姐养子这两个新的身份，让他慌乱，有一脚踏空的空虚。

他抱着母亲上飞机，再抱着母亲坐车，直奔昆明郊外的农场，始终不敢相信，身边这个云南边境的瘦小傣族女人，竟然是一段汉族地区奇遇历史的主角，更无法相信，美国老人豪斯是自己生父老王的朋友，豪斯远道而来，要找的人竟然是自己的养母。

时间如此缠绕，令赵松迷惑。可以想象母亲与豪斯相见时，他们也会迷惑。在瞎子母亲听到的世界中，豪斯的高大粗笨一成不变，在豪斯的眼前，陈小姐的变化不可思议。她现在变成了傣族，居住在遥远的云南边境，缩小为童话中轻盈的拇指女孩，躲进了时间的衣袋，是一个脸朝着地，没有目光，只会用耳朵说话的陌生女人。豪斯看到现在的陈小姐，会吓得哭泣？还是会受惊喊叫？

赵松仿佛看见母亲跟豪斯打招呼，豪斯很惊奇，不知这细小的声音从何处传出，他把迷惑不解的视线慢慢移向西沉的落日，母亲趴在赵松的怀里咕咕直笑。

飞机在昆明巫家坝机场落地了。

小黄带了一辆车，来机场接赵松。

赵松抱着母亲，穿过拥挤的人流出站。

小黄惊讶地问，这是谁？

赵松接着说，她是我妈，你见过的。

小黄说，可她越长越小了。

赵松说，她就是陈小姐。

小黄惊得后退，身子僵直地挺起，瞪圆眼睛，张大了嘴巴。

他们坐上车，直奔城外的安宁市农场。风呼呼劲吹，母亲从赵松的怀里挣扎着站起来，侧过身子，听窗外的风声。

赵松问，你还记得昆明的样子吗？

母亲摇摇头。

小黄紧紧抱住赵松的臂，头靠着他的胸口，低头饮泣。

赵松问，你哭什么呀？

小黄说，我就是想哭。

赵松凑近小黄的耳朵说，你成了陈小姐的儿媳妇，应该高兴呀。

她在赵松的大腿上掐一把说，妈呀，我该怎么办？

你同意做儿媳了？赵松轻声问，心花怒放。

车子碾到路面的一道坎，颠簸了一下，小黄把赵松抱得更紧。

赵松怀里的陈小姐略微抖颤，鼻尖轻轻收缩，她闻到极细的一丝遥远而熟悉的气味，那气味像一根草，撩拨着鼻孔，让她全身收缩，鼻孔发痒，五官紧皱，她突然打了一个软软的喷嚏，接着心脏跳快，手脚发热，凹陷干涩的眼睡里，缓缓流出了神奇的泪水。

　　此时，豪斯正睡在农场的宿舍里，坠入深沉的梦中。早晨他起得早，绕着薄雾轻摇的农场山坡走了几圈，大口呼吸湿润纯净的空气，听扑面而来的快乐鸟叫，走累了进宿舍，躺在床上，再次睡着。熟睡中风声逼近，眼前出现黑影，一只老鹰落下。他平静地躺在梦中，任老鹰把自己抓起，拍翅高飞。

　　豪斯在老鹰起飞的一刻，哦地轻轻一声喊叫，稍作挣扎，挺了一下胸，身子松弛下来，脑袋偏朝一边，停止了呼吸。渐渐冷却和变硬的身体，跟抓住他的老鹰融为一体。那老鹰响亮地拍打翅膀，飞越中国云南的群山，朝万里之外的美国马萨诸塞州故乡远去。